Ⅱ

春衫冷

著

一身孤注掷温柔

人民文学出版社

图书在版编目（CIP）数据

一身孤注掷温柔. II／春衫冷著. —北京：人民文学出版社，2020
ISBN 978-7-02-016274-1

I.①一… II.①春… III.①长篇小说—中国—当代 IV.①I247.5

中国版本图书馆 CIP 数据核字（2020）第 080877 号

责任编辑　付如初　曾笑盈

出版发行　人民文学出版社
社　　址　北京市朝内大街 166 号
邮政编码　100705
网　　址　http://www.rw-cn.com

印　　刷　三河市金泰源印务有限公司
经　　销　全国新华书店等

字　　数　290 千字
开　　本　880 毫米×1230 毫米　1/32
印　　张　11.75　插页 2
版　　次　2020 年 8 月北京第 1 版
印　　次　2020 年 8 月第 1 次印刷

书　　号　978-7-02-016274-1
定　　价　37.00 元

目 录

壹

情死

我从来都不想和你在一起

汪石卿到医院的时候，天已经亮了。

郭茂兰在病房的外间来回踱着步子，见他进来，轻轻摇了摇头。里面病床上的顾婉凝仍然没有醒，虞浩霆靠在床边的椅子上，神情木然，一动不动地看着她。霍仲祺坐在远一点的沙发里，手肘抵在膝盖上，合掌撑着下颌，目光直直地落在面前的茶杯上，不知道在想些什么。

"四少。"汪石卿停在门口，叫了一声。

虞浩霆没有回头，只是轻声吩咐："北边的事情你拿不了主意的，就问朗逸。昨晚的事……"他语意一顿，汪石卿便道："我已经让何主任严令淳溪守口如瓶。"

虞浩霆忽然伸手去抚顾婉凝散在枕上的长发，眼中冷光一闪，"不。你让他们把昨晚的事说出去，就说我因为婉凝的事在淳溪动了枪，让参谋部和陆军部的处长们都知道。"

汪石卿一怔，"四少，这……"

虞浩霆冷笑道："我就是要让他们知道，谁再敢动她，谁就死！"他声音低沉，却仍带着极重的怒意，"还有，叫江夙生去眉安思过。"

汪石卿答了声"是"，又问，"那特勤处？"

虞浩霆不假思索地道："让罗立群安排一下旧京的事，到江宁来。"

汪石卿听了这一句，眉峰不易察觉地挑动了一下，又踌躇了片刻，试探着道："龚次长那里？"

却见虞浩霆仍是冷着一张脸，目光只在顾婉凝身上，薄唇一抿，缓缓说道："你告诉他，我不想见他。参谋部的事情你和卓清料理。"

正在这时，郭茂兰忽然神情肃然地走了进来，"四少，淞港急电。"说着便把手中的文件夹递了过来。

虞浩霆翻开扫了一眼，神情略略一滞，一言不发，只抬眼望着顾婉凝，低低道："你们都出去吧。"

他此言一出，汪石卿和郭茂兰，连霍仲祺也起身走了出去。

房间里只剩下她和他了，虞浩霆将手从被子的边沿伸了进去，小心翼翼地握住顾婉凝的手，他恨不得这世上就只剩下他和她。

他们，怎么这么难呢？

汪石卿和郭茂兰在外面等了半个多钟头，虞浩霆才从里面出来，神情木然地说道："我要去一趟淞港。"

汪石卿还未答话，霍仲祺已急道："四哥，你好歹等婉凝醒了再走。"

虞浩霆心头一抽，忍不住回头去看，随即又硬生生地将自己的目光扯了回来，慢慢地对霍仲祺道："小霍，我把她交给你了。"

霍仲祺知道再说什么也是多余，只好点了点头，"你放心。"

虞浩霆走到病房门口，对卫朔道："你留下。"

顾婉凝醒过来的时候，已经是第二天下午了。

她的知觉是从痛楚开始的，从模糊到清晰，空冷锋利地割着她。她努力想动一动身体，她觉得她似乎是抬了抬手，却瞬间就被压了回来。她用力去睁眼睛，却什么也看不见。

"婉凝，婉凝……"她听见有人轻声在唤她的名字，有人在吩咐什么……是他吗？虞浩霆……是你吗？她叫不出声音。

她从昏沉中挣扎出来，借着暗淡的光线，终于看见了唤她的人。

"婉凝，你怎么样？"霍仲祺俯在她身边，声气极轻，如释重负一般。

她没有力气去答他的问题，她现在想的只有一件事，彻骨的痛楚已经让她猜到了，可她到底还存了一点希冀，她将力气全都聚在胸口，发出来的声音是连自己也诧异的虚弱，"孩子，是不是……"

她弱不可闻的几个字一记重似一记地擂在霍仲祺胸口，他喉头动了动，竭力让自己的语气听起来轻松一点，"医生说你没事，孩子以后还会有的。你什么都别想……"

以后还会有的。

以后？

一颗眼泪从她羽翅般的睫毛间渗出来，顺着脸庞飞快地滑落在枕头上。

霍仲祺心里像有钝重的刀锋缓缓割过，他一向最会哄女孩子，可此时此刻偏偏什么也说不出来。恰好这个时候，锦络端了参汤进来。霍仲祺连忙略略扶起顾婉凝，拿过枕头垫在她身后，柔声道："吃点东西吧。"

顾婉凝看着房中暗淡的光线，迟疑着问："是早上了吗？"

霍仲祺从锦络手里接过参汤，舀了一勺送到她嘴边，"已经下午了，天气阴，恐怕是要下雪呢。"

顾婉凝呷了一口，微一皱眉，摇了摇头，霍仲祺还是又舀了一勺递过来，"你现在身子正虚着，先喝了这个，你想吃什么我这就叫人去弄。"

顾婉凝却仍是摇头，垂着眼眸，默然不语。

霍仲祺心中一叹，劝道："你这个样子，等四哥回来，让我怎么跟他交代呢？"

顾婉凝肩头微微一震，喃喃地说："他知道了吗？"

霍仲祺道："四哥一听说你出了事，夜里就从沈州飞回来了，发了很大的脾气。"他看了看顾婉凝，踌躇了一下，道："他原本一直在这儿守着你的，早上淞港那边有急电，他才赶过去。"他说到这里，又补了一句，"恐怕是出了大事。"

却听顾婉凝低低地"哦"了一声，便再无一言，只是闭了眼睛倚在枕上，苍白的面孔沉静如水，什么端倪也看不出来。

霍仲祺有些不安，想跟她说昨天在淳溪的事，却又担心若是告诉她撞车的事是龚揆则存心安排，反而惊吓了她，正思量着，忽然听见顾婉凝幽幽道："昨天的事，谢谢你。你不要告诉我家里。"

自这一天之后，顾婉凝再也没有提过虞浩霆。即便霍仲祺每天向她转告虞浩霆打电话来说了什么、问了什么，她也只是淡淡地应上一声。

大多数时间，她都静静地靠在床上，长久地看着窗外。虽然病房的窗子对着花园，但冬景萧瑟，能看到的不过是清寒的树影。霍仲祺怕她虚弱伤神，不肯拿书来给她看，她想看什么，他便念给她听，另外又放了唱机在这里，尽挑些温柔愉快的唱片放给她听。

一连几天，霍仲祺都待在医院，有时候和卫朔睡在隔壁的病房，有时候就睡在顾婉凝外间的沙发上。谢致轩看着过意不去，要跟他换班，他一口就回绝了："四哥既然把她交给我，我就不能大意。"

谢致轩苦笑道："你还是信不过我？"

霍仲祺道："我知道不是你，不过，我总要叫四哥放心。"

虞浩霆为了顾婉凝撞车的事情，在淳溪跟龚揆则动枪的消息不胫而走，虽然虞军高层中一干人等都将信将疑，但龚揆则称病在家，闭门谢客却是眼前的实事，掌管特勤处的江凤生又被远远地打发到了眉安。钟庆林等人连夜赶到淞港面见虞浩霆，力辨利害，为龚揆则陈情，却不料又惹得虞浩霆一番震怒，连钟庆林和晁光等人也弄了个灰头土脸，最后撂下一句："我的私事还轮不到别人插手！我竟不知道他们这样不把我放在眼里。"

这样负气的话传出来，虞军诸将不免叹他到底是年轻气盛，为了一个女朋友，这样不管不顾。虞夫人只好在江宁着意安抚，少不得说些年轻浮躁、一时任性的话来。待又从淳溪隐隐秘秘地传出顾婉凝在医院，是因为这次撞车失了孩子的缘故，众人又都是心照不宣地恍然，怪不得虞浩霆要发这样大的脾气，只好等他消了气再说。但这毕竟是虞军内部少数人知道的事情，很快就淡化在了人们对淞港的关注中。

自晚清以降，不仅外国商船可以在中国内河航行，兵舰亦可在港口自由巡视。此事虽被视为国耻，但旧约未废，国内局势纷乱，诸方割据亦须仰仗外国势力，因此，无论是北地的绥江还是南国的沁水，都有外国军舰停驻，陵江亦不例外。

虞浩霆匆匆赶到淞港，就是因为陵江的外国军舰出了状况。

淞港华亭是虞军在陵江上唯一的海军基地。说是"基地"多少有些勉强，此时国内海军难成气候，有限的军舰不乏逊遗物，淞港亦是如此。不过，毕竟是军事基地，且虞氏野心勃勃，考量日后海内一统，海军必是御外重器，因此淞港眼下虽不作战略考虑，但在人员配置时亦吐故纳新，去年在"友邦"定制的新舰亦在建造之中。

就在虞浩霆从沈州赶回江宁的当晚，一艘外国兵舰不知何故驶至淞港基地附近，淞港驻军打了几番示警信号之后，对方仍不理睬。基地指挥急向华亭的领馆核问，却也久无回复。淞港只好一面电告江宁，一面派军舰出港将其截停，不料对方竟然开炮。淞港的驻军亦是憋火已久，日日看着外国兵舰在陵江游弋，倒比自己还自在几分，当下便开炮还击。双方军舰虽未被击沉，却都有人员伤亡，且江上炮声一起，华亭满城皆惊。

突然出了这样的事故，既牵扯外交又易激起民愤，一个不好，便是内外皆损，于是，虞浩霆一去便耽搁了下来，行政院和外交部也派了要员前去斡旋。

霍仲祺一得知事情的原委，便告诉了顾婉凝，想让她知道虞浩霆眼下确是脱不开身，不料他刚说了几句，顾婉凝即淡淡道："你不用说了，我没有怪他。"

霍仲祺看着她淡然的神色，却不禁皱了眉，出了这样的事，她一定是要难过的，可虞浩霆偏又不在。她还没有醒过来的时候，他就在想着自己要怎么哄她劝她安慰她，然而她只是第一日落了一滴眼泪，这几天来除了不言不笑，竟是连一点幽怨的意思都没有。究竟是她没有伤心，还是她的伤心不肯和自己说呢？

他怔怔地想着，却又听顾婉凝道："你也不用总闷在医院里。"

霍仲祺温和一笑："四哥走的时候把你交给我了，我得让他放心。"

顾婉凝整理着床头矮柜上插瓶里的一束白茶花，轻声道："你们早就安排妥了，不会有事的。"

霍仲祺一怔："你说什么？"

顾婉凝的唇角向上弯了一弯，似乎有一丝微薄的笑意："他把卫朔都留下来了，别人还敢怎么样呢？"

霍仲祺诧异地看着她："你怎么知道……"

顾婉凝有些奇怪地看了他一眼："这里除了卫朔，一个栖霞的人都没有，反而是你日日在这里，谁见了都会觉得奇怪的。"

霍仲祺沉默了一会儿，忽然问道："你不问问是谁吗？"

顾婉凝抽出一枝花来，用剪刀去剪那花枝，头也不抬地说道："是虞夫人吗？"

霍仲祺望着她，眼中的神色格外复杂："是龚次长。"

顾婉凝手中不停，重又把剪短了的花枝插回瓶里，轻轻"哦"了一声。

霍仲祺见状忍不住唤了她一声："婉凝？"

顾婉凝转脸看着他，微薄的阳光洒在她身上，照出半身明明暗暗带着凉意的光斑："你知不知道是为什么？"

小霍不敢提霍庭萱的事，踌躇了几次，才开口："大概是……龚次长觉得四哥太在意你了。"他说着，忽然觉得心里堵得厉害，"你要是难过，就骂我好了，都是我不好，没有照顾好你。"

他语气里有气恼又有恳求，顾婉凝却垂下眼睛，低低道："孩子，不会回来了……他们应该早一点动手的，不应该等我有了孩子。"

霍仲祺听了她这一句，脸色一变："你怎么这么想？"

顾婉凝斜斜倚靠在枕头上，轻声道："我不想回栖霞了。"

霍仲祺目光一颤："好。"

虞浩霆到淞港的第二天，前晚的事才有了确切的来龙去脉，却是两艘外国兵舰的舰长在酒会上喝多了酒，打起赌来，赌即便是闯了淞港基地，中国驻军也绝不敢为难他们的舰只，结果惹出了这一场大事。虞浩霆绷着脸坐在沙发上，皱着眉头低低咒骂了一句："浑蛋！"就因为这么两个酒后犯浑的玩意儿，把他耽搁在这里。然而追根究底，却仍是国家积弱，山河破碎，难御外侮，实是军人之耻，为政者之耻。

郭茂兰知道他现在心情坏到了极点，只能想办法绕着圈子来淡一淡他的怒气："四少，后天在德懋饭店的晚宴，您要不要去应酬一下？"

虞浩霆闻言横了他一眼，"不去！"

"四少，后天的事是华亭方面特意为您还有庞副院长接风的……"

虞浩霆目光冰寒，冷冷一笑："他们叫我不痛快，那就谁都别想好过。"

邵朗逸料理完北地的军务回到江宁，已经是一个礼拜之后了。

顾婉凝从慈济医院出来，被霍仲祺安排到了霍家在江宁近郊的悦庐别墅。邵朗逸一来，便有丫头上去通报，他却没有急着上去，在大厅里站了一会儿，等身上的寒意散尽了，才慢慢上楼。

他进来的时候，顾婉凝正站在唱机边上，一张一张翻着唱片，房间里暖意很足，但她的脸色仍然是一片寒白，消瘦的面庞上一双翦水明眸愈发深邃，黑发如瀑，弱不胜衣。邵朗逸进来她也并未抬头，仍翻着手里的唱片。

"你几时回来的？我怎么没听说。"霍仲祺一见邵朗逸便微微一笑。

邵朗逸无所谓地应了一声："刚到。"

霍仲祺笑道："你是怕一回家，新娘子就不让你出门了吗？"

邵朗逸也不答话，将手里一个扎着金蓝缎带的银白色盒子搁在顾婉凝手边，自己转身坐到了霍仲祺身旁的沙发上。

顾婉凝看了一眼那盒子，眼中忽然闪过一丝光亮，虽然也不过短短一瞬，已叫霍仲祺有些惊讶，这些天他总是陪在顾婉凝身边，她整日一味沉静，少言寡语，怎么今日还不知道邵朗逸拿来的是什么东西，神色就先是一亮？他刚要问邵朗逸，却见顾婉凝已经动手拆了那礼盒的包装，原来是盒极精巧的巧克力。

顾婉凝打开来吃了一颗，便拿过盒子递到霍仲祺和邵朗逸面前："小时候父亲不许我多吃这个，只有我生病了，父亲才带我去Debauve gallais的商店，任我选一盒。有一阵子，我就总盼着生病。"说着，对邵朗逸道，"谢谢你。"

邵朗逸也从盒子里拣了一颗出来，笑容和煦："不客气。"

霍仲祺听了粲然一笑："那你小时候一定没少装病。"

顾婉凝抿了抿唇："我可没有那么无赖。"

"你现在想要什么，都不用盼着生病了，只要你开口。"邵朗逸笑道，"你好好想想，写个单子给我。"

顾婉凝双手抱着巧克力盒子倚在沙发里："我怎么好麻烦邵公子。"

"我给浩霆就是了，这样的麻烦他求之不得。"邵朗逸望着顾婉凝，眼里微微含了笑意，"你不知道他为了你的事，发作了多少人。龚揆则和江夙生不说，连钟庆林、晁光那些求情的也都吃了他的瓜落儿。他这样不管不顾，倒真是头一遭。"

顾婉凝静静听着，正剥巧克力的手却停了："要真是这样，你送来的东西我也不敢吃了。恐怕邵公子头一个就容不得我。"邵朗逸一愣，却见顾婉凝有些好笑又有些不屑地看着他，"这些事难道不是你们商量好的吗？"

她此言一出，邵朗逸脸上的笑容就有些发苦："浩霆告诉你了？"

霍仲祺听得一头雾水，诧异道："什么事？"

顾婉凝摇摇头："他不用告诉我。他做事情从来都是这样的。"

邵朗逸神色复杂地望着她："他这么处置确实也是为你好。"

"我知道。"

她声音虽轻，面上却终于浮出了一层凄然的神色："我只是佩服他。坏到这个地步的一件事，也能让虞四少派上用场。"

霍仲祺隐隐有些明白过来，连忙道："婉凝，你不知道四哥有多在意你。那天他一听说……"

然而，他刚一开口便被顾婉凝截断了："我累了。"她说着，也不再和邵朗逸打招呼，便起身进了卧室，"咔嗒"一声锁上了门。

邵朗逸默然许久，有些无奈地对霍仲祺说："是我自作聪明了。她倒真是浩霆的知己。"

霍仲祺却摇了摇头，喃喃道："不是的，四哥的心意，你们都不知道。"邵朗逸有些诧异地看了他一眼，霍仲祺已换了笑容，"对了，你怎么知道她喜欢这个牌子的巧克力？"

邵朗逸耸了耸肩："我不知道。我只是想着女孩子看见礼物总是开心的，她小时候在法国住过，大约会喜欢。"他说罢，朝着卧室的方向示意了一下，"她总这样闹脾气吗？"

霍仲祺苦笑道："我倒是想叫她发发脾气，从出事到现在，她一次都没哭过。"

邵朗逸思忖了一下，道："婉凝有没有什么要好的女朋友？她一个女孩子，有些事未必愿意跟你说。"

晚上虞浩霆打电话过来，听霍仲祺一五一十说了白天的事，默然许久，才道："你问问她，愿不愿意听我的电话？"过了一会儿，霍仲祺回来，踌躇着说："四哥，婉凝她睡着了……我没有叫她。"

虞浩霆一听便知道是顾婉凝不肯听他的电话，"好，让她睡吧。"

她是恨他吗？

她是该恨他，那天晚上，他知道了事情的原委，连他自己都恨不得杀了自己。这个时候，他无论如何应该守在她身边的，可是他却在这里。

她是该恨他，坏到这个地步的一件事，也能叫他派上用场。

她问过他："你是为了哪个缘故多一点？"他当时不知道怎么答，如今还是不知道怎么答，这样的事他做起来几乎只是本能，可若是这件事会伤到她一分一毫，他都不会去做，她那样的心如琉璃，怎么会不明白呢？

他肩上的齿痕已经淡了，他心里竟掠过一丝惋惜，真应该叫她多用点力气的。

第二天下午，欧阳怡就被请到了悦庐，她一走进来，先瞧见了紧绷着身子坐在客厅里的卫朔。卫朔见她进来，便利落地站了起来，欧阳怡心头一跳，面上却仍是温柔婉约的神情，一边往楼梯处走，一边落落大方地对卫朔浅浅一笑，"你好。"

卫朔并不答话，只是冲她点了下头，欧阳怡想了想，问道："四少也在吗？"卫朔不防欧阳怡竟然又跟他说话，连忙摇了摇头。

欧阳怡看了看他，低着头咬唇一笑，快步上楼去了。

欧阳怡一见顾婉凝便吓了一跳，之前霍仲祺在电话里只是说她病了，却没想到竟憔悴到这个地步："婉凝，你怎么了？"

顾婉凝盖着一条薄毯倚在床上，看见她进来，绽出一个疲倦的笑容："你来了。"

霍仲祺起身让了让欧阳怡："你们聊，我去叫他们准备些茶点。欧阳小姐要喝点什么？"欧阳怡哪里还顾得上茶点，抢过去握住顾婉凝的手："你怎么病成这个样子？"霍仲祺心里一叹，带上门走了出去。

顾婉凝的下巴轻轻抵在欧阳怡肩上，喃喃道："欧阳，我的孩子没有了。"

"你？"

欧阳怡身子一震，抱住了她的肩膀，一时说不出话来，却听顾婉凝继续喃喃说着："他们真是没用，为什么要等我有了孩子才动手呢？"

欧阳怡又是难过又是惊骇，一张温润的面孔变得雪白："婉凝你说什么？他们是谁？"

"虞浩霆的人。"

欧阳怡惊道："为什么？"

顾婉凝漠然一笑："他们不想让我和他在一起，打算制造个车祸，却没有撞到我。"

欧阳怡胸口剧烈地起伏起来："你是说，他们想……想杀了你？"

"这样最一了百了。"顾婉凝静静地说，"其实我本来也不想和他有孩子，我发觉自己有了孩子的时候，就总在想，是不是应该不要他？"

欧阳怡轻轻抚着她的背，默然听着她的话。"可是等他真的没有了，我才觉得其实我是想要他的。你说，是不是因为他知道我不想要他，所以也不愿意到这个世界上来？欧阳，他在我身体里面的时候，我没有好好对他，总想着是不是应该想什么法子不要他……结果，他就真的没有了。"

"我不应该和他在一起的，我明明知道我不能和他在一起……"

"不是他们杀了我的孩子，是我自己杀了这个孩子……"

欧阳怡肩头的衣裳已经湿了，她听着婉凝的话，只觉得眼前这个世界忽然虚幻起来。

她想起四月的时候，她们一起在安琪家跳舞，虞浩霆一走进来，连她也忍不住要赞："这人真是好看。"她想起她第一次到栖霞，殿堂一样宏阔雍容的房子，一盏一盏枝叶状的水晶吊灯盛大地排开，满眼的熠熠生辉；她想起给宝笙准备婚礼的时候，因为苏家不要婉凝做女傧相，虞浩霆几乎要砸了人家婚礼的场子，安琪说："他待你这样好。"她想起她们去云岭骑马，虞浩霆拥着婉凝坐在马背上，只顾低着头和她说话，玉树幽兰，连他们身后的晚霞都失了颜色……

她一直不明白顾婉凝为什么总是百般犹疑，即便是她和安琪也时常感叹，大约一个女子所能梦想的情爱也不过如此了。然而，这世界和她们从前想的、看的都太不一样，那金粉繁华的暗影下竟全是狰狞恶兽。

她忽然又想起宝笙，那天在安琪家里，宝笙刚落了几滴眼泪下来，便忙不迭地拼命忍住了："红着眼睛回去，母亲要不高兴的。"

怎么会这样呢？

去年这个时候，江宁正落第一场雪，她们四个人从大华看了电影出来，叽叽喳喳地说着戏里哪个演员漂亮哪个段落糟糕，连安琪滑跌了一跤，脏了新做的大衣也还是兴冲冲，满满的全是开心，她说什么来着？嗯，她说："哎呀，正好又有借口再做一件了。"

怎么一下子，就全都变了呢。

欧阳怡隔天再来看婉凝，却是和陈安琪两个人。霍仲祺见她带了陈安琪来，便避开了，她们两人此刻心思都在顾婉凝身上，倒也没有察觉他刻意冷淡。

她们正说着话，忽然房门轻轻一荡，三人看时，不见有人，却有一只黑白相间、毛毛茸茸的小狗摇晃着走了进来。欧阳怡和陈安琪正自诧异，顾婉凝已从沙发上撑了起来，走到门口，蹲身将那小狗抱在怀里，向门外道："谢少爷是要人请才进来吗？"

她话音才落，一个穿着戎装的年轻人就含笑走了进来，手里提着个藤篮，里头铺着淡蓝色的棉垫，想是用来装那狗的。顾婉凝抱着那小狗站起身子，对他点了点头，随即回头对欧阳怡和陈安琪介绍："这是虞四少的随从参谋谢致轩。这两位是我的好朋友，欧阳怡、陈安琪。"

谢致轩和她二人客气地打了招呼，便将手里的藤篮放下，对顾婉凝笑道："这是只边境牧羊犬，最聪明不过。不光机敏，性子也好。要是没有羊来给它牧，就是让它……看家，也能胜任的。"

他对牧羊犬的习性一向如数家珍，此时说顺了口，原本想说这狗要没有羊牧，就是让它看着小孩子也能胜任，好在生生刹住改了口："牧羊犬体力和耐力都好，回头长大一些，你时常带它到云岭跑一跑就更好了。"

顾婉凝点点头，又问了这小狗如何照顾，谢致轩事无巨细地答了。欧阳怡和陈安琪也不时摩弄着那小狗，一直等到谢致轩出去，欧阳怡才问顾婉凝："这个谢参谋怎么看着跟其他的侍从官不大一样？"

顾婉凝淡淡一笑："他是虞夫人的侄子，谢家的五少爷，这个侍从官是当着玩儿的。"

陈安琪听了，笑着说：“怪不得，他这个做派分明就是个豪门公子。”

“还是声色犬马的那种！”

说话的却是欧阳怡，陈安琪见她神色冷然，奇道：“他怎么得罪你了？”

欧阳怡道：“那些人哪一个不是这样？你也不要想那个霍仲祺了，你看看谭文锡！”

陈安琪不防她这样直白，面上一红，说不出话来。

顾婉凝见状连忙岔开话题：“我有好久都没见着宝笙了，我现在这个样子不能出门，她大约也不方便过来。谭文锡还是老样子吗？”

欧阳怡皱了皱眉没有开口，倒是陈安琪气鼓鼓地说：“宝笙每回见着我们都吞吞吐吐的，谭夫人不大喜欢她，她父亲又总想借着宝笙走谭家的门路，宝笙夹在中间为难得要命。还有那个谭文锡……”她忽然一顿，脸上又红了一红，不由自主地低了声音，“听说他之前在玫兰公寓养了……养了两个女孩子，最近又总跟一个很妖艳的女人住在华茂饭店。”

她这样一说，欧阳怡和顾婉凝也尴尬起来，三个人都不知道该说什么好，过了半晌，陈安琪忽然噘着嘴说：“早知道这样，当初还不如就听虞四少的，叫他们结不成婚！”

淞港的事情越闹越大，华亭的报纸得了消息，将外国兵舰打赌挑衅的内幕曝光了出来。一时间，华亭的爱国青年群情激愤，日日到涉事国的领馆外头游行示威。政府原本想着青年学生不过闹几天就散了，却不料这次的活动竟格外坚持，不仅没有平息下去，反而更加扩大，连舆论矛头也直指政府无能，不能废除丧权辱国之条约，任由外国势力横行无忌。

许是喊口号、撒传单终是有些单调，游行的学生们忽然开始呼吁国人抵制洋货，这一来，人们的怨气总算有了实际的落点，连许多商家也都将原本极受欢迎的舶来品下了架，外国商铺门可罗雀倒也罢了，有的竟被砸了橱窗，连租界中一些外商侨领的私宅也颇受滋扰。几国领事纷纷要求华亭市府派出警力保护，然而人虽派来了，却总是推说不熟悉租界人事，难以动作，只在各个领馆和侨领宅邸添了些人浮于事的守卫罢了。

不独华亭，从沈州、旧京，到江宁、衢昌，连最南边的桐安、沣南等都会重镇和港口城市亦纷纷加入其中，大有愈演愈烈之势。直把正在华亭斡旋的行政院副院长庞德清忙得陀螺一般，诸般安抚，而虞浩霆却似乎是铁了心把黑脸一唱到底，才有外国领事跟他建议江宁政府派兵弹压，他便顶了回去："我的兵一向莽撞，一个不小心就像淞港一样，反而唐突了贵国的侨民。"

此时，海外经济大势正每况愈下，这样一折腾，在中国的外国商人也怨声四起，原本和淞港摩擦无关的几国平白被卷入其中，也开始不忿，想要早早平息事件，遂缓和了原先作壁上观的态度，居间调停起来。

顾婉凝给谢致轩送来的那只小狗起了个有些拗口的名字叫Syne，整日逗弄，脸上渐渐多了几分笑意，霍仲祺看着总算松了口气，这才回家在父亲面前应了个卯，在家里吃过晚饭才回到悦庐来。

他一进客厅，便听见隐隐有琴声传来，霍家在官邸和别墅中都有琴房，但自从姐姐出国之后就很少有人再动了，只是定期请人来校音保养。而且，这曲子听起来也陌生，并不是社交场里女孩子们常常爱弹上一段的《致爱丽丝》。他循着乐声走到琴房，见门半开着，便放轻了步子走过去，只见卫朔笔直抖擞地站在房中，坐在琴边的背影却是顾婉凝。

霍仲祺听着那曲子如水流般倾泻出来，安然静美，便停在了门口。他声音虽轻，琴凳边的Syne还是立刻站了起来，滴溜溜的一双眼睛望着他，慢慢走过来，半绕着他微微呜咽着嗅了一遍，才又踱了回去。一曲终了，顾婉凝回头对他浅浅一笑："我一时兴起，不知道琴的主人介不介意？"

霍仲祺敛了敛心神，含笑走了过来，"原来你会弹琴，我怎么从没听你说过？我家里的琴很久都没人弹了，你要是喜欢尽管玩儿。"

顾婉凝翻着琴上的乐谱道："我也很久没弹了，都生疏了。以前在英国的时候，我也有一架琴，回来之后，就只在学校里练过一阵子。"

霍仲祺听她语气中带了一点惋惜，奇道："栖霞也有琴房的，原先……"他本想说原先霍庭萱住在栖霞的时候就在那里练琴，觉得不妥，遂改口道，"原先虞伯母也常常弹琴的。"

顾婉凝摇了摇头："我不知道，栖霞太大了。"

霍仲祺笑着说："你既然喜欢弹琴，怎么不告诉四哥？别说栖霞有现成的，就是没有，辟一间琴房出来，也不费什么事。"

顾婉凝随手在琴键上按了几个小节，无所谓地笑了笑："不过是消遣罢了，也没有特别喜欢。"

她说得轻淡，却叫霍仲祺生出一股怅惘来，他百般想着要讨她开心，却连这样的事都不知道，不仅他不知道，连虞浩霆也不知道，而她竟是从没想过让他们知道的样子。霍仲祺心里一苦，口中却笑道："你刚才弹的是什么曲子？很好听。"

"是德彪西的《明月之光》。"

她这一句，霍仲祺听了却和没听也差不多。他在西洋音乐上所知极少，此时面上便有些赧然，顾婉凝见他没什么反应，便笑着说：

"这是个法国作曲家，他到意大利的贝加莫旅行，很留恋那里的风光，回去之后又读到一首写贝加莫的诗，叫《明月之光》，就写了这首同名的曲子。贝多芬的《月光》虽然有名，其实跟月光没什么关系，倒是这一首却是专为了写月光的。"

霍仲祺心思并不怎么在她的话上。

此刻，一窗夜色，灯暖人静，她含了笑意娓娓和他说着，他心里不知怎的忽然跳出那句总被人念得暧昧挑逗的"春宵一刻值千金"来，可他却全没有想到那些绮艳旖旎，只是一腔温柔盈满地涌在心里。

秋千院落夜沉沉。花有清香月有阴。

原本苏学士的"春宵"便是这样的静好，他那些倚红偎翠的过往哪里算是"春宵"呢？唯有眼前，她给他的，此时此地此心，才真真是"春宵一刻值千金"。

他脸上微微一热："我回来得晚了，只听了个尾巴，你再弹一首给我听听，好不好？"

顾婉凝略想了想，没翻乐谱便弹了起来。这曲子比方才那首简单了许多，她一边弹一边轻声哼唱了几句，弹了两个段落才停下来，对霍仲祺道："这是首苏格兰歌谣，流传很广，歌词也很美，叫Auld Lang Syne。"

霍仲祺还未答话，趴在地上的Syne突然站了起来，凑到顾婉凝身边，顾婉凝见了伸手把它抱在怀里，声音亦有些懒懒的：

"你不是顶聪明的吗？这回猜错了，我没有叫你。"

"公子，顾小姐，陈小姐来了。"

锦络通报得有些慌张，她话音还没落，一身寒意的陈安琪已步履虚浮地走了进来，失魂落魄地叫了一声："婉凝……"顾婉凝和霍仲祺见她这副样子都是一惊，卫朔也是眉头一皱。

"安琪，你怎么了？"顾婉凝说着连忙放下了Syne，想要过去扶住她，霍仲祺却轻轻一拉她的手臂："锦络，快扶陈小姐坐下。"又低声对顾婉凝嘱咐了一句，"你小心过了寒气。"

陈安琪扶着锦络坐了下来，锦络端了茶给她，她呆呆捧在手里，一句话也不说。

霍仲祺站在她们俩身边，觉得有些尴尬，便道："你们女孩子有悄悄话要说，我先出去了。"

顾婉凝闻言点了点头，却不料陈安琪突然拉住了他，几乎带着哭腔说道："你别走！我害怕。"她这句话一出口，顾婉凝更是惊骇，霍仲祺也只好陪着她们坐下。

顾婉凝见她苍白的面孔有了些暖意，才小心翼翼地问："安琪，出什么事了？"

陈安琪听见她这一问，怔怔地流下两行泪来："宝笙……"

顾婉凝心中一沉："宝笙？宝笙怎么了？"

陈安琪忽然"哇"的一声哭了出来，紧紧抱住顾婉凝的肩膀，"宝笙……婉凝，宝笙死了。"

"你说什么？安琪？"

顾婉凝大惊失色，霍仲祺愣了一下，轻轻拍了拍陈安琪的手臂："安琪，你慢慢说，别吓婉凝，到底怎么了？"

安琪仍是不住地抽泣，几乎不能呼吸："宝笙死了……婉凝……宝笙死了！"

顾婉凝此时已信了八九成，声音抖颤着问："怎么会？安琪，怎么回事？"此前一直趴在地上的Syne也蹲到她身边，警惕地盯着他们。陈安琪从婉凝手中拿过手帕，捂在嘴上，强忍了一阵，才勉强开了口："华茂饭店，宝笙……在华茂饭店……"

"宝笙现在在华茂饭店？"顾婉凝疑道。

陈安琪猛烈地摇头："宝笙在华茂饭店……跳楼……好多血……婉凝，好多血。"

顾婉凝闻言霍然站了起来，身形一晃，霍仲祺赶忙握住她的手臂："你先回房，我来问。"说着就想拉走她。顾婉凝却摇头挣开了，直直盯着陈安琪，强自镇定道："是什么时候的事？为什么？"

"刚才，就是刚才。"陈安琪有些恍惚地说。霍仲祺闻言看了卫朔一眼，卫朔便走了出去。

"我和诗兰在华茂九楼吃饭，谭文锡在那儿跟人跳舞。后来宝笙也来了，不知道怎么回事就吵了起来……好多人都看着，我们去劝也没用，谭文锡和那个女人要走，宝笙拦着，结果谭文锡……谭文锡打了宝笙……"

苏宝笙是被谭夫人从家里逼出来的。

谭文锡这些日子一直和一个叫妮娜的女人住在华茂饭店。这个妮娜原是华亭的欢场女子，因为傍上了励昌洋行在江宁的经理王千成，才到了江宁。不想没到半年，王千成就因为挪用公款事发，在办公室饮弹自尽，扔下一家孤儿寡母。各家小报一番打探，却原来是王千成为了讨妮娜的欢心债台高筑的缘故。王千成一死，妮娜戴了三天黑纱，第四天便花枝招展地去了梦巴黎，没两天忽然又搭上了谭文锡，两个人在梦巴黎一夜豪赌就输了谭家的一处别墅。这一回，谭夫人也按捺不住了。

这天谭家晚饭刚开，谭夫人一看小儿子又没回来，一腔怒气便发泄在了宝笙身上："你去把文锡叫回来。丈夫在哪儿，你就在哪儿。他不回来，你也不用回来了！"

苏宝笙饭也没吃，就匆匆裹了大衣出门。她到华茂饭店的时候，谭文锡正和妮娜在九楼跳舞。宝笙一向拙于应酬，此刻见了这种场面，只会嗫嚅："母亲让我来叫你回去。"

谭文锡却是老大的不耐烦，敷衍了两句就让她回去，不想，苏宝笙这回却十分倔强，两人声音一高，便引了旁人侧目，吃饭跳舞的人里头倒有一半都认得谭文锡，陈安琪和女伴也走过来劝说，妮娜娇娇嗲嗲地旁敲侧击了两句，谭文锡便心头火起，对宝笙道："好，你愿意丢人你就在这里，我走！"

宝笙拖住他的手臂只是摇头，谭文锡顿时觉得跌了面子，抽出手就打在了苏宝笙脸上。宝笙脑中一蒙，脸颊火辣辣地疼，一丝腥热沁出了唇角。安琪过来扶她，狠瞪着谭文锡道："你怎么打人？！"

谭文锡见状，脸上更挂不住了，挽了妮娜就走。

宝笙突然挣脱了陈安琪，追到走廊里，叫了一声："谭文锡，你回不回去？"

谭文锡回头看了宝笙一眼，心中也是一凛，他倒从未见过宝笙这样决然冷冽的神情，然而也只是匆匆一想，随即轻笑了一声，就转身要走，不想宝笙却猛然拉开了身旁的一扇窗子，夜风瞬间便将垂在一边的流苏窗帘卷了起来。

谭文锡一怔："你干什么？"

他话音还没落，只见苏宝笙的身子向后一倾，整个人便飘了出去。陈安琪和谭文锡都赶过去想伸手拉她，却连宝笙的衣角也没有碰到。楼下仿佛有一声闷响，已有人惊声尖叫，乱作一团。谭文锡脸色灰败，呆在窗口一动不动，妮娜大着胆子往下头看了一眼，也是一声尖叫。

宝笙却都听不见了。

她有两个家，却一个都回不去，她有那么多家人，每一个人都在逼她，她不明白自己究竟错在了哪儿。

那一天，也是在这里，她说出了自己这一生最勇敢最笃定的那句话，她以为上天终于也安排了一个良人给她，却原来是没有这回事的。

顾婉凝缓缓站起身，对霍仲祺道："你陪陪安琪。"

霍仲祺连忙也站了起来："你想做什么？"

"我去看看宝笙。"顾婉凝轻声道，她转脸望着刚刚进来的卫朔，"宝笙是在医院吗？"卫朔蹙着眉点了点头，"那我去看看她。"婉凝一边说一边就要往外走。

霍仲祺赶忙伸手拉住了她："不成，婉凝，你不能去。你现在身子不好，见不得这个。"

顾婉凝用力一挣，刹那间已泪如雨下："我要去看宝笙，你不知道，她胆子最小……"

霍仲祺见她落泪，更是焦灼："婉凝，你别哭，我过去看看，你现在不能这样伤心。"

顾婉凝却只是摇头要走："我早就知道谭文锡不是好人……我早就知道……"

霍仲祺情急之下只好将她半揽在怀里："根本不关你的事，你别乱想。你要是气那个谭文锡，我去收拾他！你不要哭。"

顾婉凝用力推他的手臂，呼吸紧促，面上泪痕纵横："有什么用？有什么用？宝笙不会回来了……"

霍仲祺听了她这一句，心口便是一疼，那天她也是这么和他说的——"孩子不会回来了。"他臂弯一紧，便抱住了她，牢牢按在怀里："婉凝，你真的不能再伤心了，我求求你。等你好了，你想怎么样都成，现在最要紧的是你的身子。你不要哭了，好不好？我求求你……"一直皱眉站在边上的卫朔忽然看了他一眼，又默然低了头。

霍仲祺劝着顾婉凝，只觉得她蓦地往自己身上一压，低头看时，顾婉凝却是双眼紧闭，竟是晕了过去。"婉凝，婉凝！"霍仲祺惊骇地将她抱了起来，大声对锦络道："去叫大夫！"

陈安琪方才断断续续说了今晚的事，心神才略为定下，此时见了这个情形，又慌张起来，追在霍仲祺身后就出了琴房。

因为顾婉凝身子不好，霍仲祺一直叫了霍家的医生守在这里，一时大夫上来看过，说小产之后虚弱晕厥也是有的，不算大碍，只是病人须得好好休养，不能再受刺激。霍仲祺想着好不容易这几日顾婉凝精神见好，却又横生了这样的事情，既恨谭文锡混账荒唐，又懊恼陈安琪没有分寸。

他听完了医生的嘱咐，一转回来，陈安琪便一脸憔悴地问道："大夫怎么说？婉凝她没事吧？"霍仲祺本来就心中烦躁无处发泄，当即便甩出一句："你怎么这样没有轻重？你明知道她现在身子不好，还来跟她说这种事情？"

陈安琪从小到大都没有被人这样责备过，她今日亦是受了惊吓，伤心失措，一片茫然，下意识地就想到了婉凝和霍仲祺，才惊慌忙乱地来了这里。此时被霍仲祺这样一排揎，已委屈到了无以复加的地步，紧紧抿着唇，眼泪无声无息地淌了下来。

霍仲祺见状也失悔自己话说得重了，她今日在华茂饭店看着苏宝笙出事，委实比顾婉凝受的惊吓要重得多，只是自己十分心思都在顾婉凝身上，再顾及不到旁人。此时见她这样一番伤心泫然的样子，连忙缓了神色："对不起，我一时心急，说错话了。是我不好，你别难过。"说罢，从口袋里摸出一方手帕递给她，安琪低着头接在手里，仍是不说话。

霍仲祺略一思忖，柔声道："你稍等一下，我这就叫人送你回家。"他进去吩咐锦络和几个丫头好生看着婉凝，一转头看见Syne直直地蹲在床脚，伸手摸了摸它的脑袋，Syne低低呜咽了一声，还是一动不动。

霍仲祺陪着安琪出来，替她拉开车门，陈安琪却站着不动，只是默默低着头，霍仲祺见状对开车的司机道："你下来吧，我去送陈小姐。"说着，自己坐进了驾驶位，推开了副驾的车门。

棉絮一样的雪，漫天遍地地扯了下来，在车灯的光束中翻卷，夜深路滑，霍仲祺开得很专心，车速却不快。刚过了两个街口，身边的人忽然轻轻靠在了他肩上，霍仲祺心中一叹，轻声说："安琪，我要开车。"

陈安琪却仍是一声不响，霍仲祺看了她一眼，道："你是不是还在害怕？"只听陈安琪幽幽道："我要是害怕，你能抱抱我吗？"

霍仲祺默然片刻，柔声道："安琪，要是之前我做了或者说了什么让你误会的事，我向你道歉。我这个人轻浮惯了，总喜欢跟漂亮女孩子献殷勤，是我不好，对不起。"

枕在他肩上的陈安琪，似乎微微抖了一下，慢慢坐直了身子，霍仲祺暗自吁了口气，却听她低低说了一句："你喜欢她，是不是？"

霍仲祺怔了一下，随即道："你说谭昕薇？没有的事。"

"我是说婉凝。"

霍仲祺身形一震，强自镇定道："你说什么？"

陈安琪兀自低着头，手里还攥着之前他给她的那方手帕，"我说，你喜欢的是婉凝。"

霍仲祺一打方向盘，将车停在路边："你怎么会这么想？我不过是替四少照顾她而已，你千万别多想。"

陈安琪看着夜色中迷蒙飘散的雪花，静静道："你知道宝笙为什么会嫁给谭文锡吗？因为宝笙从来没被人喜欢过，只有谭文锡对她略好一点，哪怕只是多看她一眼，她就放在心里了……"

霍仲祺虽然不解她为什么突然说到苏宝笙，但听她这样说着，心里也一阵唏嘘。

他见过苏宝笙几次，可是现在要想她的样子，却也想不真切。不要说顾婉凝，就是比起欧阳怡的温婉娴雅、陈安琪的靓丽，苏宝笙也是极平常的一个女孩子。他知道谭文锡打的什么主意，尽管也看不起他荒唐胡闹，却只是一笑置之，没想到竟会是这样一个结果。

"但是婉凝不一样。虞四少待她那样好，别人，就算再怎么对她……她也不会觉得了。"陈安琪继续说着，"可她看不出来，不等于所有人都看不出来。"

霍仲祺的声音有些艰涩："安琪，你误会了。我这个人，百无一用，最拿手的事不过就是在女孩子面前献殷勤……你真的误会了。"

陈安琪摇了摇头："你对她，和对别人，不一样的。其实我早就觉得了，她不在的时候，你是潇洒倜傥的霍公子，可是只要她在，你眼里就再看不到别人了……你喜欢她很久了，对不对？"

霍仲祺交握的双手猛然一放，正砸在方向盘上，汽车尖锐地长鸣了一声。安琪惊了一下，随即定了心神："你放心，我不会告诉她，也不会告诉别人。可是，她已经和虞四少在一起了，就算你喜欢她又有什么用呢？"

霍仲祺突然发动了汽车，安琪也没有再说下去，雪片在夜空中翻卷飞舞，一落在地上，片刻之间便融得毫无踪影。

送完陈安琪回来，霍仲祺就一直坐在楼下的客厅里抽烟，卫朔下来的时候，一看他就微一皱眉，自从顾婉凝出了事，霍仲祺就一直陪着她，这些天从来都是烟酒不沾，然而此刻，茶几上的水晶烟缸里已经丢进去两三支烟蒂了。

"刚才四少来过电话，说后天回江宁。"

听了卫朔的话，霍仲祺面无表情地点了点头："四哥早就应该回来的。"他说完，又深吸了一口烟，见卫朔还站在他身边，便问，"还有什么事吗？"

"霍公子，顾小姐——是四少的人。"

霍仲祺手里的烟一抖，蓦然抬起头来，却见卫朔仍是惯常的沉冷坚毅，他还未来得及说什么，卫朔已经转身走开了。

苏宝笙在华茂饭店坠楼的事情隔天便成了江宁大小报章最抢眼的社会新闻，大报还好，小报捕风捉影，添油加醋，写得极为不堪。苏家愁云惨雾，谭家灰头土脸，然而真正为宝笙伤心的也不过只有宝笙的母亲罢了。婉凝自那晚晕倒之后，一直昏昏沉沉，醒转的时候一言不发，睡着的时候却偶尔有眼泪滑落。霍仲祺和谢致轩都一筹莫展，好在虞浩霆总算要回来了。

顾婉凝看着锦络手里的汤，蹙着眉摇了摇头，锦络刚要劝她，身后却忽然响起了一个低缓的男声："我来吧。"锦络回头一看，却是虞浩霆，他也不在意脚边逡巡着嗅他的Syne，只管往里走，锦络连忙起身："四少。"

虞浩霆已经将手套搁在床边的矮柜上，把汤盅从她手里接了过来："是什么？"

"是用党参、桂圆熬水，化了阿胶，给小姐补身子的。"

虞浩霆点了点头："你下去吧。"

他刚才一到门口，顾婉凝就看见他了，只是她目光微微一滞，便垂了眼睛。

他依旧是颀身玉立、戎装抖擞的样子，一如初见。她想起前些日子，报纸上刊出他在华亭的照片，衣冠满堂，觥筹交错，亦掩不住他的英挺傲然。大概无论发生什么事，他在人前永远都是这样无懈可击吧。

"把它喝了，等一下冷了，还要他们重新弄。"

他什么都不问，在她身边一坐下，就把她揽进怀里，舀了一勺送到她唇边，他知道她一向都不愿意给别人添麻烦。她低头喝了，他一边喂她，一边说：

"我是借着你的事情动了些人，但也是为了让你平安。

"淞港的事我不得不走，我知道你明白，可你一定还是难过，你怎么跟我撒气都好，只不许憋在心里。

"苏家把宝笙的葬礼定在下星期三，要是你身子没事，我陪你一起过去。"

顾婉凝抬起头，深深地看着他，竟绽出一个笑容来，虞浩霆却从来没见过一个人笑也可以笑得这样凄凉。他心中抽痛，面上的神情却依旧温和，揽过她的身子拥在怀里。顾婉凝纤长皙白的手指无力地攀在他肩上，他什么都安排好了，他什么都想到了，她还能怎么样呢？

她忽然觉得一阵恐惧，他三言两语就说完了她这些日子所有的伤；当初，他也是这样气定神闲地三言两语就让她解开了自己的衣扣；他那样骗了她，还能叫她差一点就忘却了他和她之间绝无可能；哪怕他给了她那样的羞辱和痛楚，他也能叫她没办法去恨他；他甚至能叫她几乎想为他生一个孩子……

怎么会？

不断涌起的阴影一层一层覆上来，浸没了她的心。

她偎在他怀里，看着他戎装上分明的衣线，忽然想起许久之前安琪家的舞会，她隔了玻璃看着他和梁曼琳在众人瞩目中翩翩起舞——无论有没有她，他的世界都是这般光华璀璨，笃定完满。她在和不在，都丝毫影响不了他的人生。

然而，她的喜忧荣辱，甚至是生死，都只不过在他的一念之间罢了。

虞浩霆并不知道她在想什么，他牢牢地抱着她，只觉得这些天自己心头一直缺的那一处终于补了起来，虽然还在疼，可是终于在这里了。

"婉凝，等你再好一点，我们去曜山。酌雪小筑后面种了一片红梅，落雪的时候最好。你要是喜欢白梅，淡月轩那里有金钱绿萼，你见了就知道，当真是疏影横斜水清浅，暗香浮动月黄昏……"

疏影横斜水清浅，暗香浮动月黄昏。

呵，他以为她没有见过吗？她认得一个那样爱梅花的女子。

只是她那样爱梅花，怎么会忘记了"过时自会飘零去，耻向东君更乞怜"？

母亲是没有得到，可得到了又怎么样呢？宝笙，得到了，又怎么样，值得吗？

把这一生都交托在别人手里，值得吗？

她不能和他在一起了，不能了。她这样想着，身体却不由自主地偎紧了他。

她不能和他在一起了。

虞浩霆察觉到怀里的人靠紧了自己，心中一宽，低头在她额上轻轻一吻，看见Syne小小一团蹲在床边，一双眼睛直盯着他，不由淡淡一笑："这小东西倒警醒。"

"它叫Syne，才四个月大。"顾婉凝说着，伸手在床边轻轻一拍，Syne便跳了上来，温驯地凑到她身前。

"Syne？"

顾婉凝轻声拼了，虞浩霆想了想，问道："Auld Lang Syne？"

"你也听过吗？"

"这首歌德国人也填过词，叫*Nehmt abschied，brüder*。"

顾婉凝靠在他胸口，抚着Syne的背脊，轻声说："你唱给我听听，好不好？"

虞浩霆蹙了蹙眉："我不会。"

顾婉凝抬起眼睛凝视着他："你骗我。你一定会。"

虞浩霆唇角一牵，有些无可奈何："很久以前的事了，我想一想。"

这首*Nehmt abschied，brüder*在德国亦是一首颇为常用的送别之曲。虞浩霆之前读军校的时候，确实也和同学一道唱过，只是，他长这么大，却从来没有人说过要听他唱歌，他更是从没有这份闲情逸致为谁唱过。

然而，此时此刻，顾婉凝这样凝眸望着他，他无论如何说不出一个"不"字。于是，略想了想，虽然有些尴尬，终究还是低低开了口："Nehmt abschied，brüder，ungewiss ist unsere wiederkehr……"

卧室的门只是虚掩，霍仲祺和郭茂兰都在外头的小客厅里，忽然听见里面隐约有男子的歌声传出来，一时都摸不着头脑，愣了片刻之后，才反应过来竟是虞浩霆在唱歌！

两人对视了一眼，既好笑又感慨。霍仲祺听出那曲调正是之前顾婉凝弹过的，不禁有些怅惘。郭茂兰听着这歌声，却十分诧异。虞浩霆这些日子在淞港，人前仍是沉着翩然，但每晚和霍仲祺打完电话，脸色都极差，常常在办公室里待到凌晨才勉强睡上三四个钟头，顾婉凝竟是一次都不肯听他的电话。

此前他和顾婉凝闹了别扭，砸东西也好，发作也罢，总归是有个出口，可这一次，虞浩霆只是默然，郭茂兰琢磨着他是自己在跟自己生气，却也毫无办法。这趟回来他原本极为担心，不管顾婉凝是不理不睬还是不依不饶，恐怕都是一场麻烦，不想他们见了面竟是这样一番光景。

两人各怀心事，等了好一阵子，虞浩霆才从房里出来，对霍仲祺道："这些日子辛苦你了。我叫茂兰在这儿，你赶紧回家去吧。你要是再不回去，霍伯母恐怕要到陆军部来跟我要人了。"

霍仲祺心中怅然若失，一转念却笑道："四少，您歌儿唱得真好，几时也教教属下？"他此言一出，郭茂兰也是一笑，连忙咳嗽一声遮掩过去了。

虞浩霆见状笑骂道："你们什么不好学，学人听墙根儿！"

霍仲祺一脸委屈地冲郭茂兰说："我现在是相信你这差事不好干了，整天伺候着这么霸道的长官，许他唱，倒不许人听。"

郭茂兰不敢答话，低了头又是一声咳嗽。

刚才顾婉凝要他唱歌的时候，虞浩霆就有几分尴尬，此时被霍仲祺一闹，脸上亦隐隐一热，沉声道："小霍，你走不走？"

霍仲祺立刻敛了笑意肃然看着他，正色道："四少，你脸红了。"

虞浩霆刚要发作，却听霍仲祺突然冒出了一句："婉凝会弹琴。"

虞浩霆一怔："什么？"

霍仲祺笑道："婉凝会弹琴，只是栖霞太大了，人家要练琴都不知道琴房在哪儿，唉……"他装模作样地叹了口气，转身出门去了。

她会弹琴吗？怎么从来没有告诉过自己？

虞浩霆正想着，霍仲祺突然又推开门，探进半个身子："四哥，你想不想知道婉凝喜欢什么牌子的巧克力？"

虞浩霆又好气又好笑地瞧着他："你说。"

霍仲祺促狭一笑："你唱支歌儿给我听，我就告诉你！"他话音未落，也不等虞浩霆答话，便极快地关上门闪了出去。

因为谭、苏两家都不愿张扬，宝笙的葬礼极为简单，除了自家亲眷之外，就只有几个要好的朋友，连谭文锡也没敢露面。唯独虞浩霆陪着顾婉凝过来，而且到得很早，婉凝捧了大束的百合花放在宝笙的遗像前，谭家的两位公子和苏兆良却都丢开了宝笙的事情，来和虞浩霆攀谈寒暄。谭夫人一直拿帕子拭着眼角，絮絮跟人说着宝笙平日一向乖巧柔顺，没想到她竟是这样烈性，又感慨谭文锡年轻不晓事，被外头人撺掇得失了分寸。

欧阳怡在一边听了，心中冷笑，咬牙对顾婉凝道："出了这样的事情，都是别人的错，她倒忘了她自己是怎么摆布宝笙的。"

顾婉凝漠然说道："昨天苏兆良委了实业部一个司长的位子。"

欧阳怡听她对宝笙的父亲直呼其名，不由一怔，却见顾婉凝下颌一抬，示意欧阳怡往虞浩霆那边看："你看看那些人，有没有一个在意宝笙的？"

欧阳怡想到她刚才的话，心中一恸："怪不得苏家这样便宜谭文锡。"

陈安琪来得有些迟，一见顾婉凝和欧阳怡眼圈便又红了，平日里数她最为活泼热闹，然而今日却十分静默，一双杏眼始终泪雾蒙蒙，不胜凄楚。

宝笙的葬礼一结束，虞浩霆就带着婉凝离了谭家。顾婉凝病体初愈，本就憔悴，今日又穿了素黑的长裙和大衣，越发显得纤弱苍白，楚楚可怜。她自上了车，便低着头一言不发，虞浩霆握着她的手，将她揽在自己肩上，柔声道："宝笙的事你别再想了，她和你那么要好，一定也不想你太伤心。"

顾婉凝听他说到宝笙，喃喃道："为了那么一个人，值得吗？宝笙怎么这样傻？"她这一问，虞浩霆亦不知如何作答，只得微微一叹，便想转过话题："婉凝，你要是不愿意回栖霞，不如我们去余扬住些日子，吴门的梅花大约已经开了。"

他见顾婉凝不肯答话，想了想，又说："要不然，索性走远一点？我们去眉安，那里地气暖，你好好养养身子……"

他正说着，顾婉凝忽然轻轻插了一句："你能不能答应我一件事？"

虞浩霆一听，忙道："好，你说。"

顾婉凝慢慢从他怀里直起身子，转脸朝着窗外，低低说道："你让我走吧。"

虞浩霆怔了一下，强笑道："你想去哪儿，你告诉我，我陪你去。"说着，便伸手去拉她。

顾婉凝由他拉着自己的手，声音却是一片沉静："四少刚才已经答应了，就不要再出尔反尔了。"

虞浩霆拉住她的手微微一僵："为什么？"

婉凝仍是静静的："我不想和你在一起了。"

虞浩霆放开了她的手，绷着面孔一言不发，车子一路开回悦庐别墅，郭茂兰从前车下来，见卫朔和开车的侍从都下了车，虞浩霆和顾婉凝却没有出来，刚要动问，卫朔已经冷着脸向他递了个眼色，郭茂兰一见心底就是一沉。

"你想要我怎么样？"虞浩霆的目光轻轻落在她身上，语气中透着些许无奈。

"我想请四少放我走。"顾婉凝的声音和她的人一样单薄。

虞浩霆的呼吸有些重，一阵痛意在他胸中挣扎了片刻，才迟疑着问："婉凝，你是不是……伤心孩子的事？"

孩子——

他沉涩地说出这两个字的时候，她的身子也微微颤抖起来，虞浩霆把她抱过来，脸颊贴在她的额头上，低低吻着。从出事到现在，他们一直都没有提过这件事。那个孩子，来得这样突然，又离开得这样意外，他和她都不知道这件事究竟意味着什么。

他一个人的时候，总忍不住想，如果这个孩子没有出事，他和她现在会是怎样。

她会不会就肯原谅他了？

他怕她不想要这个孩子，他也怕她想要这个孩子，他在淞港的时候，一夜一夜，任这些念头反反复复撕扯着他的心；可见了她，他什么都不敢说，他怕他一提起，就叫她难过，什么样的苦楚他都愿意受，只要能让她不难过。

然而，她面上只有带着倦意的漠然："虞浩霆，你放过我吧。我从来都不想和你在一起。"

"我不信。"他倔强地抿着唇，抱着她的手臂却缓缓放开了，"你不用拿这样的话来气我。"

"你信也好，不信也好，我都不会和你在一起了。"顾婉凝依旧是神情漠然，"你想去抓我家里人你就去，我陪着他们就是了。"

虞浩霆唇边浮出一丝苦笑："你知道我拿你没有办法是不是？"

顾婉凝侧着脸，只是默然。

良久，虞浩霆起身推开车门，背对着她说："好。你走。"

顾婉凝回到栖霞官邸只待了不过十多分钟，走的时候仍旧拎着当日来时那只小手提箱。

虞浩霆回来的时候，房间里一切都还是原样：她的衣裳还在，她未看完的书还在，她写了一半的《长干行》还在，连她那个存"私房钱"的盒子也还在，里面不光有那张八百元的支票，单摞着的银元，还有这几个月他在陆军部的支薪……虞浩霆坐在床边，苦笑着将那盒子搁了回去，但凡和他有关的东西她都不要吗？

"四少！"郭茂兰敲了敲卧室的门。

"进来。"

郭茂兰见他神情索然，正犹豫着要不要开口，虞浩霆已问道："她回家去了？"

"没有。顾小姐在竹云路租了一处房子。"

虞浩霆抬头看了他一眼，疑道："怎么回事？"

"不知道。可能事情仓促，顾小姐一时不想告诉家里。"

虞浩霆皱眉道："她怎么找的房子？"

"房子是上个礼拜欧阳小姐租下来的。"

原来她早就想好了，虞浩霆的声音有些黯涩："她一个人？"

郭茂兰点了点头，又道："还有Syne。"

虞浩霆面上掠过一丝微薄的笑意，又极快地消失了：

"叫致轩那边好好看着，别惊动她。"

虞浩霆回江宁的当天晚上，顾婉凝就叫人送了封信给欧阳怡，请她帮自己找一处房子，欧阳怡便选了竹云路。这里挨着陵江大学，清幽安静，小小一个院子，俭朴整洁，房东是陵江大学史学系的一个教授，这位教授的太太和欧阳怡的姐姐欧阳忱是红十字会的同事，十分熟络，听说是欧阳怡的同学来住，便极爽快地答应了下来。

"婉凝，你这里缺什么就告诉我。"欧阳怡临走时有些迟疑地嘱咐道，"你真的不用我在这儿陪你？"

顾婉凝柔柔一笑："不用了，你快回去吧，已经很麻烦你了。"

送走欧阳怡，顾婉凝一转身，Syne正凑到她身前轻轻蹭在她腿上。婉凝蹲下身子，把它抱进怀里，抚弄着说："咱们在这儿住些日子再回家。不过，以后我没机会带你到云岭去玩儿了，那里风景很好呢。"

她抬眼望了望四周，如释重负地轻轻一叹，心里终于静了下来，她要好好想一想以后的事。

贰

云散

既然不在意了，又何必不许提呢？

外头呵气成雾，栖霞官邸仍是温暖如春，今日魏南芸房里的插花是橙红耀眼的虎皮百合，养在净绿的大玻璃瓶里，若不是衣架上搁着一件墨狐毛领的开司米大衣，一点也看不出已到了隆冬时节。

魏南芸一边由着丫头给自己按摩肩颈，一边问芷卉："她走的时候什么都没带？"

"是。"芷卉答道，"顾小姐只带了几件随身的衣裳和书，都是她来的时候带在身边的。"

"四少把她送到哪儿去了，你知道吗？"魏南芸思量着又问。

芷卉摇了摇头："这一个多月顾小姐在哪儿，我都不知道。前天小姐回来收拾了东西就走了，什么也没有交代。"

顾婉凝从医院出来之后安置在霍家的别墅里头，魏南芸和虞夫人都是知道的。然而她这一走，魏南芸却理不出头绪了。之前顾婉凝在外头养病，虞浩霆天天陪着，几乎是住在悦庐。这几天虞浩霆回了栖霞，顾婉凝却没有回来。若说是虞浩霆把她送到了别处，犯不着让她自己回来收拾这些东西。

听芷卉这些话的意思，莫非这两个人是分手了？

这就怪了。

一来虞浩霆在淳溪闹了一场，撂了那样重的话出来，着实叫人心惊；二来顾婉凝虽然身份尴尬，但无论如何那孩子毕竟是虞家的骨血。况且，虞靖远如今只剩下虞浩霆这么一个儿子，出了这样的事情虞夫人也着实伤心。出事的第二天，她赶到淳溪，虞夫人摇头叹道："算了，由着他吧。回头把那女孩子收在房里就是了。"

既然虞夫人都松了口，顾婉凝往后在虞浩霆身边也算名正言顺，怎么反倒走了呢？

魏南芸轻轻摇了摇头，或许男女之间的事情就是这样，越是有人拦着阻着越是要死死攥着，若是没了艰难阻滞，反倒也没什么意思了。原先瞧着老四那个架势，还真叫人觉得是个情种，没想到这也就撂开手了。不管怎么样，倘若他们两人就这么算了，对虞家也不是坏事，虞夫人倒是可以安心等着霍庭萱回来做虞家少夫人了。

她一想到霍庭萱，转念间便又想到了霍仲祺。

当日在花园里的那一幕，她虽然不明所以，但小霍的一举一动她却看得清清楚楚。这也是个风流任性惯了的公子哥儿，霍家和虞家这样的渊源，霍庭萱又是他的亲姐姐，他倒一点也不晓得避讳。

原先她听说顾婉凝出事之后被霍仲祺接到了悦庐，心里就"咯噔"一下，然而这种事她却不好跟虞夫人明言。眼下顾婉凝要是真离了虞浩霆，但愿也万万不要跟小霍有什么沾惹，要不然，那就真的是笑话了。

对于顾婉凝，魏南芸没有什么喜欢，也没有什么不喜欢，但是对虞家，她有更长远的打算。

以虞家的地位，即便是纳妾，也得拣选一下女家的身世背景。就拿她自己来说，魏家虽然败落已久，但也是前朝显赫过的大族，她当年嫁进虞家做三太太，家里起初也犹豫过，反倒是她自己拿了主意。

她父亲是个不成器的，酒色财气占全了前三样，吃着家里的老底一个一个姨娘往家里收。魏南芸的母亲是魏家这一房的五姨太，小门小户的人家，父母双亡无人做主，狠舅奸兄图着魏家的钱，几乎就是卖了妹妹。她母亲入门之后，也生了一子一女，奈何魏家最不缺的就是孩子和小妾，他们兄妹二人从来就不被人放在眼里。

如果不是当年她偶然遇上了虞靖远，如今还不知道要被嫡母发嫁到什么人家去。虽然她不太清楚虞靖远为什么一见之下就执意要娶自己，但魏南芸明白，除了母亲和哥哥，她的终身大事魏家根本无人上心，嫁进虞家做妾侍，委屈的不过是个名分，好处却是实际的。后来的事情，倒比她预料的还要好。

且不说虞靖远对她颇为疼爱，虞夫人常常住在淳溪，连同在官邸的二太太许竹心也温柔沉静，从无是非，和从前在魏家的日子相比，不啻天壤。

刚嫁进虞家的时候，她一连几日都如坠梦中，她知道虞家权焰赫赫，富贵逼人，却也没想到竟奢华到这个地步。她头一天到虞家，单是丫头给她端来的茶盏就叫她一惊，一套玻璃戗金的蕉叶纹盖碗，竟是前朝御用，这样的东西在魏家也有一对差不多的，却是她祖母手中赏玩的爱物，等闲不肯示人，她也只见过两回，到了虞家，却当真是拿来喝茶的。

她想起自己出嫁前一天，二姐鄙夷地一笑："小妇养的还是要做小妇。"

小妇？

半年之后她过生日，虞靖远在国际饭店宴开三十席，她身上的一套钻饰惊得她二姐眼珠子都要掉出来了，上好的翡翠镯子她随手就脱下来套在母亲手上，比魏家大太太手上那一对戴出来见客的水头还要足上几分。

她哥哥魏子谦也算争气，明言不肯走虞家的门路，硬是自己考进实业部，从低做起，反让虞靖远有几分看重。其实，以虞家在江宁的权势声望，不必虞靖远亲自开口或者魏子谦有心筹谋，别人也自要看顾虞家的情面，因此魏子谦顺风顺水，五六年间已升了处长，又娶了海关监督程秉准家的一个女儿，魏家上下如今全看他兄妹二人的风光，连带她母亲如今在魏家也颇受尊重。

如今，虞靖远"遇刺"之后出国疗养，有些事情魏南芸虽然不知底细，但也琢磨出一些端倪。若是虞靖远不在了，虽然虞家不会薄待她，但是一个没有孩子的妾侍，即便是锦衣玉食，在虞家的分量也终究有限。将来的事，恐怕还要在虞浩霆身上下功夫。

在魏家那么些年，魏南芸早已磨炼得八面玲珑，她深知若是虞夫人知道她在虞浩霆身上动心思，那她就什么都别想了。虞家少夫人的位子轮不到她来操心，从虞浩霆的祖父算起，虞霍两家的交情已有数十年。所谓"富不过三，贵不出五"放到霍家只是笑谈，霍家百年望族，诗礼传家，在前朝便有不止一位入阁的先人，到了如今，贵盛依旧，霍万林坐着政务院院长的位子，他的胞弟霍敬林是外交总长，霍家在江宁政府中盘根错节，根基深厚。虞霍两家联姻，无论对谁都是好事。

更何况，虞浩霆要娶的是霍庭萱。

即便是世交联姻，虞夫人也断然不肯委屈了这个宝贝儿子。魏南芸第一次看见霍庭萱的时候就心中感慨，这世间真是从来没有公平两个字。以霍家的家世地位，哪怕再平常的女孩子也是百家来求，而霍庭萱还那样美。

萱草微花，孤拔自秀。

见了她，让人忍不住便要低下来。只要霍庭萱在，江宁的名媛闺秀都只能黯然，活泼的显轻浮，严整的显造作。魏南芸私心里比较，便是气韵雍容如虞夫人，也多少有些目下无尘，叫人在尊敬之外存了几分畏惧。然而霍庭萱却是一点凌人的盛气骄矜也没有，待人接物之中时时有一种熨帖人心的体谅，仿佛是因为自己太过高华而心生歉意，反叫人春风如沐，低得心甘情愿。

因此，虞家的世交里头几乎没什么人再打虞浩霆的主意，只因论人才、论家世能比得上霍庭萱的着实没有几个，即便是有看得过眼又够得着虞家的，也犯不着去挑这样的闲事。

魏南芸看得出霍庭萱是喜欢虞浩霆的，一个女孩子无论多么高洁娴雅，见了自己喜欢的人，眼中那份光彩是遮掩不住的。至于虞浩霆喜不喜欢霍庭萱，魏南芸却说不上来。

虞浩霆一向冷淡自矜，喜怒不形于色，对霍庭萱说不上殷勤，但也十分尊重。虞靖远夫妇虽然教子极严，只在男女之事上却不大管束他，外头的风流故事传到家里，虞夫人也不过摇头一笑，虞靖远更是不放在心上。好在虞浩霆极有分寸，不管是家里的丫头还是世交的千金，他都不沾惹，更不要说青楼勾栏；身边的女伴不是数一数二的电影明星，就是名动公卿的名伶红角，便说是交际应酬也说得过去，单这一条就已经让虞夫人很满意了。

不过，虞家事事都好，唯有一条是虞靖远和虞夫人的心病，虞家从虞浩霆的祖父算起就子嗣不旺。这也是没办法的事情，虞家握的是兵权，戎马倥偬，枪林弹雨，军中不比政界，除了手腕、人脉、家世、财力，天地终究还是要打出来的。虞靖远的弟弟死在绥化的时候才三十岁，孀妻带着一儿一女离了伤心之地，远走异国，再不肯让儿子从军；虞靖远的长子十多年前还未成家就死在了桐安，当时虞浩霆不过七岁。虞家能有今日的局面，也着实靠的是黄沙铁血，马革裹尸。

因此，纵然谢家是西式的家风，纵然虞夫人再中意霍庭萱，若是虞浩霆要纳妾，她也不会反对。魏南芸的算计便由此而来。在虞夫人面前，她从来不露出一点对虞浩霆的关注，然而，虞浩霆每一个传过绯闻的"女朋友"，她都私下留心过，只为了要摸一摸这位四少的喜好，不承想，一个一个看下来却全无头绪。从和季惠秋齐名的昆腔名角楚横波，到歌星夏兰，再到电影皇后梁曼琳，容色各异，性情也悬殊，魏南芸也吃不准她预备的那着棋究竟合不合虞浩霆的脾胃。

她选的是她嫂嫂程静娴的妹妹程静瑶。程家门第寻常，家里一子五女，这个四妹妹是姨娘生的，自幼丧母，性子怯弱，却是一个十足的美人坯，在家中多受程静娴的照拂，和这个姐姐最是亲厚。

以程家的境况，要嫁个官宦子弟也不是不行，但要嫁得好就难了，庶出的姑娘嫁妆又有限，平白耽误了她这份资质，还不如……她自己不就是个例子？她这个主意跟兄嫂都私下商量过，一家人都没有异议，只是眼下不便对程家明言。

魏南芸盘算着和霍庭萱的容貌出尘、气韵高华相比，程静瑶的弱质纤纤、柔丽温软倒是别有一番情致。她本想着等霍庭萱嫁进虞家，有了一男半女或者一直没有消息，再寻个机会叫程静瑶去亲近虞浩霆，凡事务必不着痕迹。没想到，霍庭萱还没回来，却冷不丁出了一个顾婉凝。

魏南芸起初也不明白，虞浩霆为什么对这女孩子这样动心，一直到她见了顾婉凝和霍仲祺在花园里的那一出，才忽然灵光一闪，想起自己当日跟虞夫人说过的话来。顾婉凝是美，说绝色也不为过，然而最要紧的不是她美，而是她叫人心疼。

霍庭萱也好，程静瑶也好，甚至连康雅婕也好……女人的美总不外是悦目赏心，而男人要的往往也是如此。虞靖远这样戎马半生、重权在握的男人要的是她和许竹心这样的温柔乡；她哥哥魏子谦那样好志气好教养，却身世单薄的男人，最倾慕的莫过于霍庭萱那样气度出众的名门闺秀。

但虞浩霆却不一样，生就的一个天之骄子，万事予取予求，再艳异的佳人于他也只是寻常，又能叫他欢喜到哪儿去？顾婉凝的别致不是她能叫他开心，反倒是她能叫他不开心。彩云易散琉璃脆。朱颜辞镜花辞树。这女孩子身上总渗着丝丝缕缕碎人心防的疼。

若是别人也就罢了，人生不如意十之八九，再碰上这样的女子，着实是最难消受美人恩；可她偏偏碰上的是虞浩霆。虞家四少平生除了不痛快，什么都应有尽有，且最是傲气自负，像顾婉凝那样拿捏他，霍庭萱不会，程静瑶不敢，只有这女孩子给了他一个新鲜。

小霍那个性子，多半也是一样，从没受过半点磋磨的公子哥儿，出了名的风流种子，这女孩子还是个可看不可碰的，恐怕更要心心念念了。

蜜是甜的，不会叫人上瘾；酒是辣的，却能叫人醉死。魏南芸心里也好笑，说好听点儿，是一物降一物；说难听点儿，一字记之曰"贱"。大约如今人也到手了，该折腾的也折腾得尽够了，反而没了意思。倘若如此，那最好不过。

顾婉凝离开悦庐别墅之后，并没有回栖霞。起初，霍仲祺以为是她不想回去，虞浩霆便送她去了别处。没想到过了几天，谢致轩却来跟他打听，之前在悦庐是不是出了什么事情，怎么那两个人如今竟像是分手了？谢致轩问他却是白问，倒是霍仲祺反过来问了他许多。

霍仲祺顾不上想顾婉凝和虞浩霆是怎么回事，只想着她刚刚出了这样的事，怎么也不能一个人待在外头。于是，谢致轩一走，他便去了竹云路。

眼下陵江大学已经放了寒假，周围冷清了许多，霍仲祺开车过来，一找到顾婉凝住的院子便眉头一锁。他在外面刚一敲门，Syne便跑了出去，抵门呜咽，却并不吠叫，顾婉凝见状便以为是欧阳怡，一边问着：

"还没放假，你怎么这时候来了？"

一边开了门，待看见门外站的是霍仲祺，愕然道："怎么是你？"

霍仲祺一时也不好作答，见Syne在腿边蹭着，便蹲下身子拍了拍它："你倒还记得我。"说着，抬头对顾婉凝笑道，"我们就这么隔着门说话？"

顾婉凝只好往边上让了让："霍公子有事吗？"

"你和四哥闹了别扭，不用连我一起嫌弃吧？"霍仲祺说着，四下扫视了一圈，"你这里也太清寒了，我另找个地方给你住。"

顾婉凝虽不接他的话，却也缓了神色："你怎么知道我在这儿？"

霍仲祺回头一笑："致轩告诉我的。你一个人在外头，四哥怎么会放心呢？"

果然，她就知道没那么容易，可是他还想怎么样？反正她是不会再回去了。

霍仲祺见她沉吟不语，遂敛了笑意，温言问道："你和四哥是怎么了？犯得着这样吗？"

顾婉凝淡然道："我和他分手了。"

"分手了？"霍仲祺乍一听这三个字，心里也说不出是什么滋味，讶然问道，"为什么？"

"不为什么。"

"不为什么是为什么？"

顾婉凝被他问得眉心一蹙："那霍公子如今为什么不和娇蕊姑娘在一起了？"

霍仲祺不防她突然顶了自己这么一句，脸色一变，这件事若是别人提起，他根本就无所谓，随便一句玩笑就敷衍了，只是此刻，虽然明知顾婉凝是为了堵他的话，却也仍不免气闷无比。

顾婉凝原也想着他是逢场作戏才有此一问，但此时见他神情气苦，又想起此前种种，转念间便以为他是真心对这位娇蕊姑娘有意，但霍家的门第必然容不下一个青楼女子，自己正戳中了他的伤处，心中一阵歉意："对不起，你的事我不该乱说……是你家里不喜欢她吗？"

霍仲祺一听就知道她是误会了，心里越发气恼，急道："根本就没有！你别乱想。"

霍仲祺对她一向最是珍重不过，从来都是软语温言，唯恐殷勤呵护得不够，顾婉凝只道他是个好脾气的，不料今天竟是恼了，更加自悔失言，低头不语。

霍仲祺见她这个形容，知道她是误会得深了，一面懊恼自己从前太过荒唐，一面连忙转了笑意想要逗她开心："我那些事都是闹着玩儿的。"

说着，一声长叹，正色道："不过是惦记我的女孩子太多，我不把名声闹得坏一点，还真的吃不消了。"

顾婉凝听了，不由莞尔："你没听说过女孩子都是不喜欢好人，偏喜欢坏人的吗？"她话一出口，便想起这句话是当日虞浩霆对她说过的，面上的笑容便淡了。

霍仲祺扬眉一笑："既然是这样，那我以后就一心一意只做好人。"他说罢，复又对顾婉凝道，"这都到腊月了，你住在这儿不行的，我给你另找个住处。"

顾婉凝摇头道："我也没想在这里常住，过些日子我就回家去了。"

她说到这里，抿着唇犹豫了一下，抬头望着霍仲祺道："我不会再回栖霞了，也不想和虞四少再有什么瓜葛。我的事你就不用操心了。"

霍仲祺听得心如鹿撞，迟疑道："可是四哥……"

"他难道还会抓我回去？"

霍仲祺蹙了蹙眉："那自然不会。可是……婉凝，你是真的不愿意和四哥在一起，还是……因为虞伯母？"

顾婉凝猜度他今日来多半是受了虞浩霆的吩咐，才有此一问，便郑重其事道："是我不想和他在一起，不关别人的事。"

霍仲祺此刻也不知自己究竟是忧是喜，许多话都涌在胸口，只怕多在这里耽搁片刻，就要忍不住……他连忙稳了稳心神，强自镇定着向顾婉凝告辞："那我先走了。你一个人在这里，有什么事情就找我。我……回头再来看你。"

顾婉凝见他听了这一句便突然要走，更认定他是来替虞浩霆问话的，静静说道："我和虞四少以后再没有瓜葛，霍公子也不必再来了。"

霍仲祺却是满腹心事，浑然没察觉她话中的决绝之意，他只想说，你若真的再不回栖霞去，我就天天来看你。

霍仲祺思绪万千，开着车转出了竹云路，却没有留意路口另一边一直停着一辆车子，车里的人远远看着顾婉凝在门边一闪而过的侧影，轻轻一叹："这样冷的天，穿得这么少。"

霍仲祺此后并没有天天到竹云路来，他去见了顾婉凝的当天晚上，就被虞浩霆叫到了栖霞。

他二人自幼相识，情逾手足，霍仲祺又是飞扬洒脱的性子，在虞浩霆面前亦是随意不拘，然而这一餐饭，却是两人有生以来在一起吃得最闷的一餐——虞浩霆心事满怀，霍仲祺满怀心事，彼此似乎都在等着对方开口，又像是都不愿意说话。偌大的餐厅里，只有细碎的刀叉声响和用人来回走动布菜换盏的轻微动静，繁复明亮的水晶灯盏照出璀璨的冷光，愈发显得一片空冷。

一直到一餐饭吃完，虞浩霆才终于开口动问："你今天去见过她了？"

"嗯。"霍仲祺心绪芜杂，只点了下头便不再多说。

"她怎么样？"虞浩霆蹙着眉问道。霍仲祺微张了张口，却没有出声。虞浩霆看了他一眼，"怎么了？"

霍仲祺低着头不敢看他，迟疑着说："四哥，要是婉凝不想和你在一起，你打算怎么办？"

虞浩霆眸中冷光一闪："她跟你说的？"

霍仲祺没有接他的话，深吸了一口气，接着道："我知道你喜欢她，可她要是不想和你在一起，就算你勉强了她，又有什么意思呢？"

虞浩霆脸色一变，绷着脸一言不发。

"她一个人待在外头，无非是怕你不肯放手，让她家里人也不得安宁。"霍仲祺横了横心，既然开了口，索性一次说个明白，"四哥，有些事情勉强不来的。我不知道你和婉凝到底是怎么回事，可你回头想一想，自从她到栖霞来，有多少日子是真正开心的？"

虞浩霆听霍仲祺这样说，知道顾婉凝必然是对他说了十分决绝的话。

她真的不愿意和自己在一起吗？

他不信，也不愿意信，她如今只是伤心罢了，她总会回来的。

"你说的我都明白，可我就是放不下她。"虞浩霆缓缓说着，唇边掠过一抹寥落的笑意，"早知如此绊人心，何如当初莫相识？可我既然遇见她了，那就没办法了。我明白你的意思，我不会逼她，我只等着她就是了。"

霍仲祺看着他这样神色寂然，便想起那天在淳溪的事，心中一阵酸热。

当初？

当初是他一念之差，便阴差阳错到了如今。若是换了别人，他不管怎样也要千方百计帮他遂了心愿，可他要的偏偏是她；若是换了别人，他不管怎样也要去争一争，叫她知道他的心意，可要她的偏偏是他。

早知如此绊人心，何如当初莫相识？

若是当初他没遇见她，若是当初四哥没遇见她……

可是如今，什么都迟了。

隔了两日，欧阳怡来看顾婉凝，却带来了一件十分精致的青秋兰斗篷："有人托我送给你的。"

顾婉凝看了一眼，咬唇道："是虞浩霆叫你带来的？"

欧阳怡微微一笑："我也不知道。是个年轻人送到学校里来的，虽然穿的是便装，但我瞧着也像个军人。我问他是不是虞四少的人，他只是摇头，别的也都一问三不知，只说请我把衣服给你带来。"

顾婉凝听了也有些奇怪，这分明不是虞浩霆惯常的行事作风，但除了他，自己认识的人里头能送出这样一件衣裳的就是霍仲祺了，可小霍要给自己送东西倒犯不着这样故弄玄虚。

欧阳怡看她沉吟不语，奇道："你也不知道是什么人吗？"

顾婉凝想了想，说："或许是他怕我不肯收他送来的东西。"

两个人都默然了一阵，欧阳怡忽然问道："婉凝，等过完年，你还回学校吗？"

顾婉凝摇了摇头："我打算去燕平。在那边念完剩下的半年，试试看考大学。"

欧阳怡思忖了一下，这主意倒比她留在江宁好。

原先顾婉凝和虞浩霆在一起的时候，不管是在学校还是交际场里，都惹了许多流言蜚语，有人忌羡，有人鄙夷，多半都等着看她的笑话。如今他们分手的事知道的人还不多，但虞浩霆一举一动都是众所瞩目，这件事迟早要传出来的，就算顾婉凝性情柔韧，不理会旁人的议论，但待在江宁也着实尴尬。

欧阳怡了然一笑，"那好，等我明年毕业，就到旧京去找你。我去读医科，我们还在一起。不过，安琪多半是要留在江宁。"说到这儿，顾婉凝和欧阳怡不约而同地神色一黯。从前，她们在一起聊得最多的就是将来，她的、欧阳的、安琪的——还有，宝笙的。

那样的日子，再也不会有了。

顾婉凝的消失，并没有激起太大的波澜，只是给江宁社交场里的小姐太太们添了一份谈资，许多人都摆出了一副意料之中的了然姿态，更有冯紫君和苏宝瑟这样幸灾乐祸的；便是康雅婕心里，也有几分快意，倒不是她对顾婉凝有什么恶感，她只是不太喜欢有人比自己更引人注目罢了。

邵朗逸的父亲邵城自五年前一病不起，就退隐到了余扬休养，虽然仍担着陆军次长的职衔，但军中决断自有虞靖远，邵家的嫡系则都交给了邵朗逸节制。邵朗逸的寡嫂是旧式的女子，早年便带着他哥哥的遗腹子长年在淳溪和虞夫人做伴，甚少抛头露面。于是，康雅婕一嫁到江宁，就成了邵家的女主人。因此，她不仅对邵朗逸很满意，对邵家也很满意。

不过有时候，她还是会突然生出一点不安。

邵朗逸待她很好，殷勤、体贴、周到，全然合乎她的理想，让她不安的只是邵朗逸看她的眼神——他落在她身上的目光，和看他卧室里那只洋彩锦上添花玉环胆瓶，又或者书房里那幅《芙蓉芦雁图轴》没有什么差别，似乎总是少了一点什么，却又说不上来。她隐隐有些担心，可也实在想不出有什么好担心的，她只好安慰自己：大概女人对这些事总会有些患得患失。

"昨天我听若槿姐姐说起，原来虞四少是有未婚妻的，就是小霍的姐姐。他们怎么还不结婚呢？"康雅婕一边梳理着一头波浪长发一边漫不经心地问邵朗逸。

邵朗逸翻着手里的一本 the Protestant Ethic and the Spirit of Capitalism，头也不抬地答道："他们没有订婚，只是姨母喜欢霍庭萱。"

康雅婕听了对着镜子了然一笑，"怪不得虞夫人不喜欢那个姓顾的女孩子。"她见邵朗逸仍低着头看书，并没有答话的意思，便接着道，"那女孩子也是个不知深浅的，整日跟在虞四少身边招摇，就算没有霍小姐，难道虞家还能娶她进门做少奶奶吗？"

她正说着，邵朗逸忽然将书一合："不管是在家里还是在外面，浩霆的事情，你都不要议论。"

康雅婕一怔，邵朗逸一向好脾气，对她更是迁就纵容，这样公事公办的口吻还是第一次，况且她说的不过是如今人人都在说的事罢了。康雅婕当下就撇了撇嘴："我又不是说虞四少什么。我只是觉得，那女孩子一点都不懂得检点，现在倒好，虞四少不要她了，看她……"

她话犹未完，邵朗逸已站了起来，淡然道："我还有点事情，你先睡吧。"

康雅婕还没来得及再问，他的人已转身走了。

转眼到了腊月十五，顾婉凝已在竹云路住了十多天。自那日霍仲祺走后，除了欧阳怡，再也没有其他人来过，她总算放了心，想着过两天就回家去。这天吃过晚饭，她带着Syne在陵江大学附近遛了一圈回来，夜色中，偶有零星的雪花飘落，顾婉凝呵着手摸出钥匙，刚一打开院门，忽然听见身后有人说道：

"顾小姐，好久不见了。"

顾婉凝悚然一惊，霍然转身，暗影里的人竟是冯广澜！

冯广澜是知道了顾婉凝撞车的事情之后回江宁的。

一来冯家琢磨着之前的事已经事过境迁，且如今因为顾婉凝的事情让虞浩霆冒火的已另有其人，想来不会再跟冯广澜计较；二来眼看就到年下，几家亲眷少不得互相走动，若是彼此碰上，有亲朋长辈在场，虞浩霆多半也不好发作，这件事就算过去了。

只是虞若槿素知这个四弟的脾气，为了万无一失，一时还不敢让他知道冯广澜已经回来。没想到，虞浩霆和顾婉凝突然分了手，这一下，冯家的人都松了口气，冯广澜却又转起了别的念头。

他得知顾婉凝没有回家，却也不敢去跟霍仲祺他们打听她的下落，转念一想，就着人日日跟着欧阳怡。不出所料，欧阳怡果然隔了三四天便会去见顾婉凝，且这些天看下来，顾婉凝和虞浩霆确实没了瓜葛。于是，今日便按捺不住找上门来。

顾婉凝冷冷地瞥了他一眼，一言不发，冯广澜见状微微一笑，"怎么？顾小姐不记得我了？"说着，便走上前来。顾婉凝本能地侧身一避，他竟推门而入，顾婉凝一动不动地站在门外，冯广澜却在院子里闲闲绕罢一圈，叹了口气：

"虞四少未免也太小气了，你跟了他那么久，他就这样对你？"

顾婉凝既不看他，也不说话，面上一片漠然。

冯广澜上下打量了她一番，笑道："不如你还是跟了我吧！就算我给不了你一个如夫人的名分，可也不会这样薄待你，你觉得怎么样？"

顾婉凝面上没有一丝表情，声音静如冬夜："你说完了没有？"

冯光澜轻轻"哼"了一声："你和虞浩霆的事情人尽皆知，如今他既然不要你了，你还指望什么？"

顾婉凝嫌恶地看了她一眼："你要是说完了，就快点走。"

冯广澜盯着她，轻佻地一笑："我要是不走呢？"

"那你就在这儿待着吧。"顾婉凝说完，转身便走，冯广澜抢前两步，伸手就去扯她的手臂，"你跟虞浩霆孩子都有了，一个残花败柳，还装什么冰清玉洁？"

顾婉凝身子一颤，用力想将他甩开："滚！"

一直蹲在她身边的Syne也忽然僵着身子用力踩地，背毛全都竖了起来，龇牙盯着冯广澜。

冯广澜看了它一眼，冷笑道："就这么一个小东西，也想吓人呢？"他话音刚落，忽然有车灯的光束从街上打过来，几辆车子缓缓减速依次停住，冯广澜一见，脸色顿时难看之极，扯住顾婉凝的手也松开了。

顾婉凝没有回头，心中只是一叹。

虞浩霆从近旁的一辆车子上下来，径直走到她身边，Syne却是极灵醒的，一见了他便蹭住不放，呜呜咽咽仿佛受了委屈一般，虞浩霆蹲下身子拍了拍它，回头对谢致轩道："你挑的这是什么狗，怎么一点儿也不凶呢？"

谢致轩笑道："边牧就这个脾气。我想着给顾小姐养着玩儿的，还特意挑了个老实的。"

虞浩霆站起身来一牵顾婉凝，眉头便微微一皱："手这么凉？"说着，将她的手合在掌中暖了一下，才拉着她进了院子。

冯广澜站在门口，心中万般忐忑，卫朔和郭茂兰从他身边经过的时候都没有看他，只谢致轩幸灾乐祸地扫了他一眼。他心中一虚，便转身想走，却被外头的侍从肃然拦下。

顾婉凝一进院子便将手从虞浩霆掌中抽了回来，虞浩霆也不勉强她，只是低头瞧着她，轻声说："下雪了，我们进去说话？"

顾婉凝却垂着眼眸一动不动："四少有什么话就在这儿说吧。蓬门寒舍，我就不招呼了。"说完又低头唤了一句，"Syne，进去。"

虞浩霆淡淡一笑，跟在Syne身后进到屋里看了一遍，见床上搁着一件青秋兰的斗篷，便拿了出来，拂了拂顾婉凝身上的雪花，披在她身上，又替她把风帽罩好："你屋里也就这一件能穿的衣裳，是小霍拿来的吗？"

顾婉凝听他这样问，暗自蹙了蹙眉，却没有答话。

此时，院子里站了这几个人，已显得有些局促了。虞浩霆借着窗边透出的灯光，凝视着眼前的人，软软的雪花落在她密如羽翼的眼睫上，而她的人却比那雪花还要轻软，面上的神情也比雪花还要凉。

"跟我回去吧。"虞浩霆仿佛是怕惊吓了她，声音极轻，"你一个人在外面，别的不说，就今天的事，要是我不来，你怎么办？"

顾婉凝抬头看了他一眼，旋即又低了下来："四少来得真巧。"

虞浩霆神色一凛："你以为我是故意的？"

"我没那么想，你不会做这种事。"顾婉凝低低道，"只不过我如今才知道，就算我离开栖霞，也没有一天逃开过四少的眼线。你根本就没想让我走，你答应我的事，都是空话。"

"我要是不叫人看着，你出了事怎么办？"虞浩霆呼吸微重，语气中也带了愠意，"我念着你护着你，倒也都成了错处。"

郭茂兰和谢致轩对视了一眼，都有些无奈，这两个人一见面就吵起来也就罢了，他们听得却是尴尬，郭茂兰思忖了一下，问道："四少，冯公子还在外面。"

　　虞浩霆回头看了看他，淡然道："这种事你还要问我吗？"

　　郭茂兰心知不妙，又见卫朔和谢致轩都不出声，犹豫了一下，仍是问道："那人先关到秦台去，等四少发落？"

　　虞浩霆冷笑了一声，"你是不是在江宁太平日子过久了？"

　　"四少，二小姐那边……"郭茂兰刚一开口，虞浩霆就打断了他："要是连这点事都能让人知道，你也不用跟着我了。"

　　"是！"郭茂兰口中答着，人却不动，只看了一眼谢致轩，虞浩霆见状，对谢致轩道："致轩，今天你没见过冯广澜。"

　　谢致轩一愣，转瞬之间想到他两人刚才的话，眼中惊疑不定，不敢相信他话中的意思是不是自己揣测的那回事。

　　虞浩霆看他这个样子，皱了皱眉，说："致轩，一般我的话从来不说第二遍。你要是没明白，我就再说一次：今天你没见过冯广澜。"

　　谢致轩点了点头，脸色已白了。

　　虞浩霆转脸对郭茂兰吩咐道："你去吧。"说罢，又看了一眼谢致轩，脸上掠过一丝清淡的笑意，"回头我去跟母亲说，你还是不要跟着我了。"

　　他转过头来，见顾婉凝也惊疑地看着自己，便轻轻在她腰间一揽，"你放心，以后这人再不会来烦你了。"

　　顾婉凝的身子有些僵，低如幽叹的声音几不可闻："你是要……"

　　"上一次我就不该放过他。"虞浩霆抚慰地拍了拍她，"不说他了。走吧，咱们也该回去了。"

顾婉凝如从梦中惊醒一般忽然推开了他，向后一退，直直地看着他："四少答应我的事，又要反悔吗？"

虞浩霆听她说了一个"又"字，胸中顿生烦躁，转脸避开了她的目光，"你要是不想回栖霞，就先住到曛山或者枫桥去，我不去扰你就是了。"

顾婉凝倔强地看着他："我不去。"

虞浩霆薄唇一抿，盯了她一眼，一伸手就将她拦腰抱了起来，转身便往外走，顾婉凝挣了两下，却更被他死死箍住，她也不再挣扎，忽然飘出一句：

"你和冯广澜有什么分别？"

虞浩霆身形一顿，低头看着她："你说什么？"

雪花渐渐有了些繁密的意思，顾婉凝长长的睫毛遮住了翦水双眸，语气中尽是轻鄙："我说，你和冯广澜有什么分别？"

虞浩霆缓缓将她放下："你这样想我？"

顾婉凝背对着他，不知是什么神色，只是声音比方才更冷："你不过是权比他高，势比他大，手段比他多罢了。"

她这样一说，卫朔尚能不动声色，谢致轩却越听越尴尬，只是既不能走，也插不上话，又为冯广澜的事惊魂未定，只得佯装四顾打量着院子，可这小小的院落一览无余，着实没什么可看。

虞浩霆沉默了片刻，忽然扳过她的身子，俯在她耳边轻声道："我可不信你对着别人也和对我一样。我们在曛山的时候，你还……"

"四少大概是忘了，你说过，我什么时候喜欢你了，你就放我走。"顾婉凝低低打断了他，"既然之前我不管是顺从你，还是触怒你，都不能叫你放了我，那我总要试一试别的法子。"

虞浩霆闻言，轻轻一笑："那你以后有的是机会，你想出什么法子，尽管试。"

顾婉凝缓缓抬起头来，凝视着他，澄澈的目光中纠缠着丝丝缕缕的痛意："我本来是想了个法子，可是别人替我做了，你想叫我再试一次吗？"

虞浩霆看着她，脸色骤然一变："你什么意思？"

顾婉凝面上绽出一个叫他惊心动魄的笑容："你心里明白，又何必要问呢？"

虞浩霆一字一顿地咬牙道："我不明白。"

"好，那我就明白地告诉你。就算没有那天的事，我也绝不会把你的孩子生下来。"顾婉凝冷冷地看着他，每一个字都像是一颗冷硬的冰钉带着刺骨的寒凉生生钉进他心里，"你想不想——再试一次？"

她话犹未完，卫朔猝然叫了一声："顾小姐！"目光中一片焦灼，谢致轩愕然看着他们，只见虞浩霆僵直地站着，脸色惨白，身子似乎有些微微地颤抖。

院子里一片寂静，只有卷着细碎雪花的风声孤寂地吹过，良久，虞浩霆忽然伸出手去，拂了拂落在她刘海上的雪花。

"婉凝，从前的事我们不说了。你跟我回去，我们重新来过。"

他声音很轻，仿佛在躲避着什么，却又分明无力抵御："孩子的事……你要是不想，就算了。"

顾婉凝一直垂着头，不知在想些什么，她听到这里，幽幽道："虞浩霆，我和你没有从前，也没有以后，你走吧。"说罢，遽然转身，进了房间。

虞浩霆仍是一动不动地站着，没有拦她，也没有追过去，只是自言自语一般说道："我等着你。"

然而他的人和他的话，都被顾婉凝用力关在了门外。

片刻之后，被灯光照出一帘暖绿的窗子上，便映出了顾婉凝的影子，窗外的人都看见了那轻柔娟好的侧影，却看不见她眼中夺眶而出的泪珠。

团团飞絮般的雪花愈发繁密，地上已开始积雪，连虞浩霆的身上也落了薄薄的一层，谢致轩终于忍不住开口："四少，回去吧。这种事情急不来的，明天我来劝顾小姐。"

虞浩霆像是根本没有听见他的话，只是盯着窗户上的影子，谢致轩求救似的朝卫朔看了一眼，卫朔却只摇了摇头。

又默然等了许久，雪不仅没有停，反而越下越大，谢致轩抬腕看了看表，差一刻就十一点钟了，他抖了抖身上的雪花，皱眉道："浩霆，回去吧。这不是一时半刻就能说明白的事。"

他正说着，屋里的灯忽然灭了，寒夜之中再无暖意，四下的积雪反射出凉薄的冷光，虞浩霆依旧望着窗子，声音平静，无怒无喜："你们走吧。"

谢致轩还要再劝，却见卫朔已转身往门口去了，他也只好跟了出去，两人出了院子，谢致轩有些心虚地悄声问道："我们真走啊？"

卫朔面无表情地答道："你要是累了，就回去，我在这儿。"

谢致轩犹疑着说："我去叫汪石卿来劝劝？"

卫朔只远远看着虞浩霆："没人能劝。"

到了快一点钟，虞浩霆仍然没有走的意思，郭茂兰却回来了，一见这个情形，心中了然，又看了看已经冻得缩手缩脚的谢致轩，叹道："你先回去吧，我和卫朔在这儿就行了。"

谢致轩也实在是有些扛不住了，点头道："那我先走了。明天我来替你的班。"说着，又看了一眼虞浩霆，苦着脸对郭茂兰道，"我算是见识了。"

郭茂兰无话可说，也唯有苦笑："你快走吧！"

顾婉凝抱着Syne缩在窗边的椅子上，从窗帘的缝隙里窥见虞浩霆颀长挺拔的身影，在无尽的落雪之中孤寞如岩。积雪的冷冽反光让浓重的夜色浮动出幻异的光亮，他一动不动地站着，比冷树寒星还要静，仿佛天地之间只剩下他一个人了，她几乎能听见雪花簌簌落在他身上的声音，军帽的阴影遮去了他的双眸，她只能看见那薄如剑身的唇紧紧抿着，如刀刻般凝固出坚硬的弧度。

"从前的事我们不说了。你跟我回去，我们重新来过。"

"孩子的事……你要是不想，就算了。"

她明白，他是在求她。这已是他最卑微的姿态和言语。她的手执拗地堵在唇边，眼泪却像落在他身上的雪花一样簌簌不停。原来他难过的时候，她会这样疼。

虞浩霆并不觉得冷。至少，此刻的风雪比不上她今晚的话更让他深寒彻骨。

"就算没有那天的事，我也绝不会把你的孩子生下来。你想不想再试一次？"

"虞浩霆，我和你没有从前，也没有以后。"

没有吗？

她和他什么都没有吗？

他想起那天夜里，她悄悄地走出来看他，捡起落在地上的毯子为他盖在身上。

无论如何，她总是有那么一点在意他的吧？

她气他也好，怨他也好，他什么都不怕，只怕她心里没有他。

哪怕只有一点，只要有一点，他就有力气陪着她，等着她。

为了这个，他什么都愿意，她想怎么样他都愿意，只要她让他觉得她有那么一点在意他。

他总觉得，只要他再等一下，下一刻，她就会打开门，冷冷地看他一眼："你不冷吗？"或者，满是气恼地对他说："虞浩霆，你答应我的事都是空话！"

又或者，她根本什么都不说，只是冲到他怀里，狠狠地咬在他肩上，咬出血来也不肯松口。

只要，他再等一下。

然而，他想错了。

雪不知道是什么时候停的。天际映出一片浅淡暖红的时候，卫朔终于走到他身边，低低地叫了一声："四少。"

他墨黑的军氅上早先落下的雪花竟已凝了一层薄冰，他没有说话，只是缓缓摘下军帽，茫然拂掉了上头的落雪，走出去的时候，神色已是一贯的冷淡。郭茂兰一见他出来，连忙迎上去拉开车门，虞浩霆刚要上车，身子忽然又顿住，目光一片空冷："从今以后，不要在我面前提起这个人。"

郭茂兰闻言一惊，忍不住转头望向卫朔，却见卫朔一向刚硬的眼眸中一抹痛楚格外分明。虞浩霆走出去的时候，顾婉凝从泪光中望见雪后纤尘不染的天空，明净鲜洁，蓝得若无其事。

隔天夜里，冯广澜就出了事，说是车子冲到桥下，第二天早上才捞上来。虽说事发突然，但他平素纸醉金迷惯了，当天晚上又有人说看见他在梦巴黎和人拼酒，连冯家的人也猜度他是喝醉了酒，车子失控。

谢致轩心知这件事是虞浩霆的人动的手脚，虽然他也觉得冯广澜乘人之危去欺负顾婉凝下作了点，但也不至于就……且平素里郭茂兰这些人看着也都温文有礼，可一条人命折在他手里，还是冯广澜这样的贵胄子弟，转天见了面，竟半分端倪也无，仿佛根本没有这回事一般，反倒是自己心里十分惶然，却也只能闭口不言。

憋闷了两天，只好约霍仲祺出来散心，霍仲祺却不怎么在意他心情郁郁，只跟他打听虞浩霆的事，待听了谢致轩的话，却是万分诧异：

"四哥真是这么说的？"

"嗯。"谢致轩点了点头："侍从室的人和官邸那边都打了招呼，从今以后不许在四少面前提这个人。"

"为什么？"

"这女孩子也太……"谢致轩竟是一副心有余悸的神情，"我现在才知道，女人狠起心来，那才是真的绝情。她居然跟浩霆说，就算没有撞车的事，那孩子她也不会要。我听侍从室的人说，后来浩霆在雪地里杵了一夜，她连出来看一眼都没有。"

"怎么会呢？"霍仲祺一脸疑惑地喃喃道，"她明明想要……"

谢致轩长叹了一声："要不是我亲眼看见，我也不信，难怪浩霆心寒。"

沈玉茗没料到霍仲祺竟在这个时候来了南园。今日已是小年，隆冬时节，南园花木萧瑟，幸好接连几场雪下来，方添了几分琼瑶碎玉的景致。她掩了心中诧异，将霍仲祺让到暖阁，又叫冰儿烫了一壶酒，略备了两样小菜和一个砂锅，却不开口相询。

霍仲祺默然喝了两杯酒，面上忽然有些歉然："这个时候叨扰沈姐姐，我……"沈玉茗盈盈笑道："左右我这里也是闲着，倒要多谢霍公子，这个时候还来照顾'春亦归'的生意。"

霍仲祺低头一笑，又是默然。

沈玉茗打量了他一番，见他目光犹疑，眉宇间一片惆怅，心下略一忖度，笑道："你既然叫我一声姐姐，有什么心事不妨跟我说说，要是我也帮不上忙，我就去跟石卿讨个主意。"

霍仲祺闻言忙道："别别别，你千万别告诉石卿。"

沈玉茗莞尔掩唇："你叫我别告诉他什么？"

霍仲祺面上竟微微红了一红，沉吟了片刻，方才开口："沈姐姐，我喜欢一个女孩子，可是，我不知道怎么……怎么和她在一起。"他说到这里，眼中痛意纠缠，神色也黯了下来。

沈玉茗听了，心中暗暗一惊，想不到他竟也会为了个女孩子这般失魂落魄，当下柔声问道："是她不喜欢你吗？"

霍仲祺摇摇头："我不知道。"

沈玉茗奇道："还有叫你也琢磨不透的女孩子？"

霍仲祺将杯中的酒一饮而尽，"我不敢告诉她。"

沈玉茗先是讶然，转念一想，却又有些明了："这位小姐，你是想同她闹一回恋爱呢，还是要和她结婚呢？"

霍仲祺一怔，沈玉茗这一问他竟从未想过，他心心念念想着的不过是如何能多看她一眼，怎样能博她一笑，却从未想过……结婚？她和他？她连四哥都不要……

结婚？她和他？

他略略一想，便心跳如奔，反复嗫嚅了几次，终于微一咬唇，神色决然："要是她肯和我在一起，我这一生，绝不负她。"

四哥虽然喜欢她，可将来多半还是要娶姐姐的；那么，虞浩霆不能给她的，他能。

他说得这样郑重，沈玉茗惊异之余却不知为何总觉得有些凄然，她敛了敛心事，对霍仲祺道："既是这样，你就该让她知道你的心意。"

她见霍仲祺踌躇不语，心念一动，又道："不过，我要提醒你一句，你不比别人，终身大事未必能任着自己的性子来。你中意的女孩子也要你家里中意才好。"

她说的却是霍仲祺此时正在思量的，他之前从未想过"结婚"这两个字，今日被沈玉茗提起，才惊觉自己藏于心底的牵念亦不过如此，得一心人，白首不离。

只是，他和她，即便抛开身份家世不说，单是有她和虞浩霆的事在，父亲母亲恐怕就不能轻易应允。可是，那又怎样呢？大不了他带她走，只要她肯，天涯海角，他带她走。四哥不能，他却可以。

沈玉茗送走了霍仲祺，凭窗望着园中的银装素裹，只觉一缕缕的凉意直从她眼里沁到心里。

"要是她肯和我在一起，我这一生，绝不负她。"

她等的那个人从来没有对她说过这样毅然执着的话，哪怕是少年轻狂，心血来潮，连她这个置身其外的人都听得动容，不知道哪个女孩子有这样的福气？

"阿姊，霍公子要结婚了吗？"沈玉茗正想得出神，忽然听见身后冰儿怯怯地问道。沈玉茗回过身，冰儿正深深垂着头，隐约可见脸颊上两抹红云。

沈玉茗心中一叹："你几时学会偷听别人说话了？"

小姑娘头垂得更低，声如蚊蚋："我不是有意的……"

沈玉茗肃然道："这种事情可大可小。以后再不要了，尤其是陆军部的人过来。"

冰儿答了声"是"，却又虚着声音问道："阿姊，你知不知道，霍公子要娶的是哪家小姐？"

沈玉茗看着她，声音一沉："冰儿，你记住阿姊的话：小霍这样的男人，不是你能想的。"

冰儿抬起头来，眼眸中已起了一层水雾，沈玉茗走过来抚着她的发辫，恬然一笑："你现在还小，过两年，我让石卿给你寻一个如意郎君。"

虽然霍万林一向不喜铺张奢华，但新春将至，霍氏官邸中也照例布置一新，回廊厅院之中摆了许多嫣红茂盛的杜鹃，内室案几之上则多是应季的金盏银台，花香袭人，触目皆是欣荣。不过，霍夫人面上却略凝着一丝愁意，霍庭萱拍回来的电报寥寥数言，却是要和同学一起游览欧陆风物，不回来了。霍万林倒不以为意，直言女儿年纪轻轻，行万里路，多长些见识正是当时。

而霍夫人除了思念爱女，忧虑的却还有另一件事。她深知霍庭萱对虞浩霆的心意，可如今两人远隔重洋，虞浩霆之前那几个莺莺燕燕也还了，最近这个女朋友虽说也分了手，可之前闹得着实有些出格。万一日后又有了什么合了他心意的女孩子，即便虞霍两家联姻之事不会有什么变数，但难免会叫女儿伤心，不如早点让霍庭萱回来。她正要开口跟霍万林商量，忽然瞧见霍仲祺身姿磊落地走了进来，面上忍不住便浮了笑意。

霍万林看见儿子，脸上也有了些平和的霁色。这个儿子天资聪颖，只是多年来自己政事繁忙，疏于管教，即便气起来斥责打骂一番，也总是上有祖母护着，下有姐姐疼着，霍夫人对他更是宠溺有加，眼看着又养出一个荒唐败家的纨绔子弟。不料这几个月，他倒忽然收敛了许多，再不和那班狐朋狗友在秦楼楚馆胡混，言语行事也稳重了不少，总算叫霍万林心里添了几分安慰。

"父亲，母亲。"霍仲祺过来笑着问了好，霍万林微一颔首，霍夫人已拉着他在自己身边坐下，轻轻叹了口气，道："你姐姐说要和同学到欧洲去，今年不回来了。"

霍仲祺一听便故意沉了脸色："姐姐走了这几年，一点儿不惦记家里，母亲倒是日日牵肠挂肚地念着她，我总在家里陪着您，您反倒不疼我，回头我也走得远远的，叫您好好惦记我一回。"

"你这孩子！"霍夫人皱着眉头在他手上轻轻一拍，"一家人最疼的就是你。"霍仲祺听了展颜而笑："母亲，您要是疼我就答应我一件事吧。"

霍夫人含笑打量了他一眼："你是不是在外头又闯什么祸了？"说着，递了个眼色给他，意思是在霍万林面前先不要提。

霍仲祺摇头道："还说疼我呢！在您眼里我就只会闯祸。我这件事也得请父亲答应。"

霍万林一听，不动声色地问道："什么事？"

霍仲祺抬眼看了看边上伺候的下人，霍夫人摆了摆手，一班人立刻屏息退了出去。霍仲祺见花厅里没有别人，便站起身来，正色道："我想结婚。"

他此言一出，霍万林和霍夫人都是一惊，旋即对视了一眼，霍万林没有开口，倒是霍夫人赶忙拉着他的手问道："你怎么忽然想起这件事了？"

霍仲祺看了母亲一眼，笑道："父亲总嫌我浮躁孟浪，您也老说我孩子气，我成了家，有人替你们管着我，叫我修身齐家，将来治国平天下，不好吗？"

"说实话！"霍夫人一听就知道这是托词，"你是跟母亲说笑，还是认真的？"

霍仲祺郑重地点了点头："我是真的想要结婚。您就答应我吧！"

霍夫人正不知如何开口，霍万林已沉声问道："你究竟是想娶什么人？"

霍仲祺看了看父亲，当下便踌躇起来，霍夫人见状脸色也有些变了："仲祺，我们霍家娶妇，虽然不强求门第高华出身富贵，但也要身家清白。你那些女朋友应酬一下就算了，当不得真的。"

霍仲祺忙道："您误会了！她是好人家的女孩子，只不过家世单薄些。"

霍夫人听他这样一说，略略放了心，既然不是勾栏戏子，那答不答应是后话，至少不会触怒霍万林。

果然，霍万林的脸色微微有些和缓，却仍是冷冷"哼"了一声："你能想什么修身齐家？多半是个正经人家的姑娘，不肯跟你胡闹，你才打起了结婚的主意，是不是？"

霍仲祺脸上有些讪讪，却不敢看父亲，只对霍夫人道："母亲，我这回是认真的，您就答应我吧！明年我给您添个孙子还不行吗？"

霍夫人被他说得蹙眉一笑，无可奈何道："越说越没分寸了。你总要先告诉我和你父亲，到底是什么人家的女孩子，我们听听看。娶妻求淑女，我们霍家倒也还用不着苛求门第，就算家世单薄些也没什么。"

霍仲祺迟疑中有些赧然："她今年十七岁，在乐知念书。父亲是个外交官，母亲多年前已经去世了。"他说罢，小心地觑着父母的脸色，只见霍万林和霍夫人似乎都松了一口气。

眼下政府的驻外使节大多是门面功夫，许多都是早年公派出去的留学生，不过，这些人的学识教养倒都是一流。而在乐知念书的女孩子大半非富即贵，若她真的身世单薄，那必然是人才出众了。因此，听霍仲祺这么一说，霍氏夫妇虽然未肯应允，但也不觉得有什么大碍。

霍夫人遂缓缓一笑："这女孩子叫什么名字，她父亲是谁？我叫人去问一问，若是真的娴雅淑慎，母亲也不会反对。"

霍仲祺听了便有几分撒娇地对母亲道："您先答应了，我就告诉您。"

霍万林扫了他一眼："你这哪有一点军人的样子？"

霍仲祺见父亲发话，不敢再缠，站直了身子，郑重说道："父亲教训的是。儿子以前浑浑噩噩胡闹惯了，从今以后必定洗心革面，力求上进，绝不辱没霍家先人。"

他这一番堂堂正正的剖白倒叫霍万林微微一怔，想不到他不过是结识了一个女朋友，竟像是换了个人一般，心中不免感叹，倘若这女孩子真能叫他痛改前非，便是门第差些又算什么呢？当下点头道："你要是真有这样的志气，我就答应你。"

霍万林话一出口，霍夫人先是讶然，旋即便明白了他的用心，笑着对霍仲祺说："你再不要埋怨你父亲对你苛责严厉了，这回你总该知道，他无非是想你好。"

霍仲祺此时面上已有掩不住的笑意："多谢父亲成全！儿子绝不辜负您今日的期望。"

霍夫人见这一对父子总算和颜悦色地相处起来，也有几分欣喜："还不快告诉我们，这女孩子到底是什么人？"

霍仲祺仍是笑着，眼底却有一丝不易察觉的慌乱，轻声道："她叫顾婉凝。"

霍夫人一愣，面上皆是不可思议的惊诧："仲祺，你说的是……"

"是。"霍仲祺声音虽低，却十分坚定。

"你真是长进了。"霍万林低沉的声音中已有压抑不住的怒气，"混账！"他突然厉声一喝，茶几上的一个茶盏已连杯带水砸在了霍仲祺身上。

霍仲祺身上茶水淋漓，低着头一动不动，咬牙道："刚才父亲已经答应了，君子一诺千金，您不能食言。"

"你！"霍万林倏然站了起来，指着霍仲祺道，"你长进到给你父亲母亲下套了是不是？"

霍仲祺倔强地抿着唇："我只是想跟她结婚。"

"跟她结婚？"霍万林怒道，"她是什么人？她是浩霆的……"

"她不过是跟四哥谈了场恋爱罢了，小六、小七她们又不是没有闹过。"霍仲祺道，"反正她现在已经和四哥分手了。"

他口中的"小六""小七"是他两个舅舅家的女儿。霍夫人娘家姓韩，亦是名门，这两位韩小姐是堂姊妹，都是彻头彻尾的新式女子，又都是爱出风头的，江宁有外国政要携眷到访时，还常常请了这对姊妹花去陪同国外宾，是江宁交际场里首屈一指的名媛，裙下之臣不知凡几，隔三差五就闹出些争风吃醋的新闻来。

"那怎么一样？"霍夫人焦灼道，"小六、小七不过是多些人追求，可这个顾小姐，她在栖霞住了那么久，跟浩霆的事情人尽皆知。她是为什么到医院里去的，你最清楚不过，你怎么会想出这样荒唐的事情？"

霍仲祺绷着脸道："我不在乎。"

"你不在乎？"霍万林此刻已是怒容满面，"你不要自己的脸面，我还要霍家的脸面！我活着一日，你就休想把她弄进霍家。"

"父亲既然这么说，儿子也不敢忤逆您的意思。我带她走就是了。"霍仲祺说着，就转身要走。

霍夫人见状连忙扯住他，低声道："你这孩子真是糊涂了！这女孩子如今虽然不在栖霞了，可她毕竟跟过浩霆，你闹出这样的事情，回头怎么跟你四哥交代？"

霍仲祺目光一滞，低声道："我自己去跟四哥说。"

霍万林突然盯着他冷笑道："你还有脸叫这声'四哥'？她才离了浩霆几天，你就敢到我面前来说要娶她？你这主意打了多久了？"

霍仲祺脸色一变，转身便走，却不料刚一拉开门，便听霍万林在他身后喝了一声"来人！"花厅外头的侍从已应声而入。

霍万林面若寒霜："从今天开始，没有我的话，不许这个孽障出官邸一步。他要是不听，就给我打断他的腿！"

霍仲祺一听，已是急怒交加："我走就是了！您只当没生过我这个儿子！"

霍万林闭目长叹道："我现在还真想没有你这个儿子。"

大年初一的淳溪反比三十守岁时热闹了许多。

年三十的家宴，虞靖远和二太太许竹心都不在，虞浩霆又是个孤冷不爱说话的，只有魏南芸和汪石卿陪着虞夫人说笑，才不至于太过冷场。往年初一，虞家都要在官邸接待军政僚属拜年走动，今年虞夫人提前叫侍从室打了招呼，总长在瑞士疗养未归，便免了这些虚礼，倒是邵朗逸和康雅婕一从余扬回来，就到淳溪来见虞夫人。

康雅婕长裙暖裘，端雅丰艳，邵朗逸一身戎装，挺秀俊朗，两人相携而来，璧人成双。魏南芸远远望着，已忍不住赞道："这小两口当真是郎才女貌！"虞夫人亦含笑看向二人。

邵朗逸和康雅婕向虞夫人拜了年，虞夫人又问了邵诚的近况，刚说了几句，外头又是一阵热闹，却是谢家兄妹想着今年虞家冷清，特意过来陪虞夫人解闷。

谢家几个姊妹里头，谢致娆年纪虽小，容色却最是出众，在家中备受宠爱，也甚得虞夫人欢心。此时新年，她一身簇新的鹅黄提花妆缎旗袍，外头一件雪白的银鼠大衣，衬着姣丽鲜妍的面容，清新宜人中自有一分少女的天然娇媚。

"姑姑！你看我带了什么给你。"她说着，朝身后一招手，随行的丫头已捧出了一束枝条曲致、花朵晶莹的白梅。谢致娆接在手里，盈盈笑着捧到虞夫人面前："我听家里的花匠说，这'紫蒂白照水'是梅中奇品，罕见得很，今年檀园的那几株开得格外好，我就折了来给您插瓶。"

虞夫人微微一笑："难得你有这份心。不过，这'紫蒂白照水'被称作奇品是因为它花开朝下，且花心有台阁，倒不算十分稀有。'照水'之梅既名为照水，自然是开在水边最为相宜。插瓶的话，寻常的玉蝶、朱砂就好，若做盆景则是龙游最好。"

跟在她身后进来的谢致轩走来笑谓妹妹："母亲和花匠说话，你不过听了两句就敢到姑姑面前卖弄，看你下回还敢不敢这样招人笑话。"

谢致娆薄瓷般的脸庞泛了一层轻红，虞夫人抚着她的手笑道："别听你哥哥的，他才是什么都不懂，我叫厨房做了你爱吃的佛手酥，一会儿你多吃一点。"谢致娆俏生生地一笑："栖霞的点心师傅在这边吗？那我还要吃翡翠烧卖。"

她说罢，回头看了看邵朗逸和康雅婕，自己忽然掩唇一笑："朗逸，你和嫂嫂什么时候给我添个小侄子玩儿呢？"

康雅婕一听，面上的神情虽还是一贯的优雅端然，颊边却不由得淡红染晕，垂目不语，邵朗逸含笑望了她一眼，转而对谢致娆道："你一个女孩子，整天操的什么心？被你母亲知道了，看她怎么骂你。"

谢致娆嘟着嘴横了他一眼，四下望了望却不见虞浩霆："浩霆哥哥呢？"

虞夫人淡然一笑："他在书房处理些事情，一会儿就过来。"

谢致娆点了点头，又想起一个人来："小霍今天没过来吗？"

"仲祺大你几岁，你不叫他一声哥哥也就罢了，怎么也好跟着他们叫'小霍'？"其实，虞夫人听她提起，心下也有些奇怪，虞霍两家是世交，一向走动频繁，今日一早虞浩霆已去过了霍家，按往年的习惯，霍仲祺多半要跟他一起过来给自己拜年的，不知怎的，却没见到他的人。

"小霍被他父亲关在家里了。"邵朗逸呷了口茶，闲闲地说。

"为什么？"谢致娆奇道。

"这你要问他自己了，我也不清楚。"邵朗逸笑道，"不过，这些日子可也没听说他又闯了什么祸。致轩，你知不知道？"

"小霍惹他父亲生气还能为了什么？"谢致轩促狭一笑，俯身把悄悄踱到门口的波斯猫拎了起来，"多半又是为了女孩子。"他说罢，忽然觉得四下一静，转头一看，只见虞浩霆正走进来。谢致轩赶忙一本正经地跟他打招呼，"四少！"

虞浩霆看了他一眼，薄唇微展，眼中却毫无笑意："我已经跟何屹打过招呼了，你这就回参谋部去。"谢致轩听了，立时眉开眼笑："多谢四少体恤！"

虞浩霆在虞夫人身侧坐下，一直在案前冲茶的丫头便递过一盏放在他面前，虞浩霆看了一眼，随即说道："我不喝这个，换别的。"那丫头还未来得及答话，虞夫人已吩咐道："四少喜欢瓜片，去吧。"

"你不喝祁红的吗？"谢致娆犹疑一问，随即白了她哥哥一眼，"好啊！原来你是骗人的。谢致轩，你现在越来越没有一句实话了。上次你说是四哥哥喜欢喝祁红，栖霞一时没有顶好的，母亲不光把极品的祁红给了你，还给了你两罐锡兰金边。你倒是说说，都拿去讨好什么人了？"

她这一问，便问住了谢致轩。虞浩霆确实不怎么喝高香红茶，平日多用瓜片或者大红袍，但也并非绝口不喝，谢致轩的茶叶是拿到栖霞给了虞浩霆不假，为的却是顾婉凝多年待在国外，喝惯了红茶。之前谢致娆要请同学来喝下午茶，正跟母亲说起祁红和锡兰茶的高下，正好被谢致轩碰上，一念至此，就要了去。

谢致轩一时语塞，求救地朝虞浩霆看了一眼，虞浩霆却并不看他，众人都心中暗笑，却无人开口。

"我以前还老羡慕你们，唯独我一个人没有姐姐妹妹。现在看来，还是没有的好。"发话的却是邵朗逸，"你明知道你哥哥是拿去做了人情，还要当着这么多人来拆他的台。"

谢致娆娇娇地"哼"了一声："我不是你的妹妹吗？"说着，极甜地叫了一声，"三哥哥。"

谢致轩皱眉道："你这都是什么乱七八糟的叫法？"

邵朗逸倒不以为意，微微一笑："既然你叫得这么甜，我就教你一个乖。下回你再抓了你哥哥什么把柄，不要急着说出来，尽管先跟他讨价还价，你落了便宜，还叫他念你的好。"

谢致轩一听，苦着脸道："你就不能教她点好的吗？"

邵朗逸笑道："我这也是为你好。一个小丫头还能怎么难为你？总比她到处揭你的短好吧？"

谢致娆瞋了他二人一眼："你们就会取笑我，还是四哥哥好。"她说着，眼波一转，对虞夫人道，"姑姑，三哥哥都结婚了，四哥哥什么时候娶霍姐姐呢？到时候，让我去做女傧相好不好？我都还没做过女傧相呢！"

她此言一出，谢致轩忍不住脸色微微一变，虞夫人却不动声色：

"浩霆在这儿呢，你问他去。"

虞浩霆却并不理会谢致娆，只冷然对谢致轩道："你这个妹妹，赶紧嫁出去吧。"谢致轩忙道："哎——我也是这么想的，就是没人愿意要她。"

谢致娆一张小脸顿时涨得通红："姑姑，你听听他们……"

虞夫人嗔怪地看了谢致轩一眼："哪有哥哥这样编排自己妹妹的？"说着，理了理谢致娆颊边的碎发，"我们致娆这样的人才样貌，配得上的还真没有几个，姑姑好好替你留心着。"

谢致轩闻言诡秘地一笑："姑姑，这你就不用替她操心了。"

"你胡说什么？"谢致娆急急抢道，脸红得愈发厉害，虞夫人见状，心下已然明了，便有心岔开话题，对侍立在边上的丫头吩咐道："玢菊，叫他们准备开饭吧。"

邵朗逸玩味地看了谢致娆一眼，低声问谢致轩："致娆看中什么人了？"谢致轩俯在他耳边悄声说了一句，邵朗逸笑着摇了摇头："我都替他累。"

年时家宴，菜式多依了旧俗，三套鸭、松鼠鳜鱼、兰花蟹黄翅……康雅婕到江宁不久，还有几分新鲜，邵朗逸吃了一会儿，便借口散散酒意，离席而出。因为虞夫人爱赏雪景，因此淳溪别墅中除了必要的路径之外，各处的积雪都不清扫，庭院中一片静白。他行到花厅外的回廊，见几竿老竹残叶落雪，萧瑟无声，心有所感，便停了脚步。

"邵军长。"

邵朗逸循声一望，却是郭茂兰正要从他身边经过，停下来行礼示意。邵朗逸点了点头："你今天不放假吗？"

"四少原是给我放假的，但是接替谢参谋的人还没有选上来，反正我也没有家累，所以四少这里还是我跟着。"

邵朗逸看着院中的雪景，声音清冷："顾小姐那里，你们没有再留意了吧？"

郭茂兰听他突然提起顾婉凝，颇为意外。自从竹云路那一晚之后，这些天明里暗里谁都不敢提一个"顾"字，偏他问得这样若无其事。郭茂兰略微沉吟了一下，答道："四少交代，以后不要在他面前提起这个人。顾小姐的事，四少也没有再问过，看情形是不在意了。"

邵朗逸轻轻一笑，仿若自言自语："既然不在意了，又何必不许提呢？"

叁

出走

以后尽有更好的在等着他

　　霍仲祺原以为父亲关他几天，气消了也就罢了。没想到一直过了元宵节，官邸里的侍从守卫还是不放他出去，霍万林也仍是不见他，甚至还吩咐下来，连电话都不许他接。

　　饶是霍仲祺一向好脾气，也再耐不住了。这个礼拜第四次被拦回来之后，他一进房间，便将花架上的一盆"五宝绿珠"砸在了地上。平时伺候他的几个丫头第一次见他这样发脾气，脸都白了，站在门口谁也不敢吭声，只有锦络悄悄退下去，告诉了霍夫人。

　　霍夫人屏退了下人，走到霍仲祺床边坐下，霍仲祺一言不发，反而翻过身去，背对着母亲。

　　霍夫人叹了口气，在他肩头拍了拍，娓娓劝道："仲祺，你不能怪你父亲生气。这件事，之前浩霆就已经失了分寸，你不能再做出更荒唐的事来。你姐姐将来是要嫁到虞家的。幸亏她如今人在国外，不知道浩霆和那女孩子的事情，要不然，还不晓得要怎么伤心呢！好在浩霆现在离了那女孩子，这种事过去也就过去了。可你要是把这女孩子放在身边，不光是失了虞家和霍家的颜面，将来再有什么风言风语的，岂不是让你姐姐难堪？"

霍夫人知道，这个儿子虽然一向好脾气，但拧起来也是九头牛拉不回，不过，霍仲祺是个吃软不吃硬的主儿，尤其是跟霍庭萱姐弟情深，这个时候，什么门风脸面他都听不进去，唯有这一点姐弟之情才能叫他动容。

果然，霍仲祺闷着声音开口道："可我就是喜欢她。"

霍夫人微微一笑："你算算你这几年换了多少个女朋友，你喜欢的女孩子都能从陆军部排到参谋部去了。"

霍仲祺眉头一皱，嘟哝道："陆军部到参谋部又不远。"

霍夫人又是好气又是好笑，语重心长地说："你是霍家的儿子，你要知道，这世上有许多事都比你喜欢的女孩子要紧。你喜欢她是一时的，但有些人、有些事却是一辈子的。"

霍仲祺忽然坐了起来，直视着母亲道："那我要是一辈子都喜欢她呢？"

霍夫人一愣："你今年才二十岁，你知道一辈子有多长？"

霍仲祺倔强地抿着唇："我就是知道。"他说便去拉霍夫人的手，"母亲，求你了，你放我出去吧。大不了我带她走，以后再也不回江宁就是了。"

"你都胡说些什么？"霍夫人疼惜地看着儿子，"那女孩子我见过，确实是个美人儿，我瞧着也像是知书识礼的样子。可是她愿意那么不明不白地跟着浩霆，多半就是贪恋虞家的家世。之前不是说她跟冯广澜也有些不清不楚的吗？浩霆还因为这个跟广澜翻了脸。如今浩霆离了她，她不知道怎么又纠缠到你这里来了……"

"不是的！"

霍仲祺烦躁地打断了霍夫人："根本就不是你想的那样。她和四哥在一起是因为陆军部的人抓了她弟弟，是四哥逼她的。她和冯广澜什么都没有，不过是那小子打她的主意罢了。她也没来纠缠我，她根本就不知道我喜欢她。"

霍夫人听他连珠炮似的抢白了自己一通，理了理头绪，道："不管前因后果如何，她既然已经是浩霆的人了，你就不能再动这个心思。"

"难道她跟过四哥，就不能和别人在一起了吗？"

霍夫人面色一冷："别人或许可以，但你不行，这种话你以后再不要说了。"

霍仲祺胸口起伏，呼吸渐重："好，那你们就关我一辈子。反正除了她，我谁都不娶。"他愤然说罢，又补了一句，"您也别想抱孙子了。"

霍夫人以手扶额，默然良久，起身走了出去。

"石卿！"

汪石卿刚走到办公楼门口，迎面便撞来一个人，他凝神一看，竟是霍仲祺："你怎么弄成这样？"

小霍的风流倜傥在江宁的世家子弟里是一等一的，衣着修饰一向精致，然而此时还没出正月，他从外头进来，上身竟只有一件衬衣，且灰迹斑斑，还有擦破的地方，人更是冻得龇牙咧嘴。

汪石卿一边问一边连忙解了身上的大衣递给他："你这是怎么回事？"

霍仲祺套了他的大衣，却顾不上答话，只苦笑道："石卿，你要审我也好歹先给我杯热水喝。"

霍仲祺坐在汪石卿的办公室里，喝着咖啡，脸上又露出一副漫不经心的嬉皮笑脸来。汪石卿皱眉看着他，想到之前他被霍万林关在家里的事情，心里也猜出了个大概："你怎么跑出来的？"

霍仲祺裹着他的大衣狡黠一笑："你猜猜。"

汪石卿上下打量了他一阵："你不会是扒在谁的车子底下出来的吧？"

霍仲祺冲他一挑拇指："石卿，你可真是我的知己！"

汪石卿哭笑不得，摇头道："你胆子也太大了。出了事怎么办？"

霍仲祺笑道："能出什么事？我扒的是徐益的车子，政务院又不远。"

"你到底闯了什么祸？叫你父亲生这么大的气。"汪石卿皱眉问道。

霍仲祺神色一黯，沉默了一会儿，才无所谓地道："没什么。"

他这样一说，却叫汪石卿有些担心。小霍和他父亲"斗智斗勇"这么多年，每回闯祸之后都绘声绘色跟他们讲演。这一次竟不肯说，恐怕还真是有什么棘手的事。只是他不说，自己也不好勉强，只得道：

"我还要去参谋部，你先在这儿暖和一会儿，有什么事等我中午回来再说。要不，你先去见见四少？他这会儿正在办公室。"

霍仲祺沉吟了一下，抬头笑道："我还有点事情，换件衣服就走，就不去烦四哥了。"

汪石卿听了不由一怔："你究竟惹了什么麻烦，连四少都料理不了？"

"真的没事。"霍仲祺展颜一笑，"四哥公事忙，我这点小事没必要烦他。"

汪石卿只好点了点头，走到门口，又折了回来，拉开办公桌的抽屉，拿出一叠纸钞撂到霍仲祺手边的茶几上："够不够你今天用的？"

霍仲祺抬眼望着他，墨黑的瞳仁里皆是笑意："石卿，你真是好人。"

汪石卿轻轻一叹："你就算躲着你父亲，也要给家里打个招呼，别让你母亲担心。"

霍仲祺在汪石卿这里略加洗漱，便开车去了竹云路。

他这回从家里跑出来便打定了主意要去找顾婉凝，他总要叫她知道他的心意，只是主意虽然定了，但一路上却总免不了胡思乱想。

霍仲祺从小到大都是被宠惯的。他年纪小，生得漂亮，嘴又甜，在霍家自不必说，便是到了虞家、谢家也都极得宠，长辈溺爱，兄弟照拂，姊妹欢喜，养出了一副百无禁忌的脾性。他这些天琢磨下来，竟觉得怎么跟家里交代，怎么跟虞浩霆交代，其实都没什么好担心的。霍家就他这么一个儿子，天大的祸闯出来，父亲母亲到最后也只能认了。

至于虞浩霆那里，四哥处事从来都是果决磊落，既然撂开了手，那就是算了，再没有为难顾婉凝的道理；况且，虞家四少想要什么样的曼妙佳人没有？时间一久，也就记不得许多了。他和虞浩霆一向亲厚，就算他和婉凝在一起，或许会叫四哥一时有那么一点不痛快，可也不是什么死结。大不了他带她走，国内不够远就出国去，叫他们眼不见心不烦就是了。

此时真正叫他忐忑的，就只有顾婉凝的心意。当初他替虞浩霆去查顾婉凝的时候，就着意问过，知道她并没有什么男朋友。那么，倘若她连虞浩霆都不喜欢，那她会喜欢什么人呢？

他这二十年认识的人里，世家子弟、青年才俊如过江之鲫，可平心而论，叫他自认低了一头的只有虞浩霆，连邵朗逸他都觉得不够……倒不是说邵朗逸不好，只是邵朗逸为人处世总让他觉得有种无可名状的淡，对人对事对情对景看似春风和煦，其实淡不留痕。谢致轩那样的是玩世,邵朗逸从骨子里透出来的却只有一个"厌",甚至他连"厌"都厌得意兴阑珊,纳兰词里头那句"不知何事萦怀抱,醒也无聊,醉也无聊",真真切切说的就是他。

可四哥不一样,人人都觉得虞浩霆孤冷傲岸,可是人人也都不得不说他傲得起。从小到大,不管在哪儿,不管做什么事,只要有虞浩霆在,绝不会有人能比他做得好,就连军需物资的账目数字他听过一遍都能记住,汪石卿都自愧不如。他回国这几年,从邺南前线到旧京再到江宁,提起虞四少谁都要说一个"服"字。罗立群、许卓清那班心高气傲的军中少壮起初都觉着他不过是仰仗父荫,谁知没过多少日子,不是被他收拾得服服帖帖,就是叫他笼络得肝胆相照。

这几年虞靖远军政事务繁忙,身体也不如从前,定新军校和几所士官学校的开学、结业典礼多叫虞浩霆替他观礼、授剑,虞浩霆的训辞从来不用秘书拟稿,无论是家国天下安内攘外,还是袍泽弟兄披肝沥血都是侃侃而言,激扬飞越,极受称道;到后来,他在学校头一天讲过,隔一日便会见报。

霍仲祺跟着去凑过两回热闹,只觉得他那一身傲气偏偏就激出了旁人的豪情万丈,他虽然冷,反能热了别人的血。连邵朗逸那样万事无可无不可的人,也愿意为了他搅到这万丈红尘里来。

所以,姐姐钟情虞浩霆他一点都不觉得奇怪,可是,顾婉凝怎么就不喜欢他呢?

他知道虞浩霆对婉凝是真的动了心,他对着她,别说傲气,就是脾气也不剩下什么了,连苏家的人他都肯应酬。可谁都看得出来,顾婉凝在他身边不快活。

虞浩霆尚且如此,那他呢?他拿什么跟四哥比?讨女孩子欢心吗?

"想君白马悬雕弓,世间何处无春风",就因为这个,他在她心里轻浮浪荡这一条算是坐实了。

不过，她总是不讨厌他的吧？

眼看到了竹云路，霍仲祺把车停在路边，又仔仔细细从头到尾把他和顾婉凝的事想了一遍，猛然觉得，从虞浩霆算起，加上邵朗逸、谢致轩这些人，连带冯广澜那个混账玩意儿，顾婉凝最不讨厌的还真要算是他了。

至少，她和他在一起的时候，总是开心的。她从来没给过他脸色看，她每一次对他笑他都记得。她在他手上写她的电话，笔尖痒痒地划过他手心，她身上清甜的气息叫他一生不忘；他们在安琪家跳舞，她一看见冯广澜，就轻轻拉住了他的手臂："你别走。"他带她避到露台，她披着他的衣裳，幽幽叹着气："要是人人都像你这般，就好了。"那天在芙蓉巷口，他去给她买栗子，她在他身后那样轻柔依恋地唤他："仲祺……"

他突然一闪念想到那天他们在云岭骑马，她握了他的手，由着他抱她下来，后来虞浩霆朝她伸手，她却不肯接——他想到这里，脸上一热，或许，她是有些喜欢他的？

霍仲祺隔着马路远远望着顾婉凝住的那个小院子，只觉得周遭的一屋一景，连街上的行人都格外鲜亮浮凸。从未有过的喜悦和怦然在他心里情潮激荡，他这就要去见她了，他这就要去告诉她，他这些日子心心念念的只是她，从今以后，有他来疼爱她照顾她保护她，再不让她受一丁点儿委屈，只要她愿意和他在一起，哪怕天塌下来他都能扛。

然而，等他走过去刚要敲门的时候，却是一怔，院门从外头上了锁，锁头上残存的积雪明明白白地告诉他：这扇门至少有两天没开过了。霍仲祺犹自拍门叫了两声"婉凝"，忽然一省，暗骂了自己一声"蠢材"，她明明告诉过自己，过些日子要回家去的。他低头一笑，她是回家去了吗？那更好，他连她家里人一起见了。

"霍长官来找婉凝，有什么事吗？"

一见婉凝外婆眼里的疑惧之色，霍仲祺立时就后悔今日穿了军装来，老人家十有八九以为他是替四哥来找婉凝回去的，解释不清楚了，只好等先见了顾婉凝再说："我是顾小姐的朋友，有些事情要告诉她，不知道她什么时候回来？"

外婆打量了他一番，面上的神色也不知是放心还是漠然，却说出了一句让他莫名其妙的话："婉凝已经走了，请霍长官转告虞四少，不要再来找她了。"

"走了？她去哪儿了？今天不回来吗？"霍仲祺一愣，这不是她的家吗？她还能去哪儿？

外婆摇头一叹："她没告诉我，婉儿就怕她走了之后有人来问。"

"这怎么会？她一个女孩子，您就放心……"霍仲祺愈发诧异起来。

"她一个女孩子，能一个人越洋跨海带着弟弟从国外回来，现在不过是离了江宁而已，我有什么不放心的？"外婆淡然道。

"可是——"霍仲祺一时语塞，想了想，又道："老夫人，我今天来不是虞四少的意思，我真的是婉凝的朋友。"

外婆却似乎有些倦了，冲他摆摆手："霍长官请回吧，婉凝现在在哪儿别说我真的不知道，就是知道，也不会告诉你。你要真是她的朋友，就不要再来找她了。"

霍仲祺茫然出了青榆里，手拉了车门却迟迟不坐进去，一烦起来就去摸烟，站在车边狠狠抽了两根，一甩烟蒂，倒想起一个人来。

"你怎么也来问婉凝的事？"欧阳怡一脸意外地看着他。

霍仲祺一心想着顾婉凝的去向，却没听出她的弦外之音，只是焦灼地追问："你知不知她到哪儿去了？是躲起来了，还是真的不在江宁了？"

欧阳怡对他一向没有好感，上下打量了他一番，冷然道："霍公子是想替虞四少做说客吗？你们还嫌婉凝躲得不够远吗？"

霍仲祺一听她话中端倪，忙道："她真走了？"

"走了。"

"她去哪儿了？她一个人？"

欧阳怡还是冷眼看着他："她想去哪儿就去哪儿，难道她到哪儿去还要你们陆军部批准吗？"

霍仲祺印象里欧阳怡一向都温婉娴雅，不想她今日竟这般生硬刻薄，他心里火急火燎地挂念顾婉凝，语气也硬了起来："你要是知道她在哪儿，最好马上告诉我，她一个女孩子孤身在外，出了事情怎么办？"

出事？顾婉凝还能出什么事？欧阳怡本来就不喜欢他，此时被他一激，又想到要不是虞浩霆苦苦相逼，虞军的人心狠手辣，顾婉凝还该好端端地在学校里上课，哪用得着人生地不熟地躲到旧京去？当下冷笑道：

"什么事能比你们陆军部的人让她出的事大？只要你们高抬贵手放过她，她这辈子也就平安了。"

霍仲祺被她呛得面上一红，还想再说什么，欧阳怡却连招呼也不打，转身就走。霍仲祺愣了半晌，才开车回了陆军部，他辛辛苦苦从家里跑出来，兴冲冲去找顾婉凝，不想碰了这半日的钉子，却一无所获。

听欧阳怡的意思，婉凝是真的走了，可她能去哪儿呢？

他查过她，她在国内没什么亲戚朋友，他认识她这么久，即便是湄东的顾家，也从没听她说起，更不见有什么联系。她能去哪儿呢？

她小小年纪受了这样多的苦楚，又离家别友，一个人孤身在外，他一想到这个，整颗心都揪起来了。他得去找她，一找到她，就带她走——"什么事能比你们陆军部的人让她出的事大？只要你们高抬贵手放过她，她这辈子也就平安了。"欧阳怡的话呛得他想杀人，他想起那天她在他怀里疼得扭曲的面孔，他衣袖上浸了她温热的血……混蛋！都他妈的混蛋！

他得去找她，找人这种事最快的就是特勤处，他一面想着，一面就去拨罗立群的电话，然而，刚拨了三个数，他就把电话搁下了。他真是昏了头了，他叫罗立群去给他找顾婉凝？恐怕人还没找到，四哥立时就知道了。虽然这件事他没打算瞒着虞浩霆，但眼下他这里八字还没一撇，他不想让他知道……

霍仲祺极快地捋了一遍跟他相熟又能帮上忙的人，竟是一个也用不上。虞军上下，和他相熟的都是虞浩霆的班底；政务院的人就更不用说了，他的事情但凡叫他们知道个一星半点，必然要捅到父亲那里去。

他平日里总觉得自己人面广、吃得开，不管什么事，没有他霍公子蹚不平管不了的。然而，到了今天他才知道，他仗恃的不过是父亲和四哥罢了。不敢告诉父亲的事，有四哥替他揽着；军中不便插手的事，他一个电话打到政务院，徐益、祁国瑞那些人也就替他办了。可顾婉凝这件事，既触了父亲的怒火，也戳了四哥的软肋，他想要瞒着他们行事，竟是一筹莫展。

霍仲祺困坐在办公室里，茫然瞧着靠墙的文件柜，他回江宁也快一年了吧？除了他放在里头的几瓶洋酒之外，他竟不知道里面还有些什么东西。他忽然就有一种无力到虚脱的感觉，他早该想到的，他早就应该想到的，他要是个有肩膀有担当的，当初她就不会见了他之后再去拦四哥的车！

从头到尾，明明白白的事，他竟然一直都没想到，他还想带她走，他带她到哪儿去？除非四哥肯帮他，否则，只要父亲一声令下，他多半连江宁城都出不去。他要带走的是婉凝，他怎么去叫四哥帮他？

他起身拿了瓶酒出来，连杯子都懒得拿，开了盖子就往嘴里倒。他酒量一直都好，霍公子是出了名的"千杯不醉"，可现在，他连这个也恨上了，他怎么就醉不了呢？他冲到洗手间吐了三回，还是清醒得吓人——

"昨天你带进陆军部的那个女孩子，查一查她家里还有什么人。"

"我只见了你两次，每次你都帮我的忙。"

"他日后总要叫你一声四嫂。"

"我和他的事跟你没有关系。"

"孩子……仲祺……孩子。"

每一件事他都记得清清楚楚，从开始到现在，叫他错过的不是疏忽意外，根本就是他的无能为力。

霍仲祺没有意识到他并不是第一个来跟欧阳怡打听顾婉凝的人；另一个人虽然也是陆军部的，但欧阳怡的态度却好了很多。

顾婉凝离开江宁的第三天，卫朔就找到了欧阳怡。她一听用人通报说来找她的人是卫朔，先是惊讶，随即就想到他多半是虞浩霆派来的，一面叫人把他请到楼下客厅，一面却下意识地开了衣柜去挑衣裳换。手上翻拣了几下，忽然颊边一热，咬唇暗道：欧阳怡，你这是做什么？当下便关了衣柜，对着镜子理了理头发，面上已换了端然的神色。

卫朔似乎总是喜欢站着，此刻不在虞浩霆身边，也仍是抖擞紧绷如弓弦一般，一见欧阳怡进来，便肃然同她打招呼："欧阳小姐，你好。"

"你好。"欧阳怡礼貌地点头一笑，心中犹如鹿撞，也不肯多开口说什么，倒是卫朔十分镇定："今日冒昧打扰，是我有事想请欧阳小姐帮忙。"

欧阳怡一听，便皱眉道："虞四少还不肯放过婉凝吗？"

卫朔闻言却不动声色："小姐误会了，我今天来见小姐并不是四少的意思。"

欧阳怡一怔，卫朔已接着说道："我知道欧阳小姐和顾小姐相熟，如果以后顾小姐遇到什么麻烦，还请欧阳小姐告诉我。"他说着，从衣袋里拿出一张便签放在茶几上，"小姐找我就打这个电话。"

卫朔的话直白干脆，没有多余的字，也没有一丝情绪，欧阳怡听了，有些探询地看着他，却见他目光刚硬，仿佛方才说的只不过是寻常军务，便应道："好。"

卫朔见她答应，点了点头："打扰小姐，我告辞了。"欧阳怡不防他这样说走就走，匆忙间微微一笑，卫朔便转身往门外走。

欧阳怡眼看他走到门口，心中一动，忍不住叫了一声："等一下。"

她刚说了一个"等"字，他就停住了，她话音还没落，卫朔已然转过身来望着她："有什么事小姐请说。"

欧阳怡脸上漾着一缕清淡的笑意："你刚才说如果婉凝遇到什么麻烦，就让我告诉你，你是想说你会帮她吗？"

卫朔有些愕然地看着她，自己的意思还用得着再问吗？但她既然这样问了，他也只能点头。

欧阳怡见他面有疑色，恬静的双眸中闪过一丝带着甜味的狡黠："那要是我遇到了什么麻烦，能不能请侍卫长帮忙呢？"

她这样一问，卫朔竟愣住了，蹙着眉头嗫嚅了两次，不知道怎么开口。

卫朔多年卫护虞浩霆的安全，揣摩熟知的不过是虞浩霆的心意，却极少和女孩子相处，若是郭茂兰和杨云枫碰上这样的情形，心中早已了然一二，然而卫朔此刻纵然觉得欧阳怡的话似乎有些不合常理，却再不往别处去想。他今日来找欧阳怡，不过是因为担心顾婉凝韶龄弱女，容色过人，偏又身世单薄，如今离了虞浩霆，万一再碰上冯广澜或者之前顾旭明那样的事情，难以应付，要是出了什么事情，将来虞浩霆知道了不好收拾；而欧阳怡这样的宦门千金，养尊处优，无论如何也用不着他来帮忙。

他沉吟不解欧阳怡何以会有此一问，但也总不能跟她说不行，只好犹疑着点头道："如果欧阳小姐需要，当然可以。"

欧阳怡素知卫朔是个泰山崩于前而面不改色的，此时却这样惑然踌躇，忍不住低了头轻轻一笑，静静地说："那我就先谢谢你了。"

她脸上柔光潋滟，肩头雾色的钩花流苏披肩轻软娴雅，一身清浅的驼粉色丝绒长裙，在午后的暖阳下闪烁出点点银辉。卫朔站在门边的暗影里，一闪念间，忽然觉得她的人仿佛泛着一层柔煦的光晕，却不再多看，连忙向她告辞。

早春二月，料峭春寒吹得醒宿醉的酒意，却吹不醒深深含苞的桃花。薄雾轻烟般的渺渺细雨沾在衣上亦不见湿痕，郭茂兰深吸了一口气，忽然想到顾婉凝，那女孩子就如落在衣上的寒春细雨般，走得了无痕迹，却又处处都留着叫人怅惘的潮意。

从栖霞到陆军部，从虞浩霆到下头的侍从官，都仿佛从来没有过这个人一样，然而一切又分明都不一样了。虞浩霆大多数时间都待在陆军部，偶尔回一次栖霞，却是待上几个钟头就走。郭茂兰猜出几分，也不敢过问，唯有卫朔眼里是一样的心照不宣。

　　接替谢致轩的侍从官叶铮是虞浩霆从旧京叫回来的，和他们都是旧识。叶铮是北方人，初到江宁，事事新鲜，且对顾婉凝的事不大知情，只是听说虞浩霆去年交了个女朋友，人极美，为着她，连电影皇后梁曼琳都不看在眼里了，便偷偷跟他们打听了两回，说是想去看看，立刻就被卫朔烙铁一样的眼神给逼了回去。

　　郭茂兰想到这里，摇头一叹，叶铮的性子比杨云枫还不拘。杨云枫这一走也有小半年了，他走的时候，交托给自己的一件事是方青雯。

　　"我就是要叫她知道，我杨云枫值得她托付终身。"

　　原本他听杨云枫说方青雯是仙乐斯的舞女领班，心里就有些嘀咕，听着杨云枫的话，更是心中暗笑，什么托付终身？欢场女子不过是求一个荣华富贵罢了，怎么这小子一头栽进去栽得这么深？

　　不过，既然是杨云枫交托的事情，便也不能敷衍，待他抽空去仙乐斯见了方青雯，倒也有几分体谅杨云枫了。

　　情之一字，谁又说得清楚呢？

　　"你这些日子怎么总是叹气？"

　　郭茂兰闻言连忙转身，见秋月白正扶着门走出来，水粉色缎面的丝棉薄袄上镶了雪白的兔毛边，乌压压的一头长发散在肩上，俏然而立，仿佛院子里头含苞的桃花。

　　"有吗？"他揽过秋月白倚在自己怀中，轻声问道。

　　"你今天早上这已经是第四回了。"秋月白唇角一弯，清浅笑意中又有些犹疑，"是碰上了很烦心的事吗？"

郭茂兰低头看着她，柔声道："有时候叹气也不一定是发愁。我方才在想，和别人比起来，我运气真是好。"

秋月白"嗤"地一笑："为什么？"

"因为我有你。"郭茂兰说着，在她额上轻轻一吻，秋月白脸上顿时飞起了两朵红云，低着头默不作声。

郭茂兰抚着她的头发，眼中满是温润的笑意："怎么不说话了？"

却听秋月白低低道："我原想着，将来不管怎么样我都跟着你，你要是娶了太太，我就去给她做丫头，可是后来一想，我这个样子，到哪里都是拖累别人，就是想去伺候人，也……"

"你这说的都是什么？"郭茂兰眉头一皱，截断了她的话，"不许再胡思乱想了。"

秋月白却摇了摇头，幽幽说道："你对我好，我知道，可我自己的事，我也知道。之前那位顾小姐，我虽然看不见，也能觉得她……是个知书达理的大家小姐，我这样的人是无论如何也比不上的。"

郭茂兰听着心中一叹，顾婉凝虽然不是什么世家千金，但她父亲是旅欧的外交官，自幼教养最是谙熟礼仪，又经惯了仪典华堂，举手投足间的风华优雅便是江宁等闲的名门闺秀也多有不如，更何况月白？当下笑道："干吗要和别人比呢？"

秋月白咬唇道："我不是要和别人比，只是你的长官既然有这样的女朋友，你将来总也要有一个端庄贤淑、不被人笑话的太太，我知道我是不成的……你……别因为我的缘故耽搁你……"她声音越来越轻，说到后来已细不可闻。

郭茂兰失笑道："你怎么会这么想？谁说人人都得喜欢一样的女孩子？我偏就喜欢你！"郭茂兰说着，捧起秋月白的红晕未退的一张小脸，吻了下去，月白嘤咛一声，把脸埋进了他怀里。良久，才抬了头轻声说："等顾小姐和你的长官成亲的时候，你记得告诉我，我送件礼物给她。"

郭茂兰闻言脸上的笑意慢慢淡了下来："他们不在一起了。"

"不在一起了？"秋月白先是诧异，随即神色一黯，"那我以后是不是见不着她了？齐妈说，顾小姐就是戏文里唱的'惊人艳，绝世佳'，要是真有倾城倾国的美人儿，也就是那个样子了。"

郭茂兰听了，默然片刻，忽然极低地吟了一句："如何四纪为天子，不及卢家有莫愁。"

"你说什么？"月白困惑地问道。郭茂兰揉了揉她的头顶，笑着说："没什么。你呀，就是个林妹妹的性子。我先走了，过两天再来看你。我不在，你不许胡思乱想。"

郭茂兰走了好一阵，月白才转身回房，抱着月琴弹了几声，低低唱道："高高山上一树槐，手把栏杆望郎来。娘问女儿你望啥子？我望槐花几时开……"

那年，她十三岁，跟着父亲从崇州到旧京来投奔亲戚，谁知到了旧京，却是两眼一抹黑，找了几个月亲戚没找到，身边的盘缠却花光了。万般无奈之下，父女二人只好沿街卖艺，那时候，她只会唱些家乡的小调，旧京的人多半都听不懂，说是卖艺，其实跟乞讨也差不多了。原想着攒下些路费就回乡的，不料才挨了一个月，父亲就病倒了，她实在没有法子，只好在街边插草自卖，为父亲求医。可她一个瘦小伶仃的女孩子，双眼皆盲，便是自卖自身也难有人肯出钱。

正巧郭茂兰路过，看她形容可怜，便丢下两块大洋给她。秋月白在街边跪了半天，好容易碰上一个肯给钱的，也不知他是男是女，就一把扯住："您大慈大悲，再添点钱，买了我吧。"

郭茂兰一愣，皱眉道："我不买人，你快放手。"

秋月白听出是个年轻人，虽然羞惧，却顾不得了，只是死死拉着他的衣袖："先生，求求您了，只要您能帮我父亲请医抓药，我……我给您的太太当丫头，做牛做马都行。"

当时郭茂兰刚从定新军校毕业不久，在旧京的警备司令部做事，他一时好心，揽了秋月白这件事，只想着帮她父女二人渡过难关罢了。没想到月白的父亲奔波劳碌之下，旧疾复发，已然心力交瘁，勉强撑了两个月，竟撒手西去了。郭茂兰帮她葬了父亲，本想托人带这小丫头回乡去，但月白父女二人原本就是因为在家乡无依无靠，父亲又知道自己身体不好，才带了她来旧京。郭茂兰待要和她商量，秋月白左右就只有一句："你就当是买了我吧。"

郭茂兰被她缠得急了，甩出一句："我买你有什么用，你会干什么？"

秋月白却被他问傻了，两行清泪直直地淌了下来，郭茂兰一见，也懊悔失言，刚要哄她，却听秋月白犹带着哭腔开了口："我会唱歌。"说着，便呜呜咽咽唱道，"高高山上一树槐，手把栏杆望郎来……"

郭茂兰心头一软，伸手抹了她的眼泪："那你跟着我吧。也不要再说什么买你的话了。"

于是她就留了下来，连"月白"这个名字也是郭茂兰给她改的。她本名叫"小荷"，郭茂兰说，"小荷"好听，也像她的人，只可惜她姓秋，未免有些不合时宜，于是就改成了"月白"，说是一句唐诗里的。这些她似懂非懂，但只要是郭茂兰说的，她都觉得是好的。

她以为郭茂兰要带她回家当丫头，没想到郭茂兰却说自己是个军人，孤身在外，没有成家，单独找房子安置了她，又另请了用人悉心照看，只说是自己的表妹。待知道她并不是天生双眼皆盲，乃是九岁那年生了一场大病，才落下的病灶，郭茂兰又几番请医问药帮她医治，却都毫无起色，才渐渐搁下了。只是除此之外，郭茂兰并不常来见她，偶尔来一次也不过是带些新鲜的吃食玩意儿给她，说几句话就走。照料她的用人平日里和秋月白闲话，免不了品评到郭茂兰身上，只说这位表少爷如何一表人才。

如是两年，秋月白心里却时常惴惴，她也几次鼓了勇气问郭茂兰为何要收留自己，郭茂兰却总一笑置之："不是你要跟着我的吗？"

其间郭茂兰调到虞浩霆身边，公务愈繁，来看月白的次数却多了起来，常常逗着她说些小时候的故乡往事，又或者听她弹琴唱歌。月白起先也是暗自欢喜，然而时间久了，她却愈发惶惑起来。

到她前年生辰，郭茂兰来给她庆生，她因为爱惜嗓子，从不喝酒，那天却端了他的杯子一饮而尽。郭茂兰不及拦她，见她呛得一脸通红，轻轻拍着她的背，又是疼惜又是好笑："又没有人抢你的，你这是干什么？"

却见秋月白一双眸子像被水洗过一般清亮，虽然明知她是瞧不见的，还是"看"得郭茂兰心头一颤。"你要了我吧。"她颤巍巍的声音如檐上将落未落的水滴，面上的神情却是水滴石穿的执拗。

郭茂兰起身笑道："傻丫头！你小小年纪都想些什么？"

秋月白却摸索着牵了他的手贴在自己脸上，声音细细："我不小了。"

郭茂兰轻轻抽了抽自己的手，却被她攥住不放，只好摇头道："月白，乖，不要闹。"

秋月白仍是不肯放手："是我不好看吗？"

郭茂兰蹲下身子，抬手抚着她的头发，柔声道："谁说的？你好看得不得了。"

秋月白定定地"望"着他，两弯细眉像初五的月牙，黑白分明的瞳仁如月光下的一池春水："那你为什么不要我？"

郭茂兰眉头微曲，柔风轻拂的笑容中融着无可奈何："我如今还不能成家，我不想委屈你。"

　　"我没有委屈。"

　　月白咬着下唇，小小的身子微微颤抖着笼在暖橘色的灯光里，如同晚风中静静摇曳的夕颜花："我不晓得你为什么收留我这么一个……一个残废，我连当丫头服侍人都做不来……"

　　"月白！"郭茂兰想要打断她，月白的手指却轻轻按在了他唇上："你不在的时候，我没有一日是安心的，我总怕你再也不来看我了。可是你来了，我还是不安心，我越想着讨你喜欢，就……就越知道自己什么都不懂，什么都不会。"

　　郭茂兰深深叹了口气，站起身来："你有这么多心事，怎么都不告诉我？"

　　月白低着头默不作声，郭茂兰揽了她靠在自己身上，目光隔着窗子远远地落在湛蓝的夜空中："月白，你知道扛枪吃饭是要卖命的，你跟着我，不是什么好事，我想让你以后……有安稳的日子过。"

　　秋月白紧紧地贴在他怀里："我从小到大，最安稳的日子就是现在。你要是真有什么万一，你觉着我还能活吗？"

　　郭茂兰眼中一热，只见月白仰着头，两行清泪缓缓滑到腮边："我不要什么别的安稳日子，我只跟着你。生生死死，我都是你的人，除非——你嫌弃我。"

　　二月末的旧京正是春光初绽的良辰，院子里头一树浅粉淡白的杏花开得正盛，摇曳的花影隔了窗子映在桌上、几上、地面的青砖上，也映在了人心上。

　　此后，秋月白又跟着郭茂兰到了江宁，本想着一切如旧，却没想到在瓯湖遇上了顾婉凝。

　　顾婉凝和她年岁相仿，但言行举止间的落落大方、端然优雅却是不用看也能知觉一二的，且又听齐妈说顾婉凝样貌绝美，秋月白心中便愈发自惭起来，她还记得那一日顾婉凝赞她的名字好听，脱口念的就是当初郭茂兰为她改名字时说过的那句诗。也是见了顾婉凝，她才想起，自己和郭茂兰在一起这样久了，竟从来没有见过他的同僚朋友，大约她这样一个女孩子若是给人见了，也只会招人笑话吧？

"三公子，顾小姐到了燕平。"

傅子煜在军情五处九年，早已养成了喜怒不惊的深沉脾性，邵朗逸叫他派人盯着顾婉凝，他虽然一时也琢磨不出这究竟是为"公"还是为"私"，但面上却丝毫不露，多余的话一句不问。傅子煜是邵氏嫡系，邵朗逸还未在军中的时候，他二人就已相熟，一句"三公子"便透出了端倪。

邵朗逸点了点头，顾婉凝去旧京倒不出他所料，她既然和虞浩霆分开了，自然是远远地离开江宁最好："她住在什么地方，妥当吗？"

"这个……"傅子煜很少有这样犹疑的状况，只是在他看来，顾婉凝的身份和她如今住的地方着实有些匪夷所思；并且，他也不清楚邵朗逸的所谓"妥当"究竟是个什么范畴，"顾小姐住在梁小姐家里。"

邵朗逸一怔，端着茶盏的手也滞住了："哪个梁小姐？"

"梁曼琳梁小姐。"

邵朗逸诧异地看了傅子煜一眼，低头呷了一口茶，却并不说话。

傅子煜又道："顾小姐想插班到德雅女中去读书。我查过了，她之前在乐知的成绩不错，但德雅是教会学校，对学生的家世背景也很挑剔，顾小姐恐怕进不去。"

邵朗逸想了想，懒懒一笑："这件事你去想法子，不要让她知道。"

"是。"傅子煜点头应道。

军事情报部隶属参谋本部，下面的几个核心部门里头，二处主理对内军情、解码和行政，九处负责对外军情以及武器和技术分析，而傅子煜的五处则负责秘密监察。虽说名义上监察的只是军政事务，但实际上，从旧京、华亭到江宁的名流豪绅十有八九都有底档在军情五处，越是见不得光的事情就越是清楚。因此，打点关系找个校董出来发话收个学生对傅子煜来说不是什么难事，而且，这件事由他去办，也没有人敢问为什么。

"顾小姐那边，叫你的人继续留心着，不要有什么闪失。"邵朗逸交代道。

"是。"傅子煜答应着，语气中却有犹疑。

邵朗逸眉峰一挑："怎么了？"

傅子煜心里斟酌了一下，觉得还是问清楚点好，否则，什么算"闪失"他可说不准："三公子叫我们留心顾小姐，是怕万一四少要人，郭茂兰他们不知道到哪儿去找吗？"

邵朗逸淡淡一笑，垂着眼睛注视着手中的半盏清茶："就算是吧。"

邵朗逸的语气和笑容都轻淡如春夜云影，傅子煜却总觉得有些异样，三公子从来都是闲事不问，别说是虞四少过去的女朋友，就是他自己的女朋友，也没有这样上心的。要是邵朗逸叫他想法子把这女孩子逼回江宁来，他倒还能明白，现在这样他反而想不透了。

邵朗逸也有想不透的事情——她居然和梁曼琳在一起，真不知道浩霆要是听说了会作何感想。

春雨如丝，空气里似也浸润了早春嫩柳的新绿，有直沁人心的清新温柔。他还记得在簏山遇见她的那天，她悄悄走到他身后，伸手蒙了他的眼睛，还没等她娇娇地问他"你猜猜我是谁"，他就知道她是认错人了。

错了，错过了。

顾婉凝接到学校通知的时候，颇为诧异。她去考德雅只不过是想碰碰运气，她也知道自己成绩虽然不错，但是之前莫名其妙地休学，缺了一个学期的课业，且她一个人到旧京来，身世伶仃，对她这样的学生，德雅根本不会考虑，没想到，自己的申请竟真的通过了。

"德雅可是很难进去的。"梁曼琳笑盈盈地说道，"去年教育局长孔宪芝家的一对双生小姐一起去考试，姐姐考取了，妹妹差两分，最后就真的只录了一个，闹得孔二小姐好长时间都不肯露面。"

她说笑了两句，却见顾婉凝面上并无喜色，只是若有所思地看着手里的通知，约略一想，将笑意收在了眼底："你是疑心……"

顾婉凝摇了摇头，将通知折了起来，对梁曼琳微微一笑："这几天打扰梁姐姐了，以后我住到学校里去，恐怕还要麻烦你帮我照顾Syne。"

梁曼琳笑道："你这么客气，就是没有真的把我当姐姐了。"

此前，顾婉凝写信说要到旧京来，她就有些诧异，待顾婉凝人到了这边，淡然一句"这种事情总要新人换旧人的"，就绝口不提她和虞浩霆的事。虽然梁曼琳不清楚事情的原委，但她眼见顾婉凝眉宇间时时压抑着一抹悒色，便也不多过问，只是心中惋惜，到底是齐大非偶，虞浩霆那样的人经惯了风月红颜，却真心难觅。

顾婉凝在德雅只读最后一个学期，平日住在学校，她总是着意沉默寡言，所有的时间和心思都放在功课上，每个星期一天假期，她就在梁曼琳家里陪着Syne，每每和欧阳怡通信，也只说些德雅的课业生活和旧京风物，从不过问江宁的人事。

她想，时间久了，终究都会忘记的吧？

远在江宁的虞夫人也这样想，时间久了，终究都会忘记的吧？

无论什么，都抵不过光阴岁月的消耗。时间久了，怎样的心意都会淡下去的。

当年，虞靖远也不是没有过心心念念的可人儿，最后还不是流水落花，琵琶别抱？到头来，许竹心也好，魏南芸也罢，都不过是少年往事的旧情遗影。浩霆还这样年轻，怎么会不知道以后尽有更好的在等着他？就像眼前这早春的景致，轻烟淡柳、疏花嫩蕾是惹人喜爱，可毕竟后头还有开不尽的繁花似锦，浩荡春光。

不过，魏南芸就没有虞夫人这样淡定了——顾婉凝走了三个多月，她留在虞浩霆房间里的东西却都还是原样，虞浩霆不发话，也就没有人去动。

"这些日子浩霆都不怎么回官邸，偶尔回来一次也是待上一会儿就走。我怕——"魏南芸错着半步，跟在虞夫人身边，轻声说，"是触景伤情。"

虞夫人拢了拢身上的披肩，神色闲远："春天了，官邸里也该重新修饰一下。"

"小霍倒真是转了性子。"

虞浩霆搁了电话，对汪石卿道。过完年没多久，霍仲祺跟他打了个招呼就去了绥江，他原本以为小霍不过是为了躲着霍万林，没想到他刚一问起，蔡正琰便说霍仲祺并不在行辕，而是自己跑去了下头的一个骑兵师，事事勤谨，半点公子脾气也没有。

汪石卿微微一笑："看来他上一次祸闯得不小。"

说起这件事，虞浩霆也不免有几分好奇："小霍到底是出了什么事，我怎么一点儿也没听说？"

汪石卿摇头笑道："估计不是什么光彩的事情，他不肯讲。"

虞浩霆听了，也不觉得有过问的必要，转念间忽然想起之前谢致轩的话——"小霍惹他父亲生气还能为了什么？多半又是为了女孩子。"他心里莫名地一跳，转瞬即逝，却又清晰切实。

汪石卿一走，虞浩霆也从办公室里走了出来，对叶铮道："回官邸。"

叶铮连忙跟上去，心里却纳闷，这才几点，还不到中午，回官邸干吗？而且虞浩霆每次说要回栖霞的时候心情就不大好，回去之后心情就更不好，可是四少说回去，难道他还能拦着？不过，这个时候回栖霞，十有八九午饭就在官邸吃了，官邸的厨子倒是比陆军部强得多。

虞浩霆刚上到二楼，就见他的房门都开着，正有用人出入。他心事一沉，缓缓走了过去，一个丫头见他过来，连忙停下行礼："四少。"里头的几个人听见他过来，也都停了手里的事情，屏息行礼。

"你们在这儿干什么？"虞浩霆见她们手里的东西都是顾婉凝的衣物首饰，心下了然，却不知道是谁的授意。

几个丫头都低了头不作声，虞浩霆扫了一眼，道："芷卉？"

芷卉在官邸原本是带着几个丫头伺候虞浩霆起居的，后来一直照料顾婉凝，于他们二人的事情知道得最多，且官邸里早打了招呼，不许在虞浩霆面前提起顾小姐，此时见他这样问，万不敢说是魏南芸叫她们把顾婉凝的东西清出去，便道："三太太吩咐说夫人要重新装饰官邸，叫我们整理一下，过几天就……"

她说到这里，虞浩霆已懒得再听："东西放下，出去。"

叶铮见几个丫头都悄声出去，虞浩霆背对着他，不知神色如何，也不知道自己该不该留下："四少？"

虞浩霆没有回头，低声吩咐道："你也出去。"

叶铮暗自咋舌，带上门退了出去。

虞浩霆捡起搭在榻上的衣裳，一件一件挂了回去。她的衣裳大多搁在另外的衣帽间里，有丫头收拾，放在他房里的不过是常穿的几件。起初，他喜欢看她穿洋装，她刚和他在一起的时候，既不敢惹他也不爱理他，总是沉静默然，长长的旗袍笼在她身上，仿佛也在拘着她。

唯有他带她去曜山那一次，她穿着件裙摆飘摇的洋装裙子，轻盈如蝶，他喜欢见她那样鲜妍明媚的样子，恍然间便有一双绒暖柔嫩的羽翼在他心中翩然而绽。但他不敢告诉她，他赞她穿洋装好看，她就说自己喜欢旗袍，他怕他说了，她就更不肯穿了。

后来，她对着他也肯说肯笑肯撒娇了，他才觉得她确实是穿起旗袍来，更加娉婷楚楚。他手里拎着的这件冰蓝色的旗袍是她生日那天穿过的，他牵着她的手，仿佛握着一朵雪花。他把衣裳挂回去，触着那柔滑的质地，指尖却是涩的。

虞浩霆从房间里出来，栖霞的总管温乐贤和叶铮一起等在门口。

"叫她们把东西按原样收拾好。没有我的话，我房里的东西谁也不要动。"温乐贤见虞浩霆并没发脾气，这才松了口气，连忙点头答"是"。

叶铮跟着虞浩霆下楼，见他穿过大厅，径直就往外走，多半是要回陆军部的样子，忍不住凑上去叫了一声："四少！"

"什么事？"

叶铮努力笑出两个酒窝来，有几分讪讪地说："该吃饭了。"

虞浩霆也不瞧他，只抬腕看了看表："那就吃了饭再回去吧。"

叶铮心里一乐，不知道今天有没有他爱吃的姜松鱼丝。

康雅婕怀孕的消息传到沈州，康瀚民自然十分欣喜，兼之北地近来太平无事，他当即便决定去看望宝贝女儿。除了家有喜事之外，在春暖花开的时节南下，也着实是件赏心乐事。

　　虽说是探亲这样的私事，但康瀚民到江宁的第三天，便由行政院和参谋部一起出面在国际饭店举行酒会为他接风。除了江宁的许多军政要员之外，邵家亲眷也悉数到场，国际饭店门口的汽车排起长龙，单是车灯便照亮了一条长街。

　　康雅婕一身玫瑰紫的单肩曳地长裙，轻柔飘逸的裙摆自腰际往下打了细密百褶，依旧是身姿窈窕；左肩一枚硕大的蝶形宝石别针，长流苏的钻石耳环几乎扫到锁骨。她挽着父亲跟宾客寒暄，邵朗逸也时时陪在左右，顾盼之间光彩照人，雍容优雅的笑意中蕴着丝丝甜美。

　　正觥筹交错之间，康雅婕忽然觉得四下微微一静，她不必回头也猜到是虞浩霆到了，心中轻笑：虞四少就是虞四少，走到哪里都是众人目光所系。她转身一望，果然是虞浩霆携着一个女伴刚走进来。康雅婕微微有些诧异，这段日子倒没听说虞浩霆有什么新女朋友，而且那女孩子一眼看过去有些眼熟，却又想不起是谁。

　　"怎么是小六？"说话的人却是虞若槿。

　　康雅婕见她神色讶异中又有些不快，好奇道："姐姐是说跟四少一起来的那位小姐吗？我看着有些眼熟，却想不起来。"

　　虞若槿方才讶异的神色已经掩了下去，淡淡一笑："你和她不熟，那是韩家的六小姐韩燕宜。"

　　康雅婕略想了一下，便明白虞若槿的不快和讶异从何而来了。虞浩霆带个女孩子出来交际没什么大不了，无论是梁曼琳那样的电影明星，还是江宁的名媛闺秀，虞浩霆逢场作戏甚至有些露水姻缘也都无伤大雅，但这个韩燕宜是霍夫人的侄女，也就是霍庭萱的表姊妹。自虞浩霆和顾婉凝分手之后，他身边一直都没什么女朋友，今天忽然带了她出来，也不知道两个人是什么状况，要是真有什么瓜葛，霍家和韩家连虞家恐怕都得闹心。

她这么想着，不免多打量了韩燕宜几眼。康雅婕一到江宁就和邵朗逸结了婚，所以和这班未婚的小姐们来往并不多，不过，纵然彼此不熟，她也听说过韩燕宜和她妹妹韩佳宜是江宁有名的姊妹花，出身名门，才貌俱佳，姐姐秀雅，妹妹柔艳，在交际场里极出风头。

韩燕宜正是桃李之年，粉面修眉，明眸顾盼，身上穿着一件淡莲红色的抹胸纱裙，颈间一串枝叶型的钻石项链，简单精致一如她面上恰到好处的妆容。康雅婕心下品评，这位六小姐虽然不及顾婉凝情致动人，却也是容颜姣好，且极懂得修饰，怪不得这样有名，当下便笑道："早就听说韩家有一对姊妹花，今日看来，六小姐果然出众。"

虞若槿漫不经心地扫了韩燕宜一眼："小七怕比她姐姐生得还要好些。"

康雅婕心中一动，就着她的话往下说："有这样的表姐妹，想必霍小姐也是极美的。"

虞若槿听她说到霍庭萱，微微一笑："比庭萱就差远了。名门闺秀，岂只在姿色两个字上？"

康雅婕听了这一句，心里便略有些不舒服，还未来得及再开口，虞若槿已笑着对她耳语道："我不过是替我们老四操心罢了。你还用得着花心思瞧她们美不美？谁不知道朗逸如今一心都在你身上。"

这句话却是说到了康雅婕心里，虞若槿说得对，凭她们在虞浩霆眼前竞艳争春去，和自己有什么相干呢？要头疼的也是未来的虞家少夫人。

邵朗逸见虞浩霆带着韩燕宜来也有些意外，正好谢致轩端着酒过来，便向他问道："浩霆最近和韩小六很熟吗？"

"浩霆我不知道，我听致娆说韩燕宜这些日子常常去淳溪。"谢致轩转着酒杯，笑意促狭，"你也知道，这姊妹俩是最喜欢出风头的，我猜小六是看上浩霆了。要是这回四少来者不拒，那就有乐子了。"

邵朗逸看了一眼舞池中的两人，淡然道："浩霆不会。"

谢致轩的笑意忽然有些凉："我倒是想让他收了这丫头。"

邵朗逸闻言有些讶然："你这是什么意思？"

谢致轩悠然道："要是韩小六跟浩霆闹到一起去，姑姑才知道什么叫后悔呢。"

邵朗逸静静一笑："浩霆都不提了，你倒还惦记她。"

谢致轩喝尽了杯中的酒，随手搁到侍应的托盘里，唇边一抹百无聊赖的笑容："我是惦记我的狗，青榆里那样的地方，也不知道能养成什么样。"

邵朗逸面上仍浮着清浅的笑意："你放心，你那只狗挺好的。她不在青榆里了。"

谢致轩一愣，疑道："浩霆把她藏起来了？"话一出口，又觉得不可能，"你把她藏起来了？"想了想，更不可能，便皱眉问道，"她现在在哪儿？"

邵朗逸目光疏淡："你问这么多干什么？你只要知道，你那只狗吃得饱睡得好，不就行了？"

谢致轩猜得没错，韩燕宜确实是对虞浩霆动了心。

之前，韩家姐妹只以为霍庭萱是板上钉钉的虞家少夫人。霍庭萱人才出众，两人也算得上是青梅竹马，且虞浩霆一向多在军中，并不经常在江宁交际场出入，又是冷面冷心的脾性。因此，韩燕宜虽然眼光甚高，也从来不敢对虞家四少动什么心思；然而，顾婉凝的出现，却打破了许多藩篱。

韩燕宜眼见这女孩子一夜之间便夺去了虞浩霆的全部情意和所有人艳羡的目光——

"听说虞四少包了整间影院陪顾小姐看电影。""冯家二公子不知怎么惹了顾小姐，硬是叫四少给逼到国外去了。""她明明都被学校开除了，还是四少亲自去找了校长，才让她重新回来上课的。"……

传闻纷纭，虞浩霆待顾婉凝的温存多情却是她亲眼见过的。

在谭家婚礼上，虞浩霆为了个苏宝笙一掷千金，不过是她一个女同学罢了。满堂的衣香鬓影，他的目光却只在她身上，那样傲然磊落英气逼人的男子，每每低了头和她说话，眼角眉梢都是温柔笑意，便是韩燕宜冷眼旁观，亦觉动容。

后来虞浩霆在邵家婚礼上跟虞夫人说的话，很快便传开了。韩燕宜忽然省起虞霍两家并没有正式的婚约，谁说虞家少夫人就一定要是霍庭萱呢？霍庭萱纵然千好万好，但虞浩霆不喜欢，那也是没有办法的事。至于她自己，虽然不如顾婉凝姿容绝代，但家世却好过她许多，未必便没有机会，搏一搏又有什么不可以呢？

她忖度没什么机会接近虞浩霆，便常常去陪伴虞夫人，今日正巧碰上虞浩霆去淳溪。韩燕宜原本晚上就要到酒会去，虞浩霆没有女伴，倒也不介意带了她一起。他一向不在这些世家小姐身上留心，既懒得应付那些小姐脾气，也不想惹什么麻烦。此刻，他看着韩燕宜在他身边语笑晏晏，神思游离间亦觉得有些奇怪，同样是年轻美丽的女孩子，他对着她，怎么就一点惬意的感觉都没有呢？

他从前也不是这样，爱美之心人皆有之，有个或娇艳或清婉的女孩子解解闷儿也不错。然而今天，韩燕宜刚一上他的车，他第一个反应竟是不由自主地去挑剔她哪里哪里不如顾婉凝；他看着韩燕宜自作聪明地想讨他欢心，心里想的却是当初，只要顾婉凝肯对他笑一笑，多说上两句话，他便有满心的欢喜。

虞浩霆忽然就觉得有些厌倦，厌倦韩燕宜的娴雅温柔的神情，厌倦乐队选的曲子，厌倦舞池的灯光，厌倦这流光溢彩的满目繁华……幸好一曲终了，郭茂兰便过来错开众人，低声对他说了几句，虞浩霆眼中冷光一凛，跟韩燕宜敷衍了两句，走了出来。

虞浩霆上到六楼，郭茂兰敲开"六一五"的房门，只带人等在门口，只有卫朔跟了他进去。等在"六一五"的人是军情二处的处长娄玉璞，虞浩霆一坐下来便问："确定吗？"

娄玉璞点头道："确定。刘鹏翼上个月九号在石津港下的船。"

"康瀚民知道了吗？"

"应该还不知道。刘鹏翼被他父亲送到俄国之后，行踪一直都很隐秘，康瀚民的人找了他很久都没有找到。我们得到消息是因为徐力行的机要秘书是我们的人，刘鹏翼回国之前联络过徐力行，所以我们才跟上他的。"

虞浩霆点了点头，徐力行和刘民辉是儿女亲家，虽然刘民辉兵变的事，徐力行未曾参与，但康瀚民对他防范日深，刘鹏翼若是有所图谋，那跟他联络倒也不足为奇："他想干什么？"

"刘鹏翼见过徐力行之后，又去旧京见了青帮的人。"娄玉璞道，"本来没有查清楚之前，我不想惊动四少，但今天下午，刘鹏翼突然到了江宁。"

"说你的想法。"

"属下推测他是冲着康瀚民来的。"娄玉璞语意沉着，"他冒这么大的风险回国，必然有所筹谋。康氏如今和江宁修好，只要康瀚民在，刘鹏翼在国内就见不得光。只是眼下还不知道徐力行是不是答应跟他合作。"说到这里，娄玉璞顿了一顿，"至于刘鹏翼又找上青帮，多半是想要替父报仇。"

娄玉璞的猜测和虞浩霆想的差不多，刘鹏翼跟着康瀚民到江宁来，又找了青帮的人，十有八九是打算行刺。若真是如此，他们倒没必要干涉，成与不成对虞军都没什么损失，他关心的只是刘鹏翼的后招："江宁的事我安排别人盯着，你尽快弄清楚徐力行那边是什么打算。"

娄玉璞一走，叶铮就被叫到了国际饭店，他刚进前厅便有侍从迎了过来："叶参谋，四少在'六一五'房间。"叶铮听了有些纳闷，今天是给康瀚民接风的酒会，虞浩霆过来不过是应酬场面，怎么不在里面跳舞，反而开了房间叫他过来？

"四少！"叶铮进来先是一本正经地行了礼，接着就笑嘻嘻地说，"我还以为四少叫我来跳舞呢。"

虞浩霆扫了他一眼，也不接他的话，只开门见山："刘鹏翼今天下午到了江宁。"

叶铮听了，半边唇角轻轻一扬："就是刘民辉的那个败家儿子？"

虞浩霆微一颔首："他之前在旧京见了青帮的人，军情处猜测，他可能想在江宁刺杀康瀚民。"

叶铮闻言正色道："四少是想让我跟青帮的人打听一下消息？"

虞浩霆道："我知道江湖有江湖的规矩，你方不方便？"

叶铮想了想，说："打听这件事没问题。不过您知道，青帮重承诺，讲义气，如果真有堂口应了，恐怕我也不好叫他们罢手。"

虞浩霆站起身来，一边往门口走一边说："这件事我们不管。我只想知道他们打算怎么行事和行事的时间。另外，如果他们觉得棘手，我也不介意——你帮帮忙。"

叶铮低低"啊"了一声，虞浩霆回头看了他一眼："你好好想想。"

叶铮出了国际饭店，回去换过便装，就独自一人去了文庙街的凤麟楼。凤麟楼是文庙街最大的戏茶厅，晚上最是热闹非凡，叶铮一到门口，一个眼尖的管事便笑容满面地迎了过来："小老大也来听戏？一会儿有十二姑娘玉玲珑的《杜十娘》，在文庙街可是头等的。您要是听着好，叫她待会儿散了戏陪您消夜，单给您来一段？"

叶铮瞟了他一眼，无所谓地道："听戏我也不到这儿来了。你们师傅在不在？我有正经事。"那管事的讪讪一笑，连忙引着他上楼。

虽然军中有帮会背景的人不少，但叶铮却是一个异数。

他并不是自己拜帖求师开香堂入门的青帮弟子，而是因为他祖父是青帮出身，父亲叶继开亦是青帮之中辈分颇高的大佬，叶家门下学生无数，叶铮从小便是个混世魔王。只是人越长大越有反骨，他不肯就着"家学渊源"行走江湖，却不知为了什么缘故偷偷去考了军校。本来叶继开也没打算一定要让儿子干那些刀口舔血的生意，却不料他竟然私自跑去从军。在定新念了半个学期，家里才知道，还是因为有个教官是叶继开的拜帖弟子。原还想着是不是要叫他退学，待见到叶铮军容严整、英姿飒爽地在堂前一立，父亲长叹一声，说了句"各有造化，好自为之"便由他去了。因此，虞浩霆一听说刘鹏翼找上了青帮的人，叫他去打听消息倒是现成。

因为康雅婕有了身孕，邵朗逸索性将公事都推了出去，只在家里陪着夫人。康雅婕心中欢喜，面上却故作大方："我现在也没什么不舒服的，你不用总陪着我。"邵朗逸笑意和煦："外面的事情我不管，别人也能管，可是夫人却只能我自己陪。"康雅婕莞尔一笑：

_107

"不过今天倒是我不能陪你了。"说话间，已经有丫头捧了披肩和手包过来。

"你要出去？"

"我昨天跟你说过的，你忘了？王葆振约了我父亲在隐龙潭赏景吃饭，谈什么煤矿的事情。"康雅婕道，"他们一家都去，所以父亲叫我也过去陪着应酬一下。"

"这种应酬最没意思。"邵朗逸起身走到她面前，手指绕着她披肩上的流苏，"你要是想游春赏景，不如我们去泠湖，在自己家里要怎么样都随你的意思，不是更好？"

他这样一说，康雅婕倒有几分动了心，军政事务她原本就不放在心上，王家的人她也不怎么认得，去应酬这些场面着实无聊。邵朗逸见她一时不开口，便径自打电话过去安排澄湖那边准备她爱吃的时令河鲜。康雅婕看他这样殷勤，也不再推辞，打发人去跟父亲打个招呼，就说身子乏，在家里休息也就罢了。

此时春光正好，花影扶疏，柳已成荫，裹着花香的暖风缕缕不绝，拂得人满身惬意，康雅婕有孕在身，本就有些懒懒的，此时人在画舫之中，波光云影，烟水悠然，此情此景更添娇慵，她斜倚在绣榻上，隔着半卷的竹帘笑意缱绻地看着邵朗逸钓鱼："这里的白鱼太小了，我在家里的时候见过三十几斤的，有两米长呢！"

邵朗逸笑道："北地白鱼肥美，不输南国江鲜，不过，还请康小姐小声一点，别吓跑了我的鱼。"

康雅婕婉转一笑，走了出来，靠在他肩上："你不要钓鲫鱼上来，刺好多。"

邵朗逸笑着摇了摇头，将钓竿递到她手里："你来，看它们听不听你的话。"

康雅婕却不接那钓竿："我才不耐烦盯着这个，要我说，撒个网下去，什么都有了。"

两人正说着话，忽然听见远处有汽车驶来的声音，康雅婕抬头遥望，果然见湖岸上有三辆车子飞驰而来，她不免有些诧异，转脸对邵朗逸道："是什么人？怎么开得这么急？"她刚说完，又有一辆车子开了过来。邵朗逸见状眉心微蹙，搁了手中的钓竿，吩咐撑船的下人："上岸。"

画舫还未靠岸，康雅婕已认出等在岸边的人除了邵朗逸的副官孙熙平、侍卫长汤剑声之外，竟还有虞浩霆的侍从官叶铮和她父亲的幕僚长杜樊川，一干人都是面色凝重。康雅婕见了这个情形，心中惴惴，邵朗逸扶着她下船上岸，待她站稳，便问叶铮和杜樊川："什么事？"

"军长、夫人，康帅遇刺了。"叶铮话一出口，康雅婕脸色已变了："我父亲现在怎么样？"

"康帅受了伤，已经送到中央医院了。"杜樊川脸色虽然难看，但神态尚算镇定，"小姐不要太忧心。"

"我们去医院。"康雅婕说着便急往前走，邵朗逸连忙扶住她："你别急，小心身子。"康雅婕面上一片焦灼，也不答话，径自上了车，邵朗逸揽着她，低声劝慰。杜樊川见邵朗逸陪着康雅婕一起上车，心下稍安。他之前一得到康瀚民遇刺的消息，便电令康氏驻军封锁绥江以北的铁路线，严阵以待。

但愿，是自己多心了。

邵朗逸和康雅婕赶到医院的时候，娄玉璞正灰头土脸地听虞浩霆训斥："三天之内查不出头绪，你自己辞职。"娄玉璞本就面色惶恐，答了声"是"转身要走，正看见邵朗逸和康雅婕，神情更是难堪。康雅婕却顾不上理他和虞浩霆，直直去问康瀚民的机要秘书饶国瑞："我父亲怎么样了？"

饶国瑞沉声道："督军还在抢救。"

康雅婕一听"抢救"二字，身子一软，便倒在了邵朗逸怀里。

幸而是在医院，康雅婕一晕，立时就有医生过来查看诊治，说并无大碍，邵朗逸这才放心，却见叶铮过来行了礼："四少让我来问一问，夫人没事吧？"

"没事。"邵朗逸说着，往走廊深处走了几步，低声问道，"怎么样？"

"中了三枪，抢救就是做个样子。"

肆

戳记

崩溃中如火焰的电光

康瀚民重伤不治的消息第二天就传了出来，连虞浩霆在内的江宁军政要员一干人等纷纷发声痛悼，更表态一定要缉拿凶手，查明真相。康氏内部顿时风声鹤唳，杜樊川能掌控的不过是康瀚民的部分嫡系，其他的康氏将领并不十分买他的账，而他调动兵力南下布防的举动，也惹来不少非议。

康瀚民只有一个女儿，若论亲疏，能接掌他权柄的人无非是邵朗逸；且邵朗逸这两年多在绥江驻防，康氏诸将许多都跟他打过交道，深知此人亦是人中龙凤，若不是康瀚民在江宁遇刺，邵朗逸又身份尴尬，他倒不失为一个人选；但此时真凶尚未查明，杜樊川急急向南增兵，分明是将刺康的罪责归到了虞军身上。

无论如何，北地已经公开易帜服从江宁政府，此时贸然和虞军剑拔弩张，实在不算明智之举，难免也让人疑心是康氏内部有人不愿屈从江宁政府，是以刺康夺权。

不过，这些都不是康雅婕所关心的，她为了父亲的事悲痛欲绝，医生只得严嘱她为了腹中胎儿安全，绝不可再情绪过激，好在邵朗逸日夜陪在她身边，悉心照料劝慰，她才渐渐安定下来。而康瀚民遇刺一事在江宁政府和康氏的倾力追查之下，很快也有了眉目。

在垒玉潭行刺康瀚民的枪手一共四人，其中三人当场被康的侍卫击毙，负伤走脱的一个两天之后被娄玉璞的人抓到，虞军为避嫌疑，直接将人交给了杜樊川，秘密押回沈州审讯。不料这枪手十分硬气，不肯松口，后来还是从他们行刺所用的枪械上追查出了端倪——这四名枪手都是青帮的人。只是这样一来，案情仍不明朗，无论是虞军还是康氏，军中有帮会背景的都不在少数，亦有可能是没有帮会背景之人为了避嫌，特意安排了这样一着；但虞军之前如此撇清，倒让康氏内部的人彼此多了几分猜忌。

虞浩霆并不在意刺康案的进展，他眼下关心的只是事情曝光之后，康氏除了徐力行之外还有什么人会步刘民辉的后尘，不打一打，北地四省终究不是自己的。

"等刘鹏翼的事情揭出来，康瀚民的嫡系多半会在邵军长手里，加上本来就倾向我们的人。"汪石卿道，"徐力行作为有限，只能投靠俄国人。"

"让温志禹去海兰见一见黎鼎文，告诉他，只要康氏的舰队完完整整地交到我们手上，将来海军总长的位置我留给他。"

汪石卿听虞浩霆忽然说到海军的事情，微感诧异："康氏的舰队对北地大局影响有限，他们的舰只恐怕还及不上淞港。"

虞浩霆摇了摇头："我不是在意他的舰只，我是在意黎鼎文这个人。他是温志禹的师兄，我留心过，是个人才。眼下各方的海军都不成气候，但将来就不一样了。德国人在欧洲争了多年的海权，俄国人和逊清的旧约也每每觊觎我们的海港……"

他们两人正说着，郭茂兰在外头敲门道："四少，绥江急电。"

虞浩霆接过机要秘书递来的文件夹，翻开看了一眼，对汪石卿道："徐力行有动作了。"

邵朗逸陪着康雅婕扶灵北上，康氏诸将都在灵前立誓缉凶，南北报章亦争相追索案件细节，推测真凶。正在此时，徐力行和几名康氏将领突然宣布自立，不再受江宁政府节制，并指斥行刺康瀚民一事正是虞军安排。与此同时，俄国军队亦借口清除窜逃至外蒙境内的白俄余部，越过边境。

北地战事一触即发，旧京的空气也紧张起来，街头巷尾，议论纷纷。

"康瀚民说不定是俄国人杀的。"

"不是说刺客是青帮的吗？"

"我哥哥说十有八九是他们自己人干的，为了争权夺势，什么事做不出？"

德雅的学生有许多都出自官宦之家，虽然是些十七八岁的女孩子，但也常常把时政新闻当作谈资。顾婉凝权当没听见，只是偶尔留意报章新闻里的消息。邵朗逸结婚的时候，康雅婕父女她都见过，一场光彩照人的锦绣繁华，才不过半年的光景就零落如斯了。她心中感慨，手中的笔下意识地在笔记本上划着，那些人于她而言，终于都变成了一个个显赫在新闻纸上的铅字。

从此萧郎是路人。

她忽然想起这么一句唐诗，随即就自嘲地一笑——他，又算什么萧郎？顾婉凝合上钢笔，目光落在摊开的本子上，才惊觉自己来回描着的竟是一个"虞"字。她怔了一怔，随手便撕掉了那一页。

刘鹏翼在北上途中被杜樊川捕获，案情内幕一经披露，徐力行指斥虞军刺杀康瀚民的言辞不攻自破。杜樊川协助邵朗逸节制康氏兵力，对徐部宣战，虞浩霆抽调了陇北的驻军到绥江布防，蔡正琰部则北上外蒙，沿途将白俄残部向边境驱赶。

"四少，眉安那边的消息，说李敬尧见了沣南的人。"娄玉璞道，"想必是戴季晟认为我们无暇南顾，打算抢先拉拢李敬尧。"

"拉拢？"虞浩霆冷冷一笑，"李敬尧那个人有什么好拉拢的？他和我们一样，无非是想吃掉锦西。"

"那我们？"

"你叫人盯着李敬尧的生意，其他的先不用管。"

娄玉璞走后，虞浩霆独自在办公室里踱了两个来回，此刻真正让他担心的，既不是北地的战事，也不是锦西的李敬尧，而是他父亲虞靖远在瑞士病重。

当初，虞靖远确诊肺癌，又察觉廖鹏有异动，虞氏父子才安排了一场行刺的戏码，一边让廖鹏等人措手不及，借机试探虞军内部的异己；另一边则以伤代病，让虞靖远安心休养，而虞浩霆亦可在父亲的震慑之下顺理成章地掌握江宁军权。然而虞靖远久不归国，近来虞军内部已有些流言猜测。眼下北地战事正酣，若是虞靖远有什么不测，江宁内部万一生乱，戴季晟必然伺机而动，这才是他如今最担心的。

虞靖远病重的事在军中就只有卫朔和汪石卿知道，参谋部和陆军部其他人心情倒都不错，北地战事顺利，徐力行节节败退，俄国人此时也有内乱未平，不愿轻开战端，蔡正琰按虞浩霆的授意一面驱逐清剿白俄残部，一面安抚蒙古王公，让俄军没有借口南侵。最重要的，是虞军趁着此次平定北地的机会，重新部署了康氏的兵力建制，除了康瀚民的嫡系部队暂时保持原状，由邵朗逸节制之外，其他各部大都借战事调动分而化之。因此，叶铮和郭茂兰都不太明白，为什么虞浩霆私下里仍然心情不好。

北地战事顺利，旧京的气氛也安定了许多，就在空气里飘散着茉莉清香的时候，顾婉凝收到了欧阳怡的来信，说她要留在江宁读书，不能来旧京了——

"婉凝，抱歉我要食言了。如果我离开江宁，可能就更没有机会见到他了。之前因为怕引你想起一些不开心的事，所以你走之后我从来不和你谈他。我一直觉得，他和我平素认识的那些人都完全不同。虽然我和他只见过寥寥几面，但我一想起他，感到的并非是浅薄的快活，而是一心的安定。

"可能我没有安琪那样勇敢，但是，我也愿意去追求已经感知到的幸福。我不知道以后还会不会再遇见这样一个人。婉凝，你是我最好的朋友，我怕我的想法会给你带来困扰，我必须要再说一次抱歉……"

初夏的艳阳晒在人身上，暖出微薄的汗意，窗外的树影摇曳在信纸上。顾婉凝一句一句读着欧阳的信，油然生出一份钦羡来，字里行间皆是温柔而笃定的心意。"一心的安定"——那是她从来没有过的，即便是她和虞浩霆依稀两情相悦的时候，那样的安宁静好也总是如履薄冰。她最无忧无虑的便是他们在曜山的时候，仿佛这世上的纷扰都被隔在泉声山色之外，她才能纵容自己忘了那些秘密和过往，忘了他不是她的燕婉良人，而是她的陷阱砒霜。

她心里一阵难过，转而却愈发为欧阳怡快活起来，能有这样清晰坚持的心意，已经是一件很幸福的事了。

卫朔？

她歪着头想了一阵，轻轻一笑，欧阳既然那么讨厌霍仲祺那样的世家公子，必然会喜欢一个一点儿也不一样的人。现在想来，卫朔倒真是她认得的那些人里少有的正人君子。她提笔给欧阳怡回信：

"你哪里需要和我说抱歉呢？况且，我也很想知道，看起来那样石心木肠的一个人，恋爱起来会是怎样……"

凌晨三点，虞浩霆接了从瑞士来的密电，默然许久，才抬头对卫朔道："总长……"只说了这两个字，眼中一热，便顿住了。

"叫汪参谋长过来吗？"卫朔知道他此时心中忧恸，却又自持强忍，便想着叫汪石卿来筹谋对策。

虞浩霆双手合十，撑住前额，轻轻摇了摇头："这个时候让他来，反而叫人疑心。现在什么事也做不了，你去睡一会儿吧。"

"我在这儿陪着您。"卫朔低着头说。

"不用，去吧。"虞浩霆略带倦意的声音异样的温和，却让卫朔鼻腔一酸，闷声答了句"是"，背过身便有眼泪滑了出来，他怕虞浩霆看出端倪，也不敢用手去擦，快步走了出来。

虞浩霆双目微闭靠在椅背上，将虞军连同康氏各部的部署配置想了一遍，又去筛参谋部和陆军部每一个关键位置上的人，此时此刻，是一点行差踏错亦不能有的。然而，他脑海中却总是倏然浮现出多年前，父亲把他抱上马背勒马陵江的情景。"这个天下，等着你来拿！"父亲的马鞭划过，他仿佛真的便看见了那风烟万里，无尽山河。很久之后他才知道，那天，大哥在桐安前线出了事。从此之后，父亲戎马倥偬之余便将所有的心血都放在了他身上。

父亲一面着意放纵他骨子里的孤高傲气，另一面却又是不近情理的教养严苛。小时候，他被打得急了，也会暗自委屈：凭什么单单是他要受这样的管教？可如今，再也没有人管教他了。

卫朔和衣躺在外头的沙发上，根本就睡不着，自顾婉凝出事到现在，虞浩霆便没有一日是快活的，好不容易北地渐定，总长却在这个时候……他心中各种念头纷至沓来，就这样挨到六点整，刚一起身，便见虞浩霆推门出来，神色如常。

卫朔一怔，虞浩霆已转眼看着窗外："晚上咱们去听戏。"

傍晚，虞浩霆约了谢致轩在三雅阁吃饭，三雅阁开在沁玉泉公园里，是个鲁菜馆子，大厨擅烧海参，一道"奶汤蒲菜"很有名气。谢致轩年后脱了军装，转到财政部给他当财政总长的叔父当秘书，说起来，他这个秘书也只是挂名，无非是为了跟政府里头的一班人混个脸熟，大部分时间还得给他堂兄谢致远打下手料理谢家的生意，整日忙东忙西，倒也很少闲下来。今日既是虞浩霆约他，少不得推了别处的应酬，却被他妹妹谢致娆缠上，一定要跟着过来。

　　"北边的仗还没打完，你就这么闲了？"谢致轩一听说虞浩霆待会儿还要去隔壁的庆春园听戏，不由奇道。

　　"就快完了。"虞浩霆夹了一块豆腐箱，闲闲地说道。

　　"那小霍是不是就能回来了？"谢致娆听虞浩霆如此说，眸光一亮，抢着问道。

　　谢致轩摇头一叹："一个女孩子，也不知道矜持一点。"

　　谢致娆满不在乎地瞥了她哥哥一眼："反正他又不在这里。"

　　虞浩霆有些好笑地看着他兄妹二人："仗是打完了，不过，他回不回来倒不一定。"

　　谢致娆小巧的唇弯弯向下抿着："为什么？"

　　"小霍在前线倒是如鱼得水。"虞浩霆唇边似有些笑意，"上次他在电话里说，等北边的事情了了，他就去邺南。"

　　"不行！"谢致娆皱了眉头说道，"打仗这种事，他去玩儿一次，见识了也就算了，要是受了伤怎么办？浩霆哥哥，你把他调回来吧！"

　　虞浩霆还未答话，谢致轩忽然一本正经地对他妹妹说道："你知不知道小霍究竟为什么不在江宁逍遥，非要跑到前线去受罪？"

　　谢致娆惑然摇了摇头，谢致轩促狭一笑："仲祺跟我说，就是因为你们这些女孩子烦得他头痛，他才要躲得远远的，宁愿在前线水里火里，也不要回来。"

谢致娆狠狠地瞪了她哥哥一眼："他才不会躲着我，他要躲也是躲着那个谭昕薇。"

谢致轩"嘿嘿"一笑："谭昕薇肯定也这么说，小霍要躲，也是躲着谢致娆。"

谢致娆刚要反驳，包间的门忽然开了，叶铮让着一个身姿窈窕的女子走了进来，却是韩燕宜。她一身淡蓝色底子绣着银白蟹爪菊的乔其纱旗袍，耳边垂着白玉坠子，手上也笼着一对羊脂玉镯，发间一枚珍珠串花的发钗，和她原本就纤细淡雅的容貌相得益彰。

"致轩，致娆。"韩燕宜跟谢家兄妹打着招呼，便走到了虞浩霆身边，叶铮替她拉了椅子坐下，韩燕宜噙着一抹温柔的笑意对虞浩霆道，"四少很喜欢杜连笙吗？"

虞浩霆拿了酒盅对谢致轩略一示意，两人一起喝了，这才答她的话："杜老板唱腔洗练，天然醇厚，今天晚上的《阳平关》你听听看。"

韩燕宜嫣然笑道："连四少都说好，那必是真的难得了。"

谢致轩听他们二人这样说话，竟是待会儿要一起去听戏，心里不知怎的就有些烦闷，面上却浮出一丝讥诮的笑意。谢致娆不大喜欢总爱拔尖要强的韩家姐妹，见她在虞浩霆面前刻意温柔，更是不屑，撇了下嘴角，对她哥哥道："你如今对紫君姐姐不理不问，一点儿也不放在心上，也不怕人家伤心。"

她这句话一半是数落她哥哥，另一半却是冲着虞浩霆，先前虞浩霆和顾婉凝在一起，她就有几分为霍庭萱不平，如今竟又和连她都很看不上的韩小六闹在一起，更是莫名其妙。

谢致轩无所谓地笑道："你放心，冯小姐才貌出众，我不理不问，自然有人去理去问，哪里来的伤心呢？"

他们兄妹两人一逗一搭半有心半无意地说了这么两句，落在虞浩霆耳中，却是一震，明明是炎意融融的夏日黄昏，偏叫他心里渗出一阵寒意。

他竟还是在想她。

这是什么时候？这是什么局势？他竟还是在想她？父亲尸骨未寒，北地战事未尽，他竟然还会想起她来？他真是疯了。

已经半年了，他忍着不问，他们也从来不和他提起。他想他身边那么多人，总有人会有所安排，只是碍着他自己的意思闭口不提罢了。然而此刻，谢家兄妹的话却叫他生出几分惊惶，若是没有呢？

"我不理不问，自然有人去理去问。"

他竟没有想过这个，她那样美丽出众的女孩子，她在他身边的时候都有人敢打她的主意，现在呢？她对他那样决绝，难道会属意旁人……他不能再想，心里一阵扭绞抽痛，端着酒杯的手却格外的稳。

虞浩霆携着韩燕宜在庆春园听戏，惬意闲散，在场的达官显宦和眷属们见此情状，更笃信北地战事无虞。戏散了场，虞浩霆便吩咐侍从送韩燕宜回家，韩燕宜半低着头，左颊旋着一个深深的酒窝，盛了浓郁的笑意："最近有部国产的有声片叫《金粉缘》，听说很不错，不知道四少有没有兴趣……"

她话还未完，便被虞浩霆打断了："我事情忙，再约吧。"

阳光明晃晃地铺在柏油路上，响亮的知了叫声气势十足地连成一片，还不到中午，人身上就有了黏腻的汗意，等着看录取结果的女孩子们却顾不得炎热，纷纷凑在榜单前头，时不时爆出一声惊喜欢笑，也有低了头含着眼泪和同伴疾走而去的。顾婉凝很快就找到了自己的名字，轻轻一笑，转头便从人群中挤了出来。

燕平女大是几家教会合办的私立学校，单是每个学年两百块大洋的学费，就足够平凡人家过上几年日子了。因此，来报考的女生大多都出身富贵，今日来看录取结果，校门两侧的马路上便停满了汽车，有的是用人跟着，有的是家人陪着，像顾婉凝这样独自一个顶着日头坐电车赶过来的倒是少见。

她一路计算着学费书费从学校里出来，步履匆匆，也不留心旁人。倒是门口不远处，一个靠在车边的年轻人看她经过，低低"咦"了一声，又转头去看她的背影。

"你在瞧谁呢？"

一声溢着欣喜的招呼将这年轻人的目光拉了回来，懒洋洋地朝问话的女孩子笑道："看你这样子，是考取了？"

"可惜只考到第七名。"那女孩子眼里都是笑意，嘴巴却故意噘了一下。

"这倒巧了，名副其实。"年轻人笑着替她开了车门。这个考了第七的女孩子正是韩家的七小姐韩佳宜，开车载她过来的则是她哥哥韩珆。

韩佳宜笑吟吟地上了车："爸爸说要是我考取了，就任我提个要求，二哥，你说我要什么好呢？"却见她哥哥临上车时仍然朝方才张望的方向看了一眼，不禁有些奇怪，"你一直往那边瞧什么呢？"

他们兄妹二人说话的工夫，顾婉凝已经转过路口，不见了踪影。韩珆一边发动汽车，一边说："没什么，我刚才看到一个女孩子有些眼熟。"

"眼熟？"韩佳宜轻巧一笑，"你可不要学了小霍的坏毛病，一遇见漂亮的女孩子就'眼熟'。"

韩珆打着方向盘转到路上，笑着说："没办法。谁叫我有两个如花似玉的姐姐，又有两个花容月貌的妹妹，从小到大看惯了，当然是一见漂亮女孩子就觉得眼熟。"

韩佳宜听哥哥变着法子夸奖自己，越发开心起来："我想好了，我要父亲送辆车子给我。"

韩珝笑道："你刚学开车，不如我这辆雪佛兰给你好了，撞坏了也不可惜。"

韩佳宜想了想，下巴微微一扬："那等我学好了，我还是要辆新的。"

江宁今年的梅雨季节来得特别迟，到了六月底方才开始有紧密的雨水，陵江水势陡然涨起，江宁政府水务、民政部门仓促间能调动的人力有限，虞军的江防部队亦抽调了一些协守堤防，虞浩霆视察了几处险隘回来，已经过了晚上九点。车子刚一进城，雷声乍起，雨水顷刻之间便瓢泼而下，车窗前的刮雨器来回摆动也只不过是改变水流的方向罢了。雷声间次轰响，电光在车里闪出一片震颤的冷白，虞浩霆忽然吩咐道："回栖霞。"

车子激着水花一路开到楼前停下，卫朔撑了伞替他挡雨，虞浩霆却站在台阶前并不上去，只抬头望着楼上。等了七八分钟，几个人的衣服都湿了半边，叶铮见他还站着不动，忍不住凑了上去："四少，雨景——还是隴山好。"

他原是等着挨骂的，谁知虞浩霆竟微微点了点头，唇角亦似有一丝微薄的笑意："她就喜欢在秋澜堂那里听雨。"

叶铮一愣，感然去看卫朔，卫朔却拧着眉头根本没往他这边瞧，叶铮大着胆子又试探了一句："那咱们去隴山？"

虞浩霆面上已是一片漠然："去陆军部。"

临上车的时候，他又回头朝楼上望了望，他房间的一排窗子都黑漆漆的，她终究是不在了。这样电闪雷鸣的雨夜，她若是害怕，会想着他吗？

回到陆军部，虞浩霆打发了他们出来，一班人都去换衣服，叶铮却晃到了卫朔房里，把另一个当班的侍卫撵了出去，贼兮兮地问："刚才四少说喜欢在那里听雨的，是先前那个顾小姐吗？"

卫朔解着外套，干巴巴地答了一句："不知道。"

"你不告诉我，回头我说错什么话惹恼了四少，你可别怪我。"叶铮撇了撇嘴，又嬉皮笑脸地瞧着卫朔，"那个女人到底是怎么回事？我怎么觉着不像是四少离了她，倒像是她离了四少似的。我还听说特勤处那帮孙子派车撞过她，江凤生还是为了这个才被发配到眉安的……"

卫朔仍是干巴巴地打断了他："你去问郭茂兰。"

叶铮还要再说，外头忽然有人急着敲门："叶参谋，叶参谋？"

叶铮听出是他手下的侍从官，也皱了眉，这个钟点了怎么又有事："进来，什么事？"

那个侍从官急急推开了门，神色十分为难："叶参谋，四少在外头……您去看看吧。"

叶铮和卫朔连忙赶出来，却见虞浩霆一个人站在楼前的庭院里，身上已被雨水浇得透湿。叶铮一见就急了，一面吩咐人去拿雨衣，一面埋怨："你们怎么回事？"

那侍从面色尴尬："四少说，他一个人静一静。"

虞浩霆"一个人静一静"的结果第二天就让叶铮和卫朔傻了眼。

虽然第二天一早虞浩霆还是照常起来办公，神态自若，但是谁都看得出他两颊明显有些不正常的酡红。

"四少怎么回事？"

叶铮见汪石卿问，便将昨天夜里虞浩霆淋雨的事说了。汪石卿心道，虞浩霆自幼在军中打熬，别说是淋雨，就是伏冰卧雪也算不得什么，怎么这就病了呢："怎么不叫医官过来？"

叶铮一脸无可奈何："四少说不用。"

他二人话还未完，突然听到办公室里头卫朔喊了一声："叫医官，快！"一个侍从小跑着出去叫人，汪石卿和叶铮进去一看，只见卫朔正扶着虞浩霆往沙发上放，看情形人竟是晕了过去。

片刻之间，方才出去的侍从已带着医官赶了过来。今天在陆军部值班的医官骆孟章在军中亦是老资历了，早年便跟着虞靖远出生入死，如今双鬓花白，已挂了将星，除了汪石卿，叶铮和卫朔这些人都还差得远，骆孟章看了一眼体温计就勃然变色："你们这群没心没肺的小崽子是怎么做事的？！如今总长在国外，四少有什么闪失，你们怎么交代？人烧成这样，也不早点叫大夫？"

"四少说不用叫医官。"叶铮小声嘀咕了一句。

骆孟章正拿了退烧药出来，叫卫朔喂给虞浩霆，听到他这一句，更加光火："四少的脾气你不知道吗？长官任着性子要强，你们就该留神担待。战场上枪林弹雨，他要是说一句不用你们护着，你连枪都不晓得替长官挡吗？"

他这一通发作，说得叶铮再不敢吱声，骆孟章又打量了他一眼，沉声道："回头我就去找何屹，怎么净挑些中看不中用的人上来。"

叶铮脸上红一阵白一阵，更不敢跟他顶说自己是虞浩霆调来的。一屋子的人也都不说话，只看着虞浩霆动静，骆孟章见状，压低了声音训斥道："都杵在这儿有什么用？该干什么干什么去，让四少休息。"

到了中午，虞浩霆的烧略退了一些，他要起来做事，卫朔却严守了骆孟章的医嘱逼着他躺下休息。虞浩霆自己也确实困乏，就不再强撑，只是他觉得好些，便不肯继续吃药。卫朔想着他一向身体都好，不过连日疲乏，兼淋了雨，休息一阵也就没事了，就由了他。况且，此时虞浩霆在清醒之中，他不肯吃药，他也不能硬灌。不想到了晚上，虞浩霆又烧得厉害了。

骆孟章闻讯赶过来一看，虞浩霆已是昏沉无识，待听说他走了之后，虞浩霆就没再吃药，怒从胸起，一面让卫朔解了虞浩霆的外套，替他擦酒精降温，一面劈头盖脸地对他骂道："他们不晓事也就罢了，你也这么不晓事？你从小跟着四少，不知道该劝的时候要劝吗？人都病倒了，你还由着他？"

说完又转脸去骂叶铮和郭茂兰："你们也都是好样的！由着你们长官淋在雨地里，他不走，你们不会陪着？"他意犹未尽地还要再说，躺在床上的虞浩霆却忽然捉了卫朔的手，喃喃了一句，"婉凝——"

骆孟章没有听明白，郭茂兰却是一听就明白了，再加上叶铮之前跟他说了昨天的情形，不由暗叹，虞浩霆怎么还这样痴心？

卫朔此时半是尴尬半是心疼，他刚一脱开手，虞浩霆又叫了一声："婉凝。"骆孟章这次却听明白他是叫人，皱眉问道："四少这是叫谁？"

屋里一班人都不作声，骆孟章见了这个情形，猛然想起之前虞浩霆那个姓顾的女朋友似乎就是叫这么个名字，心下了然，也不多话，板着脸嘱咐了他们按时叫虞浩霆吃药，如果明天一早还不退烧，就到医院去输液。临走的时候，又瞪了叶铮一眼才出门。

屋里几个人面面相觑，一时都犹疑不定，还是叶铮最耐不住性子："怎么办？要不要告诉夫人？"

郭茂兰看了一眼仍自昏沉不醒的虞浩霆，沉吟着跟卫朔商量："你说，是不是叫顾小姐来看看？"

卫朔想了想，点了下头，匆匆走了出去，回来的时候，却是一脸阴沉，郭茂兰见状便蹙了眉："怎么？她不肯来？"

卫朔摇了摇头："顾小姐到旧京去了。"

他先是叫人去顾婉凝家里接人，没想到派过去的人打电话回来说顾婉凝没在家，家里人说她早不在江宁了，至于去了哪儿却只说不知道。卫朔接了消息，略一犹豫又打电话到了欧阳家，欧阳怡听他这个钟点要找顾婉凝，猜测必是出了什么十分紧要的事情，只好告诉他顾婉凝半年前就去了旧京，至于人在哪里，因为卫朔不肯告诉她找顾婉凝是为了什么事，她便也不肯说顾婉凝究竟在哪儿。

叶铮一听，立马来了精神："我叫人去找，翻了燕平城我也把人找出来。"

郭茂兰却摇头道："算了。这个时候大动干戈去找顾小姐不大好。"

他们三个人轮班守着虞浩霆，却都没什么睡意。叶铮便悄声跟郭茂兰打听顾婉凝的事，郭茂兰只说虞浩霆对那女孩子颇有几分倾心，只是前后有些误会，顾婉凝倔强不肯转圜，两人只好分手。

叶铮听着，忍不住道："一个女人罢了，又不是没到手，睡都睡过了，也犯得着这样？"

郭茂兰瞥了他一眼，淡然道："你这话回头说给四少听。"

叶铮吐了吐舌头，"嘿嘿"一笑："就是你和卫朔太死心眼儿了，要是云枫在，早就……回头你看我的，四少这样的人才身份，什么样的美人儿没有？"

郭茂兰不接他的话，起身去里头的卧室里看虞浩霆，他一走到门口，便听见虞浩霆低声喃喃着什么，卫朔坐在床边的沙发里，小卧室里亮着一盏台灯，果绿色的灯罩润着白炽灯的光芒，照见他一脸忧色。郭茂兰俯身过去，依稀听见虞浩霆说什么"……别怕……我在"，他苦笑着叹了口气，对卫朔道："都这么久了还放不下，四少这回真是情关难过。"

"四少是心里苦。"卫朔低低说道，他明白虞浩霆病这一场，也并非全为了顾婉凝。之前虞靖远在瑞士病逝，到现在仍是密不发丧，虞浩霆的忧恼难过全要憋在心里，最是要人柔情慰藉的时候，若是此时，顾婉凝能在他身边温存体贴，或许他还能排遣一二；可当初顾婉凝和他分手的时候，决绝冷冽，尽拣着虞浩霆的伤处撒盐，他也只有自己闷在心里，情愁万端，皆不足为外人道，如今却是一触尽伤。

他不能恼不能气不能说，就只能病。

只有病了，他才能卸了种种的防备，由着自己去想她；也只有病着，他才能放纵自己去唤她的名字。

"什么？确定吗？你马上去，好，就等你的消息。"放下电话，总编孙诚安急匆匆地从办公室里走出来，直冲进隔壁的大办公室，大声道："都停一停，头版的新闻要换。"几个正埋头编写核校稿件的编辑都停了手里的稿子，抬头看着他。

铜黄色的吊扇吱吱呀呀旋着圈子，却驱不散夏日黄昏的炎炎热浪，孙诚安本来就体胖畏热，此时匆忙赶过来，额头上已渗了汗珠，他扶了扶眼镜，"参谋总长虞靖远在瑞士病故，头条就等江宁那边老何的消息。学博，等老何的消息来了，你赶一篇评论出来。小江、振华，你们抓紧找旧京的关系打听消息，快！"

他这里说着，屋里一班人已经忙了起来，孙诚安又吩咐外文编辑林肖萍："明早你看一看国内外文报纸的评论，写一篇综述后天用。"

眼看总编要走，林肖萍连忙又问了一句："那明天的稿子还换吗？"

孙诚安想了想说："补一篇近来外电对南北局势的分析吧。"说着，掏出手帕擦了擦额头的汗珠，急急走了出去。他心里有事，没留神看路，差点撞上迎面过来的一个女孩子："总编！"孙诚安停步看清了来人，匆忙点了下头："小顾，肖萍的稿子要换，你赶紧去帮她整理资料。"

顾婉凝还没来得及答应，孙诚安已经走到路边招手叫黄包车了。婉凝怀里抱着一个保温桶快步上楼，远远地就听见办公室里一片兵荒马乱，虽然她在报馆做实习编辑不过一个月的光景，也已习惯了临时换稿的这一番忙乱。

她暑假里闲来无事，想着兼些零差赚钱补贴来年的学杂费用，梁曼琳便介绍她去一位富孀太太家里，教那家的两个小孩子弹钢琴。只是钢琴课一个星期不过两次，梁曼琳的好友林肖萍碰巧说起报馆新聘的一个外文编辑因事耽搁了，要晚两个月才能入职，正好荐了她去做实习生，只说是梁曼琳的表妹。

顾婉凝在报馆里除了帮着编辑记者翻译国外报章的新闻资料，有时候忙起来也替办公室的小弟做些杂务，十分勤快。只是她不爱说话，蓬松厚实的碎长刘海整日遮着大半的脸孔，不是低着头写稿就是低着头走路，报社里的一班才子才女都是豪爽快意、激扬文字的性情，想着她韶龄弱女，刚出来做事，难免害羞怕生，倒也不以为意。

今天天热，社论主笔欧学博要请大家吃雪糕，便差了婉凝去买，她抱着一保温桶的雪糕回来，报馆里已是人仰马翻。记者小江和她擦肩而过，木头楼梯被他踩得咚咚直响，一阵风似的到了楼下，忽然又回头招呼道："小顾，我的雪糕让给你啦！"

顾婉凝进了办公室，只见欧学博正蹙眉沉思，面前的稿纸上写了几句，却都被涂掉了。她把保温桶轻轻放下，小声说："欧老师，雪糕。"欧学博见状丢了手里的钢笔，一边拧保温桶一边大声招呼其他人："怎么也得等到十点钟以后了，先吃雪糕吧！"说着，先递给顾婉凝两支。

顾婉凝说了声谢谢，便走到林肖萍身边，只见她正埋头翻着最近几天的一大摞外文报纸。婉凝把雪糕递给她，低声问道："肖萍姐，出了什么事？怎么大家的稿子都要换？"

林肖萍嚼了一口雪糕，犹自翻着桌上的报纸，语气中却是不加掩饰的兴奋："这回真的是大事，参谋总长虞靖远死了。"

她还准备了一篇话等着顾婉凝问，却没听见这丫头的回应，林肖萍忍不住抬起头来。"哎，你不问问虞靖远是怎么死的？"却见顾婉凝手里捏着还裹着彩纸的雪糕，只怔怔地望着她。林肖萍提高声音叫了她一声，"婉凝？"

顾婉凝猛然听到她叫自己，手里一抖，已经有些软了的雪糕整个跌在了地上。林肖萍见了她这个失魂落魄的样子，先是皱眉，随即笑道："你这是怎么了？就算是虞靖远死了，南北也未必会开战；就算是南北开战，一时半会儿也打不到旧京来，你怕什么？"

顾婉凝定了定心神，低着头强自一笑："我是想，怎么我出去买雪糕的工夫，就出了这么大的新闻。"说罢，看了一眼地上的雪糕，"我去叫阿姨过来收拾。"林肖萍想，到底是小女孩，没经过什么大事，惊成这样。

顾婉凝站在走廊里，身上贴着一层黏腻的汗意，天气热得人胸口发闷，报馆里的纷乱喧哗仿佛是幕布上快放的电影。

"参谋总长虞靖远死了！"

她想起方才林肖萍兴奋的神情，忍不住便有一丝难过，她明白，那是一种长期职业习惯的本能，不光林肖萍如此，之前和她擦肩而过的小江也是如此。她想起从前虞浩霆每每说起父亲时的神情，对别人而言，虞靖远是大权在握的参谋总长，对他而言，却也和寻常人家一样，是个对儿子钟爱到严苛的父亲。

他会怎么样难过呢？

他只怕也没有什么时间去难过吧？

报馆里的记者编辑们不过是因为一条大新闻兴奋罢了，不知道还有多少人都在等着看热闹，盼着他出事。

顾婉凝回到梁宅的时候已经过了九点，梁曼琳正翻着电影公司送来的剧照，见婉凝进来，便吩咐女佣去端夜宵，顾婉凝连忙道："梁姐姐，不用了，天气热，我也没什么胃口，我先去洗个澡。"

"好。"梁曼琳打量着她，点了点头，"婉凝，你要是有什么心事不妨告诉我，别都闷在心里。"

顾婉凝张了张口，却终究只说了一句："梁姐姐，谢谢你。"

她过了午夜才躺到床上，却仍是反反复复怎么也睡不着，窗外是满天星斗，她倚在窗边侧耳细听，除了墙根底下蟋蟀有节律的"吱吱"夜鸣，就再也没有什么声音了。Syne听见她起床的响动，疑惑地看了一会儿，默默走到她身边伏下。

顾婉凝抚了抚它，轻声道："他那样聪明的一个人，一定什么都安排好了，不会有事的。况且，北边的仗也打完了……"

她一句一句说着，只觉得原本覆在心口的重重枝叶被人一层层挑开，里头紧紧裹着的东西扑棱棱地就向外撞着，碰得生疼却又拼命地想要出来。她摸着Syne，喃喃道："你还记不记得他了？就是说你一点也不凶的那个人。"

她说到这一句，忽然想起那一晚，虞浩霆站在外头的雪地里，她隔着窗子看了他一夜。她仿佛能听见雪花落在他身上的声音，仿佛只要伸出手去就能触到他的气息，然而咫尺之间便是蓬山万重。

她不知道，她和他之间，究竟是谁辜负了谁？他骗过她，她却有更多更深的秘密瞒着他；他伤过她，她却也挑开了他的伤口去撒盐。可是，他曾经那样用心地待她好，她却从来没有，她对他做过的最好的事，不过就是由着他对她好罢了。她想起很小的时候就读熟的《雅歌》，满篇的沙伦玫瑰、荆棘百合大约是女子对所谓爱情的至美幻想：

> 良人属我，我也属他；
> 他在百合花中牧放群羊。
> 我的良人哪，
> 求你等到天起风凉、
> 日影飞去的时候，
> 你要转回，好像羚羊
> 或像小鹿在比特山上。

可他呢？他的眼不是溪水旁的鸽子，他的唇也不像百合花滴下没药汁，他给她的从来都不是芳树佳果的葡萄园，而是崩溃中如火焰的电光——放在心上如印记，戴在臂上如戳记，惊心动魄，如死之坚强。

虞靖远病故的消息虽然惊人，但除了极尽哀荣的葬礼之外，江宁的军政局势并没有太多波澜。实际上，这一年多的时间里，虞军的杀伐决断便一直都在虞浩霆手中，如今只不过是他名正言顺地"暂代"了总长的职位，甚至，军中的人事都没有什么变动。

夏日将尽，却仍是暑热炎炎，傅子煜下了车，不过一段百步游廊，已走出了一身汗意："三公子。"

"坐。"

邵朗逸靠在藤椅上，身畔的一片翠竹凤尾森森，竹影映在他淡青的长衫上，仿若散落的水墨册页，让人一见便生清凉之感。邵朗逸看了看他，笑道：

"今天我这里正好还备了杏仁豆腐，你尝尝看，和你从前在家里吃的，是不是一个味道？"

一时丫头送了甜品过来，傅子煜尝了尝，亦是冰凉甜润，入口即化，但还是和北方的味道有些不同，只是无论哪里的做法他都不甚了了，只说："都是凉甜的吃食，也差不多。"

邵朗逸微微一笑："那文庙街的清唱姑娘和韩潭巷的清吟小班，也差不多吗？"

傅子煜一愣，刚刚消下的汗珠又渗了出来，虚着声音道："三公子，我……"

傅子煜籍贯辛平，家中亦是当地的乡绅大户，早早就为他娶了妻室，父母中意的女子自是温婉贤良，只是不甚合他当初的少年心意罢了。他从军之后，一路升到军情五处，大半时间在江宁，这两年亦常常到旧京公干。他先是在江宁安置了一个清唱女子做外宅，今年又在旧京的韩潭巷重金赎了个清倌人出来。他自己干的是秘密监察，行事极为谨慎，却没想到这些事情竟已然连邵朗逸都知道了。

傅子煜额上冒汗，邵朗逸却仍是一派闲散："这些事情没什么大不了的。做到你这个位子的人，都有自己找钱的法子，你自有分寸，我也不必问，无非是不要让别人捉了痛脚。"

傅子煜这才放下心来，起身答道："是。"

邵朗逸却突然目光一凛，冷冷道："你的人去盯着汪石卿是什么意思？"

傅子煜被他看得心中一惊，忙道："属下没有别的意思。只是四少此前在人事上断断续续多番动作，早有革故鼎新之意，所以……"他正斟酌说法，邵朗逸已替他说了出来："所以你担心四少借故去动邵家的人。"

傅子煜点头道："三公子明鉴，属下行事并无半分私心。若一定说有，也是为邵家。"

"我明白，你坐下吧。"邵朗逸的脸色缓了下来，淡然一笑，"不过，有一件事你要记住，你是邵家的人，也是虞军的人；浩霆是我弟弟，更是代任的参谋总长。我也好，四少也好，不管做什么事都是为了江宁一系，四少的意思就是我的意思。你不要自作聪明，你要是动了这个心思，让下头的人怎么想？"

傅子煜肃然答道："属下明白。"

邵朗逸端起手边的一碗陈皮豆沙，一边舀着一边问："顾小姐回江宁了吗？"

傅子煜听他转了话题问到顾婉凝，总算吁了口气，笑着说："没有。顾小姐在旧京很忙。"

"哦？"邵朗逸搁了勺子，问道，"现在是暑假吧？"

"是。不过顾小姐又考了燕平女大，要在那边接着念大学。"傅子煜解释道，"她这些日子在一家报馆做实习编辑，每个礼拜还有两次要到秦伯然的遗孀那里去教两个孩子弹钢琴。"

邵朗逸听了眉头微蹙："秦伯然是？"

"秦伯然是华亭盐业银行的董事，四年前病故，秦夫人就带着一双儿女回了旧京。"傅子煜犹豫了一下，又笑道，"燕平大学的学费一年要两百块，校服要十块钱，一张借书证也要五块钱，算是如今最贵的了。"他心下忖度，顾婉凝从前毕竟是虞浩霆的女朋友，身上寻常一件首饰就名贵非常，怎么也不至于短了学费。但除了这个，他倒也想不出还有什么其他的缘故。

邵朗逸略一思忖，道："回头你找人寻个名目，到学校里去设个奖学金。还是那句话：不要让她知道。"

傅子煜口中答"是"，却暗自心惊，这位顾小姐身份尴尬，三公子虽然不便直接出面照拂，却也犯不着花这样的心思和手段。他一路走出来正好碰上孙熙平，心中一动，便叫住了他，佯作漫不经心地问道："我前阵子不在江宁，有件事想问问孙副官。"

孙熙平笑道："傅主任真是说笑了，还有什么事能是我知道您不知道的？恐怕我家里哪张椅子短了条腿您都比我清楚。"

傅子煜不由一笑："你也知道，三公子叫我留意照看着顾小姐，之前她在德雅读书，整日都住在学校里，倒没什么麻烦。下个月她念了大学就不一样了。我是想问问，你瞧着四少对那一位还有心吗？"

孙熙平也是个人精，听他这样一问，便知道定是邵朗逸又吩咐他照拂顾婉凝，他口中问的是虞浩霆，心里打探的却是邵朗逸。

这件事细想下来，他也略有几分疑心，邵朗逸对顾婉凝的事情确实是有些异乎寻常的"热心"，但这"热心"只是和他自己平日的脾性相比罢了，若说是为了虞四少倒也说得过去。况且，他冷眼旁观，邵朗逸这点儿"热心"，不要说和虞浩霆比，就连霍仲祺当初都比不上——只是，顾婉凝是在霍仲祺手里出的事，他"热心"也是应该的，邵朗逸就有些奇怪；但这些事纯是他私心猜测，不足为外人道，当下便说："四少的事儿您得去问郭茂兰他们。"说着，狡黠一笑，"不过，我反正没听说四少有什么新的女朋友。"

顾婉凝独自在报馆里译了大半篇的稿子，林肖萍才一阵轻风似的飘了过来，婉凝见她满面都是明亮的笑意，不由好奇："肖萍姐，什么事儿这么开心？"

林肖萍一向是爽朗不拘的性格，就是顾婉凝不问，她也是忍不住要说的："后天是定新军校的开学典礼，老孙把这件事派给我了。"

听了她的话，顾婉凝却更是不解："这不是时政新闻部的事情吗？再说，开学典礼这种事，一板一眼的，有什么意思？"

林肖萍在她肩上轻轻一拍，笑着说："我可不是去看军校开学的，我是去看新任参谋总长的。"

　　顾婉凝的手突然一抖，握着的钢笔就掉在了地上，她连忙弯腰去捡，掩了面上的惊异。林肖萍却一个人说得像一群跳在阳光下的雀儿一样热闹：

　　"待会儿我翻翻以前的报纸，找张虞四少的照片给你看，你就知道了。上次邱灵灵从江宁回来，把那位虞四少说得天上有地下无的，也不知道有没有照片上的好看……"她声音极大，隔着两张桌子的小江实在听不下去，偏着头飞出了一句："肤浅！"

　　林肖萍却一点儿也不在乎，依旧是笑得眉眼弯弯："你要恼恼老孙去！是总编大人说，这回虞家四少新接了总长的位子，要去抢一抢新闻。军中都是男人，多半会对女记者客气一些，才硬派了我去的。"她一边说一边在旧年的过刊里翻着，总算抽了一叠翻过，拿出一张来推到顾婉凝面前，"你看！是不是英俊得很？"

　　他当然是英俊得很，她不用看也知道。

　　照片上的人剑眉朗目，轩昂傲然——她和他在一起久了才发觉，就如这照片上一样，他在人前并不像和她在一起的时候那么爱笑，可他笑起来，真是好看。她见了他才知道，原来一个男子能笑得那样好，像春风吹过冰原，如秋阳明亮了人心。

　　"要不，你后天跟我一起？看看能不能想个法子混进去？"

　　林肖萍见她低头看着报纸一言不发，想着她这个年纪的小姑娘正是春心初漾的时候，多半也要好奇这位传说中年少有为又英挺俊朗的新任总长了。

　　顾婉凝连忙摇头："我可不去。总编亲自派的事情，又这么要紧，我去了什么都不懂，只会给你添乱。"

　　隔天婉凝来得极早，连一向早到的小江也比她晚了，小江问起，她只说是因为马上就要开学，趁着还有两天时间，想多学些事情。其实只有她自己明白，她明知林肖萍要到中午才会回来，可还是想要早早地等在这里，等她说一说他的事情，让她知道，他如今，好不好？

初秋的艳阳余威犹在，明晃晃地打在稿纸上，照得她有些心不在焉，婉凝正努力将自己缥缈四散的心绪一分一分扯回来。林肖萍忽然急匆匆地喘着气冲了进来，二话不说，拉起顾婉凝就走，走到楼梯拐角处才把她放开。

顾婉凝手里还握着没来得及盖上笔帽的钢笔，诧异道："怎么了？你不是去采访军校的开学典礼了吗？"

林肖萍急急道："我有点急事，你先替我去签了到，我晚一会儿就过去。"

顾婉凝一惊，往后退了一步："不行！我不能去。"

林肖萍从包里拿出通行证件递给她："哎呀，你去替我签了到就行，我那边事情一完，马上就过去，不用你去采访。"

顾婉凝只是摇头，语气十分坚决："肖萍姐，我不能去。你让小江他们去好了，反正本来就是……"

"傻瓜！"林肖萍大声打断了她的话，又压了压声音说，"他们去了，我就去不成。你就当帮我一个忙，还不行吗？"

顾婉凝仍是摇头："我真的不能去，我什么都不懂……"

林肖萍也愈发急了起来："你在报馆这一个多月，都没出去做过采访，总要试一试的。"

婉凝还要再说，林肖萍将采访证件往她手里一塞："不行也得行了，我真来不及了，你快点过去！"

林肖萍转身就走，婉凝却不肯接，证件便掉在了地上，顾婉凝不好意思，俯身去捡的工夫，林肖萍已下了楼。顾婉凝追到门口，她人已不见了。

顾婉凝手里捏着那证件上楼正好碰上小江匆忙下来，她连忙去叫，小江却头也不回地往外走了，只远远跟她招呼了一声："大宏纱厂有工人罢工……"

顾婉凝回到办公室里，除了值班的编辑之外，便没有她相熟的人了。她看了一眼墙上的挂钟，已经快到八点了。她既不知道那军校在哪里，也不知道开学典礼几时开始，没有办法，只得匆忙收拾了东西，请值班的编辑给她写了地址，又去林肖萍抽屉里找出她的一副旧眼镜放进手袋里。她出门拦了辆黄包车，那车夫倒是知道，只说是远，加了车资才肯拉她去，婉凝才略放了心，只盼着林肖萍即刻就过来。

离军校大门还远，黄包车就被临时的哨卡拦了下来，原来今日到的传媒记者甚多，军方专门在这里设了车辆接待。顾婉凝放眼打量，三十多个人里，倒有一多半是女子，大约报馆的人想法也差不多。虽然这里应该没什么人会认识她，顾婉凝还是摸出眼镜架在鼻梁上，也不和别人说话，只低了头眯着眼睛看路。

卫兵一一检查了他们的通行证件，又核对了姓名和报馆的名字，才安排众人上车，态度倒是十分客气。

记者们都是极爱热闹的，在车上就争相议论起来。顾婉凝坐在后面，见一众女记者大多都着洋装，很有几个打扮摩登的女子，自己身上一件绿白条纹的半旧旗袍，着实不怎么起眼，才渐渐放下心来。

不过几分钟的工夫，车子就开进了定新军校，她不敢四处张望，只微低了头随着人往前走，心中焦灼也不知道林肖萍来了没有，她若是来了，没有证件在手，外头的卫兵肯不肯放她进来？

顾婉凝跟在众人后头走到礼堂，所过之处卫兵林立，庄谨肃然。虞军军容严整，顾婉凝是见过的，并不觉得意外。然而，待她进了礼堂才惊觉，里头已然坐满了人，方才从外面一路走过来，竟一点声音也没有。她暗估了一下，约有五百之数，放眼望去均是正襟危坐，戎装笔挺，虽是新生想必也已然做过操练。记者们鱼贯而入，尽管也放轻了手脚，难免还是多了几分嘈杂，礼堂里的学员却没有一个回头去看的。

众人寒暄着循序落座，顾婉凝一个人也不认识，正好坐在角落，她心中忐忑，又有意做出一副惊怯讷涩的样子，其他人一看就明白她是新人，只是不知道哪家报馆这样轻率，新任参谋总长第一次在旧京公开露面，竟然找了这样一个一到军中连头都不敢抬的小孩子来。

正在这时，只听有传令官音色洪亮地喊道："全体起立——敬礼！"礼堂中的人轰然起身，记者席的男女都是一震，不约而同地向大门望去。

进来的一行人步履间雷厉风行，从记者席经过不过是一瞬间的事情，顾婉凝只觉得自己的一颗心几乎要从胸腔中冲出来一般。她惶然抬眼，只望见他的一肩侧影，面容冷峻，英挺如昔。她眼中一热，旋即收回目光，咬唇忍住，攥紧了自己的手袋，悄然起身走出去。此时，众人的目光都在虞浩霆身上，也没有谁留意她。

虞浩霆方从这边走过，忽然没来由地心头一悸，他刚转脸去看，卫朔已察觉了，低声询道："四少？"虞浩霆见已到了主席台前，定了定心意，轻轻摇了摇头。典礼的流程他早已烂熟于心，待训导主任略作开场，就到他训话。虞浩霆在台前站定，一面慷慨而言，一面不着痕迹地扫视场中，却一无所获。

顾婉凝立在礼堂门外，挨着窗台一句一句去记他的讲辞：

"吾辈身膺军职，若人心陷溺，志节不振，不以救国为目的，不以牺牲为归宿，则不足以渡同胞于苦海，置国家于坦途。

"……须以耿耿精忠之寸衷，献之骨岳血渊之间，毫不反顾，始能有济。果能拿定主见，百折不磨，则千灾万难，不难迎刃而解。"

顾婉凝刚刚搁了笔，忽然听见身后有人低声唤她，正是林肖萍："你怎么在外头？"顾婉凝心里一松，反问道："你怎么现在才来？我还怕你进不来呢。"

林肖萍翘着嘴角笑道："就是耽搁在外头了，这里的卫兵真难说话，我从市府新闻处到警备司令部，打了一圈的电话，好说歹说才找了人带我进来的。"

顾婉凝连忙从手袋里拿出证件递给她："那我回去了，虞……总长的训辞下午我整理出来给你。"

林肖萍自是笑容满面："那可多谢你了！晚上我请你消夜。"

典礼结束，训导主任立即上前向虞浩霆请示："四少，今天旧京几家重要的报章和通讯社都派了记者来，希望一会儿的记者招待会您也能过去。"

虞浩霆却仍纠结着之前电光石火间的莫名一悸，听了他的话，心中一动："今天来观礼的，除了传媒记者，还有其他人吗？"

训导主任连忙答道："没有了。"

虞浩霆微微点了点头："好，十分钟。"

会是她吗？

他方才已经看过一遍了，没有她。她怎么会在这儿呢？就算她来了旧京，对他也只能是避之唯恐不及，又怎么可能到这里来？

况且，若是她真的想见他，也不必费这样大的周章，只要她……他刚起了这个念头，一颗心便骤然抽紧——

会吗？她会想见他吗？会吗？

待虞浩霆一走进会议室，之前若有若无的那一点点希冀便湮灭了。

没有她，不是她。

他是昏了头了，他怎么竟会觉得她在？他怎么还敢盼着她会回来？

"你想不想，让我再试一次？"

他怎么还敢？他真是昏了头了。

虞浩霆到旧京通常住在西郊的一处园邸，此处原为前朝一位郡王所有，虞浩霆喜欢这里轩朗开阔，一片天然水面置了奇石怪岩，参差嶙峋，又养了各色水禽，波光苇影，颇有几分野趣。

他和警备司令部的人吃了晚饭，便心意懒懒地回了西郊，一个人在水岸上缓缓踱着步子，卫朔和郭茂兰远远跟着，也不作声，唯有水面上偶尔传来一两声鹤鸣清啸。

"哎，四少回来多久了？"叶铮不知道从哪儿冒了出来，压着笑意低声问道。

今天本是叶铮当班，但他说有事，央了郭茂兰替他，此时见他过来，郭茂兰便问："你的事情办完了？"

叶铮嘻嘻一笑："我可不是为了我自己，我是去给四少找个乐子。"

他此言一出，卫朔也放慢了脚步，回头看着他，郭茂兰不由蹙了眉："什么乐子？你别胡闹。"

叶铮挤眉弄眼地瞧着他俩："你们放心，当然是好乐子。"

郭茂兰见他如此，猜到了几分，摇头一笑："四少回来有一会儿了，你去试试吧。"

卫朔欲言又止地看了他一眼，叶铮已快步上前去追虞浩霆了，郭茂兰看着他二人的背影，低声叹了一句："也不知道他找的是什么人。"

"不生事就好。"卫朔冷然道。

叶铮却也不敢直接跟虞浩霆说找了什么"乐子"给他，只说寻了件新鲜玩意儿给他解闷。虞浩霆见他装腔作势的样子，虽然意兴阑珊，但想着左右无事，便点了头。

待他一进养云精舍，见敞轩之中正站着一个娉婷玉立的女子，心下了然，摇头轻"哼"了一声，看也不看叶铮，只等他开口。

"总长，这位何思思小姐，是华星电影公司的当家花旦。"叶铮此时已收了之前的嬉皮笑脸，干脆利落地介绍道，"前阵子在江宁红透半边天的《金粉缘》，就是何小姐做的主角。"

叶铮说着，那女子已盈盈转身，一双妙目微含笑意望着来人："虞总长，久仰了。"客气矜持中亦透着一番温柔。

虞浩霆虽然不像小霍那样流连风月，专在女人身上下功夫，但于交际应酬上亦是老练，当下微一颔首："何小姐，幸会。"

叶铮见虞浩霆没有愠意，先放了一半的心，笑道："听说何小姐下部戏要演个江湖侠女的角色，里头有不少弄枪使棒的打斗戏，今日倒不妨请四少指点一二。"他前头还说得一本正经，说到"指点"二字已掩不住笑得满眼桃花，觑了虞浩霆一眼，便退了出来。

何思思是公司眼下力捧的新星，正是心高志远的时候，今日若不是虞浩霆，她是绝不肯来的。两年前，她便在燕陵饭店的圣诞舞会上见过这位虞四少。虞浩霆少年俊朗，英姿夺人，又是这样显赫的身份，最叫怀春少女心动怦然，可惜那时，她方才崭露头角，而他身边的舞伴却是她视作偶像的电影皇后梁曼琳。因此，今日叶铮一请，她便来了。

"虞总长公务繁忙，不知道这次到旧京来要耽搁多久？"何思思莺声呖呖，颊边漾起明媚的笑意。

"事情多就久些，事情少就不耽搁了。"虞浩霆随口答了，心中却道女人的聪明和不聪明竟是这样分明，他人在军中，别说初次见面，就是顾婉凝在他身边那样久，也从不过问他的公务行程——她是因为懂事，还是因为太不在意他呢？

她唯一一次问他，便是他在沈州的时候，隔着电话他都能看见她那个犹疑踌躇的样子："你……什么时候回江宁？"他后来想，她多半就是想要跟他说孩子的事。如果那天他立刻就回去看她，如果他们的孩子还在，如今……

"那我倒是希望，四少的公事多一些了。"何思思一笑低头，娇脆的声音打断了虞浩霆的思绪。

他心里猛醒，唇边不自觉地浮出一抹讥诮的笑意：怎么不管什么事，都能让他辗转曲折地想起她来？她走了，他那一心的伤口就再不会好了吗？不过是个女人罢了，他想要什么样的没有，眼前这一个难道就不是曼妙佳人吗？聪明不聪明又有什么分别？她就是太聪明，才能一次一次骗过他；她就是太聪明，才懂得拣着他的痛处下刀子。

他这才着意打量了一下何思思，只见她一身珠光白底子泛着绯红水波纹的连肩袖缎子旗袍，包裹出纤侬有致的身段，领口挖成鸡心形状，堪堪露出了锁骨边上一粒嫣红明艳的朱砂小痣。虞浩霆向她走近了一步，拈起她颈间挂着的一枚翡翠吊坠看了看："就算公事不多，也还可以有私事。"

何思思刹那间已笑若桃李盛放，原本就娇美的声音又添了甜意："其实两年前在燕陵饭店的圣诞舞会上，我就见过四少的，可惜没有机会同四少一舞。不知道今晚……"虞浩霆闻言扫视了一下房间："我叫人去拿唱机来。"

何思思抬手抚在他肩上，柔声道："这样晚了，何必兴师动众呢？不如——"

她说着，眸中艳光流转，樱唇微启，已轻声唱道：

"白兰白兰朵朵香，青春青春处处藏，哪有那花香无人爱，哪有那青春是久长……"她今年得公司力捧的一个缘故便是嗓音甜润，契合了如今有声片的声势渐隆，此番在虞浩霆面前，她便有意显露一二。虞浩霆听她婉转而歌，唇角一扬，便伸手揽在了她的腰际。何思思见他忽然展颜而笑，丰神俊朗，如破春风，竟不由看呆了。

"怎么不唱了？"待虞浩霆问她，她才惊觉他已牵了她的手，何思思颊边一热，连忙重又唱过，整个人却轻软娇慵，贴在了虞浩霆怀里：

"白兰白兰朵朵香，人们的青春像花一样，哪有那花香无人爱，哪有那青春是久长……"

虞浩霆揽着她悠然而舞，忽然觉得她这样唱歌真是挺好，倒省得他跟她说话了。只是此时温香软玉在怀，他的思绪却四处游弋，怎么也不能放在她身上。何思思歌声渐止，却见虞浩霆眼神飘忽，默然不语，不由得有一丝惶惑。她心中忐忑，轻轻唤了一声："四少。"仰起身子，便向他唇上吻去。

虞浩霆神思游离中，察觉她靠近，微微转脸一避，这一吻便堪堪落在了他唇角。何思思没想到自己主动献吻竟被他避开，正尴尬间，却见虞浩霆脸上的神色已变了，他目光中有惊异，有疑惑，有怜惜，有痛楚，甚至还依稀夹着一丝难以置信的欣喜……仿佛是在看着她，又仿佛是穿透了她在探寻着什么。

她还来不及仔细分辨，不防眼前一旋，虞浩霆竟突然将她打横抱起，何思思一声娇呼，双手便攀在了他颈间。

之前叶铮闻听何思思在里头娇声清唱，又见两人翩然起舞，暗自一笑，料想没自己什么事了，便回去睡觉。不料，正做着好梦，蒙眬中便听见外头有人敲门："叶参谋，叶参谋！"他没好气地回了一句："什么事？"

外头的人回道："叶参谋，四少找。"

一听是虞浩霆找他，叶铮翻身就从床上坐了起来，四下都还笼在乌沉沉的夜色里，他按开台灯，一边穿衣服一边看了一眼床头的闹钟，刚刚四点。他心下奇怪，虞浩霆不在温柔乡里享受，怎么这个钟点叫他？

叶铮极快地收拾妥当出来，问道："四少是在养云精舍吗？"

那侍从摇了摇头："四少在湖边。"

深蓝的夜空中，月明星隐，秋云如墨，叶铮远远地便望见虞浩霆一个人立在水岸边，不知怎的，心里蓦然生出几分惆怅来。

他走到虞浩霆身后，大着胆子促狭笑问："这个何小姐——四少还满意吗？"

虞浩霆没有回头，低声道："你明天把人送回去，叫她自己到新安百货去挑首饰。"

叶铮笑道："是。"接着又说，"反正您还要在这儿耽搁几日，要是喜欢，不如就让她陪着？"

虞浩霆转脸看了他一眼，重又望向湖面："以后不要再安排这样的事了。这种事，不是你该做的。"

这句话在虞浩霆同他说来已是很重了，叶铮只觉如芒刺在背，连忙肃然答道："是。属下明白。"然而，他毕竟是顽皮大胆的性子，安静了片刻，终究是按捺不住，"四少，其实，我也不是……我们就是担心，上回您病着……"

"你看那是什么？"他正说着，虞浩霆忽然静静地撂出一句，打断了他。

叶铮顺着虞浩霆目光看去，见丰茂的水草间依稀立着两个埋头而眠的水鸟，颈长优雅，绒白的羽片在月光之下静美非常。

叶铮感然道："是鹤？"

虞浩霆点了点头，声音沉静："唐诗里有一句：得成比目何辞死，愿作鸳鸯不羡仙。世人常见鸳鸯止则相偶，飞则相双；其实，那鸟雌雄相匹不过一季，来年就各觅新伴了。鹤却不同，数十年里，相伴如一。鸿雁更是忠贞，便是失偶，也至死不渝。禽犹如此，人却不及。"

叶铮默然听着，只觉他话中透着深重的凄凉之意，他隐约想到了什么，却一时无法言喻，想了想，才说："人也不是都薄情寡义的，两情相悦，白头偕老的也有许多。要不怎么说，嗯——'曾经沧海难为水，除却巫山不是云'呢？"他搜肠刮肚也只想出这么两句，似乎是应景，便拽了出来。

虞浩霆不置可否地一笑，眼中却毫无笑意："这两句诗是元稹悼亡妻的，读来情深义重。只是，他写了这诗不过半年，小妾就进门了。"

叶铮听了笑道："嗨！我就觉得越是说得天花乱坠，越是靠不住。"却见虞浩霆仍是凝神望着栖在水边的一双鹤影："不过，你说得对。是要两情相悦，才能白头偕老。"

叶铮听着，觉得这好像不是他刚才说的意思，可又不好辩驳，也不知道该说些什么。他和虞浩霆相识已久，见识过他的孤高冷傲淡定自若，亦见识过他的指点江山意气飞扬，却从未见过他如此凄清的情状，不免心中疑惑，本来四少只是心情沉闷，怎么会了个美人儿，反倒这样伤感起来。

第二天，郭茂兰一早跟了虞浩霆出去，叶铮等到快十点钟，何思思才梳洗妥当从养云精舍出来。叶铮打量着她媚生笑靥，晕染两颊，又这个钟点才起身，照这个情形虞浩霆昨晚应该很是尽兴才对，怎么又漏夜出来叫了他在水边看鹤呢？

可这种事他也不好跟何思思打听，只说虞浩霆有公事要办，先走一步，叫他送何思思回去。车子自然先开到新安百货，他之前已打过招呼，何思思人一到，里头早预备了顶尖的首饰给她选。何思思近来走红，颇有几个身家不菲的追求者，贵重首饰也收了几样。只是像虞浩霆这样的做派她也是头一回见到，何思思心中暗喜，却不愿显得轻佻，便细心选了一套光华娇艳嵌了粉红蓝宝的钻饰。

她选了首饰出来，忽然想起一件事，便轻笑着低声问叶铮："四少身边是有个叫什么'宁'的女朋友吗？"

叶铮一怔，怎么虞浩霆对她说起了顾婉凝？这件事他原本知道的就有限，也不欲和她多说，只道："是从前的事，如今已经不在了。"

何思思婉转一笑，低低道："想不到，四少倒是个长情的人。"

伍

双姝

每一蕊每一瓣，只有像她的才是好的

　　这个礼拜天，何思思和电影公司的几个小姐妹都到梁曼琳家里小聚。撇开梁曼琳在业内的地位不说，她的未婚夫黎锦年亦是时下最炙手可热的导演，因此，一班小明星们都常到梁家走动。

　　今日，何思思刚一进来，便有眼尖的瞧见她手上的链子钻华灿烂："思思，你这条链子是什么人送的？出手这么阔。"一句话引得几个女孩子都去看何思思身上的首饰，何思思俏脸含春，却矜持着笑而不答。

　　一班人莺声燕语热闹了半日，陆续告辞，只有何思思一直未走。好容易等旁人都去了，梁曼琳望着何思思莞尔一笑："思思，你是不是有事要跟我说？"

　　何思思面上却露出些许赧色，踌躇了一阵，方才开口："曼琳姐，有件事我想跟你讨个主意。我……我喜欢一个人，但是不知道……"

　　梁曼琳打量了她一眼，问道："就是送你这套首饰的人吗？"

　　何思思点了点头，梁曼琳笑道："这样的做派，若不是对你十分倾心，那便是家世十分豪奢了。"

何思思怅然轻叹："要是十分倾心就好了。"

梁曼琳素知何思思是这些新人里头最心高气傲的一个，不由得也好奇起来："是什么人，叫我们的小百灵这么动心？"

何思思颊边红霞更重："这个人，曼琳姐也认识的。"

梁曼琳沉吟一想，失笑道："原来是他。那就难怪了。"

何思思却想不到梁曼琳这样快就猜中了，犹自问道："你说的是谁？"

梁曼琳摇头笑道："这几日旧京最出风头的，不就是新任的参谋总长吗？"她说着，笑意微敛，"不过，思思，这个人——我劝你还是算了。"

何思思一怔，喃喃道："我也没想着一定要做总长夫人。"

梁曼琳诧异道："如今这样的年代，难道你还愿意去……"

何思思眼中却尽是惘然："我也不知道。"

梁曼琳心中一叹，何思思也有二十出头了，又是在这样的名利场里磨炼过的，想事情却还不如顾婉凝通透，便劝道："你既然来问我，我就只能实话实说。你想一想，虞四少那样的人，能有几分真心？即便是有了一点真心，也只在一时罢了。"

她们正说着，忽然有人一打竹帘，先跑进来一只黑白相间脖颈间拴着链子的小狗，跟在后头进来的正是顾婉凝，只见她清甜一笑："梁姐姐！"顾婉凝知道今天梁曼琳家里有客人，便自己在房里读书练字，一直等到现在，出去遛了Syne一圈回来，才来见梁曼琳，没想到何思思还没走，便也客气地打了招呼，"何小姐，你好。"

何思思只知道顾婉凝是梁曼琳的表妹，从湄东到旧京来念书，寄居在梁家，便冲她点头一笑。顾婉凝见状，猜度她二人还有话要说，打过招呼，就抱了Syne出去。

何思思见她走了，才对梁曼琳笑道："曼琳姐，你这个妹妹其实样子也是很标致的，只是不会打扮，你该调教调教，放到片场里，说不定就红了。"

梁曼琳心中暗笑，面上却淡淡的："没办法，我这个妹妹只喜欢念书，偏不爱打扮的。"

何思思娇笑道："哪有女孩子不爱打扮的？我就不信她见了你的香水首饰会不喜欢。"

梁曼琳微微一笑："我这个妹妹虽然不爱打扮，却是见惯了好东西的。"

何思思眸光闪动，忽然想起一件事来，面色便有些惘然："曼琳姐，你说那位虞四少少有真心，我倒觉得，他那人是个长情的。"

梁曼琳听了奇道："怎么说？"

何思思面上微红，俯在梁曼琳耳边悄声说了两句，梁曼琳讶然道："真的？"何思思点了点头："后来我问过他手下的人，确实是他从前的一个女朋友。"说罢，轻轻叹了一句，"可惜偏偏是个没福气的，年纪轻轻就死了。"

梁曼琳忽然听了她这一句，倒有点哭笑不得："你怎么知道人家死了？"

何思思抿着唇道："他的侍从官说是从前的事，如今不在了，那不就是死了？你想，他那样的家世身份，又那样的念念不忘，除非是人已死了，要不然，怎么也要弄到身边来的，又怎么会不在一起了呢？"

梁曼琳听着更觉好笑，方才顾婉凝还俏生生地过来和她们打招呼，何思思却在这里一口一个"死了"。只是，她之前便不大信是虞浩霆喜新厌旧弃了顾婉凝，如今听何思思这样一说，便更加疑心了。

梁曼琳手里拈着细细一牙金黄的蜜瓜，到顾婉凝房里闲话："今天思思手上的那条链子，你看见没有？"

顾婉凝一怔，不知她怎么突然问起这个，只好摇了摇头："我没有留意，怎么了？"

"首饰没怎么，只不过，送首饰的人——是虞四少。"梁曼琳直白地说了这一句，便再不开口，只等着顾婉凝的反应。

只见顾婉凝微低着头，长长的刘海遮了莹白莲瓣般的半边脸颊，听了这一句，浓长的羽睫微微一颤，抬起脸来，却是盈盈一笑："既然是虞总长送的，那一定是顶好的，下次我留神瞧瞧。"

梁曼琳亦低眉笑道："就是再好的，你也见过。"

"梁姐姐是觉得我还记着过去的事，还是……"顾婉凝眼中的笑意清浅狡黠，"哎呀，黎先生要吃醋的！"

梁曼琳笑着在她手上轻拍了一下："是有人记着过去的事，不过既不是我，也不是你。"

顾婉凝一怔，梁曼琳已笑道："思思说……虞四少虽然和她在一起，念的却是别人的名字。她还说，那位小姐除非是死了，要不然，四少那样的家世身份，又那样的念念不忘，怎么也要弄到身边来的，又怎么会不在一起呢？"梁曼琳说完，深深地看了她一眼，便起身而去。

顾婉凝想要说点什么，却又噎在那里。良久，才缓缓起身，从桌角的一摞宣纸底下抽出一页来，怔怔瞧着，窗外秋虫低鸣，月华如水，忽然"啪嗒"一声，一颗眼泪打在纸上，一个"眉"字便被洇湿了一角。

今日是燕平女大新生入校的日子，虽然人人都是素衣黑裙的校服，但韩佳宜一头烫出波纹的过肩长发，耳侧的碎发束在脑后，用粉红色的缎带打着一个饱满的蝴蝶结，十分柔艳娇丽。她正步履轻捷地往教室走，忽然听到身后有女生窃窃私语："听说西语系今年有个新生入学考试的英文卷子答了满分，人也很漂亮。"

韩佳宜自知美丽出众，她入校考试的英文科目正是满分，此时听到有人议论，心下得意，尖俏的下巴越发扬了起来。

却听另一个活泼些的声音说道："我见过的，把先前的'系花'都比下去了，叫顾婉凝，从湄东来的。"

顾婉凝？

韩佳宜一愣，连身后之人赞的并不是她都忘记了，眼前浮出一个清艳无俦的影子来。

待她进了教室，放眼一望，果真是她！一样的素衣黑裙，乌沉沉的两条发辫，但那清到极处、艳抵人心的容颜，却是让人一见，就再也忘不掉的。韩佳宜一向自诩美貌，可自从在一次舞会上见过顾婉凝之后，亦觉得这女孩子样貌不输于己。

想不到，她竟也到旧京来了。

韩佳宜心中突然闪过一个念头，一鼓勇气，径直朝顾婉凝走了过去，绽出一个甜美的笑容："你好，我叫韩佳宜。坐在这里可以吗？"

顾婉凝连忙放下手里的书，站起身来，点头一笑："你好，我叫顾婉凝。"

顾婉凝考进了燕平女大，欧阳怡也去了陵江大学。她本想着顾婉凝暑假能回江宁来，却没想到她留在旧京忙忙碌碌，连信都少了。两个多月前，卫朔突然深夜里打了电话来找她的事情，她写信告诉了顾婉凝，可是等婉凝再回信的时候，却提都没提。欧阳怡一时想起她和虞浩霆，一时又想起安琪和宝笙，一时又想起自己的心事，思绪缥缈，手里的书就再也看不下去了。

她心中烦躁，走下楼来，一眼瞥见客厅里的电话，不由自主地就走了过去。号码是她早已记熟的，那听筒掂在手里却有千斤之重，她一鼓勇气，一口气拨了所有的数字，电话才响了两声，那边就有人接了起来："喂？"

　　欧阳怡只觉自己喉头发紧，竟发不出声音，心里一慌，手中的电话就跌了出去。她下意识地把听筒往电话机上一按，才反应过来，自己居然就这样挂掉了。

　　她望着电话，愣了一阵，短短几句话翻来覆去地在肚子里转了数个来回，终于咬了咬唇，一个数字一个数字拨了下来。这回电话响了一声，便有人接了起来："哪里？"

　　欧阳怡强自按下心头悸动："您好，我找卫朔。"

　　电话那头似乎是静了一下，才道："侍卫长不在，请问您是哪位？我可以留言转告。"

　　欧阳怡心如鹿撞，努力想让自己的声音听起来平静如常："我姓欧阳，请你告诉他，四点钟我在沁玉泉公园等他。"她说完，又补了一句，"我等到六点。"

　　只听那边干脆地答道："四点钟，沁玉泉公园，好的。欧阳小姐能否留一个电话？万一侍卫长走不开，方便他跟您联络。"

　　欧阳怡忙道："不用了，他知道的。谢谢！"

　　她这边放下电话，脸如火烧，那边卫戍部的办公室里，气氛却诡异起来。

　　私下联络欧阳怡的事，卫朔并不想让虞浩霆知道，因此他给了欧阳怡卫戍部的电话。卫戍部负责江宁军政要人的安全警卫，来往电话多是公务，卫朔本人更是从无私事，今日竟有一个年轻女子将电话打到这里来找他，约他去公园见面，接电话的人已先惊了一遭。

　　照理说今天是礼拜天，但是卫朔长年卫护虞浩霆，从来都不按例休假，今日又是在陆军部。因此，卫戍部的人便将电话打了过去。卫朔一向严正肃然，便是今日这个电话打过去，值班的人也不敢和他玩笑，只说一位欧阳小姐请他下午四点在沁玉泉公园见面，最后才略带着笑意叮嘱了一句："欧阳小姐说，她等到六点。"

那人一放了电话，便发觉办公室里的另外两个人都搁了手里的事情，满脸讶然地盯着自己，轻笑道："你们看我干吗？我什么都不知道。"

卫朔一听说是欧阳怡找他，不免有些担心，难道顾婉凝真的出了什么事情？他刚想打电话去欧阳家问一问，转念一想，既然欧阳怡约他见面，多半是事情不方便在电话里说。他想了想，转回来跟虞浩霆告假，虞浩霆也难得见他有什么事情，便点头道："去吧！"

等他到了沁玉泉公园门口却觉得有些不妥，初秋时节，风物宜人，游园之人并不算少，欧阳怡一个妙龄少女，又是宦门千金，和他约在这样的地方见面，万一撞上相熟的亲友，岂非尴尬？

他等了一阵不见欧阳怡的踪影，正踟蹰间，忽然一个八九岁的女孩子小心翼翼地走了过来，将一张纸条往他手里一塞，转身就跑。卫朔展开那字条一看，见是三个极娟秀的小字：待霜亭。

待霜亭在沁玉泉公园的东北角，卫朔一路问着人才寻来。他戎装抖擞，步伐极快，刚走了一阵，就惹了几个游人侧目，他心中警觉，便有意放慢了步子，和别人一般闲散而行。这一慢下来，便也有心去看园中景色，斜阳烂漫，草木熟茂，身畔有淙淙清泉相伴，四处皆浮着桂花的甜香，他已经不知道多久没有这样松弛的心境了。

待霜亭在一坡陡岩高处的深树丛中，景幽境清，周围皆是高大的橘树。此时果色尚青，卫朔远远地便望见亭中绿树掩映之间一抹娉婷倩影，他的目光刚一落在那影子身上，不知为何脚步却一顿，人竟生生站住了。他心中自省，深深吸了口气，才又拾阶而上。

欧阳怡剪了清爽的短发，一边的头发别在耳后，露出线条柔和的侧脸。她今日穿了一件缃色双绉绸的长袖连衣裙，样式简洁，只有小小的青果领和门襟处镶了一圈细白的蕾丝花边，叫人想起白瓷杯中初浸的茶汤，淡香四溢。

其实她人在高处早已看见了卫朔，却故意背对着他，直等他走到近处叫了一声"欧阳小姐"，方才转过身来，一时不知该怎么称呼他，只好微微一笑。

卫朔打过招呼，就沉默下来，而欧阳怡连招呼都不知如何打，更是暗自咬唇不肯开口。两人隔开几步站着，亭中一片寂静，只听见泉声隐隐，鸟鸣呖呖。

卫朔没有办法，只好主动开口相询："欧阳小姐找我，是什么事？"

什么事？

她真正的心事却是不能宣之于口的，好在欧阳怡早有一番打算："我想问问侍卫长，之前为什么深夜来找婉凝？"

卫朔听她这样一问，倒放下心来，她既然是问之前的事，那就是顾婉凝并没有出什么状况了。只是隔了这么久，她才突然来问，莫非是顾婉凝叫她问的？

那……

他犹豫了一下，还是照实说了："那天四少病了，我们想请顾小姐来看一看。"

虞浩霆病了？

这个缘由倒叫欧阳怡有些意外，她印象里，这位少年将军从来都是光华万丈、无懈可击的架势，怎么竟会病了？她不自觉地蹙了蹙眉，脱口问道："他怎么会生病？"

卫朔怔了一下，老实答道："四少淋雨，着了凉。"

欧阳怡听了，心中不由得暗笑自己方才的傻气，虞浩霆怎么就不会生病呢？口中却道："那你们找大夫就是了，找婉凝做什么？"

卫朔张了张口，不由得也皱了眉，他只觉得个中情由欧阳怡应该一想就透，怎么她却这样不通情理？

欧阳怡瞧着他踌躇无言的样子，脑海里蹦出一个念头：不知道要是他生了病，会想要谁在身边呢？她这样一想，两颊就热了起来，轻声道："他还在想着婉凝吗？"

卫朔沉默良久，忽然有些局促地闷声道："四少一直都很挂念顾小姐。"他停了一停，又补了一句，"四少……心里很苦。"

他原本就不善言辞，于男女之间的情愫更是不知如何表达，方才默然想了许久，才说出一句"四少一直都很挂念顾小姐"，可是说完之后，又觉得虞浩霆的心境岂止是"挂念"这两个字可以形容的，但却再想不出什么别的来。

欧阳怡知道卫朔的性情，绝说不出什么夸张的故事来，若是他都觉得"很苦"，那虞浩霆恐怕就真的是很苦了。她其实也有些为二人惋惜，这两个人怎么看都是璧人无双，婉凝对虞四少也并非毫无情意，只可惜两人的身份相差太多，虞军的人又从中作梗，才闹得这样不可收拾。

她想起顾婉凝当日伏在她肩上泪光莹然的情形，心中凄恻，低低道："婉凝如今在旧京念大学，恐怕很久都不会回江宁了。"

卫朔微微点了下头，便一言不发。

亭中又是一阵静默，只有林间风过，偶尔夹杂着一两声清脆的鸟鸣。卫朔想，他现在应该问一问欧阳怡还有没有别的事情，如果没有，他就该回去了。可不知道为什么，这芳草斜阳，泉林寂寂之间似乎流动着一脉轻暖的温柔，缭绕在他身边，让他不想开口。

"你从小就和虞四少在一起吗？"欧阳怡低低问道。

　　卫朔听她突然问到自己，隐约觉得有些异样，但这些事也没什么不能说的，便点头应了一声："嗯。"

　　欧阳怡无可奈何地默默一笑，侧着脸打量他："你很不喜欢说话吗？"

　　卫朔一怔，这对他而言不能算个问题，他只是不在没必要的时候说话罢了，没什么喜欢不喜欢。平日在军中，虞浩霆如此，汪石卿如此，郭茂兰也如此，大约只有叶铮话比较多，于是只好说道："在军中久了，话都少，四少也不喜欢说话。"

　　欧阳怡闻言却眉眼一弯，轻轻笑道："我倒没觉得虞四少不爱说话，我见他平时也常和人说笑的。"

　　卫朔心中慨叹，欧阳怡见到虞浩霆的时候无非是和顾婉凝一起，虞浩霆当然是十二分的客气："因为四少喜欢顾小姐。"

　　卫朔说得一派坦然，欧阳怡却心中一动，低着头咬唇问道："那……你也是要和喜欢的人在一起才爱说话的吗？"她抬眼望向卫朔，正对上他略带惊诧的目光。卫朔望着她颊边淡红微晕，惊觉自己触到了什么，却不敢去想，迅速收回了自己的目光，面上再无一丝表情："时间不早了，我送小姐回去吧。"欧阳怡局促地点了点头，跟在卫朔身后下来。

　　她低头盯着卫朔的背影，脸庞火烫，心里却泛起一丝清甜，一失神间，她脚下一滑，竟踩空了台阶。卫朔何等警醒，不待她惊呼出声，一转身就扶住了她。

　　欧阳怡稳了一稳，面上更红："谢谢你。"

　　"小姐客气了。"卫朔说罢便转了身继续往下走，步子却放慢了许多，身子也微微侧着，留意着欧阳怡。

　　两个人在夕阳的余晖中，静静走着，沁着桂花甜香的晚风送来一阵歌声，似乎是几个女孩子参差齐唱："……芳草碧连天。晚风拂柳笛声残，夕阳山外山。"欧阳怡听着，怅惘低语："以前，我和婉凝、安琪，还有宝笙，一起去瓯湖，我们也喜欢在湖边唱歌。"

卫朔望着漫天晚霞之下她单薄柔美的侧影，心头似有细小的虫子在叮咬，踌躇再三才说："傍晚天气已经凉了，小姐这个时候出门，留意加件衣裳。"欧阳怡心中一暖，带着探询的目光投向卫朔，卫朔却避开了。

"韶光逝，留无计，今日却分袂。骊歌一曲送别离，相顾却依依……"远处歌声徐徐，天色渐渐暗了。

转眼秋意已深，一弯残月也隐隐带着霜色，虞浩霆突然说要去冷湖，郭茂兰心里一过，便有了计较。去年今日，邵朗逸迎娶康雅婕，虞浩霆在澄湖盛放烟火为顾婉凝庆生；今时今日，邵夫人康雅婕临盆在即，虞浩霆却只能一个人形单影只对着一湖萧瑟秋景。

不料一转过冷湖的影壁，远远地就望见湖心小岛上灯火通明，虞浩霆一见不由蹙了下眉，是朗逸今天在这儿吗？怎么刚才郭茂兰没有说起。今日是邵朗逸和康雅婕的婚礼周年，他此时若在这里，多半是带着康雅婕一起了。

车子开到湖边，孙熙平正带人等在那里，虞浩霆一下车，他便迎了上来："总长，邵司令在等您。"虞浩霆点了点头，问道："你们夫人在吗？"孙熙平笑道："夫人不在。"

水榭里果然只有邵朗逸，虞浩霆扫了一眼桌上温的酒，拎起壶自己斟了一盅："你怎么在这儿？"

邵朗逸有些好笑地瞧着他："你这话可不像是跟主人说的。"虞浩霆喝了杯中的酒，在他对面坐下："你今天不用陪夫人吗？"

"我若是陪着别人，谁来陪你呢？"邵朗逸静静一笑，又替他斟了一杯，"你不知道越是小气的女人，有时候越是喜欢装大方吗？"

虞浩霆见状，摆手让卫朔和郭茂兰退了出去，刚要开口说话，却突然有几声哨声似的锐响划破了秋夜的静寂，接着，便有大朵闪亮的烟花在空中渐次绽开，虞浩霆一怔，脸色微变："你这是什么意思？"

邵朗逸望着漫天花雨，轻轻笑道："没什么意思，我就是觉得你这主意不错。我猜着你今天要来，不过，万一你不来，我一个人也有节目看。"

虞浩霆凝视着外头流光璀璨的湖光天色，缓缓说道："这些日子，从没有人在我面前提起她。"

邵朗逸的笑容依旧是云淡风轻："我提了吗？"

虞浩霆看着他，终于摇着头艰涩一笑："你这样逼我，觉得好玩儿？"

邵朗逸漫不经心地抿了一口杯里的酒："我干吗要逼你？不过，既然你提起来了，我倒想问你一句，你在不在意——她和别人在一起？"

湖面上的烟花在水榭中闪出五彩变幻的光芒，虞浩霆垂了双眸，低声问："你知道什么？"

邵朗逸笑道："我什么都不知道，随口一问罢了。"

虞浩霆起身走到水榭边上，凭栏而立："我在不在意又能怎么样？难道我还能抓她回来，拘着她？"

邵朗逸拎了酒杯走到他身边："难道你没想过？"

虞浩霆微微仰头望着半空中不断升腾坠落的绚烂烟火："我不敢。"

邵朗逸喝了杯中的残酒，唇边一丝浅笑："这么多年，我还是第一次听见这三个字从你嘴里说出来。"

虞浩霆只是默然。

是，他不敢。

那样的痛楚他不敢再尝一次，就算他能，他也不敢再让她承受一次。

"你在不在意她和别人在一起？"

他不敢想，也不敢问。

他怕知道了，就会忍不住去见她；他怕见了她，就再也不能放手。

到了年底，江宁还未见薄冰，北地早已是白雪皑皑。

蔡正琰一接到虞浩霆要到沈州来视察防务的消息，便打招呼叫霍仲祺回司令部来。他素知虞霍两家的交情，虞浩霆更是将小霍当作弟弟一般，每次打电话来，都会问及他的近况，谁知霍仲祺却推脱着不肯过来。

小霍跟着蔡正琰从外蒙回来之后，北地战事结束各部重新整编，他又心血来潮央着蔡正琰要去下头的一个炮兵团。蔡正琰想着先前冷眼旁观几番查问，这年轻人也还真有个军人的样子，如今战事已了，他去哪儿都添不了乱，就应了他。

那团长本来百般不乐意接手这个公子哥，没想到霍仲祺虽然年轻，却很是谦谨，身段极低，半分纨绔脾气也没有，兼之他身份特殊又是个热心肠的，无论是司令部还是行政长官公署，人人都要给他几分面子，有什么需要通融打点的事情交到他手里，再没有不成的。于是，霍仲祺来了没多久，炮兵团上下竟觉得这回还真是捡了个宝贝。

"你不回家也就算了，怎么连我也不见？"霍仲祺正埋头对着桌上的地图，忽然有人推门进来，他一听声音，竟是虞浩霆。

"四哥？"霍仲祺先是一愣，旋即起身立正，极利落地行礼，

"总长！"

虞浩霆打量了他一眼，又看了看桌上的地图："两万五千分之一，新地图？"

霍仲祺点了点头："他们刚测完了沈州近郊，还没完成，我先借来看看。四哥，南边的雁孤峰应该是沈州最好的炮兵阵地了吧？"

虞浩霆微微一笑，抬手拿了衣架上的大衣朝他扔过去："跟我走。"

霍仲祺整装跟着他出来，看着虞浩霆的背影，心里总觉得有些发虚。这一年，他一时气自己浮浪轻薄，纨绔无能错失了顾婉凝，一时又气自己私心作祟，疏失大意，叫她出了事，对不起虞浩霆。唯有在战场上，他才能有一刻不去想这些说不能说、忘不能忘的心事。北地战事一了，他回到沈州，人一闲下来，午夜梦回，藏在心底的那个娉婷倩影便历历在目，他就更加不敢回江宁去了。想来想去，便躲到这里，日日磨着外籍顾问教他炮兵部署。

虞浩霆却不知道他的这些心事，只以为霍仲祺是闯了祸和父亲赌气，不肯回去，如今他这般用心地在军中历练，自己倒是乐见其成。

霍仲祺跟着虞浩霆上了车，也不问去哪儿，只是虞浩霆问一句他答一句，车子却是一路开到了他先前待过的骑兵师。

"我听蔡正琰说，你先前在这边很好，不知道骑术长进了多少？"虞浩霆说着，接过卫朔递来的缰绳，翻身上马。霍仲祺跟在他身后也上了马，从前他骑马都是在江宁的马场，到如今方才领略了天地苍茫之间纵横驱驰的快意。两人并辔而驰，转眼就出了营地，一路疾奔，直上山原。

此刻恣情飞奔了一阵，放眼远眺，莽莽山河尽覆银装，霍仲祺方觉胸中快意了许多，忍不住对虞浩霆扬眉一笑："四哥，先前我跟父亲说'男儿何不带吴钩'，不过是为了不去政务院被他管着，寻个托辞罢了。如今到了前线才知道，古人诚不欺我。"

"男儿何不带吴钩？收取关山五十州。"虞浩霆曼声吟罢，含笑望着霍仲祺，"你这么想，我是求之不得。不过，这'关山五十州'不是一朝一夕的事情，你犯不着连家都不回了。"

霍仲祺不禁心下一愧，他刚才虽是言出肺腑，但一直不回江宁去却是另有缘故。虞浩霆见他默然不语，温言道："我一直都没问，你到底跟霍伯伯赌的什么气？听石卿说，你是扒了徐益的汽车，才从家里偷跑出来的。"

他这一问，却问得霍仲祺目光一黯，踟蹰了一会儿，忽然问道："四哥，你这辈子最想要什么？"

他最想要什么？

虞浩霆闻言，眉心一跳，想起当年坐在父亲的马背上，眼前山河如画，耳边是父亲的期许——"这个天下，等着你来拿！"

他一抬下颌，傲然道："平戎万里，整顿乾坤。"然而话才出口，脑海中却忽然闪过一抹回眸百媚的倩影来，他深深吸了口气压下心头悸动，随口对霍仲祺道，"你呢？"

只听霍仲祺低声道："四哥，我这人没什么志气。我——"停了许久，声音又低了低，"我只想，得一心人，白首不离。"

得一心人，白首不离？

得一心人，白首不离！

虞浩霆没想到他竟然冒出这样一句，先是惊讶，旋即心上掠过一阵钝痛。

霍仲祺说罢，不见虞浩霆答话，抬眼间，却见虞浩霆面上竟笼着一层深重的孤寂，他心中一惊，刚要开口，虞浩霆却一纵缰绳，转身疾驰而去。

霍仲祺这一回总算跟着虞浩霆回了江宁，之前他人在前线，霍万林夫妇始终悬心牵挂，如今他平平安安地回来，才总算放下心来，见他不提，也都不敢再问顾婉凝的事，只当没有这一桩罢了。

虞浩霆代袭父职接任参谋总长，又了却了北地战事，军政局势平稳，虞夫人便想叫霍庭萱回国，待来年虞靖远一年孝期过后，择机和虞浩霆完婚。霍夫人也不愿此事再有什么波折，不想霍庭萱却回话说，一定要等毕业之后拿到学位才肯回来，霍夫人无法，只好原话转给虞夫人。

虞夫人听了却是一笑，她喜欢霍庭萱原也因为这女孩子事事有自己的定夺，并非一味小儿女的心思。她不着痕迹地跟虞浩霆提及此事，想要探一探儿子如今的心意，岂知虞浩霆竟抛出一句要为父亲守孝三年，不谈嫁娶。

到了年尾，康雅婕顺利生产，邵朗逸得了一个女儿，请虞夫人起了名字唤作"乐蓁"。康雅婕原本一心想要个儿子，心中不免略有几分遗憾，但见邵朗逸却是有女万事足的架势，对女儿极是娇宠，便也开心起来。

虞夫人十分喜爱这孩子，亲自在淳溪张罗了满月酒。霍仲祺、谢致轩这些人都稀奇这个小人儿，只虞浩霆不大肯亲近这孩子，虞夫人私心猜度他还是对当初顾婉凝的事情不能释怀，亦是心中怅然。

江宁政府的新年酒会照例安排在政务院礼堂，这个场合政府要员大多都会携眷出席。欧阳怡原本并不喜欢这种官场酬酢，但她猜测虞浩霆身为参谋总长，多半要来，卫朔自然也会跟着。因此父亲一问，她便点头要去，倒叫父母姐姐都有几分惊讶。

进到礼堂，才脱了大衣，她就一眼看见了正跟霍万林把酒低谈的虞浩霆，卫朔果然就跟在他身后。欧阳怡和父母打了招呼，只说去找陈安琪，便脱身要走，欧阳夫人点了点头，看着玉立亭亭的小女儿，又含笑打趣了一句："要是有人请你跳舞，也别忙着推，有些事也要想一想了。"

欧阳怡面上一红，撒娇地半嗔了一句："您这话该跟姐姐说去。"

欧阳怡站在离虞浩霆不远的地方，佯作打量餐台上的鲜花餐点，心里只偷偷留意卫朔，冷不防有人在她肩上轻轻一拍："我一个劲儿跟你打招呼，你怎么偏不看我？"声音娇脆，正是陈安琪。

欧阳怡连忙收了目光，对陈安琪笑道："我一进来就在找你了，刚才没有看见，就先来瞧瞧有什么好吃的。"

陈安琪扫了一眼桌上的餐点："这里能有什么好吃的？都寻常得紧。"说着，突然冷笑了一声，"虞四少也太没眼光了，这位韩小姐还比不上婉凝一半美。"

欧阳怡顺着她的目光瞧去，只见虞浩霆身边挽着一个穿茶绿色晚装的女子，虽然背着身子看不清容貌，但身姿也颇为窈窕，只是她方才一心都在卫朔身上，竟没有留意。

她打量了一下那两人，涩涩一笑："那些豪门公子朝三暮四的多了，更何况是他？"欧阳怡之前听了卫朔的话，只以为虞浩霆对婉凝旧情难忘，没想到这些日子，江宁的交际场里却传出了虞浩霆和韩家六小姐的绯闻，她先前还不信，不想今日竟撞见了。

陈安琪目光有短短一瞬的黯然，旋即牵了牵唇角："之前我见他对婉凝那么好，还以为……"

欧阳怡听着心下也是一叹，刚要开口，却见有人过去跟霍万林和虞浩霆说话，正是霍仲祺。她转头对陈安琪促狭一笑："你等的人来了！"

陈安琪也看见了小霍，却只淡淡一笑："这个人我早就不想了。"

欧阳怡讶然中亦有些欣慰："真的？"

陈安琪莞尔一笑，小巧的下巴微微一扬："当然是真的。不是一心待我的人，再好的，我也不要。"一时霍万林致辞祝酒完毕，觥筹交错之间，乐声扬起，舞会便接着开场。不多时就有人上前邀她二人跳舞，陈安琪欣然下场跳舞，欧阳怡却婉言推了，避在角落里不欲惹人注意。

那边虞浩霆和韩燕宜一曲跳过，刚刚走出舞池，忽然迎上来一个轻盈娇娜的少女身影："四少，六姐！"

韩燕宜对她微微一笑："佳宜，怎么没看见你跳舞？"虞浩霆和韩佳宜虽然认识，但并不相熟，只是颔首示意打了招呼："七小姐。"

韩家姐妹皆是时髦人物，平素都爱着洋装，韩佳宜今日却穿了一件嫩黄色的长旗袍，襟前和下摆皆绣了精巧的迎春花枝，脂粉薄施，蛾眉淡扫，只在唇上涂着极鲜嫩的胭粉唇膏，冬日未尽，她的人却先占了春光。她见姐姐问起，便娇娇一笑："我本来是想跳的，可是正好看见那边的macaron卖相很好，就忍不住……"

韩燕宜闻言不由得有些诧异，小七一向不爱吃甜食，又怕胖，怎么今天……她刚想发问，却听虞浩霆忽然开口对韩佳宜道："你喜欢吃macaron？"

韩佳宜略有几分赧然地点了点头，虞浩霆眼中似有一抹不置可否的笑意："爱丽舍的macaron大概是江宁最好的。"

韩佳宜讶然一笑："四少也喜欢吃这个吗？可是我听说爱丽舍最好的甜品师傅是个很懒散的法国人，常常不在店里，我去了几次都没有碰上。"

虞浩霆闻言打量了她一眼，薄唇一抿："改天我带你去。"

韩佳宜眸中骤然迸出两簇晶莹的光彩来："四少说的话，可得算数哦。"她话音未落，舞曲又起，韩佳宜仰着头对虞浩霆嫣然一盼，"四少和燕宜姐姐跳了舞，那也陪我跳一支好不好？"

虞浩霆淡然答了一句"好"，便握着她的手进了舞池，再没有回头看韩燕宜一眼。韩燕宜面上娴雅得体的笑容丝毫不减，眼中的温柔却一点一点碎了。

叶铮见虞浩霆又和别人下场去跳舞，不由得跟卫朔小声嘀咕了一句："四少今天倒好兴致。"

他不认识韩佳宜，卫朔却是认识，此时也正纳罕，他知道虞浩霆带着韩燕宜来，不过是顺手弄个女伴应酬场面，不失礼于人罢了，对这位六小姐却是半分私意好感也没有。原本以为他跳了这一曲，应付片刻就要走人的，怎么这会儿又和韩家七小姐跳起舞来？

叶铮见卫朔神情肃然并不接他的话，又接着问道："这位小姐你认不认识，和四少很熟吗？"

卫朔板着脸答道："是韩家的七小姐，叫韩佳宜。"

叶铮一愣，奇道："是刚才那位韩小姐的妹妹？"

卫朔干巴巴地补充了一句："堂妹。"

叶铮又望了望舞池中，虞浩霆和韩佳宜翩然而舞的身影，促狭地笑道："原来是对姐妹花。嘿嘿，妹妹倒比姐姐还要俏。"他说着，忽然话锋一转，"哎，你瞧着这位七小姐比先前那位顾小姐怎么样？"

卫朔闻言扫了他一眼，冷冷道："你问四少。"叶铮只觉得他目光中分明透着一股"你在作死"的凉意，讪讪地吐了吐舌头，自己圆场道："我这不是没见过吗？再说了，人家也是为四少操心。亏你还是跟四少从小一道长大的，也不知道想想法子帮四少了了这桩心事。那女人在旧京又怎么样，弄回来还不是一句话的事？咱们不方便，我叫别人去。"

卫朔目光一凛，旋即死死盯着他："顾小姐的事你不要管。出了什么闪失，你担待不起。"

叶铮刚要答话，却发觉卫朔已转头望着别处，眼神也变了，虽然还是一本正经的样子，但方才瞧着自己的那股冷冽突然淡了下去，反而生出一点暖意来。叶铮顺着他的目光一望，只见一个身材修长、温婉端庄的女孩子正笑意微微地朝这边走过来，冲卫朔盈盈一笑："侍卫长。"

不知道是不是错觉，叶铮觉得卫朔绷紧的面孔竟有些柔和的意味，声音亦是少有的温和："欧阳小姐，你好。"

叶铮见了卫朔这个腔调，着实比方才看见虞浩霆陪韩佳宜跳舞还要吃惊得多，眼珠一转，便笑道："卫朔，你什么时候认识这样美丽大方的小姐，也不介绍一下？"

他这样一说，卫朔的神色就有些不自然起来，连忙对欧阳怡道："这是四少的随从参谋叶铮。"接着又皱着眉看了一眼叶铮，"这位是欧阳次长的千金欧阳怡小姐，和四少也认识。"

欧阳怡落落大方地对叶铮点头一笑："叶参谋，你好。"

"欧阳小姐好。原来小姐也是四少的朋友，我调到江宁不久，初次见面，幸会。"叶铮客气地打了招呼，面上一副了然于胸的神情，卫朔方才补的那一句"和四少也认识"，只是想为他和欧阳怡相识作个合理的解释，不想却让叶铮误会了，以为卫朔是暗示这位欧阳小姐和虞浩霆有所瓜葛。他心下忖度，卫朔对这位欧阳小姐的态度远比对那两位韩小姐好得多，看来这欧阳怡同虞浩霆的关系倒不一般。

欧阳怡一听，就知道他是误会了，当下清冷一笑："我和你们虞总长不熟，只不过碰巧认识他从前的一个朋友罢了。虞总长公务繁忙，应酬又多，恐怕连我的朋友都不记得了，又哪里会和我认识？"

叶铮听她语气中对虞浩霆颇有几分毫不掩饰的轻鄙，心下诧异，一时竟不知怎么接她的话。卫朔方才听叶铮开口，就知道他是误会了自己的话，必然要触霉头。果然，欧阳怡不仅这样直白地撇清了开去，连带着又数落了虞浩霆一番。

　　欧阳怡见卫朔神色尴尬，知道他本就不善言辞，自己这几句话他既不能辩驳，也不能附议，不免好笑，却又不愿让他难堪，便转了话题："你们只看着四少跳舞，自己不跳吗？"

　　叶铮见欧阳怡嘴上说的是"你们"，目光却只望着卫朔，心下了然，便笑道："我正要去找舞伴呢！你们聊，我先失陪了。"说着，也不等二人答话，转身便走。

　　叶铮一走，卫朔和欧阳怡一时间都沉默下来。欧阳怡身材高挑，立在卫朔面前，额头正及他的唇。虽然两人挨得并不近，卫朔也不敢低头看她，只是仍把目光放在虞浩霆身上，整个人都绷得如弓弦一般。

　　欧阳怡此刻和他单独相对，纵是在衣香鬓影之间，亦觉得脸庞有些发烫，情不自禁地微低了头，轻声道："别人都去寻舞伴了，你不跳舞吗？"

　　卫朔喉咙里闷闷地轻咳了一声："我不会。"

　　欧阳怡闻言，忍不住讶然抬起头来，正对上卫朔刚硬的一双眸子，两人目光一触，便迅速分开了。欧阳怡浅浅一笑，咬唇道："我教你？"

　　卫朔怔了半分钟的工夫，才有些艰涩地答道："不用麻烦欧阳小姐了。"

　　欧阳怡侧着脸轻笑了一下，复又转过头来凝视着他："不麻烦的。"

　　她一双明眸满蕴了笑意，淡蓝色的晚装一身清华，锁骨间一枚样式简洁的钻石吊坠不是寻常的水滴花叶造型，而是一个小小的十字架。卫朔只觉得那钻饰的光芒闪烁还不如她的人熠熠生辉，他心念一动，立时便警醒起来，定了定心意，说道："我要护卫总长安全，不能擅离职守。"

此时恰是一曲终了，虞浩霆已携着韩佳宜往这边过来，卫朔心中一松，连忙对欧阳怡道："卫朔职责在身，失陪了。"

欧阳怡有些惘然地望了他一眼，面上依旧有温婉的笑容："那我不耽误侍卫长了。"

虞浩霆一路和人寒暄着过来，一见跟卫朔说话的人是欧阳怡，胸中的思绪就翻滚起来。

"刚才跟你说话的是欧阳怡？"

他语气虽淡，目光中却透着一点殷切，卫朔岂有不明的道理，只能点头答"是"。

虞浩霆见他竟无后话，以为他是碍着韩佳宜，不便开口，便说了一句有公事，脱开韩佳宜，和卫朔走出大厅："她找你什么事？"

虞浩霆一开口，卫朔就知道他是想偏了，以为欧阳怡来找他必然和顾婉凝有关，但也不好点破，遂老老实实地答道："没什么事，就是打个招呼。"

虞浩霆闻言不由眉心一蹙，卫朔这句话无论如何他是不信的，欧阳怡怎么也不会莫名其妙地跑来跟卫朔打招呼，当下便沉了声音："真的？"

"真的。"

卫朔答得坚决，虞浩霆当然是信他，但他总觉得这件事有些蹊跷，转念一想，猛然想起自己曾经交代过，再不许提起顾婉凝，莫非这个死心眼的是拘着这件事？当下又回过头盯着卫朔，一字一顿地道："有什么事你只管说。"

卫朔心中明镜一般，但事情确实不是虞浩霆想的那样，只好肃然答道："确实没什么事。"

虞浩霆抿了抿唇，良久，再无一言。

韩家姊妹从来都知道，在这种场合，惊鸿一现的风华翩跹才最耐人寻味，更何况两个人如今都是冲着虞浩霆来的，他既已公务在身，那她们俩也无心再应酬旁人，免又捕风捉影出什么花边新闻来。

韩燕宜是跟着虞浩霆一起来的，此时要走，叶铮自然安排好了车子送她。韩燕宜刚要探身上车，忽然听见韩佳宜在她身后娇脆地叫了一声："六姐！"

韩燕宜回头一看，眉头微扬，眼中却一点笑意也没有："我看你今天就跳了一支舞，这么快就回去了？"

韩佳宜嘟嘴笑着，一派娇憨："我可没有六姐那么好心，连孙煊文那个呆子都有心情应酬。我听二姐说，他今年都跟你求了两次婚了；怎么，六姐心软要答应了？"

叶铮站在边上，心中暗笑，虞浩霆还没怎么样呢，这姐妹俩就先掐起来了，脸上却是肃然，权当没听见。

韩燕宜脸上闪过一丝愠色，随即浮出了温柔浅笑："有这样的事？我怎么不知道呢。回头我可要问问芝宜姐，谁嚼这样无聊的舌头。"

韩佳宜浑不在意地笑道："六姐，我们也好久没见面了，不如我坐你的车子一起回去吧，反正顺路的。"

韩燕宜还没来得及答话，小七已经转脸对叶铮嫣然一笑，"叶参谋，不麻烦你吧？"

叶铮连忙笑道："不麻烦的，两位请。"说着，嘱咐了开车的侍从两句，跟这姐妹俩打了招呼，看着车开出去，笑意促狭地摇了摇头，这些千金小姐拈酸吃醋的劲头，也不知道四少回头吃不吃得消。

许是一夏的雨水太过丰沛，入冬许久，江宁也只落了两场薄雪，眼看到了除夕，也没有一场像样的雪下来，虞夫人不免有些遗憾。

自年中为虞靖远治丧开始，虞夫人就搬回了栖霞官邸，虞家二太太许竹心随虞靖远的灵柩回到国内，久居国外的虞家三小姐虞若楠也赶回江宁奔丧。今年新春，栖霞官邸倒是热闹了许多，只是因为有大丧，并不安排装饰庆祝。

虞浩霆平稳接掌了虞氏军权，又重新打理了北地四省，江宁人心向稳，虞夫人于大局上放下心来，却又有了新的烦忧。

"先是小六，现在又是小七。"虞家三位太太坐在三楼的起居室里喝下午茶，魏南芸说着，面上露出一抹有些无奈又有些好笑的神情来，"韩家这姐妹俩也真是的，还嫌风头出得不够吗？"

虞夫人将杯子搁回茶碟，托在手上，淡笑着摇了摇头："浩霆也越发没有分寸了。"

魏南芸见状踌躇道："小六常到您跟前走动，韩家的长辈也都知道老四和庭萱的事……"

"你以为那两个丫头不知道吗？"虞夫人面色一寒，"都是先前那个姓顾的女孩子闹的，如今还不知道有多少人都动了这个心思。"

"别人也就罢了，大不了给老四收在房里就是，可小六、小七……"魏南芸秀眉一拧，望着虞夫人，"韩家的千金小姐恐怕不肯委屈。"

"还用得着别人？这姊妹俩自己就先打起来了。"虞夫人冷冷一笑，眼中掠过一丝轻鄙之色。

魏南芸笑道："我倒不信浩霆能看得上她们。只是这姐妹俩都是有心计的，就怕她们舍了自己的脸面也要挤进虞家。"

虞夫人低头呷了口茶，转脸对一直沉默的二太太许竹心道："竹心，叫若楠去提点老四两句，别一时大意，叫人泼了脏水。"

"是。"许竹心点头应道，"不过，若楠也有好几年没回来了，不知道和浩霆有没有话说。"

虞夫人微微一笑，面上的神色缓和了许多："老四从小就亲近若楠，你知道的，这些年他嘴上不说，心里可一直都很惦记这个姐姐。"

许竹心也温婉一笑，略犹豫了一下，轻声道："夫人，如今浩霆已经接了总长的位子，他自己的事情还是叫他自己拿主意吧。六小姐和七小姐也是出身名门，要是浩霆真的喜欢，遂了他的心意总比叫他不痛快的好。"

魏南芸闻言心下一惊，许竹心竟然当着虞夫人的面说出这样的话来，她有些忐忑地觑着虞夫人地脸色，不敢作声。

却见虞夫人神色如常，落在许竹心身上的目光仍旧和煦："我知道你是真的疼老四，若他只是我的儿子，我自然愿意叫他由着自己的性子来，可他不光是我的儿子。一举一动，都任性不得。"

许竹心闻言默然垂了双眸，虞夫人喟然一叹，"我回头请霍夫人跟韩家的长辈打个招呼，叫他们也约束一些。"

新春佳节多酬酢，多宴饮，多亲友互访，多客套寒暄，军政事务大半都要搁下，虞浩霆也少不得要耐着性子应酬周旋，每到这个时候，便总有些懒懒的。吃过午饭，他一个人闲翻着从国外寄来的新闻杂志，外套随手搭在衣架上，只穿了件银灰的缎面背心和西裤，虽然是在自己的卧室里，但打在衬衫领口的淡蓝色领带仍是一丝不苟，手腕处的水晶袖扣也泛着剔透的莹蓝星光。

"你既这样闲，怎么不和小六、小七她们出去消遣？"

虞浩霆一听他三姐的声音，搁了手里的杂志，抬头说道："是谁叫你来当说客的？"

虞若楠微微一笑，在他身边的沙发上坐下："你中意的到底是小六还是小七？那两个丫头我都见过，平心而论，我可觉得都不如庭萱。"

虞浩霆薄唇轻扬，眼中笑意疏落："三姐就不用来取笑我了吧？你叫母亲她们放心，我说过要为父亲守孝三年，不谈嫁娶的。"他说到这里，忽然眉眼一弯，轻声笑道，"倒是你，有工夫操心我的事，不如想想你自己的事。既然这次回来了，就别再走了。"

虞若楠垂了眼睑，笑容散淡："本来父亲的葬礼一完，我就想走的，可是母亲舍不得我，我才留下来陪她，过些日子，我还是想回去。"

虞浩霆目光一黯："已经八年了，你还是放不下吗？"

虞若楠轻轻摇了摇头："没有什么放得下放不下的。我只是觉得，与其勉强自己去应付一个人，经营一份旁人眼中的完满，还不如念着真正喜欢的那一个，求一个自己心里的完满。"她说着，静静一笑，"你和我不一样，我说这些，你不用明白，只是我的心意不想瞒着你。"

虞若楠说罢，却见她弟弟眼中竟是一片惘然："我明白。"

"七小姐，栖霞官邸的电话。"

韩家姊妹今日正巧聚在一处打牌玩笑，丫头一来通报，几个人都静了下来，韩佳宜将面前的牌往桌上一扣，甜笑着站起身来："我去一下就过来，你们可不许偷看我的牌。"她转身一走，年纪最长的韩敏宜从丫头手里接过茶盏，呷了一口，笑道："我看小七是没心情回来打牌了，咱们也散了吧。"

待韩佳宜接过电话回来，见牌局已散了，轻轻一笑："你们不打了？那我上楼去了。"说着，便脚步轻盈地往楼上去，却听六小姐韩燕宜悠然道："七妹，我瞧着你这件洋装就蛮好看的，不用非要上去换衣裳了吧？"

韩佳宜在楼梯上一停，转脸斜斜瞟了韩燕宜一眼，娇娇笑道："待会儿四少要来，要是我迟了，麻烦六姐帮我招呼一下。四少说，这些日子都没见过六姐呢！"说罢，转过身子快步上楼去了。

她此言一出，纵使韩燕宜再好涵养，也不由得变了脸色，却走也不是留也不是。大小姐韩敏宜闻言也皱了眉，同三小姐韩芝宜对视了一眼，道："听说你家园子里的朱砂梅今年开得很好，在屋子里坐久了，人也乏了，我们出去走走？"韩芝宜连忙笑着起身："今年的梅花确实开得盛，我带你们过去。"韩燕宜亦敛了冷然神色，姊妹三人相携而去。

虞浩霆一到，便有两个丫头引着他进来，请到小客厅里奉茶，又上去向韩佳宜通报。片刻之后，却是韩佳宜的贴身丫头笑吟吟地过来回话，说是七小姐在书房，请他上去。

"书房在前面，四少请。"那丫头盈盈一笑，止了步子让到虞浩霆身后。

书房的门敞着，虞浩霆心意懒懒地走到门口，只见临窗摆着一张宽大的黄花梨书案，韩佳宜正立在案前运笔慢书，案头一尊影青美人觚里插着一枝虬折疏落的白梅，映着她一身淡青色的长旗袍，愈显亭亭玉立。

他缓缓走到韩佳宜身边，目光只落在那字纸上，见是一阕咏梅的纳兰词，正写到最后一句"疏影横窗"，他默然看着，待她写毕，才低声道："你的字很好。"

韩佳宜搁了笔，对他娇柔一笑："我每天总要练一练的，让四少等我，不好意思。"

"没关系，我今天没事，你写吧。"虞浩霆说着，眼里含着一缕浅淡的笑意。

韩佳宜见他如此说，又重新展了一张宣纸，提笔蘸墨，刚写了几个字，忽然停了下来，甜笑着说："我知道四少的字极好，今日既然有闲，不如指点我一下？"

虞浩霆闻言便伸手去托她的手腕，然而方要触到她莹白的柔荑，却堪堪顿住了："七小姐的字一看便知是师从名家，哪里用得着我'指点'呢！"说罢，转身坐到了对面的椅上，随手从架上抽了本书出来。

韩佳宜心下略有些失望，又写了两行，心中却不耐烦起来。她此番接近虞浩霆着实是费了一番心思，原本韩佳宜也不敢对他有什么痴心妄想，谁知虞浩霆不知何故竟突然对她六姐青眼有加。韩佳宜自恃才貌都在韩燕宜之上，只是没有机会接近这位虞四少罢了。

碰巧她在旧京遇上了顾婉凝，便着意与之交好，又住在同一间宿舍里，时时留意顾婉凝的行事喜好，待新年假期回到江宁，初初一试，果然便引了虞浩霆注意。这些日子，虞浩霆偶尔来约她，自有几分客气殷勤，至于韩燕宜那里倒是不再理会了。

顾婉凝在旧京读书时每天习字，十分认真，然而韩佳宜一见她的字就知道是刚开始学的，和自己比起来相去甚远，她自幼家教谨严，琴棋书画都是从小练就，自然在顾婉凝之上，因此今日便寻了机会要在虞浩霆面前施展一二。可他这样淡然相待，倒让她不由气馁起来。

虞浩霆手里翻着书，却一个字也没有看在心里。

他这是怎么了？落在他眼中的嫣红姹紫，每一蕊每一瓣，只有像她的才是好的，若是不像她，哪怕是比她更好的，也只会叫他厌烦。

他心上缺的那一角，真的再不会好了吗？

他想起今日虞若楠的话——"不如念着真正喜欢的那一个，求一个自己心里的完满。"

完满？

他这一生，还有什么完满？

没有了。

再也没有了。

霍仲祺一回到江宁，便乱了心绪。

他不敢径自去梅家寻顾婉凝，却又总是心心念念地想着她，只好一得空就在青榆里附近转悠。

这天下午，他刚一下车，就看见一个女孩子快步从巷子里头走出来，熟门熟路地进了巷口的药铺。虽然她一路走来，不住低头呵着双手，面容大半都掩在衣领里，霍仲祺却已窒住了呼吸，虽是经年未见，但那纤娜窈窕的身影是无论如何也不会认错的。他胸中情潮起伏，几乎不能自已，本能地想张口叫她，却发不出声音。

顾婉凝提着药出来，急急就往家里折返，不防身后忽然有人唤她："婉凝！"她讶然回头，一见霍仲祺，先是诧异，接着便淡了神色，客气地同他招呼："霍公子，好久不见。"

霍仲祺见她对自己这样疏远，心中一阵难过，又看她过着年还出来抓药，也顾不得其他，连忙关切道："这么多药，是你有什么不舒服还是你家里人……"

顾婉凝没想到他是连着几天都在附近，只以为他是偶然路过正巧遇上自己，过来寒暄，只得随口答道："天气冷，我外婆身子不大好。"

霍仲祺看她眉宇间带着忧色，便道："要不要我陪你们去医院看一看？"

顾婉凝忙道："不必麻烦了，我外婆的病是旧疾，细心调养就好，多谢霍公子关心。"

她疏冷客气，仿佛和他不过是点头之交罢了，霍仲祺一时竟不知道还能说些什么。婉凝见他踌躇不语，只得道："霍公子如果没什么事，我就先告辞了。"

霍仲祺顺口应道："顾小姐请便。"话一出口，他还来不及后悔，顾婉凝便冲他点了点头，转身就走。

霍仲祺慌忙叫住她："婉凝！"

顾婉凝停了脚步，回头探询地看着他。

霍仲祺犹豫了一下，终究还是问道："你……这些日子，你还好吗？"

顾婉凝想着他先前就对自己诸多关照，此刻偶遇仍是这样关心，当下柔柔一笑："我很好，谢谢你。"说完，紧了紧大衣，盈盈去了。

霍仲祺痴痴地望着她的背影，直到顾婉凝折进边上的巷子，他回过神来，这才想起许多该说的话都没有说，该问的事都没有问，待要追过去，却又觉得唐突。他在巷口思前想后，站了好一会儿，终于还是离了青榆里。

第二天上午，顾婉凝正在照顾外婆吃药，忽然听到外头似乎是来了访客，待她起身出来，却见霍仲祺正和一个中年人一前一后地进来。跟着霍仲祺来的人，婉凝却也认得，正是先前在悦庐照料过她的一个大夫。

不等她开口，霍仲祺就迎了上来："虽然老人家是旧疾，但年岁大了，还是小心一点好，请大夫过来看看，要是有需要，再到医院里查一查才周全，要是没事，你也安心。"顾婉凝见他已带了人来，又确实有些担心外婆的身体，便点了点头："霍公子费心了。"

其实，她之前说外婆旧疾复发不过是随口敷衍小霍，此番外婆的病症着实不同以往，初时只是食欲不振，略显消瘦，以为吃些开胃健脾的药调理一番就好了，不想这几日竟然呕了两次血。

舅母让着大夫进去为梅老夫人诊视，顾婉凝便披了大衣出来陪着霍仲祺在檐下说话。他站在她身旁，目光描摹着她情影如画，唇角噙着春水艳阳般的一抹笑意，心中万语千言，却又不愿开口说话，怕惊破了这一刻的静好，直到顾婉凝抬起头来，对他微微一笑："谢谢你。"

小霍连忙笑道："你和我还客气什么？不管怎么说，我们——总算是朋友。"

顾婉凝望着他笑容和煦，一如初见，想起昔日种种，越发浮了感激的神色："霍公子……"

"你这样叫我也太别扭了！"她刚一开口，霍仲祺便打断了她的话，撇了撇嘴，"我宁愿吃亏一点，你也跟他们一道叫我'小霍'好了。"

顾婉凝一笑，低头不再说话。霍仲祺迟疑了片刻，终于问道："之前我找过你，可欧阳怡和你家里人都说你不在江宁了，你方不方便告诉我，你是到哪儿去了？"

"我在旧京。"

霍仲祺想了想，又问："那你以后还走吗？"

婉凝不好意思瞒着他，便道："过些日子学校开学我就回去了。"

霍仲祺一怔："你还在念书？"

顾婉凝点点头："我在那边念大学。"

霍仲祺听了，低声喃喃道："那你以后就不大在江宁了。"顾婉凝没有听清他的话，探询地望了他一眼，小霍复又笑问，"那你学什么？"

听他问起这个，顾婉凝颊边才旋出两个酒窝："我学英文。"不等霍仲祺露出讶异的神色，她便有些顽皮地笑道，"你知道的，好多东西我都不懂，我怕别的考不过，所以就拣了最容易的去考。老师和同学都不知道，还以为我顶用功的。"

霍仲祺见她在自己面前这般明媚坦然，心中微甜，人也快活起来："那你也比我强，前几年父亲送我去旧京读书，好像是学经济吧，不到一个月，我就自己退了学偷跑回来。幸亏四哥把我弄到陆军部去了，要不然非让父亲打死不可。"他说到后来，见顾婉凝笑容一滞，才猛醒失言，顿时忐忑起来。

顾婉凝看他神色尴尬，便笑着岔开话题："你如今还在陆军部吗？"

"没有，我这一年一直在北边，如今在沈州的一个炮兵团。"

顾婉凝听了倒微微有些诧异："绥江那边不是一直在打仗吗？"

霍仲祺闻言自失地一笑："原来你也觉得我上不了战场。"

顾婉凝歉然道："我不是这个意思，我只是觉得……你家里多半不放心你。"

"我是背着家里去的，父亲知道的时候我已经在唐努瓦图了。"霍仲祺笑着说，"我倒觉得战场上挺有意思的，我打算过完年还回沈州去。"他这样说着，心中却忽然一动，她要去旧京，那他还要回沈州吗？

顾婉凝看着他神采飞扬的面孔，心底却倏然浮起另一个影子。她移开目光，望着近旁窗子上新贴的鲜红窗花，轻声道："那你自己要小心了。"

霍仲祺见她眉目楚楚，似笑还颦，一身的娟然风致，叫他想起春夜里初三初五那一弦眉弯般的新月，忍不住想要掬在手心，却又只能遥怜清光，轻笑着自嘲道："你放心，就是我自己想出事，也有许多人看着我呢！"

他二人正说着，大夫已经诊治了出来。当着病人大夫自然是轻描淡写说些宽慰的话，对着顾婉凝则是据实相告。顾婉凝听着，眉心越发蹙得紧了，其实她也看出外婆此番病势不大好，她想带外婆去医院，外婆却不信西医，换了两次方子仍不见好，此时听大夫一说，心中更是烦忧。

霍仲祺听大夫说了，也知道不好，见她神情凄然，只好温言相慰："眼看就开春了，天暖气清，只要好好调养，老人家总会好的。我会叫大夫时常过来，你不要太担心。我家里的电话你知道，有什么事只管找我，千万别客气。"

陆

春风

她的美是淬了毒的锋刃

　　"听说欧阳小姐就是你那个女朋友？"叶铮唇边漾着坏笑，贼兮兮地觑着卫朔。

　　卫朔脸上的线条纹丝不动，淡然道："我没有女朋友。"

　　叶铮"啧啧"了几声，凑到他面前："你还装？卫戍部那边都传开了。胡佑云那小子说他替你收了三封信，约会的电话都打到办公室去了，你还说不是女朋友？"

　　卫朔皱了皱眉："不是你想的那样。"

　　叶铮嬉笑道："你怎么知道我想的是什么样？啧啧，果然是咬人的狗不叫，想不到侍卫长平日里一本正经的，原来这么……"

　　"你别乱说。"卫朔沉声截断了他的口无遮拦，正犹豫着怎么让他绕过这一茬，忽然听到身后有人问道："你们在说谁的女朋友？"却是虞浩霆从里面的办公室走了出来。

　　他二人立刻起身，叶铮笑吟吟地答道："我们刚才在说，卫戍部的人捕风捉影、胡说八道，侍卫长根本就没有女朋友。"

　　虞浩霆一听，便望向卫朔，见他眉头已经拧成了"川"字，不由得有些好笑，面上却仍是肃然："怎么回事？"

虞浩霆有问，卫朔不能不答，却也无从解释，只好说："他们误会了。"

"哦？"

虞浩霆的神情却分明是不大相信，卫朔也好，卫戍部的人也罢，素来都是持重沉稳，能传出这样的闲话，就算不尽实，也必然不是捕风捉影，他盯着卫朔轻轻"哼"了一声："你不老实。"

叶铮见状也来了劲头："卫戍部的人嚼舌头说，那位小姐把电话打到卫戍部的办公室约侍卫长去——是去沁玉泉公园，对吧？而且还常常寄信过去。本来我是不信的，可前几天有人碰见……"

他絮絮地说个不停，卫朔已急了，直截了当地对虞浩霆道："是欧阳小姐。"

虞浩霆神情一滞，旋即对叶铮道："你先出去。"

叶铮丈二和尚摸不着头脑，原本一颗幸灾乐祸铆足了劲头等着看戏的心生生被吊在半空，却也无可奈何。他一走，虞浩霆便对卫朔道："说吧。"

"去年我有事找过欧阳小姐，后来——就有些来往，但不是他们说的那回事。"

"你找她什么事？"虞浩霆直视着他问道。

"是……"卫朔嗫嚅了一些，后面的话噎回了嗓子里，"也没什么。"

虞浩霆打量了他一遍，面容微霁："你有心了。"沉吟了一下，唇边闪出些笑意来，打趣道，"有些来往？欧阳怡那女孩子不错，回头我替你去做媒？"

卫朔脸色竟有些泛红，连忙分辩："真的没有！四少忘了，我有家室的。"

虞浩霆一笑，闲闲道："你那个见都没有见过，作不得数的。况且——"他话锋一转,压低了声音,"我猜你家里给你订的那一个,一定不如她,你要是有心,我和你父亲说。"

卫朔抿了抿唇,绷紧了面孔:"四少,虽然人我没有见过,但她在家中侍奉我父母十分尽心。所谓贫贱之交不可忘,糟糠之妻不下堂,我断然不能辜负她。"

他说得坚决,虞浩霆也不由点了点头,扬声道:"叶铮!"

叶铮应声推门进来,还未开口,虞浩霆已正色道:"卫朔有家室,你们以后不许乱嚼舌头。"

叶铮一愣,瞪大了眼睛瞧着卫朔,卫朔却不看他。虞浩霆说罢,径直往外走,卫朔默然跟着,叶铮连忙也赶了上去,小声对卫朔耳语:"你哪儿来的家室,我怎么不知道?"

欧阳怡和卫朔见面的机会寥寥,心下忖度他是个刚硬慢热的性子,便偶尔写信寄到卫戍部去,信里不过是说些在学校读书的趣事,只是从未收到过他的回信,不料今日他竟突然约自己到沁玉泉见面,一颗心几番悬起又放下,嘴角不自觉地扬成了一枚红菱。

她从来没有这样认真地打扮过自己。试了几条裙装,才选了一件湖蓝的丝绒长裙,门襟和袖口皆缀了泛着莹莹蓝光的玻璃纽扣,乌黑的发间偏夹着一枚双排珍珠点缀水晶的发卡。天蓝色的羊毛大衣衬着颈间珠白的羊毛围巾,仿佛便是这冬日里的冷洁晴空,她的心也像点缀着雪白云朵的湛湛蓝天,明朗晴好,只待蓬起羽翼的鸟儿振翅而翔。

虽然他没有说,但是她自然而然地就走到了待霜亭,这一次,是他在等她。

"真的是快要春天了,天气真好。"欧阳怡盈盈笑着踏进亭来。

卫朔仍是平素的庄素神色:"欧阳小姐好。"

欧阳怡忽然没来由地有些赧然，一颗心鼓胀如帆，声音却放低了许多："你今天找我来，有什么事吗？"

卫朔不自觉地低了头错开她的目光，只将手里的东西递到欧阳怡面前："这个……还给小姐。"

欧阳怡一见，略带赧然的笑容便倏然凝在了唇边，卫朔递过来的正是她之前写给他的信，一共四封，没有一封打开过。

"为什么？"

话已脱口而出，她才惊觉自己的声音里有不能掩饰的颤抖。

卫朔不答话，也没有一丝表情，欧阳怡灼灼闪动的目光落在他身上，如同新年最后的花火落入苍茫雪野，来不及融化些什么便埋没了声息。

有些事是没有为什么的，她明白。

待霜亭里只有细微的风窸窸窣窣地从林间吹过，她从卫朔手中接过那一沓信封，欧阳怡觉得，他的手似乎有一瞬间的迟疑——她终究还是有些许的不甘："你能不能告诉我……为什么？"

"我有家室。"他的话总是很少，一字一句都格外沉着。

欧阳怡一愣，惊诧地看着他，嘴唇微微翕动，眉头蹙紧，松开，又蹙紧，语气中有压抑的慌乱："对不起，我不知道。我问过婉凝，我以为……对不起……"

卫朔原以为她听了自己的话多半会生气，没想到她竟是一迭声的"对不起"，他望着她眼中莹然闪烁的泪光，心头一疼，却也不知道该说些什么，只好硬着头皮去接她的话："顾小姐也不知道，是我的错，我——我应该告诉你的……"

却见欧阳怡摇了摇头，面上浮起一个温婉如常的笑容："不关你的事，是我想当然了。"她抬眼望着远处的山影，仿佛自言自语般问道：

"你——你妻子，你很喜欢她，是不是？"

卫朔看了她一眼，点了点头："她很好，对我很好，对我父母也很好。"

很好，很好，很好。

欧阳怡心口一涩，卫朔一向惜字如金，能让他这样夸赞的女子，一定是真的很好了。她低头攥紧了手里的信，轻声道："我一时任性，没有弄清楚，如果让你觉得困扰的话，很抱歉。你放心，我以后不会打扰你了。"

她说着，又仰起脸庞，凝眸一笑，落落大方中又夹了些许赧然："或许，等将来我见到你不觉得尴尬的时候，我们还可以做朋友。"

卫朔望着她，讶然又困惑。

他自幼和虞浩霆一起长大，见过的名媛佳丽不知凡几，却没有一个女孩子是像她这样的。

无论是容色倾城如顾婉凝，还是气韵高华如霍庭萱，都是心意深掩的女子。顾小姐——想到顾婉凝，卫朔便不自觉地皱了眉，遇见她，他才真是见识了什么叫做"女人心，海底针"。

他想起她和虞浩霆最后一次见面的情形，人人都说旁观者清，可是连他也不知道那女孩子对虞浩霆究竟是有情还是无意。她不肯委屈，不肯体谅，那决绝也如她的容色一般清极艳绝不留余地。没人说得清究竟她先前的嫣然明媚是真的，还是后来的孤冷轻厌是真的，她的美是淬了毒的锋刃，划过的伤口便再不能好。

霍庭萱却恰恰相反。不管人前人后，霍家大小姐永远都是芝兰扶风般的静雅高洁。他从未见过霍庭萱伤心气恼的样子，她不发火，不赌气，处处大方得体，对谁都有一份善解人意的体谅，仿佛她所说的话所做的事，都不会有丝毫的勉强和委屈。在她身边，总让人觉得如沐春风，可纵然是春风，也有吹不到的角落，但霍庭萱却没有。

然而眼前这个女孩子，却是这样的温柔坦然，她的人，便是此刻鲜洁明朗的湛湛晴空。

欧阳怡见他神情古怪，默然不语，不由问道："你怎么了？"

卫朔这才回过神来，匆忙答道："没什么。我在想，如果顾小姐像你这样，就好了。"

欧阳怡一怔，随即笑意寥落地轻声道："怪不得婉凝说，你的心思都在虞四少身上。"

卫朔讷讷地不知要如何答她，踟蹰了一阵，才道："我送小姐回去吧。"

卫朔送过欧阳怡就立刻回了栖霞官邸。今日是虞夫人谢瑾和的生辰，虽然虞家不遍邀亲朋大事庆祝，但也安排了数席家宴。此时宴饮已毕，照例有牌局，虞夫人自幼在谢家便是西式的家风，在这些玩意儿上，只喜欢桥牌，于是，谢夫人便拉了小儿子致轩和冯广勋一起，陪虞夫人玩桥牌，虞若槿和康雅婕那边倒是轻易就凑了两桌麻将。

卫朔在偏厅门口望了望，见虞浩霆不在，便转身上了二楼，却见邵朗逸的侍卫长汤剑声正在书房门口跟郭茂兰聊天。二人见他过来，都点头示意，待他走近了，郭茂兰才道："邵司令和汪处长都在。"

"由监察部和审计署联合派员，来查我们的账？"虞浩霆冷冷一笑，"周汝坤的算盘打得倒是精明。"

"孟公德高望重，这件事由他提出来，我们直接驳他的面子不好，也落人口实。"邵朗逸口中的"孟公"是早年改元共和的功臣元老孟维麟，虽然近年来于政事涉及渐少，但在江宁政府中声望甚隆。

虞浩霆将手里的信撂在邵朗逸面前的茶船边上："孟维麟也是老糊涂了，他算过财政部划拨的军费一共才有多少吗？"

邵朗逸拿起信看了一遍，却是孟维麟给虞浩霆的亲笔信，里头倒有许多热忱劝勉之言，"那你打算怎么办？"

　　"我准备给老先生回封信，把近五年的军需账册都送到他府上去。"虞浩霆闲闲地说着站起身来，对汪石卿道："石卿，你来办，你的车装不下，派辆卡车去装。"

　　汪石卿点了点头："孟公那里还好说，但国府那班人既然被周汝坤撺掇起来，恐怕不会那么容易罢手。"

　　虞浩霆觑着邵朗逸道："你说呢？"

　　邵朗逸又翻了翻手里的信，说道："既然推不得，那就应了吧。不过，事关重大，仓促之间要全面铺开未免有难度，总要先找个地方试一试。"

　　"那就让他们先去陈焕飞那儿。"虞浩霆道，"旧京是重镇，昌怀基地上个月刚从欧洲买了批飞机回来，况且，陈焕飞的伯父也是监察部的委员。"

　　汪石卿听了，低低一笑："我们答应得太容易，反而叫他们疑心，不如先叫人跟他们闹一闹，拖些日子，我们再卖给孟公一个人情。"

　　虞浩霆点头道："你这就去办吧。下楼的时候要是看见小霍，叫他上来一趟。"

　　"你找小霍做什么？"邵朗逸一面笑问，一面提了风炉上滚开的水，烫过茶船中的杯子，自去冲水醒茶。他刚沏好一盏，虞浩霆便端起来呷了一口，赞道："邵公子冲茶的手艺可是越发好了。"

　　邵朗逸眼中笑意闪烁："你跟我装什么？你也就能喝出点茶叶的好坏罢了。别说冲茶的功夫，就是水的好坏你都未必知道，还不如小霍。"

　　虞浩霆搁了茶盏，轻声道："周汝坤也该收拾了，这种人我懒得理会，我想叫小霍去。"

邵朗逸笑道："这样的事你有多少人能做，还用得着他？"

"他去年在北边那么久，霍伯伯面上不问，心里不知道怎么着急呢。如今好不容易回来了，怎么说也得在江宁待一阵子，我给他找点事做，总比让他闲着又闯出什么祸好。"

他正说着，就有人敲了两下，推门进来，正是霍仲祺。

小霍走进来扫了一眼房间里的情形，不由撇了撇嘴："你们两个人躲在这儿清闲自在，也不叫着我，让我在下头被人逼着看牌。"

邵朗逸递过一只茶盏给他，笑吟吟地说："你要是不乐意，谁能逼你？"

霍仲祺接过来品了一品："致娆那丫头你们又不是不知道，你要是不顺着她的意思，你怕什么她就说什么。"他说着，却见邵朗逸和虞浩霆都暗笑不语，连忙转了话题，对邵朗逸道，"你沏茶的水这么轻，是化的雪水吗？"

邵朗逸点了点头，霍仲祺又呷了一口，却摇头道："你也是个附庸风雅的。你冲的铁观音虽说是乌龙茶，发酵却轻，再用这样浮的水越发飘了。栖霞必然有从栌峰取的山泉，你搁着不用，偏去浪费旧年的一场桃花雪。"

邵朗逸含笑听了，却只看着虞浩霆，虞浩霆轻轻一笑，却是一脸的无所谓："茶是我要喝的，水也是我想起来的，你们都是高手，只我是个牛嚼牡丹的，好不好？"

霍仲祺将茶盏放回案上，对邵朗逸乐道："难得有一样四哥认栽的事情，今天这茶你沏得倒是值了。"说罢，又问虞浩霆，"你们叫我上来什么事？"

虞浩霆道："你这次总要在家里待一阵子，正好我有件事要你帮忙。"

霍仲祺听了，略一沉吟，说道："四哥，我想去旧京。"

"我还以为你打算回沈州的。"虞浩霆奇道，"你怎么又想起来要去旧京了？"

"我……"虞浩霆一问，霍仲祺便迟疑了，几个谎话托辞都摆在嘴边，但无论如何，他都不愿意去骗虞浩霆，只好含糊其辞，"我有点儿私事。"

他这样一说，连邵朗逸也有些讶然，和虞浩霆对视了一眼，笑道："你离了旧京都这么久了，还有'私事'？"

虞浩霆见霍仲祺的神色竟有些慌乱，想到他前番离家出走的事情，倒不愿意逼他："你的事情急吗？要是不急就先帮我做件事再走。"

霍仲祺正心绪烦乱，听到他这一句，连忙点头："四哥你说。"

"周汝坤这个人不能再留了，你跟叶铮想个法子料理了？"

霍仲祺想了想，促狭地一笑："好，我尽快。"

虞浩霆正要开口，外头忽然有人敲门，却是郭茂兰的声音："四少，谢小姐找霍……"他话还未完，便听谢致娆在门外娇声问道："小霍，我们要去文庙街看灯会，你去不去？"

原来她之前叫了丫头来问，没见到霍仲祺便被郭茂兰打发下去了，谢致娆等得不耐烦，索性便自己上楼来找。

"致娆到底是长大了，懂得先敲门了，真是给我们面子。"邵朗逸说着，走过去拉开了房门，谢致娆一见是他，甜甜地一笑："三哥哥，我不耽误你们的公事，我只问问，你们待会儿要不要去看灯？"

邵朗逸让着她进来，笑道："我们去，小霍不去。"

谢致娆已径自走到霍仲祺身边，"为什么？你要干吗？"霍仲祺苦笑着看了邵朗逸一眼，"我有事情，四哥有要紧事交给我。"

谢致娆看了看虞浩霆，娇声道："浩霆哥哥，今天是十五，你就放小霍一天假吧！你有什么要紧的事情，不如叫谢致轩去，反正他也闲着，他还做过你的侍从官呢。"

虞浩霆不理会霍仲祺求救的目光，点头道："我的事情不急，你和小霍去吧，你们好好玩儿。"

谢致娆拉了霍仲祺出去，邵朗逸才笑着问道："小霍去旧京有什么'私事'？"

"不知道。"虞浩霆淡笑着摇了摇头，"不过，我大概猜得出。"

"哦？"

"我猜是他中意了什么人，霍家不肯。我去沈州的时候，小霍问我，这一辈子我最想要的是什么。"

"你怎么说？"

"我说什么无所谓，你猜他想要什么？"虞浩霆说着，方才的笑意都退了下去，眼中现出一抹怅然，"他说，他这人没什么志气，他只想，得一心人，白首不离。"

邵朗逸将冷掉的茶倒在茶船里，笑道："这可不像小霍的话。"

"他当初是在家里惹恼了霍伯伯，才求着我去的沈州，如今又突然要去旧京，他到底闯了什么祸，他不说，霍家的人也不说。这个情形，还能是什么事？"

"那你由着他去旧京，岂不是跟霍伯伯过不去？"

虞浩霆在沙发上斜斜一倚，淡然道："你不觉得小霍这两年转了性子吗？他大约也是难得遇见一个真心喜欢的，就算不能真的白首不离，眼下多一刻两情相悦也是好的。"

他说着，唇边掠过一丝苦笑，"我不好，也想让别人好，不成吗？情关难过，就叫他去闯一闯。过得去，是他的本事；过不去，也让他长长见识。"

邵朗逸又重新烧水沏茶，轻叹了一声："你这么替他着想，怎么偏要算计我？"

虞浩霆懒懒地瞟着他："那你说，你想要什么？"

邵朗逸悠然道："他要美人，你要江山，还剩下什么给我？"他转过脸笑谓虞浩霆，"无非是，且将新火试新茶——也少不了你们的。"

说着，递过一盏茶给他，却见虞浩霆眼波渺渺，有些失神地道："你怎么知道我想要的是江山？"

邵朗逸一怔："那你跟小霍说的是什么？"

虞浩霆目光一凛，起身笑道："平戎万里，整顿乾坤。"

刚一开学，顾婉凝就收到了欧阳怡的信，说是申请了美国的学校，要出国去读书。她之前听欧阳怡说了卫朔的事，又是吃惊又是心疼，欧阳怡对卫朔有好感的事她早就知道，却没机会先去探一探卫朔的口风。欧阳怡后来每次给她写信，都会提到卫朔，字里行间都是绵绵的情意，她看在眼里，还暗自替欧阳怡开心，却没想到竟是这样一个结果。

"这段日子我总是沉陷在自己的心事里。元宵那晚，我和姐姐去看灯会，满眼流光溢彩的热闹却总掩不住我心底那一点固执的寂寞。我有时候甚至忍不住会想，也许我会比他的妻子更能令他幸福呢？这样的念头有一丝一毫都会让我羞愧，甚至觉得可耻。我想，一个崭新的环境也许能让我更快地忘记，从自己的困顿中解脱出来。听说，佐治亚州气候宜人，还有美丽绵长的海岸线。"

顾婉凝反复看了信，深深一叹，豁达如欧阳，也会这样纠结于感情事。她提笔给欧阳回信，尽量让自己的语气看起来快活一点，来掩饰深重的失落。宝笙死了，欧阳走了，安琪家里不许她和自己来往，她回国三年，不过是这几个朋友，这样快，就彼此零落了。

"顾婉凝，楼下有人找。"

她的回信刚写了一半，隔壁宿舍的董倩忽然探头进来，笑嘻嘻地同她打招呼。

"呃——知道了，谢谢你！"

顾婉凝嘴上答应着，心里却有些纳闷，若是学校的女同学，上来找她就是了，梁曼琳过完年一直忙着拍戏和结婚的事情，两个人见面也少，她在旧京又没有什么别的熟人。

她搁了笔，走到阳台上朝下望了望，看见楼下站着一个着军装的年轻人，本能地一惊，旋即又放松了下来，原来是霍仲祺。

"你们学校的女孩子还真有趣。"顾婉凝裹着大衣一走出来，霍仲祺便迎了过去，"我请人上去叫你，还要查我的证件，验明正身，才肯帮忙。"

顾婉凝莞尔一笑："你怎么来了？"

"我上个礼拜刚调到这边的警备司令部。"霍仲祺原本就挺秀英俊，此刻对着她，更是眉目温存，"我如今在旧京也没什么朋友，就想着来看看你。你要是没事，我们吃饭去。你想吃什么？旧京最近开了什么新馆子吗？"

顾婉凝摇头笑道："你问我可是问错人了，我平时都在学校里吃饭的。"

霍仲祺到旧京来纯是为了她，开口请她吃饭之前自然是细心拣选过地方的，刚才这番说辞无非是不想叫她觉得刻意，当下便道："我来的时候，听警备司令部的人说，淳王府附近新开了一家葡国菜馆子，我们去尝尝？"

他说着，见顾婉凝面上有犹疑之色，忙道："你要是有事就算了，我一时心血来潮，也没有提前跟你打招呼，只想着这个钟点，大约你也是要吃饭的……"

顾婉凝原本有些犹豫，但是见他这样客气洒脱，且因着外婆的病，两人之前在江宁见了几次面，按他的话说，"也总算是朋友"，自己一味推拒反倒像是执着于旧事了，想到这里，便道："那你等我一下，我上楼去拿手袋。"

霍仲祺听她竟肯答应，满心的欢喜几乎压抑不住，连忙说"好"，一个人站在楼下等着，初春的夜风夹着寒意吹在脸上，他也只觉得暖。一时顾婉凝出来，两个人闲闲地聊着天，走在夜色掩映的校园里，倒也不十分惹人注意。

"我出来得急，没换衣服，这样到学校来找你，没关系吧？"霍仲祺见她跟一个擦肩而过的同学打招呼，轻声问道。

顾婉凝歪着头看了看他，笑道："没关系。休息日的时候，我们学校附近常能看到军官，不过，都是空军。"

"为什么？"

"好像是昌怀有一个空军基地，找个飞行员做男朋友可是件顶时髦的事。刚才上楼叫我的那个女孩子，就有个空军男朋友。"顾婉凝说着，轻轻一笑，"不信，你回头去跟他们借身空军制服，再来跟我们学校的女生搭讪，不敢说有十足的把握，六七成还是有的。"

却见霍仲祺笑着摇了摇头："你忘了我跟你说过的，我如今可是一心一意只做好人了。"

顾婉凝绞着手袋的链子想了想，狐疑道："你是不是在江宁惹了什么麻烦，才躲到旧京来的？"

"你就不能想我一点好的？"霍仲祺皱眉道，"你走了之后，我可一直都在前线呢。"

他这句话说得正经，倒让顾婉凝有些赧然："是我小人之心了。我暑假的时候可能会到报馆去实习，要是霍公子以后在战场上成了英雄，可要给我个做采访的机会。"

霍仲祺笑道："那还是算了。在战场上当英雄，一不小心就是烈士了。"

两个人说着，已经走到了学校门口，霍仲祺的车就停在路边，却不是警备司令部的车牌，而是一辆米黄车身的凯迪拉克，夜色之中颇为显眼。霍仲祺见她打量车子，微微一笑："这车不是我的，一个朋友刚从美国订回来，借给我玩玩儿。"

车子开出了一段路，霍仲祺和她谈笑了几句，忽然觉得顾婉凝没有方才在学校里那样活泼，悄悄打量了她一眼，却见她眉宇间一片惘然。

不管是在国外还是回国之后，顾婉凝坐车都极少坐在副驾，她还记得那天和虞浩霆从国际饭店出来，他开了车带她去芙蓉巷，她从来没见过他自己开车，很觉得新鲜，看了他好一会儿。他的侧脸很好看，眉峰轩傲，眼尾狭长，那天，他穿了身浅灰的西服，打了烟紫的领带，她私心揣度，甚至觉得他有些太过好看了，或许是因了这个缘故，他才总是习惯着军装吗？用戎装凛冽淡去几分浊世佳公子的风华翩跹。

"你在想什么呢？这么入神。"霍仲祺偏过脸问她。

"没什么，想我小时候的事。"

"小时候？"霍仲祺低低重复了一句，笑着说，"我小时候顶淘气的，你呢？"

顾婉凝唇边浮着一缕浅淡的笑意："我也淘气过一阵子，后来就懂事了。"

小霍仔细看了看她，笑道："我倒想不出，你淘气起来是什么样子。"

她淘气起来是什么样子，她自己也快忘记了吧？

自母亲离开之后，她就再也没有淘气过了，一次也没有。从她在报纸上看到那张婚礼的照片开始，她就知道，所有的事都不同了。

"父亲"沉默温雅，和记忆中宠溺纵容她的那个人全然不同。她不明白为什么他能耐心地照料她和旭明这么多年——只因为母亲在他生命中短短一瞬的惊鸿照影吗？

"疏影的小词填得很有心思。"他谈到母亲，就像说起一个深镌于记忆中的挚友。父亲总希望给她最好的教育，她知道，他大约是很希望她能像母亲一样，否则，他就觉得有愧于那个风华卓然的女子。

对她而言，他与其说像一个父亲，倒不如说更像一个老师。不是他不够疼爱她，而是从母亲离开的那一刻，她就在小心翼翼地度量着这疼爱的尺度。她知道，他对他们并没有义务。她不愿意再给他添任何麻烦，她不挑剔，没要求，弹琴跳舞读书，用各种各样的事情来消磨精力和时间。他尽量扮演好一个父亲的角色，她便努力去做一个最乖巧懂事的女儿。

一直到她十四岁生日那天，她觉得自己是个大人了，于是直白地问他："你是不是爱我妈妈？"

他的回答并不让她满意，他说，人和人之间的感情有很多种，即便是爱，不同的人也有不同的方式。

她追问："那你呢？"

他并不信仰基督，那天却引了一段《新约》："哥林多前书里说：爱是恒久忍耐，又有恩慈……凡事包容，凡事相信，凡事盼望，凡事忍耐。"

她沉默了一会儿，冷笑道："这么说，我妈妈的爱是不够包容忍耐了？"

顾婉凝对葡国菜印象不多，只记得鳕鱼和葡挞，点了这两样，其他的便索性交给侍应。等侍应生过来上酒，顾婉凝瞥了一眼那酒，却有些吃惊，葡国自产的白葡萄酒按理说也不错，可那侍应取来的却是一瓶旧年的罗曼尼•蒙哈榭，她忍不住对霍仲祺道："酒是你点的吗？"

霍仲祺无所谓地一笑："我叫他们选一瓶最好的来，怎么了？"

顾婉凝抿了抿唇："还真是最好的。"说罢，又看了看周围，葡式餐厅不像法国餐厅那样精致奢华，即便她穿得简单，也不算失礼，四周的壁纸是轻暖的粉红色，许多装饰都和海洋有关，不知道餐厅主人是不是还在追念早已湮灭了几个世纪的帝国荣光，只是其他的桌子都是空的，她不免有些奇怪："今天是礼拜六，居然没什么人。"

"这餐厅刚开，知道的人少。"霍仲祺一边说，一边拿起酒杯冲她点了点头，"你能不能喝一点？"这家餐厅刚开是不假，却不至于没有客人，只是他提前打好招呼包下全场罢了，连酒也是他提前预备好的。

顾婉凝轻轻转了下杯子，抬手在杯子上虚划了一下，笑道："白兰地我能喝到这里，这个还可以多一点。"

两个人吃了饭出来，霍仲祺刚要给她开车门，顾婉凝却停住步子，想了想说："你喝了酒，还是不要自己开车了。"

霍仲祺一愣，见她两颊娇红，水汪汪的眼睛认认真真地瞧着自己，心里一阵酥麻，连忙点头道："那你稍等一会儿，我打电话叫人过来。"

顾婉凝却摇头道："现在还早，我坐电车回去好了。"说着，朝前面一指，"那边就有电车站。"

霍仲祺沉吟了一下，笑道："好，那我先送你回去。"

初春的晚风虽然没了冬日呼啸凛冽的气势，但吹在人身上仍是寒意十足，他们在站牌下等车，霍仲祺背对着风口挡在她身侧，顾婉凝向他柔柔一笑："没关系，刚刚才喝了酒，我不冷的。"

暖黄的灯光下，她眸光莹亮，面上如同被胭脂晕过，颊边、眼尾都泛着淡淡的荔红，那娇润的颜色直从他眼里沁到心里，霍仲祺连忙移了目光："就是刚喝了酒，才怕吹风。"想了想，又正色道，"我也看出来你能喝一点，不过，你一个女孩子以后跟人在外头吃饭，最好不要喝酒……"

他正说着，忽然觉得顾婉凝打量他的神情有些怪异，便住了口，"怎么了？"

顾婉凝眉眼之间俱是忍俊不禁的笑意："我在听霍公子教训呢。你这个样子，倒跟我们那个舍监差不多。你放心，旁人可拿不出这样好的酒来给我喝。"

霍仲祺一听，也有些不好意思起来，分明是自己约她出来吃饭，又特意备了酒，这会儿反而在这里一本正经地说教。

顾婉凝犹自抿唇笑道："不过，你今天运气倒好，没有碰到我们舍监，下次要是被她撞上，才有得你受。之前我们宿舍有个女孩子晚了五分钟回来，被她数落了半个多钟头才罢休，从《圣经》一直讲到《朱子家训》。"

"还有一次，董倩的男朋友来找她，被舍监截住了，把籍贯身世、部队长官全都查问了一遍才放过。后来董倩跟我们说，那位汤少校的事情，恐怕连她知道的都没有舍监清楚……"

霍仲祺望着她笑语盈盈，心思却只停在那句"下次"上。

下次？

他没听错，她是说下次，她愿意他再来见她吗？那么，别说是被舍监教训，就是枪林弹雨里要他冲过去，他也肯的。

"零零"的电车声响惊动了心潮起伏的霍仲祺，两人上了车，售票员打量了他们一眼，对霍仲祺道："长官，买票吗？"

霍仲祺点了下头，从衣袋里摸出一块银元递了过去。那售票员看了看他，低着头小声嘀咕了一句什么，却不去接他的钱。顾婉凝连忙从手袋里找出几个铜元来："双虹桥。"那售票员又觑了觑霍仲祺的脸色，才接了钱撕票给她。

他们往后走了几步寻了位子坐下，霍仲祺才轻声问顾婉凝："怎么电车上买票不找钱的吗？"

顾婉凝莞尔笑道："两张票只要六个铜元，你拿一块大洋出来，让他数一百几十个铜元找还你吗？人家还以为你是不肯买票，才故意为难的。"

霍仲祺想了想方才那售票员的神情，低头一笑，瞥见顾婉凝手里的车票，便道："你给我看看车票。"

顾婉凝知道他没有坐过电车，事事新鲜，便把车票递了过去，霍仲祺拿在手里看了看，感叹道："原来坐电车这么便宜。"

他们前头亦坐了一男一女，女的一直絮絮地说着什么，过了一阵，声音渐高，男的却端坐着一言不发，仿佛是夫妻吵架的样子。只听那女子说着说着，声气便愤然起来："你老实同我讲，那个许小姐是不是对你有意思？"

那男人四下看了看，低声道："哪有这种事？"

女子浮夸地冷笑了一声："你怎么知道没有？难道你问过她？"

"没有。"

"什么没有？是你没有问过她，还是没有这回事？"

"没有就是没有。你不要整天乱想，她不过是待人活泼热情些罢了。"

"你急着替她撇清什么？活泼？那个妖妖娆娆的样子到了你们男人眼里就是'活泼''热情'……"

"有什么事回家里去说，在外头嚷什么？"

"她做都做得出，我说说又怎么样？你别想糊弄我，你到底和她有没有事？"

"我都说了没有，你还要怎样？"

"你以为我会信你吗？"

"那你还问我做什么？"

"我就是要听你一句真话。"

"那还是没有。"

霍仲祺听到这里，忍不住轻笑了一声，前面的女子闻声转过头来，见是个年轻军官，面上更挂不住，瞪了他一眼，仍是心中怨怼，回身在那男子肩上作势捶了一下："你看看你，叫我被别人笑话！"不知怎的触动了情肠，竟真的淌下泪来。

那男人一见太太哭了，连忙也软了声气，低声劝道："你何必为个不相干的人怄着自己……"女子犹带着哭腔："我为什么不相干的人？我还不是为了你，你倒好，连一句良心话都不肯给我。"

霍仲祺在后头听得已经笑不可抑，好在车快到了，顾婉凝连忙拍了拍他的手臂，示意他下车。霍仲祺一走下来站定，便笑道："这个倒比看电影还有意思。"

顾婉凝亦是笑了出来："那霍公子多坐几次电车，就能看满一场了。以前我在曼琳姐姐家，听黎锦年先生说起过，他剧本里的对白还真有在电车上听来的。"

她说话间，眼中明亮的笑意灿若星辰。霍仲祺走在她身边，忽然什么也不想说，什么也不想做，只想这样静静呼吸着蕴了她清甜的空气。

两人转眼便走到了学校门口，顾婉凝停了步子同他告别："我回去了。"

"嗯。"

霍仲祺轻轻应了一声，见她额上的刘海有些被风吹乱了，刚想伸手去替她理一理，微微一动，却放了下来，转而从衣袋里掏出一张名片："这是我在旧京的住处，是我一个朋友的宅子，上面有地址和电话。你要是有什么事情，就到这儿找我。"

顾婉凝接过来看了一眼，上面印的名字却是"韩珆"两个字，她把名片放进手袋，垂着头默然片刻，忽然抬眼极认真地看着他："其实……"甫一开口，又犹豫着声音低了一低，"我的事情你没什么……我是说，你不用……"

"我不是为了那些。"霍仲祺笑容轻快地打断了她，"你别多想了，赶紧回去吧！你要是迟了被舍监撞到，我可救不了你。"

顾婉凝听他说起舍监，微微一笑，点了点头转身去了。

霍仲祺看着她的背影远远融进夜色，再望不见了，才慢慢踱到附近的一家药房借了电话来打："你的车我停在卡蒙斯楼下了，你要是没事就过来接我，我在燕平女大门口。"

到底是喝了些酒，顾婉凝回到宿舍的时候犹自觉得脸颊有些发烫。今天韩佳宜回来得倒比她早，一见她进来，便神神秘秘地笑道："今天晚上约你出去的是什么人？你快点从实招来！"

顾婉凝听她这样问不由蹙了蹙眉，一面脱大衣一面苦笑："是我以前的一个朋友。董倩和你说的？"

韩佳宜托着腮，笑容暧昧地盯着她："哎，我可什么事都告诉你的，你不许骗我！董倩说——是个很年轻漂亮的军官。我们顾大美人从来都不应旁人的约，这一次到底是什么人，这么厉害？"

顾婉凝轻轻一叹："倩倩话多，你呢？就是想得多。是我一个朋友的弟弟，刚刚调到旧京，来和我打个招呼罢了。"

韩佳宜眼波促狭地在她脸上打量了一个来回："刚才还说是以前的一个朋友，现在又变成朋友的弟弟了，我可不信。"

"韩小姐不信我也没办法。"顾婉凝说着，拿了衣物径自去洗漱，韩佳宜拥着被子靠在床头，面上的笑容瞬间便退了下去。

"外婆病重，速归。"

电报纸上一行淡黑的字迹打进眼里，蜇得人生疼。婉凝急急收拾了几件随身的衣物，便叫了黄包车赶到车站，在时刻表里找了一遍，还好，到江宁的火车晚上还有一班。然而好容易排到窗口，里头售票的人却埋着头应道："没票了。"

顾婉凝一怔，忙道："什么车厢都可以。"

那人仍是懒洋洋的声气："小姐，这班车没有票了，你买明天的吧。明天最早一班车，上午九点一刻。"

顾婉凝一犹豫，那人便朝她身后招呼道："后面的，去哪儿？"顾婉凝慌忙要将钱递过去，身后一个抱着孩子的少妇往前一挤，便将她推到了边上。她张了张口还想上前说点什么，那少妇已买好了票从她身边挤了出来，后面的人迅速把窗口堵上了。

她望着身畔歪歪斜斜人声嘈杂的队伍，一时竟不知何去何从。

外婆病重，速归。小姐，这班车没有票了。没票了。病重，速归。没票了。明天上午九点一刻……

悬在墙上的挂钟没有秒针，只余了粗黑的时针、分针和一圈罗马数字，仿佛粘在了乳白的表盘上——离开车还有几个钟头，她心里忽然一省，拧开手袋的金属绞扣，翻出霍仲祺给他的那张名片，寻了电话依着上面的号码拨了："您好，请问霍仲祺霍公子在吗？"

霍仲祺和韩珺正要出门吃午饭，一听用人通传有位姓顾的小姐打电话找他，顾不得和韩珺打招呼，掉头就往回走。

"你现在在哪儿？嗯，好，你别急，我来想办法。"韩玿一边听着小霍讲电话，一边好奇地打量着他，霍仲祺却没有回应他探寻的目光，一搁了电话便道："我有点事情，要去一趟火车站。"

韩玿笑意阑珊地将车钥匙朝他手里一丢："到底是个什么样的美人儿，能让霍公子这样召之即去？"

霍仲祺却把钥匙又丢还给他："你的车太扎眼了，我开警备司令部的车子去。"说罢，又打了几个电话才出门。

顾婉凝放下电话不过二十几分钟，霍仲祺的车就开到了站前广场，他刚走到售票处，一眼便望见了面带忧色的顾婉凝："你放心，我托了铁路局的人安排，晚上一定让你准时上车。"一面说着，一面拎过她的箱子转身往外走，"你外婆那里，我已经请大夫过去了。"

走了两步忽然发觉顾婉凝站着没动，他回头去看，只见她一言不发，只是怔怔看着自己，不由奇道："怎么了？"

顾婉凝连忙急走两步跟上他，低声道："谢谢你。"

霍仲祺安抚地冲她笑了笑："你跟我还客气什么？我们先去吃东西，晚点我再送你过来。"

因为离开车时间还早，顾婉凝便跟着霍仲祺到了韩宅。霍仲祺见韩玿没有出去，只好为两人介绍："这是我表哥韩玿，这位是顾婉凝顾小姐。"

顾婉凝礼貌地点头一笑："韩先生您好！打扰了。"说话间略一打量，只见这个叫韩玿的年轻人穿着件天蓝色的开身毛衫，虽然不若霍仲祺明朗英俊，但眉峰疏淡，一双单眼皮的凤眼比寻常女子还要清秀几分。

韩玿见了顾婉凝心下却是一惊，唯面上不露声色："顾小姐，幸会。"说着深深看了小霍一眼，霍仲祺权作没看见，简单解释道："顾小姐要搭今晚的火车回江宁，我待会儿去送她。"

韩珝微微一笑："你们还没有吃饭吧？我叫人去准备。"对顾婉凝点了点头，转身而去。霍仲祺心知此事须得跟韩珝有所交代，安抚了婉凝几句，便走出来寻他。

韩珝斜倚在赭石色的廊柱上，手里把玩着两枝还未见芽苞的柳条，斜斜瞟着霍仲祺："这位顾小姐，不会就是前几天你包了卡蒙斯请她吃饭的那位吧？"

霍仲祺淡然道："是。"

韩珝轻轻一笑："要是我没记错的话，她可是你四哥的人。"

霍仲祺仍是面不改色："从前是。"

韩珝耸了耸肩："我还以为你这两年胡闹得也尽够了，没想到反而更玩儿出花样来了。你是存心要惹姑父生气吗？"

霍仲祺神色一凛，低低道："我这一回是认真的。"

韩珝手里的柳条猛地弹了出来，极诧异地看了他一眼，随即又笑道："不知道霍公子这一回，打算认真到什么地步呢？"

小霍张了张口，却没说出话来。韩珝满眼了然："我劝你还是算了。且不说你们霍家不许纳妾，单是有她和虞四少的事情在，你家里就容不下她。"

霍仲祺脸上半分笑意也无，眼中唯有一分执拗："我的事情我自己想办法。总之，你得帮我个忙，这件事不要让旁人知道。"韩珝在他肩上轻轻一拍："这你放心，你的事，我总归是要帮的。"

霍仲祺终于微微一笑："你我之间就不言谢了。"

好容易挨到晚上，霍仲祺开了警备司令部的车子一直将顾婉凝送到站台，等在车旁跟他寒暄的人顾婉凝都不认得，霍仲祺也不做介绍，只是将她的行李交给列车员，吩咐他带顾婉凝上车。

婉凝上得车来，发觉这节车厢四个头等包厢竟都没有人，不由奇道："这里空了四个包厢，怎么就没有票了呢？"

那列车员一面安置她的行李一面恭谨地答道："小姐，这节车厢是临时加挂的，没有其他人。"

顾婉凝面上微微一红，便想走出去同霍仲祺道别，不料刚一出来，迎面便碰上了他，忙道："这次真是麻烦你了。"

霍仲祺摇了摇头："不过是多挂个车厢，他们也乐得多做笔生意。"他话音刚落，开车的哨声便响了起来，顾婉凝道："我这里都安置好了，你快下去吧。"

霍仲祺却不慌不忙地坐了下来："不用了，我也要回江宁的。"

顾婉凝一愣，又看了看他，不自觉地低了头："谢谢你。"

霍仲祺皱着眉笑道："你千万不要再跟我客气了。反正我也是个闲人，正好顺便回家看看。"

汽笛长鸣，车身微微一晃，从铁轨上沉缓地推了出去。顾婉凝听着车轮滚过铁轨接缝处时极有规律的响声，忽然生出一种听天由命的颓唐。

如同三年前她和旭明带着父亲的骨灰回国，所谓"故乡"不过是几帧似是而非断了篇的画面，所谓"故人"也只有一个她不想见到的旧影，前路渺渺，然而等她上了船，高楼巨厦般的邮轮一起锚离港，她却奇异地镇定了下来。人在途中，想什么都是无谓，只有到岸的那一刻，想要得到的、不愿面对的才会一一摊开在你眼前，只有越临近终点人才会越紧张。

五岁那年，母亲最后一次抱她。从那之后，她唯一的期望就是有那么一天，或者是她下了舞蹈课回来，Betty给她开门的刹那，她从Betty手臂下头的空隙看过去或者是睡到深夜，Betty将她从梦中唤醒，她惺忪地睁开眼，却看见她身后——他和母亲含着笑并肩而立，展开双臂，只等着她扑进去。这样的场景她幻想过许多次，还找了一个带锁扣的皮面本子偷偷写下来，一篇一篇煞有介事地填了日期、天气，仿佛那些真的都发生过。

直到Betty辞工结婚的那一年，父亲郑重地告诉她和旭明，母亲不在了。她知道，她想的那些永远都不会有了。她从抽屉底下翻出那本旧日记，从头到尾看过一遍，然后就撑了伞出门，走着走着，随手一扬，将那日记丢进了塞纳河，再不曾回头看过一眼。

她刚刚回到江宁的时候同外婆并不亲近，但装出一副乖巧柔顺的模样是她修了十年的功课。她常常陪着外婆哄老人家高兴，为的不过是听外婆讲一讲母亲的事情。譬如母亲七岁的时候，被外公冤枉磕破了他的镇纸，母亲只辩了一句"不是我"，就再也不肯开口，足足一个月没同外公说话；譬如母亲少时学画，一幅工笔的"雁渡寒潭"画了三个月，不防舅舅一时兴起替她添了两笔，母亲一声不响地将画收了起来，自己又重新画过。

"婉儿，你的性子比你母亲和缓多了。"外婆说起这些事，总是忍不住感叹。是吗？她想起父亲给她改名字时说过的话："'婉'者，顺也；'凝'者，定也。"父亲说，希望她"性情婉顺，一生安定"。

她是什么时候才同外婆真正亲近起来的？

大约是旧历年的时候，一家人盛了饺子来吃，外婆说她盛得太少，又从自己碗里拨了两个给她。她刚吃第二个就吓了一跳，那只饺子里头竟裹了一枚银白闪亮的小银毫，她诧异地吐在手里，唯恐吃了什么不干净的东西，却见阿林兴奋地举着筷子朝她一晃："哈，婉姐姐今年最有福气！"她恍然明白过来，转眼望见外婆满眼的疼惜欣慰，心头忍不住就泛起一阵惭愧。

霍仲祺见她不声不响一直捧着手里的奶茶杯子出神，怕她太过思虑家里的事情，暗自伤心，便拣着最不相干的话来和她说："致轩给你的那只狗，现在你还养着吗？"

　　婉凝听他突然问起Syne，微微一笑，点头道："在的。平时放在梁姐姐家，不过，我也经常把它带到学校。和我一间宿舍的女同学也很喜欢它，我们就偷偷把它放在宿舍里。"

　　"也不知道它现在还认不认得我了？"霍仲祺陪着她聊了一阵，看表已经快十点钟了，就同她道了晚安。

　　婉凝熄了灯，和衣躺了一阵，翻来覆去许久方才睡着，蒙眬中忽然觉得眼前时暗时亮，起身查看却是窗帘没有放下，外头的灯光照了进来，看情形火车是在进站，只不知道是到了哪里。这一醒，便更加没有睡意了，她披了大衣拧开包厢门出来，见霍仲祺正面朝车窗站着，听到身后的响动，转回头来看她："才刚到定邑。在车上睡不好吗？"

　　婉凝低低道："没有，我睡了一会儿的。要停车多久，你知道吗？"

　　她的发辫打散了，微微起着波纹的一头长发倾泻下来，在暖黄的灯光下泛着柔和的咖色光芒，繁密的睫毛在眼下打出了一片阴影，霍仲祺敛了敛心神，柔声道："得停十多分钟呢，要不要下去透透气？"

　　顾婉凝点了点头，霍仲祺便回去拿了大衣陪她下车，四下里夜色深沉，站外灯光照不到的地方更是漆黑一片。凌晨时分，空气清冽，寒意却重，婉凝站了一会儿，忍不住搓了搓双手，霍仲祺脱了自己的手套递过去给她，婉凝松松套在手上，摊在面前比了一比，忽然觉得有些滑稽，抬眼对霍仲祺道："好像熊。"

她这一天都忧心忡忡，此时浅浅一笑，格外动人心弦，那一句"好像熊"又让霍仲祺有些好笑："你在哪儿见过熊？"

顾婉凝怔了怔，想到自己确实是没有见过，面上一红："没有。"

霍仲祺笑道："去年杨云枫他们在乌旺打过一只，下回要是谁再碰上，我招呼他们留着，给你看看。"言毕却见顾婉凝默然不应，转念间脸上便有些讪讪。

顾婉凝知道他是无心，若无其事地摇头一笑："不用了，也不会很好看。"

火车越向南行，窗外渐渐有了绿影，顾婉凝的话却越来越少。行至江宁地界，暮色苍茫，稀疏的雨点打在车窗上，几颗碰在一起便汇成一线水流飞快地流淌下来。她望着一道一道叠上去的水痕，正出神间，忽然有人用手指轻轻拍了拍她的手背，她这才发觉，不知什么时候，自己的手指竟紧紧攥着身边的桌旗流苏。她连忙松了手，仓促一笑，小霍却不说什么，只递给她一杯温热的红茶。她把杯子捧在手里，茶热透过瓷杯散发出淡淡的暖意，轻轻呷了一口，心绪渐渐沉静下来，外头的雨势却越来越紧了。

韩珰安排了人早等在站台上接站，等车子开到青榆里，却只能在巷口停下，婉凝要推门下车，霍仲祺连忙抬手虚拦了一下："外头雨大，我过去接你。"说着，推开车门从随从手里接了伞绕到这边来。

车门一开，凉风裹着横斜乱撞的雨丝扑面而来，婉凝侧脸一避，霍仲祺想也不想就拉开大衣将她裹在了怀里。顾婉凝一惊，伸手要去推他，不防霍仲祺揽了她便往前走，她被小霍向前一带，连忙拉住他的衣襟，霍仲祺察觉她步子踉跄，低头问她："我走得快了？"

"没有。"顾婉凝的声音有些慌乱，霍仲祺亦反应过来两人情形暖昧，一颗心几乎要跳出来，撑着伞的右手不停地颤抖，面上想要绷出一副若无其事的表情竟也不能，却无论如何也不愿意放开她，只搂紧了她往巷子里走。

顾婉凝素知霍仲祺行事不拘，此时被他遮在怀里，看不见他的神色，又急着回家，便随着他往前走。隔着几层衣裳，霍仲祺仍然能感觉出臂弯里的身子在轻轻震颤，雨水从伞下穿进来，湿冷纷乱地扑在他脸上，他却浑身都在发烫。

他想起小时候，也是个雨天，不知从哪儿跑来一只小猫躲在花园的茶桌底下。那样团团小小的一只，脑袋还没个网球大，玻璃球似的眼睛一只淡蓝，一只榄绿，雪白的绒毛全都湿答答地贴在身上，愈发显得瘦骨伶仃，怯怯地贴着桌腿，被他捡在手里也毫不抵抗，只是血管脉动般微微震颤，连喉咙里的呜咽都弱不可闻。

母亲答应他在园子里养一阵，确定没什么毛病再放进家里，可他却不放心，怕自己一离开，它又被旁人吓走了。于是，偷偷揣在衣裳里带回房去，一路上唯恐叫人撞见，空荡荡的走廊静得他心慌，那猫也懂事似的，极安分地蜷在他怀里，略有些发烫的身子用力贴在他肋下。

他强作镇定地一步一步往前走，空气里有雨水冲洗过的草木清芬，世上仿佛什么事都不剩了，只剩下他狂乱的心跳和怀中震颤的轻软。

好在巷子不深，很快就到了梅家门前，霍仲祺看着随从上前叫门，方才站定，缓缓放松了顾婉凝。梅家人听见这个时候外头有人叩门，便猜度是婉凝回来了，顾旭明抖了伞跑出来开门，刚叫了一声"姐"，一眼便看见犹自揽着她的霍仲祺，不由一愣。

"外婆怎么样了？"顾婉凝边走边问，旭明却低了头不作声，虽然心里已经有了准备，但是进到外婆房里，婉凝还是一惊，老人竟枯槁到脱了形，搁在被子外面的一只右手几乎只剩下皮包着骨头，她眼里一热，握着外婆的手蹲下身子，俯在老人耳边："外婆，我是婉凝。"

外婆的手指动了动，拼力睁开眼去看她，嘴唇嗫嚅了几次，却终究说不出话来。

外婆是第二天晚上过世的，病人沉疴已久，梅家诸般事宜早有准备。婉凝听着舅母的吩咐换过丧服，门楣上贴出了白纸黑字的"慈竹风凄"，旭明和表弟表妹都在哭，只她没有眼泪。那年在伦敦，父亲罹难的消息传来，她也没有眼泪，只是恍恍惚惚却又异常清醒地整理父亲的遗物，签字领了抚恤寄回湄东，订船票回国……一直到上船的第三天夜里，她从梦中惊醒，才发觉自己满脸是泪。

霍仲祺送过奠仪之后，知道自己不便陪着婉凝，便日日寻着事由差人到梅家来。过了头七，顾婉凝要回旧京，霍仲祺订了车票又亲自来接她，婉凝一路上都不言不语，连他一起上了车，她也默然不问。

火车开出去快两个钟点，她都枯坐着一动不动，霍仲祺悄悄出去吩咐人从餐车送了瓶红酒和乳酪蛋糕过来，掂量着倒了一些给她。婉凝茫然接在手里，嚅着杯沿一口接一口不停地慢慢咽进去，酸涩的酒液有幽辛的木香味，从舌尖一路微热地滑下去，给人一种轻缓的刺激。

大概是忽然发觉喝不到了，她擎起酒杯看了看，见杯子空了便径自倒了半杯，又往嘴边送，霍仲祺轻轻按住她的杯子："你匀给我一点，我陪你喝。"一边说一边就着她的手倒了一半出来。婉凝静静地喝了剩下的，还要伸手去倒酒，霍仲祺连忙拦道："好了，再喝要难受了。"

她缥缈的眼波在他面上幽幽一转，惶然之中夹着些恳求，霍仲祺只觉得那凄清的眼神里有一种叫他唯有束手就擒的妩媚，只得柔声劝道："先吃点东西，缓一缓再喝吧。"说着，切了一牙蛋糕盛在碟子里端给她，婉凝依言挖了一勺含在嘴里，却迟迟不去挖第二勺。

　　"怎么了？车上的东西不好吃？"

　　婉凝摇了摇头，抬起眼睛凄惶地看着他："是不是我的生日不好，所以亲人就会特别少？"

　　她这样一问，霍仲祺却是不明所以："什么？"

　　"宝笙结婚的时候，说要请人看她和……的生日好不好，她们说是因为如果一个人的生日不好，身边就会没有亲人。"

　　她说着声音和目光都低了下去，霍仲祺这才恍然她说的是生辰八字，知道她是一时难过，牵动心事，想得偏了，遂正色道："没那回事，遗风旧俗罢了，我就不信。"

　　他想了想，微微一笑："我父亲是既遵圣人教诲，不语怪力乱神，又奉科学昌明，再不信这些。可母亲却是宁可信其有，不可信其无。有一回，她听说有个铁口直断的半仙到了江宁，就把我的八字和旁人的混在一起拿去请那人看，父亲知道了，连听都不听，只说了一句：'你该把仲祺的八字和匡家小四的一起拿去给他看。'"他说到这里，笑意更盛，"父亲说的匡家小四是如今陵江大学校长匡远舟的小儿子，跟我是一个时候生的。"

　　顾婉凝听了，眼中也有了些微微的笑影："我也不信，那么多人的生辰都是一样的。"她抿了抿唇，忽然问道，"那——这位匡校长的儿子如今怎么样呢？"

　　霍仲祺有意要将话题扯远，分散她的注意力，便故作怨念地说："唉！说到那位小匡先生，也委实太不给我面子，跑去美国留洋也就罢了，居然已经拿了两个学位，听说还要在那边读博士。父亲每次和匡老先生下了棋回来，就有好几天不待见我。"他夸张地皱眉长叹，顾婉凝却终于莞尔一笑。

霍仲祺见状便着意讲些有趣的少年往事给她听，唯小心避开了虞浩霆不提，夜色渐沉，他犹豫着想在这里陪她，却终究知道不妥，劝了她早点休息便带上门出来。

回到隔壁包厢，霍仲祺和衣躺下，却毫无睡意，眼前尽是她的一颦一笑，旧影新颜，想起这些天的种种，心底竟分明有几分窃喜；他旋即暗骂了自己一句无耻，他自然知道女孩子越是伤心的时候越是容易叫人"趁火打劫"，他从前也不是没有做过这样的事，可此时想来，却觉得自己十分可鄙——她遇上这样伤心的事情，他竟是在庆幸他在她身边。

霍仲祺翻来覆去许久，知道一时半会儿是睡不着了，索性起身想再喝点酒，这才想起之前喝了一半的红酒还留在顾婉凝那里没带出来，想到这个，他不免有些后悔拿酒给她，也不知道她一个人会不会又喝得过了。思来想去，还是走出来轻轻敲了敲隔壁的门，只听里面闷闷地问道："什么事？"

他心下一叹，拧了下包厢的门，竟然没有落锁，推门进来，果然看见顾婉凝在铺位上埋着头抱膝而坐，身上笼着一条浅金色的绒毯，手里还摇摇晃晃地拎着个空杯子，听见响动，才慢慢抬起头来："怎么了？"

不知道是酒意还是她哭过，两颊酡红，黑白分明的眸子水淋淋的，看着霍仲祺走过来拎了下桌上的酒，轻声喃喃道："不好意思，没剩多少了……"

霍仲祺把杯子从她手里抽出来："你怎么喝这么多？"

"我睡不着。"

顾婉凝伏在自己膝盖上侧着脸看他，被酒精渗过的声音有一点哑，听在耳中别有一分婉转娇慵。她穿着件素灰的旧式毛呢旗袍，宽大的喇叭袖露出一截雪白的手臂，乌黑的长发散落下来，几绺发丝浮在颊边，霍仲祺从未见过她这个样子，心跳倏地快了许多："是我忘了，我该把酒拿走的。"

顾婉凝偏着脸想了一想，忽然绽出一个极娇艳的笑容来："这个没有上次那支白葡萄酒好。"

霍仲祺叫她这昙花般突如其来的明丽粲然滞住了呼吸，痴痴看了她一阵，才回过神来笑道："你这样子，倒十足是个小酒鬼。喝了那么多，你有没有什么不舒服？"

顾婉凝老实地点了下头，霍仲祺疼惜地抚了抚她的头发，"哪里不舒服？头痛吗？"顾婉凝认真地想了一会儿，茫然地看着他："我也不知道。"

霍仲祺苦笑着出去要了杯薄荷茶回来，却见顾婉凝斜斜地靠在棕红的木色壁板上，车厢里深红浅金的装潢衬着她的素影纤纤，静谧旖旎如西洋油画一般。待他走到近旁，灯光一映，才惊觉她腮边泪痕宛然，嘴角亦噙着泪滴，一声不响竟是在哭，霍仲祺连忙在她身边坐下："怎么了？是想你外婆了吗？"

顾婉凝怔怔地摇了摇头，用力压抑的哽咽声里透出许多委屈来："我想我妈妈……"话一出口，啜泣之声就有些抑制不住了，"我想要我妈妈……"

"婉凝……"霍仲祺心头酸涩，低低唤着她的名字，将顾婉凝环在怀里，她没有挣扎，亦不回应，只是把额头抵在他胸口："我想要我妈妈……我要我妈妈……"

那啜泣中宣泄不尽的委屈仿佛不断收紧的网，纵横交错的绳结生生勒在他心上，一下更紧一下的疼，他却无计可施，只能轻轻拍着她的背，柔声劝道："你这么难过，你妈妈知道了，也要伤心的。"他一面说一面伸手去抹她的眼泪，触手之处尽是温湿，一颗一颗的泪珠不停打在他手上，顾婉凝竟是哭得更厉害了：

"她不知道……我以为……我以为她会来接我……以为他们会来，来接我……"

霍仲祺听了，便猜度她幼年失恃，家人多半要哄她说妈妈去了极远的地方，过些日子才会回来云云。她那样小的年纪就没了母亲，必是心心念念日夜祈盼，也不知道她明白过来的时候该有多难过。他这样想着，心中怜意更重，不由抱紧了她："婉凝，你好好的，你过得开心，你妈妈也就放心了。"

顾婉凝倚在他怀里只是摇头："没有……她……我做了好多让她伤心的事，我明明知道……她一定怕我像她……外婆也怕……"

霍仲祺皱眉道："怕什么？"

"我没有办法……是我贪心，她一定怕我像她……"

她语无伦次的言语让霍仲祺莫名地不安，"她一定怕我像她"？哪有母亲怕女儿像自己的？他再想不出她这样一个女孩子能做出什么让妈妈伤心的事。"贪心"？她"贪心"什么？她想要什么？——"什么事没有办法？婉凝，你告诉我，我帮你想办法。"

她把脸埋在他怀里，整个人都在微微颤抖，仿佛在逃避什么，又仿佛是汲着他的力气才能呼吸下去，她分不清是头痛还是心痛，脑海里昏昏沉沉地重叠着各种画面："我真是蠢……我还以为我自己聪明。我那么蠢……我连我的孩子……什么都没有了……"

霍仲祺浑身一僵，如同被雷击了一般，愣在那里——"我连我的孩子……什么都没有了……"他顾不得再去分辨她话里的意味，那一晚的情形如破闸洪水般淹没过来，他脸颊颤抖着在她发间厮磨，反反复复只沉沉念着一句："是我不好，是我不好。"

她哭得久了，啜泣的声音慢慢低了下去，身体的重量都压在了他身上。他轻轻捧起她的脸，她面色潮红，眉心轻轻蹙着，腮边犹自挂着眼泪，他下意识地就吮上去，她的脸比他的唇还要烫，咸湿的一点润进他唇间，牵得他心底一阵绵密的刺痛。他端过桌上的薄荷茶送到她唇边，小心翼翼地唤她："婉凝，婉凝？喝点水，来——"

她昏昏沉沉扶着杯子喝了两口，便松了手歪在他肩上。霍仲祺搁了杯子，让她枕着自己躺下来，又把绒毯拉上来盖在她身上，缓缓拍着她的背，轻声道："睡吧。等你睡着了我再走，好不好？"

却听顾婉凝忽然喃喃地一句："我听见你的心跳了。"霍仲祺一怔，只听她又轻轻补了一句，"像火车。"

他心里那丝丝缕缕的痛楚刹那间便温柔起来，他原是风月场里经惯的，若是往日里女孩子说了这样的话，他必然要调笑一句"那我也听听你的？"然而此刻，她依在他身边，他却什么都说不出来，只试探着低了头在她发间深深一吻，便再不敢动了。

"你唱支歌给我听，行吗？"顾婉凝的声音几乎弱不可闻，霍仲祺听得似是而非，犹疑着追问了一句："你想听我唱歌？"

"嗯。"顾婉凝一面含混地应着，一面在他怀里蹭了蹭，似乎是要找一个更舒服的位置。

当初，她也是这样央四哥的吗？

霍仲祺心里不知是忧是喜，想了一想，拿出闲时和韩珆票戏的功夫来，手指在身畔叩着拍子，低低开口：

"则为你如花美眷，似水流年，是答儿闲寻遍。在幽闺自怜。"

这一段《山桃红》流丽温存，虽不合情却是合境，唱来哄着她睡觉倒是再合适不过。

"转过这芍药栏前，紧靠着湖山石边。和你把领扣松，衣带宽，袖稍儿揾著牙儿苫也，则待你忍耐温存一晌眠。"他看着她犹泛着潮红的睡颜，气息一促，拍子便乱了，赶忙压了那一点心猿意马，"是那处曾相见，相看俨然，早难道这好处相逢无一言？"

他温存唱过，她已偎在他怀里睡着了。

则为你如花美眷，似水流年。

是那处曾相见，相看俨然。

他手上盛了她那么多的眼泪，他再也不要她不快活，他想起柳梦梅的那一句"只因世上美人面，改尽人间君子心"。

是吗？

他微微一笑灭了灯，他却愿意为着她，做个君子。

柒

花月

辜负青春美少

　　顾婉凝醒来的时候已是中午，她从来没有喝多过酒，一醒过来便觉得口渴难耐，太阳穴一跳一跳的疼，整个人都随着车厢微微晃动，她在桌上摸索到茶杯，猛地喝了几口，总算清醒过来。

　　阳光透过窗帘缝隙，在地板上划出一条耀眼的光斑，她看了看桌上空了的酒瓶，依稀记得霍仲祺走的时候里面还有一大半，是她自己全都喝了吗？她怎么这样没有分寸？她伸手拉开窗帘，明亮的阳光透过白色的纱帘洒进来，刹那间让她有些恍惚，她忽然记起昨晚睡梦中那沉着坚稳的心跳，那些她以为终会慢慢忘记的事情竟是这样鲜明清晰，不期而至——

　　"你怎么不叫我回来呢？"

　　"等你睡着了我就走。"

　　"情不知所起，一往而深。我记得你喜欢《寻梦》里那一段《江儿水》，是不是？"

　　他们在罐山避暑，他借了谢家的昆曲班子来给她解闷儿，她头一回听人唱《山桃红》，不自觉地颊边一热，已被他看了出来，丝竹一停，便俯在她耳边轻笑着说："你不是顶大方的吗？怎么听这个也会害羞？"

她恼了站起来要走，他却握了她的手，促狭地道了一句念白：
"姐姐，你可十分将息，我再来瞧你那。"

原来桩桩件件她都记得这样清楚，是忘不了，还是不肯忘呢？
她愣愣地想着，忽然听见有人轻轻敲门，猛然一醒，连忙问道：
"谁？"

"是我。"却是霍仲祺的声音。

"等一下。"她慌乱地应了一声，匆忙在盥洗室梳洗了出来。

霍仲祺含笑看着她："刚起来吗？"

顾婉凝赧然道："我昨天喝多了酒，起得晚了。"

霍仲祺莞尔一笑："是我不好，走的时候把酒落下了，等我想起
来再回去拿，你已经喝完了。"

顾婉凝一怔："你昨晚来过？"

霍仲祺见她竟是一点都不记得的样子，心里不由一松，遂笑道：
"我不放心你，就拿了杯茶过来。"

顾婉凝面上微微一红，心中又有些惊惶，越发懊悔自己昨天没有
分寸。

霍仲祺见状忙道："你放心，你酒品很好，只不过……你是不是
很想你母亲？"

顾婉凝听他这样说，才略略放了心："麻烦你了。"

霍仲祺笑道："我认识的女孩子里头，你已经是很不麻烦
的了。"

江宁的春意远比北地浓郁盎然，邵朗逸抱着刚会叫"爸爸"的乐
蓁从车厢里出来，深吸了一口温润湿暖的空气，发觉来接站的人却是
军情五处处长傅子煜。邵朗逸在女儿脸上轻轻亲了亲，将睡眼惺忪的

乐蓁递到了康雅婕怀里，康雅婕见傅子煜来接站，也明白他大约是公务，便抱着女儿上了后面的车。

车子一动，傅子煜开口解释道："三公子，顾小姐的外婆过世了。"

"什么时候？"

"上个月。"

邵朗逸轻轻皱了皱眉："你现在才知道？"

傅子煜忙道："之前顾小姐突然回江宁探病，我们就知道了。不过，当时您在沈州，这边又没什么要紧的事情，所以……"

"她现在人在哪儿？"邵朗逸面无表情地打断了他。

"过了头七，顾小姐就回旧京了，不过——"傅子煜说着，语气忽然有些犹豫，"顾小姐这次回来，一路上都有霍公子照顾，不知道是不是总长的安排。"

邵朗逸眉峰一挑："小霍？"

"是，大约是顾小姐没有买到票，霍公子特意叫燕平铁路局的人加挂了一节车厢。"他一面说一面觑着邵朗逸的脸色，"顾小姐后来回旧京的时候，也是霍公子亲自去送的。"

邵朗逸唇边忽然浮出一丝讥诮的笑意："你怎么会叫她买不到票？"

"呃……"傅子煜一时语塞，尴尬起来，"是属下疏忽。"

邵朗逸看了看他，懒懒一笑："算了，以后再有这样的事，马上告诉我。"

傅子煜答了声"是"，又思量着请示道："三公子，我想，要是总长有所安排，顾小姐那里必然一切无虞，我们是不是就……"

邵朗逸十指交握搁在身前，右手食指在左手背上轻轻点了两下，淡然道："四少那边有没有安排你不要管，你做好你的事就行了。"

小霍？

小霍这一回去旧京有些莫名其妙。虞浩霆让他去料理周汝坤的事，他下手倒快，才出了正月，周家就曝出一件新闻来，周汝坤竟在自己家里叫人砍成重伤，在医院里几番抢救，终究不治。据说是周家的三姨太妍上了一个戏子，不合叫周汝坤撞见，没想到那戏子是个武生，颇有些功夫，竟重伤了他，同那姨太太私奔了，警察局的人追查了许久，现在还在通缉。一时间成了江宁脍炙人口的一件桃色新闻，虽然众人面上少不得要同情两句，但背过脸去，人人都将此事充作笑谈。他和虞浩霆都没想到小霍居然下手这么快，又是这么一个狗血的主意，看样子他还真是急着走。

是浩霆叫他顺便照料顾婉凝的吗？不会，小霍的身份做派太扎眼，那就是他自己的意思咯？

邵朗逸默然想着，忽然心头一跳——

"小霍惹他父亲生气还能为了什么？多半又是为了女孩子。"

"十有八九是他中意了什么人，霍家不肯。"

"你不觉得小霍这两年转了性子吗？他大约也是难得遇见一个真心喜欢的。"

惹他父亲生气，为了女孩子，中意了什么人，霍家不肯，这两年转了性子……

邵朗逸一念至此，却又摇了摇头。

不会。

小霍的那些莺莺燕燕没几个上得了台面，拎出哪一个来霍家都不会同意。仲祺虽然少年风流，但并不胡闹，虞浩霆和顾婉凝的纠葛他们都心知肚明，单凭小霍和浩霆的情分，他就不能在这女孩子身上动什么心思。

车子开回邵家，康雅婕从后车下来，乐蓁还在妈妈怀里就朝邵朗逸摇晃小手。邵朗逸笑着接过女儿，一路逗着抱进房里，见乐蓁圆圆黑黑的一双眼睛盯着窗外的垂丝海棠，便探手出去牵了一枝过来送到她手里。乐蓁捏住一朵花瓣，邵朗逸一松手，那花枝立刻轻轻弹开了，乐蓁怔了怔，看看爸爸，又看看远处的花枝，刚一撇嘴，邵朗逸又将那花枝送了过来，如是再三，那花枝一弹开，乐蓁便咯咯地笑了起来。

康雅婕见状轻轻一叹："你如今但凡有点工夫，就知道逗蓁蓁。"

"你连蓁蓁的醋也吃吗？"邵朗逸说着，回眸凝望康雅婕。

康雅婕被他看得面上一热，撇了撇嘴刚要开口，只听邵朗逸忽然抱着女儿转过身来："蓁蓁，你看妈妈这个样子像不像你闹别扭的时候？"口里跟女儿说着，目光却只在康雅婕脸上逡巡。

康雅婕轻轻"哼"了一声，转过脸去，却听邵朗逸在她身后笑道："爸爸惹妈妈生气了呢！来，蓁蓁摘一朵花给妈妈，替爸爸赔个不是。"

他的声音如杨柳风轻，桃花雨润，康雅婕心中绵绵一软，蓁蓁哪里懂得折花，一枚娇红的花朵在小手里捻得不成样子，咯咯笑着朝她递过来。

邵朗逸抱着女儿立在窗前，窗间花影横斜，他的人笑意缱绻，眸光温柔，说出的话更是叫她连那一点娇怨都没有了："你觉得我宠蓁蓁，其实，我不过是想让蓁蓁同她妈妈一样，从小到大都被人捧在手心里罢了。"

"千杯少"的招牌灰头土脸地歪在门楣上，连门边挂着的气死风灯都懒得往那三个墨痕惨淡的草字上照，门口的竹帘也散了一半，半死不活地拖在地上，若非周遭飘散出的醇郁酒香，谁都瞧不出这竟是间还在开张的酒馆。

郭茂兰一打帘子进来，立时跑来一个白衣蓝裤、肩上搭着毛巾的年轻伙计："郭参谋，里头已经开席了，就等您了。"

郭茂兰正要跟着他往里走，忽然听到靠近柜台的角落里冒出一句："劝君一盏君莫辞，劝君两盏……呃……君莫疑，劝君三盏……"一语未完便听"咚"的一声，却是一个瘦瘦小小的人影连人带椅翻倒了下来。

郭茂兰见状，莞尔一笑："你们樊掌柜又喝多了？"

那伙计也摇头笑道："您得问我们掌柜的什么时候不喝多，您先进去吧，我去看看我们掌柜。"

"千杯少"的"大堂"跟普通小酒馆没什么分别，黑油油的方桌木凳还更显简陋，可一穿过大堂后的小门，内里却是另有乾坤。一条卵石小路引着客人走到一处临池精舍，颇有些曲径通幽的意味，只是一路上花木久未打理，太过葱茏，亭台亦有些雕栏零落。

郭茂兰隔着一池绿水远远就听见笑闹之声，不由轻轻一叹。杨云枫昨天刚到江宁，一班人说好了今晚给他接风，也不知道是哪个打算不醉无归的选了这里。

这"千杯少"的掌柜姓樊，据说是前朝的一位探花郎，也是个诗酒风流的人物。奈何一夜之间，山河色变，家国零落，樊探花一个因循守旧的老书生无枝可依，只得从旧京返乡。自此之后一味好酒，变卖家产只求搜罗佳酿，连品带学，经年累月家业零落，只余了一身品酒酿酒的本事和这一处旧园。渐渐地生计艰难，无奈之下只好辟出两间临街的房子开了这间酒馆。虽然地方简陋，没有珍馐佳肴，但酒却极好，只是这樊探花生意做得有一搭没一搭，连什么时候开门待客都说不准，所以门庭冷落勉强维持罢了。

他和杨云枫头一次来，还是前两年刚回江宁的时候，后来有一回，杨云枫偶然撞见这小破馆子后头别有洞天，一班人趁着酒意跟樊掌柜胡缠，怂恿他答允了他们以后到园子里喝酒。于是，这里便成了他们聚饮的一个去处，只有一样，菜得从别处另叫。

郭茂兰一进来，叶铮便赶忙迎了上去，扶着他的胳膊笑道："我的救星可算到了，明天我当班，茂兰休息，我的酒他替了。"

郭茂兰看他脸庞泛红，着实有了几分酒意，摇头一笑："你喝你的，明天我替你当班就是了。"

叶铮还没来得及回话，已经被虞浩霆的机要秘书林芝维拽住："好了，刚才那两个酒，你赶紧喝了。"

都是熟人，也不必客套招呼，郭茂兰含笑往场中一扫，见杨云枫拍了拍身边的椅背朝他示意，便走到他身边坐下："今天谁选的地方？也不怕都喝翻了，明天总长那边没人应卯。"

却见杨云枫自顾自倒着酒一饮而尽喝干了一杯，才闷闷地开口道："我选的。"

郭茂兰见他脸上殊无喜色，倒有些纳闷，杨云枫在蔡正琰麾下当团长，上校衔比自己晋得还早，昨天在参谋部见虞浩霆的时候也好好的，怎么今天忽然这样颓唐？当下笑道："你这是怎么了？跑回江宁来借酒消愁。"

杨云枫把酒不轻不重地往桌上一放，牵了牵唇角，低声骂了一句："我他妈的就是贱！"

郭茂兰皱了皱眉，上下打量了他一遍："是你那位方小姐？"

杨云枫怔怔地看了他片刻，忽然一笑："喝酒！我离了江宁这些日子，最想的就是樊掌柜的双套，北边的酒烈，可是真不如这儿的'盖面'香。"

他们一班人拼酒，郭茂兰照例只是浅酌——总要留一个脑子清楚的给人家结账。这边郭茂兰刚叫了伙计结账，叶铮摇摇晃晃地就去摸口袋，他们这一班人里，论家境数他最阔，叶家又是青帮出身，自幼养出一副千金散尽还复来的脾性，总是抢着头一个掏钱，谁知这次不等他摸出钱来，杨云枫已撂出一把银元来噼里啪啦搁在桌上："我来结。"

几个酒意沉酣的尚不觉得怎样，郭茂兰却有些奇怪。杨云枫原本是慈幼院里长大的，从来都是一人吃饱全家不饿，大大咧咧惯了，更没有存钱的习惯，一直到他去了绥江却像变了个人似的，不惜命却极惜钱。旁人不明就里，郭茂兰却是知道他的薪俸也好，别处来的钱也罢，几乎全都交寄给了方青雯，有些就是经自己的手。今天居然这样大方，恐怕还真是方青雯那里出了状况。

杨云枫从"千杯少"出来，夜风一吹，酒意便淡了一些，搭在郭茂兰肩上的胳膊也缓缓放了下来，郭茂兰见状刚想开口劝他，不防边上忽然传来一声响亮的"团座！"两人转眼一看，却是跟着杨云枫过来的勤务兵从一辆吉普车上跳了下来，十五六岁的年纪一脸稚气。

杨云枫没好气地答道："行了行了，你自己爱上哪儿上哪儿去。"

那孩子一愣，走也不是留也不是，求救地看着郭茂兰，郭茂兰摇头一笑："你们团长今天跟我走，你回去吧。"说着，把杨云枫塞进了自己车里。

车子开出去好一会儿，杨云枫都不说话，郭茂兰看了他一眼，笑道："你今天是跟我回参谋部，还是我另送你去别处？"

杨云枫仰面靠在副驾上，声音沉涩："去挹江路。"

挹江路并非繁华闹市，风景却很好，郭茂兰心道怎么方青雯搬家了吗？但看杨云枫不死不活的样子，却也不便多问。

车子转到挹江路，在杨云枫的指点下停在一处花木掩映的小洋房边上。杨云枫一言不发推门下车，郭茂兰也只好在后面跟着，只见杨云枫从衣袋里摸出串钥匙皱着眉头辨了辨，方拣出一枚来，左右旋了几次，总算开了门。

杨云枫走进去"啪"的一声按开了灯，将手里的钥匙往窗台上一丢，人便栽进了沙发里。

郭茂兰带上门进来，见这房子虽然小小一幢，却通透精致，后身的窗子一打开就能遥遥望见陵江，楼下是客厅和一间小厨房，楼上想必就是卧室了。没有多余的装潢家具，现有的桌椅台案却都恰到好处，郭茂兰略转了转，在杨云枫身边坐下，闲闲地笑问："你这是打算要结婚咯？"

杨云枫抬手松了领口的扣子，脸上在笑，却又分明是负气的神色，欠身从边柜的抽屉里拿出件东西"咚"的一声搁在几上："她就是这么打发我的。"

郭茂兰一看，竟是两条"小黄鱼"，不禁失笑道："你现在阔到这样的东西都随手丢了？"抬眼一望，却见杨云枫咬紧了牙，脸上一点笑意也没有……

杨云枫昨天上午一从参谋部出来，料想方青雯这个钟点应该是在家，便径直去了云浦。

来应门的秋姨一见是他，愣了一愣，还是开了门。方青雯一向起得晚，这会儿正翻着报纸在餐厅吃饭，秋姨想先赶过来招呼一声，杨云枫却比她快得多。方青雯听见外面的脚步声，抬头看时，杨云枫已经施施然走了进来，后面还跟着个孩子样的小兵，手里捧着个花篮，里头是一捧艳黄的郁金香，脸上的神情十分正经。

方青雯端然一笑："真是稀客。你什么时候回来的？"

杨云枫笑微微地拉过椅子在她身边坐下："昨天。"

方青雯喝着柠檬水瞟了他一眼："我们也有一年多没见了吧？"

"一年半。"杨云枫说着，忽然眉眼弯弯地凑到她耳边，"你想我了没有？"

方青雯从果盘里拣起一粒去了蒂的草莓喂到他嘴里，盈盈一叹："想得都快要……想不起来了。"

杨云枫嚼着嘴里的果肉，盯着她看了片刻，蓦地揽住她的身子，用力吻了下去。方青雯也不躲闪，用手在他肩上轻轻一捶："哎，有人看着呢！"

杨云枫回头一看，只见他那个孩子一样的勤务兵木桩子一样杵在门口，满脸通红地低头盯着地板，便板着脸吩咐道："花放下，你出去。"那小兵头也不抬地搁了手里的花篮，退出去的时候差点撞在门框上。

"这么小的孩子跟着你，迟早学坏了。"方青雯笑着微微一挣，杨云枫却揽着她不肯松手："这孩子是我们在乌旺捡的，家里人都被俄国人杀了，剩了他一个，今年还是长高了，去年刚见到的时候也就比枪高点儿。"说着，淡然一笑，"我就是看他年纪小，才叫他跟着我的。"

方青雯听着，目光略有些黯然："小小年纪就没了父母家人，也是个可怜的孩子。"

杨云枫忽然"哼"了一声："你尽会可怜别人，怎么不可怜可怜我？"

方青雯笑着蹙了蹙眉："我听郭茂兰说你如今升得比他还快，你有什么好可怜的？"说着，撇开他转身上楼，"我要去'林记'取旗袍，你要是不忙着走，就送我过去？"

杨云枫忙道："好！"

出了"林记"的店门，杨云枫刚想问问方青雯是不是还要去"仙乐斯"，方青雯却抢先开了口："你有空没有？跟我去个地方？"

他怎么会没空呢？他当然有空！杨云枫忍不住就是一乐："去哪儿？"

方青雯却不看他："挹江路。"

杨云枫见到这栋房子的时候比郭茂兰还奇怪，直到方青雯从手袋里拿出一份房契轻飘飘地搁在他面前——上头写的居然是他的名字。杨云枫惑然问道："这是怎么回事？"

方青雯面上笑容婉转："你的钱我原是存在银行里的，去年年底我一个相熟的朋友在华亭做棉纱期货的生意，我就拿出来凑了一份。这种生意你知道，虽然赚得多，可风险也大，得见好就收。

"我想着总归还是地皮更靠得住一点，你既然升了职，以后回江宁来总要有个自己的住处，就做主替你买了这栋房子。你要是觉得不合意，就卖了，这里虽然比不上梅园路热闹，到现在也涨了快一成的。"

她一面说，一面又蹲身从边柜下头取出个小巧的乌木盒子，里头别无他物，只有两根"小黄鱼"："喏，这是买了房子剩下的。"

杨云枫坐在沙发上，一言不发地看着面前的房契和金条，良久，才抬头望着方青雯勉强笑了笑："怪不得人家都说，男人要听老婆的话才会发达……"

不等他说完，方青雯便柔柔地笑道："那你就趁着假期在江宁找找看，听说陵江大学家政系的女孩子都很不错，你有空去转转？"

杨云枫霍然站起身，直直地盯住她："为什么？"

方青雯依旧是闲拾落花的悠然神色："有些事勉强不来的。我要的，你给不了我。"

杨云枫抿着唇深深吸了口气："你怎么知道我给不了？"

"女人怕老，怕等，怕你说将来。对女人来说，'现在不'就是'永远不'。"方青雯委婉一笑，挽了手袋袅袅婷婷地走出门去。

郭茂兰听杨云枫说完，拍了拍他："算了吧，大丈夫何患无妻？"

其实，方青雯这番行事，他倒约略猜出些缘故，却不好对杨云枫明言：一则只是猜测，二则他私心忖度，亦觉得方青雯于杨云枫而言，着实算不得佳配。方青雯的事他之前打听过，前两年运输处的副处长王同坤就追求过她好一阵子，一心想娶她做小，虽然被她推拒了，但到现在还三五不时地请她吃饭看戏。

杨云枫却执拗地绷着脸："我就不相信……"

"你不信什么？"

杨云枫黑着脸嘟哝了一句："我有什么不好？"

真是当局者迷！郭茂兰心中感叹，却也只能劝他："这种事跟你好不好有什么关系？那你说，四少哪里不好？对顾小姐也是一片痴心，又能怎么样？"

杨云枫闻言一愣，想一想确是如此，以虞浩霆的人才家世，情意深挚，也还是落得个云散高唐的下场，且那女孩子着实比方青雯还要狠心绝情；可沉吟了一阵，终究不能服气："那怎么一样？当初四少是强逼了顾小姐……我……"

郭茂兰瞥了他一眼，点头一笑："你这意思无非是说四少活该，你这句话回头我可要带给总长。"

杨云枫知道他是说笑，也不在意，但听他说起顾婉凝的语气，心思倒从方青雯身上转开了一些："怎么了？四少还念着顾小姐吗？"

郭茂兰摇头一叹，却是无话可说。

今天他从栖霞出来的时候，虞浩霆正立在案前写字，他思忖着不便打扰，便停在了门口，却见虞浩霆一行写过，突然停笔不落，僵在那里，凝视着案上的字迹，面上竟带了惊痛之色。

郭茂兰心中讶异，轻轻敲了敲门："总长。"

虞浩霆闻言，缓缓搁了笔，示意他进来，若无其事地看了一眼边上的座钟："总在家里吃饭也挺闷的，咱们出去找个地方？"

郭茂兰犹豫了一下，笑道："我们今天约了给云枫洗尘，总长要是有兴致……"

虞浩霆见他神色踌躇，心下清明，眼中掠过一丝轻微的笑意："算了，你去吧。"

"是。"郭茂兰有些尴尬地笑了笑，转身出去，却是沉沉一叹，方才他在案上扫了一眼，虞浩霆写的却是一句没头没尾的纳兰词："年来苦乐，与谁相倚。"

这时候写出这个来着实不怎么吉利，怪不得虞浩霆自己也如同受了惊吓一般，他摇了摇头，想不到四少还是这样念念不忘，果然是"惊觉相思不露，原来只因已入骨"吗？

燕平的春天来得晚，前头有严冬压着，后头有炎夏赶着，娇红艳粉的花儿朵儿一触到春风柔煦，便争抢着绽出一派繁花似锦来。

婉凝从秦伯然家里陪着两个孩子练完琴出来，刚一转身，便看见霍仲祺正倚在车边含笑望着她，婉凝犹疑着从台阶上下来："你怎么在这儿？"

霍仲祺笑吟吟地去拿她怀里装琴谱的夹子："上车。今天是我生日，我约了几个朋友聚一聚，你一起来吧！"霍仲祺自送她回来之后，怕她郁郁不乐，总想着有什么法子叫她散散心，可约了几次，顾婉凝都说有事情走不开，他算了算日子，便想到了这个由头。

顾婉凝听了却没动："我学校里还有事……"

"其实也没几个人，韩玿你上回见过，其他的都是我到旧京才认识的朋友。"霍仲祺不动声色地说着，替她拉开了车门，"你总要给我这个寿星几分面子吧！"

顾婉凝听他这样说，垂了眼睛轻轻一笑，有些自嘲又有些赧然，她倒并不是有意要躲着他，只是担心霍仲祺的朋友难免有人认识虞浩霆，知道当初的旧事罢了，他这样解释，却是心照不宣。

"我们今天也不去别处，就在韩玿家里。"霍仲祺说着，清澈明亮的眸子里漾出春水般的笑意，顾婉凝见他今日穿了一身浅柠黄色的西服，这样娇嫩的颜色她从未见男子穿过，然而小霍穿在身上，却是月朗风清的明艳："我不知道今天是你生日，也没有准备礼物。"

"你肯来，就是很给我面子了。"霍仲祺莞尔一笑，"我听董倩说，你每个礼拜都过来陪秦家的孩子练琴，你……是身边的钱不够用吗？"

婉凝听他问起这个，忙道："不是的。旭明念完这个学期就毕业了，我想存一点钱给他出国读书用。"

之前她人在栖霞，虞浩霆对梅家多有照拂，虽然她的"私房钱"都放在栖霞没有拿走，但也并不至于短了学费。只是她心下忖度弟弟留在国内总是让人放心不下，而且旭明想学建筑，倒不如出去留学，反正他从小也是在国外住惯了的，因此便一心想着多存一点钱给他。

霍仲祺点了点头："你要上课，还要出来做事，会不会太辛苦？"顾婉凝无所谓地笑道："这件事倒没什么辛苦的，就当是自己练琴了。"

其实霍仲祺并不怎么在意生日这回事，往年在家里都是母亲操持，长大之后多是跟一班朋友混在一起，笙歌宴饮和他平日里也没什么差别，今次这个生日却是为着要哄顾婉凝出来才过的，只是不便向韩珆明言。韩珆听说他要过生日，自有一番计较，待见到霍仲祺带着顾婉凝回来，背过脸去却是暗自一叹。

韩家在燕平的宅子是一座五南五北的院落，今日小霍的"寿筵"便安排在宅后花园西面的轩馆中。顾婉凝随着霍仲祺一路行来，见山石玲珑，藤萝初绿，游廊中隔三差五挂着鸟笼，里头养了黄鹂、画眉各色鸣禽。花木掩映中半卷着湘妃帘的花厅里，已经坐了客人，堂前的横匾上"花月玲珑"四个字秀逸道媚，不知是何人手笔。

霍仲祺一进来，里头三男一女四个人都起身同他打招呼，霍仲祺寒暄着一一为婉凝介绍了，大约都是旧京的富家子弟，那一男一女是兄妹二人，女孩子不过十四五岁年纪，娇憨活泼得像个洋娃娃一般，圆圆大大的一双眼睛，只在顾婉凝身上转来转去。霍仲祺介绍顾婉凝时态度洒然，遣词却有些不同寻常："这是我的好朋友，顾婉凝顾小姐。"

一时几个人都有些好奇，初时见他带着这样一个容色绝美的女子过来，都以为必是他现今的"红颜知己"无疑。然而细看之下，顾婉凝言谈举止落落大方，霍仲祺待她虽然十分客气，却并不亲昵，倒叫人猜不出二人究竟是怎样的"好"朋友。

众人依宾主落座，霍仲祺看了看左右，对韩珆问道："小七呢？"

"她同学家里今天有舞会，跳舞去了。"

霍仲祺听韩珆这样说，心里倒是一松，虞浩霆和韩家姊妹的绯闻他亦有所耳闻。如今韩佳宜也在陵江大学念书，虽然未必和顾婉凝打过交道，但虞浩霆的女朋友小七必是留意过的，她不在倒是好事。正想着，忽听笛声轻袅，一个穿着水蓝色旗袍的女子从堂后盈盈转了出来，兰花指一翻，眼风轻俏，樱唇微启，一句"他来呵怎生？"念白十分清脆。

霍仲祺一见这女子，不自觉地蹙了下眉，默然看了韩玿一眼，却见他只是凝神听戏。

顾婉凝听了几句，轻声问霍仲祺："这是《西厢》吗？"

霍仲祺点头道："这是旧京的名伶楚横波，和季慧秋齐名的，韩玿跟着她学了好几出呢。"

顾婉凝讶然道："韩玿也会唱？"

霍仲祺笑道："待会儿让他票一段儿，你就知道了。"

顾婉凝闻言，不由看了韩玿一眼，见他一身微泛珠光的银白云纹长衫，风姿颀秀，手指和着拍子在桌上轻轻叩着，十分入神。

"果若你有心，他有心，昨日秋千院宇深沉；花有阴，月有阴，春宵一刻抵千金。"

堂前的楚横波只是寻常淡妆，水蓝色的旗袍上绣了折枝的百合花，柔如凝脂的鹅蛋脸上，一双清水妙目顾盼生辉，容貌初一看并没有惊人的艳色，可举手投足、一笑一颦之间却是无限的风情灵动。

一曲唱过，韩玿亲自捧了石斛煎的温茶递到楚横波面前，楚横波接过来徐徐呷了两口，跟韩玿道了谢搁下茶盏，对霍仲祺端然笑道："今天是霍公子的好日子，横波身无长物，唯此一曲以贺良辰。"神态清矜，和方才戏中烂漫娇俏的红娘却判若两人。

霍仲祺起身笑道："能有楚老板这一曲，仲祺今日'幸甚至哉'。"

楚横波低眉一笑："霍公子宽座，横波告辞了。"说罢，同韩玿打了招呼，也不理会旁人，径自去了。

只听席间一人叹道："梨园行里，像楚老板这般清高的倒不多见，难得竟肯来给你庆生。"

实则今日楚横波来，霍仲祺也是意料之外。早先虞浩霆初到旧京的时候，和楚横波亦有过一番来往，虽是时过境迁的旧事，但保不齐这些人有想起来的又拿出来说笑。因此，霍仲祺并不愿意搭话，正想着起来劝酒绕过这一出，却见顾婉凝轻笑着看了自己一眼，心中旋即一叹，面上却不着痕迹地笑道："这可不是我的面子，是韩玿的面子。"

说着，端了酒起身。"人生乐事，莫过三五知己把酒言欢，今日是我的生辰，我就先干为敬了。"

寿星既起了头，几巡酒过，席间便热闹了起来。霍仲祺一面和其他人应酬谈笑，一面跟顾婉凝指点席间的菜肴特色。那洋娃娃似的女孩子名叫袁美琳，此时坐在顾婉凝下手，偏着头打量了她一番，猛地恍然大悟似的轻轻"啊"了一声："顾小姐，你也是德雅的学生吧？"

顾婉凝点了点头，袁美琳在桌上轻轻一拍，活泼泼地笑道："怪不得我看你这么眼熟，你看看我，是不是见过的？"

顾婉凝之前在德雅念书时，刻意深居简出，也不大和同学打交道，哪里认得出她，只好歉然一笑："我们应该是见过。不过，我在德雅只念了最后一个学期，和同学都不大熟。"

"那你该是我的师姐了，我要明年才毕业呢！那你现在做什么？我想去留洋，可母亲不答应。"袁美琳一口京腔竹筒倒豆子一般又急又快，脸上的表情十分丰富，"父亲也说不放心我一个小丫头漂洋过海，唉！我听你讲话不像是燕平人，你也是从江宁来的吗？"

顾婉凝见这女孩子娇憨直爽，倒有几分像陈安琪："我家里是湄东的。""湄东？"袁美琳想了想，忽然又看了看霍仲祺，"那你和小霍是怎么认识的？"

霍仲祺听她这样问，心里一紧，下意识地便去看顾婉凝，却见顾婉凝不着痕迹地回过头来，对他嫣然一笑："怎么这么小的妹妹也叫你'小霍'？"

她这样一说，袁美琳的脸倒先红了，霍仲祺连忙接过这个话头，刻意沉沉地叹了口气："我跟你们女孩子打交道，总是吃亏的。"

几个人闻言都是嗤笑，霍仲祺却怕袁美琳又想起方才那一问，便笑谓韩玿："今天楚老板都唱过了，你这个做徒弟的可不能少了。"

韩玿一双凤眼在他面上流连而过："今日你是寿星，我岂有不从的道理？"说着，起身踱到琴师处低语了几句，丝竹悠然，一句"袅晴丝吹来闲庭院"，原来是顾婉凝也听熟了的《游园》，但见韩玿兰指莲步，曼妙翩跹，神情娇慵端丽，声腔婉转缠绵，颇得杜丽娘怀春诉情的意趣。"可知我常一生儿爱好是天然"唱过，霍仲祺便合掌轻轻一拍，笑嘻嘻地叫了声"好"。

一时唱毕，还未等众人称赞，韩玿忽道："小霍，你这个寿星要不要也来一段？"众人一听，更是轰然叫好，婉凝讶然笑道："你也会吗？"

霍仲祺站起身来，哂然一笑："你品评品评？"说罢，到园里折了一枝垂柳把玩着走到韩玿身畔，在他手上轻轻一搭，"小姐，咱爱煞你哩！"

丝竹再起，便是"则为你如花美眷，似水流年……"唱到一个"年"字，两人的袖边轻轻一触，讶然而收，相顾俨然，惊出一帘绮梦，竟是十分的惟妙惟肖，情意缱绻。

这一支《山桃红》顾婉凝虽是听过数次，却从来没见过相熟的人票戏。他二人一个"生小婵娟"，一个"风姿俊妍"，此刻看在眼里备觉新鲜有趣，只是听到那一句"则待你忍耐温存一晌眠"，忽然心中一动，隐约想起了什么，仔细思量，却又无迹可寻。

两人唱毕，席间诸人更是一迭声地赞好，霍仲祺呷着酒笑道：

"你们不用哄我，韩珝是有功架的，我可差远了。"一回头见顾婉凝正望着自己，梨涡浅笑，秋波湛湛，不觉低头一笑，便想起那一晚拥她在怀轻吟低唱的光景来。满心都是春风沉醉，酒到微醺的惬意欢喜，撇了旁人，走到她身边，柔声问道："我这点本事，还听得过去吗？"

"我是十足的外行看热闹。"顾婉凝笑吟吟地仰头看着他，"我认识你这么久，都不知道你还会这个，早知道也请你教教我。"

"我都是唱着玩儿的，算起来一共也就会那么两三出。"霍仲祺沉吟一想，"你要想学，叫韩珝教你，他给'巾生魁首'严瑾云搭过戏呢！"说着，便朝韩珝招呼道，"韩珝，我给你找个学生怎么样？"

韩珝闻言踱了过来："顾小姐也对昆腔有兴趣？"婉凝赧然一笑："不知道韩先生肯不肯收我这个学生？"韩珝垂眸笑道："我也不过是跟行家学一学罢了，顾小姐要是有兴趣，我倒是很喜欢有人一起学戏。"

不等顾婉凝答话，霍仲祺便道："那就这么说定了，回头韩珝这里开锣，我就去接你。"

这一筵之后，隔了几日，霍仲祺便打电话来问顾婉凝有没有空来和韩珝学戏。她虽然应承下来，却执意不肯让小霍到学校来接她，霍仲祺也只好作罢。

韩珝选了《思凡》为她开蒙，学了几回，倒也有些模样。婉凝学戏的时候，霍仲祺偶尔也过来看看，和韩珝搭上一段，说笑两句就走，这倒让韩珝有些奇怪："巴巴地想了这么个主意叫人家来，你怎么又不陪着？"

小霍两手枕在脑后，懒懒地靠在回廊的暖椅上，唇边一抹浅笑：

"我没有别的意思，就是想让她散散心。"

韩玿却是一脸的不肯相信："你这一回不是认真的吗？"

霍仲祺不置可否地瞥了他一眼："什么时候你也遇见一个喜欢的人，就明白了。"

韩玿闻言静静一笑："我可得提醒你一句，我看着她如今未必明白你的心意，这样美丽的女孩子可是很容易引人追求的。"

霍仲祺牵了牵唇角："她连四哥都不肯敷衍，等闲人更不会看在眼里。"

韩玿耸肩道："那你呢？"

霍仲祺一怔，一时噎在那里，那他呢？

他迟迟不敢跟她表明心迹，就是因为这个吗？

有些话一旦出口，就再无退路。

他想起那一晚她在他怀中的娇柔依赖，这些天她在他面前的顾盼嫣然，一点一滴都这样好，可是……她对他会有他想要的情意缠绵吗？

彼时，她身边有虞浩霆，他觉得有四哥在，她自然不会再属意旁人，他虽然难过，却输得心甘情愿；可如今时过境迁，她孤清子然，若她还是不肯和他在一起，那他……他要怎么办呢？

他自幼便是万千宠爱，玉马金堂，那一份五陵年少的风流自矜，只觉得世间无事不可为；和旁人说起那些有花堪折直须折的无边风月，不过是闲闲一句"不问她肯不肯，只看她笑不笑"。

可是，她对他一笑，他便什么都忘了。

况且，就算她对他有那么一星半点的好感，那些纠结纷乱的过往她放得下吗？

他从前以为男女相悦，最磨人的不过是"奴为出来难"；然而，从遇见她的那一天起，他的世界便面目全非，他从来不曾得到，却每一刻都在失去。

她在暮春的花影里笑念"光阴易过催人老，辜负青春美少年"，叫他只觉得惊艳，他已认得她这样久了，怎么还会被这艳色惊到呢？是因为他在她眼里见过太多的伤心难过吗？

此时此刻的嫣然百媚，艳得他心里一声呻吟，却又惊得他只敢远远地看着。他怕离得近了，就再也按捺不住那念兹在兹的情丝悸动，要是他吓着了她，她再不肯让他靠近，那他要怎么办呢？

韩珝看着他面上毫不掩饰的寂然忧悒，心底一酸，转而笑道："你这是欲擒故纵吗？"

欲擒故纵？

霍仲祺以指掩唇，涩涩一笑，欲言又止，韩珝却想起一件事来："对了，顾小姐说她是学英文的，那她和佳宜就是同学了，小七也是学英文的。"

霍仲祺眉心一蹙："你是说……小七和婉凝认识？"

韩珝轻轻点了点头："恐怕是，不过小七没说过，我也就没和顾小姐提起。"

两人都默然了一下，霍仲祺有些烦躁地绞了绞手指："小七和四哥到底怎么回事？"

韩珝无可奈何地耸了耸肩："小七事事都好强，谈起恋爱来尤其是，至于你四哥，你得去问虞四少自己。"

这天傍晚，春雨淋漓，霍仲祺送婉凝到学校门口，撑着伞在路边站了许久，直到她的影子转到楼后看不见了，才独自开车回去。婉凝走到宿舍楼下，刚收了伞，便听见有人轻笑着叫她："顾婉凝！"

她回头一看，却是韩佳宜用手遮在头上急急跑了进来，面上挂着雨水，笑容明朗里又带着促狭："刚才送你回来的是什么人？"

顾婉凝轻轻甩掉伞上的雨水："这两天常下雨的，你怎么不带伞呢？"

韩佳宜仍是忽闪着一双大眼睛盯住她："你这回可别想混过去，我刚才在学校门口都看到了，你人都走了，他还傻愣愣地站在雨地里看呢！"说着，扭了扭她的胳膊，"快说快说！"

顾婉凝皱眉一笑，转身上楼："就是我之前和你说过的我一个朋友的弟弟，今年调到燕平的警备司令部做事。"

韩佳宜却是不依不饶："那——你们今天是到哪儿去了？"

"我不是在跟人学昆腔吗？我那个老师是他的朋友，刚才下雨，他就顺便送我回来。"顾婉凝随口答着，从手袋里寻出钥匙开门。

"顺便？"韩佳宜撇了撇嘴，"我看他人倒是生得很英俊，你们不会是在谈恋爱吧？"

顾婉凝摇头笑道："你对他这么有兴趣，我帮你介绍一下？不过，他从前可是有过很多女朋友的。"说着，便去柜子里取了衣服来换。

朋友的弟弟？

韩佳宜心底冷冷一笑，他姐姐肯和你做朋友才怪！可是，小霍和她走得这么近，还带了她去跟哥哥学戏，究竟是虞浩霆的意思，还是风流如霍仲祺，也……这女人也真能装模作样，难不成她勾搭了虞浩霆，还想打小霍的主意吗？不知羞耻。若不是自己知道这些底细，还真要被她那副坦然的样子骗过了。

窗外雨声淅沥，带着植物青翠辛香的湿意弥漫在房间里，楼后的荼蘼已经开得这样香了，那细白馥郁的花朵一开，春天就要过完了。

过了就过了吧，夏天也没什么不好，干吗把好端端的花说得那么伤心呢？

顾婉凝侧身躺在床上，静静想着，什么开到荼蘼花事了？萱草、茉莉、玉簪、紫薇……都还没有开呢！据说这花有个名字叫"佛见笑"，倒不知道是什么典故，她忽然想到那句"唯有布袋罗汉笑呵呵"。韩珰教她的这一折《思凡》真是活泼有趣，"火烧眉毛且顾眼下"，难为写戏的人是怎么想到的。

"婉凝——"

"嗯？"

对面的韩佳宜听见她应声，手肘支起身子："你也没睡啊？"

"怎么了？"

"婉凝，董倩她们都在恋爱呢，你怎么没有男朋友？"

"你不是也没有吗？"

韩佳宜抿了抿唇："我还没有碰到我喜欢的人。"

顾婉凝闭上眼睛懒懒一笑："我也没有。"

"那你喜欢什么样的人啊？"

"不知道。"顾婉凝口里说着，心里却倏地一滞，"你呢？"

韩佳宜翻了个身，仰面躺在床上，唇角一扬："我喜欢最好的。"

"最好的？"顾婉凝闻言笑道，"人好和不好，只有比较级，没有最高级的。"

韩佳宜想了想，道："反正我就要最好的。"

顾婉凝笑着叹了口气："那你可难了。样貌最好的未必人品最好，人品最好的未必才识最好，才识最好的未必家世最好，就算样样都好的——"

韩佳宜笑道："怎样？"

顾婉凝却转过身背对着她，促狭笑道："未必最爱你啊！"

"你——"顾婉凝本来只是玩笑，韩佳宜却是有些心病的，又不好发作，默然咬了咬唇，亦笑道，"恐怕你比我还挑剔呢！要不然，你都收了那么多情书，怎么一个动心的没有？"

却听顾婉凝声音突然冷了："动不动心又怎么样？佳宜，不是我故意扮高深吓唬你，我以前有个很好的朋友，嫁了一个她觉得人才好、家世好，也很爱她的丈夫，可是他们结婚没多久，就全都变了。

"后来有一次吵架，那男的打了她，她一时伤心想不开——跳楼了，那时候他们结婚还不到半年。之前她也知道那男的荒唐胡闹，可偏就觉得自己是不一样的。女人就是这样，一动心，就喜欢做梦。"

她似乎也觉得自己的情绪有些过于孤冷不合时宜，自失地一笑。"我就是觉得，虽然说有花堪折直须折，可是这种事情，还是不要太放在心上的好。"

韩佳宜听着她的话，不由暗暗吃惊，她一直觉得自己在男女情事上极高妙洒脱，可即便如此，她偶尔也会为了一些没有按照自己预想发生的事情烦恼。比如她十四岁时喜欢的那个英国参赞的儿子，怎么被她拒绝了一次之后，就没有再来约她呢？她原想着再拒绝他一次就答应同他约会的……没想到，顾婉凝竟比自己还要凉薄。

有花堪折直须折？不要太放在心上？大概越是不把男人放在心上的女人才越引人琢磨。她的朋友跳楼了？说的是苏家那个木木讷讷的女孩子吗？以为高攀了谭家，真是蠢！她又看了看面朝墙壁侧身而卧的顾婉凝，心底冷笑，自己也实在懒得再跟她这样虚与委蛇下去了。

顾婉凝的心事却和韩佳宜全然两样，她下午学戏的时候，韩珆说她唱起最后那一段"风吹荷叶煞"总是情态不合。她气馁地叹了口气："我总觉得这戏写得太不近人情，少女怀春就算是要寻一个年少哥哥，也该是想着相敬如宾，举案齐眉，怎么会'凭他打我，骂我'呢？"

韩珝皱眉看了她一会儿，末了耸肩一笑："情不知所起，一往而深。就算是有曲折痛楚，也是甘之如饴。顾小姐不曾身在其中，一时体味不到也是有的。"

其实，她虽然不能信服这样莫名其妙的情愫，但也并不是非要较这个真，她故意学到这里摆出一副意兴阑珊的样子，只是不肯唱到最后的念白罢了。

"但愿生下一个小孩儿，却不道是快活煞了我！"

他们也有过一个孩子，只是她从来不曾这样盼望过，那个孩子带给她的只有惊惧和痛悔——除了……除了那天在云岭，他说："我原还想着以后请他来教我们的孩子，现在看起来，只好我自己教了。"

"我们先要个孩子，你再去念书，行吗？"

"你不说话，我只当你答应了。"

如果那个孩子活下来，现在已经过了周岁了。一想到会有一个孩子叫她妈妈，她就一阵惊惶，然而那慌乱中又隐隐藏着一丝期待，仿佛冰层下一痕细细的裂纹。她不敢去想若是崩裂开来，会是春风入水还是天塌地陷。

"从今去把钟鼓楼佛殿远离却，下山去寻一个年少哥哥，凭他打我，骂我，说我，笑我，一心不愿成佛，不念弥陀般若波罗！"她忽然觉得，这样盲目的执念或许是一种她不能企及的快乐。

周日一早，顾婉凝刚拎了书包要出门，迎面却撞上了满脸笑容的董倩："婉凝，你要是没什么要紧事，不如跟我逛街去吧！"

"逛街？去哪儿？"

"瓷器坊啊。"

她这样一说，顾婉凝却有些纳闷，董倩平时要逛街也该去新安百货之类的商场洋行，怎么要去瓷器坊呢？董倩见她这样的神色，脸上微微一红，低声解释道："下星期我要去克勤家里吃饭，头一次登门，又是他父亲的生日，我总要带件礼物去，你帮我挑一挑？"

顾婉凝听得眉眼渐弯，笑容也暧昧起来："你总要毕业之后才谈结婚的事情，怎么这么急着去见他家里人？"

董倩面色更红："我父母已经见过他了，母亲说，既然这样来往，不如早一点定下来，免得……"

"免得什么？"

董倩愈发窘迫："你倒是陪不陪我去啊？"

"你给他父亲选礼物，让他陪你去挑就是了，我又不晓得他父亲喜欢什么。"

"他最不耐烦逛街买东西的，我去问他，他就只一句'心意到就行了'。"董倩撇了撇嘴，忽然又轻轻一笑，"不过，我约了他中午去吃西餐，让他请你吃一餐顶贵的还不行吗？"

顾婉凝笑道："那还是算了，我可不去当电灯泡。"

董倩扯了她的手臂就往外走："哎呀，你快点走了。"

两个人搭电车到了瓷器坊，这里早年是南北瓷器商人交接生意的所在，日子久了，又聚起了许多文房四宝、古董珍玩铺子，倒不单单只有瓷器，名字却沿用了下来。董倩那位汤克勤汤少校的父亲是燕平极有名气的一位杏林圣手，除了钻研医理之外，就只有写字和下棋两样嗜好，因此董倩便想在瓷器坊寻件合适的礼物。

两人一路逛下来，都微微出了汗，站在树荫下商量了一阵，还是犹豫不决。书房文玩千差万别，董倩担心太贵重的难免莽撞，便宜的又拿不出手。婉凝认真想了想，忽然拍了拍她："你也不要在外面买了，只回家去看看你父亲书房里的东西，请他斟酌着选一件，哪怕是自己家里藏的陈纸呢！总比外面买的风雅亲切。"

董倩听了亦觉得有理，沉吟着点了点头："那我们吃饭去吧，我和克勤约了中午在'白夜'吃饭。"

顾婉凝笑道："我还是回家去好了，免得打扰你们约会。"

"那怎么行？你陪着我走了这么久，再说，上次他请晓蕾和敏敏吃饭的时候，你也没来。"董倩说着，便招手叫了黄包车过来，"克勤说那里是吃俄国菜的，名字这样怪。"

顾婉凝拗不过她，只好一起上车："听说圣彼得堡每年夏天有两个月是不会日落的，所以叫'白夜'。"

"那他们怎么知道现在是白天还是晚上呢？不会过晕了吗？"

顾婉凝"扑哧"一笑："是我说错了，不是真的没有日落，只是日落特别晚，日出又特别早，几乎挨在一起。"

两人一路说笑着，转眼就到了。这餐厅的主人是个白俄流亡贵族，店面虽然不大，但装饰陈设却都尽力撑出一派堂皇：乳白的墙壁上绘了描金廓线，棕褐色的胡桃木桌椅搭着酒红的丝绒窗帘，几面高大明亮的鎏金镜子让店面宽敞了许多，墙上鲜艳富丽的花卉油画和桌台上俯拾皆是的应季花束相应生辉。

戴着黑领结的侍应引着她们走进来，董倩笑盈盈地朝窗边摆了摆手，靠窗一桌一个穿着泥金色军装的年轻人便起身朝她们走了过来，正是董倩的男朋友汤克勤，他身边还坐了两个人，也穿着空军的常服，往她们这边一望，都站了起来。

汤克勤是个很端正的年轻人，鼻梁挺直，乌黑的头发吹得服服帖帖，看见董倩过来，眼里尽是温柔的笑影："倩倩，顾小姐。"一边替几个人介绍，一边让着她们坐下。另外两个人也和董倩认识，个头不高眼神活泼的叫吕忱，另一个肤色微黑、眉目英发的叫陈焕飞，都是昌怀基地的军官。

董倩活泼开朗，吕忱更是自来熟的脾气，有了这样两个人，这一餐饭就吃得热闹非常，俄国菜有名的是鱼子酱，董倩尝了一口皱眉道："也不怎么好吃啊，还有点腥的。"

吕忱便逗她："这个一定要配伏特加的，你再试试？"

董倩听了，便去端汤克勤的杯子，汤克勤连忙拦她："这酒太烈。"董倩嘟着嘴不依，顾婉凝笑道："法国人吃鱼子酱是配香槟的。"

董倩依言试了一口，还是不觉得好吃，顾婉凝莞尔一笑："其实我也不觉得好吃，我总觉得法国人喜欢吃这个是因为矜贵，俄国人是为什么我就不知道了。"

坐在她对面的陈焕飞忽然饶有兴味地问道："顾小姐去过法国吗？"

顾婉凝客气地笑了笑："家父是旅欧的外交官，所以我小时候在那边住过几年。"

陈焕飞笑道："如今的小姐太太们，事事都以为巴黎的好，我有个小妹妹莫名其妙地喜欢香水瓶子，大大小小十几个。我闻一闻都觉得头昏，真不知道她怎么吃得消。"

"香水不能凑在瓶子上闻。"陈焕飞话音刚落，董倩便抢道，"是要擦在动脉上的。"说着，看了顾婉凝一眼，婉凝浅浅一笑，没有答话，汤克勤却有些好奇："为什么？"

董倩倒是难得碰上一件她懂他不懂的事情，便解释道："因为动脉温度高，能让香味挥发得更快一点。婉凝还说，如果洒香水的时候自己闻得清楚，那就是多了，要若有若无才迷人……"

她这里说着，汤克勤几个人都是暗笑，顾婉凝面上微微一红，也不好打断她，抬眼间却见陈焕飞若有所思地打量自己。

吃过午饭，董倩要去看电影，婉凝想着她和汤克勤约会，必然不爱旁人打扰，便要告辞回去。董倩还要留她，汤克勤却对吕忱和陈焕飞道："那就麻烦你们两位送一送顾小姐了。"

顾婉凝一听，忙说"不必"，吕忱已笑道："不麻烦，不麻烦，正好我们也寻个借口到你们学校附近逛逛，说不定也和克勤一样……"

"你废话怎么那么多？"打断他的却是陈焕飞，吕忱吐了吐舌头，挤眉弄眼地朝汤克勤递了个眼色，董倩见他取笑自己，娇嗔着就要发作，已叫汤克勤半哄半劝地拉走了。

他二人一走，这边就冷了场，顾婉凝却是要去梁曼琳家："你们要是打算到我们学校去，倒和我不顺路了，不耽误两位，我先告辞了。"说着，点了下头就要走，吕忱忙道："顾小姐要去哪儿？我们送你过去，这么大的日头，女孩子很容易晒黑的，反正我们左右也是闲逛。"

说话间，陈焕飞已替她拉开了车门，垂着眼眸闲闲牵了牵唇角："顾小姐是怕我们青天白日的拐了你吗？"

顾婉凝笑微微地答道："这个我倒不怕，你们空军也有宪兵吧？"

陈焕飞笑道："顾小姐连这个都知道。"

顾婉凝听他这样说，心里些微有点紧张，转念间莞尔一笑："那就麻烦二位了，我要去棉线胡同。"

她刚上车，陈焕飞还没来得及关车门，吕忱忽然大声"哎呀"了一下："忘了忘了，我约了要去朋友家里玩牌的，真是不好意思。"一边说着也不等顾婉凝和陈焕飞开口，便笑容可掬地扬长而去。

陈焕飞想要说点什么，却见顾婉凝仍是淡然含笑的神色，全然不觉得尴尬。

车子开了一段，陈焕飞和顾婉凝一前一后坐着，都没有说话，陈焕飞从后视镜里看了她一眼，自顾自地摇了摇头："其实——吕忱今天没约什么人。"

顾婉凝轻轻点了下头："我知道。"

陈焕飞一怔，吕忱如此做作，她要是看不出那才是怪事，只是女孩子即便看出来了，也该矜持一点不去说破。她这样坦然的一句"我知道"反倒让他有点不好意思起来："我们没有恶意，只是……"他停了停，哂然笑道，"他们想介绍个女朋友给我，还请顾小姐不要见怪。"

顾婉凝了然一笑："没关系，可见你这个长官跟下属相处得很好。"

陈焕飞抬头看了她一眼："你怎么知道我是他们的长官？"

顾婉凝蹙了蹙眉，觉得他这个问题倒问得怪了："你军衔高过他们不止一级，自然是他们的长官了。"

"董倩都不大认得清呢，顾小姐对这些事倒是很熟，你有朋友也在军中吗？"

顾婉凝略一迟疑，说："我有个朋友在燕平的警备司令部做事。"

"哦。"陈焕飞听了，忽然凝眸而笑，"冒昧问一句，是男朋友吗？"见顾婉凝摇了摇头，便轻拍着方向盘笑道："那就好。"

他说得这样明白，想着她恐怕要脸红的，却听她在身后轻声说："陈先生，大约是倩倩误会了，我并不想交男朋友。"

陈焕飞回头看了看她："为什么？"

等了许久也没听到顾婉凝答话，陈焕飞也索性不再开口，车子开到棉线胡同，顾婉凝下车站定，便跟陈焕飞道谢："陈先生，麻烦你了。我真的不想交男朋友，所以……"

陈焕飞低头看着她，面上的神情似笑非笑："我听董倩说，顾小姐是很难追求的，不过，我还是想试一试。"

顾婉凝抿了抿唇，端然道："陈先生，我不是有意矜持，也请你不要强人所难。"

陈焕飞闻言，眉峰一挑，顾婉凝见他微微变了脸色，也觉得自己话说得重了："我知道今天的事纯是误会，还请你不要放在心上。"

却见陈焕飞低低一笑："顾小姐放心，我也不想给你造成困扰。"

顾婉凝见话已说明白了，便客气地同他告辞，陈焕飞望着她娉婷而去的背影，不由得玩味起来。

早先汤克勤说起董倩有个女同学惊人的美丽，他并不怎么在意：去年冬天，吕忱跟着汤克勤混进董倩学校去看新年晚会，见了顾婉凝一次，回来之后几番惊叹，他也没放在心上。

后来听董倩说她虽然引人追求，但在这件事上却孤冷得很，收到的情书和礼物都照着地址原封不动寄了回去，有人到学校来约她，她一个也不肯见。吕忱听了好奇，他却不以为然，女孩子自恃美貌，当然都骄矜得很，不端一端架子才怪。

直到最近，董倩说有个警备司令部的军官时常到学校来约她，吕忱一听，立刻大呼小叫地煽风点火："这样的美人儿必须得是咱们空军的啊！"说来说去，主意就转到了他身上，"头儿，这事儿可得你出马给弟兄们争脸，无论如何，也不能便宜了警备司令部那班人。"

吕忱是起哄，汤克勤却是认真想给他牵一牵红线："那女孩子我见过几次，真的不错。她父母亡故，家境不好，就自己去教小孩子弹琴，存钱给她弟弟念书。"几个人见他不置可否，便揣摩着他不反对，于是就有了今天这一出。

这女孩子果然叫人惊艳，怪不得吕忱每回说起来，都要啧啧叹上一番。她坐在他对面笑意盈盈地听董倩说话，夏日的艳阳在她脸上打出一片晶莹的光晕，深深的酒窝又娇又甜，仿佛真盛了酒一般。

不过，他还是喜欢她喝酒的姿势，微微侧了脸，扬起的下巴小巧挺秀，脸上的神情很节制，眼波里却泄露出一抹娇慵。她知道吕忱他们的意思，既不羞也不恼，是这样的事情她见得多了吗？

"我知道今天的事纯是误会，还请你不要放在心上。"

她倒很会给人台阶下，可是他要是想放在心上呢？

银黑暗纹的包装纸上打了淡蓝色的缎带蝴蝶结，方方正正的一个礼品盒子推到顾婉凝面前，她一抬头，正对上董倩笑眯眯的一双月牙眼："有人托我送给你的。"

顾婉凝心知肚明地看了她一眼："我不要，你还回去吧。"

董倩挨着她坐下，又把那盒子往她面前推了推："你先打开看看，要是不喜欢，我就还回去。"

顾婉凝叹了口气："倩倩，我跟你说过了，你和汤克勤的好意我很感激，可是我对那位陈先生真的没什么兴趣。"

董倩鼓了鼓腮帮："你才见了他一次，怎么知道没兴趣？你就试试看嘛！我听克勤说，陈焕飞是从英国受训回来的，家世也不错，人又潇洒……"

顾婉凝揶揄着打断了她："听你这么说，倒是汤克勤要小心了。"

董倩却不在意顾婉凝的挖苦，反而暧昧地打量了她一眼："你不会是跟那个姓霍的在一起了吧？"一面说着，一面托着腮想了想，"他倒也不错。人漂亮，说起话来也温柔，又不像去年追你那个……"

顾婉凝却不耐烦听她品评下去："好吧，你就去告诉那位陈先生，我已经有男朋友了。"

"真的？！"

董倩的眼睛顿时从初一变成了十五："我早就看出来你跟他关系不一般，你们什么时候在一起的？怎么不告诉我？哪有这样便宜的事情？别人让我帮忙递一回情书，还要请我吃车厘子冰激凌的。"

"倩倩。"顾婉凝无可奈何地叫了她一声，"你替我去告诉那位陈先生，我请你吃冰激凌。"

董倩软了身子趴在桌上："你干吗这么无聊啊？你就没碰到一个动心的吗？"

动心？

如果没有那些纷乱不堪、难以启齿的过往，她是不是也会遇见一个叫她心动的人？可如今，她无论对着什么人，都没有一点动心的力气了。一层又一层的隐秘是死去的珊瑚虫，虽然时过境迁，但那些残肢却在海面之下沉积成礁，随时都能让她搁浅。

能让她觉得有一点自由的，反而是小霍。在他面前，她再不必小心翼翼地防备隐瞒什么，除了她的身世之外，她的事情桩桩件件他都知道。他自然也没有陈焕飞那样的心思，可是她喜欢什么，不喜欢什么，一样一样他都记得，遇见什么难堪的境况，他先就替她解了围——小霍这样的性子，难怪有许多女孩子喜欢。可他就不一样了。顾婉凝骤然一惊，心里一阵抽搐，连握着笔的手指都跟着痛起来，她怎么会想到他呢？

她不肯去想他，也不敢去想他。

一想到他，她就害怕，她不是害怕他，而是害怕她想起的那些事。她每每想起他们分手那天，他一动不动地站在雪地里，挺拔峻峭的身影孤寞如岩，她就会想，如果不是因为她藏了心事慌不择路地去见他，她和他，谁也不必经历那样毫无意义的痛楚难堪。她明知道他们之间什么都不会有，也不能有，却还要装模作样地让他以为……她不该骗他的，她是骗他的吗？

"婉凝！你想什么呢？"

董倩在她手上戳了两下，她才缓过神来，刚要开口，董倩忽然贴了过来，凑到她耳边道："你就帮帮忙吧！那个陈焕飞是克勤的长官，你就当是给我点面子好不好？你要是真的看不上他，明天就把这个还给他好了。"

学校侧门这里有两棵合抱粗细的大槐树，初夏时分，一串一串乳黄透绿的槐花清香四溢，陈焕飞在树下慢慢踱着步子，一看见顾婉凝款款而来，手里的礼品盒原封未动便笑道："你不打开看看吗？"

顾婉凝静静一笑，把盒子递了过去："不用了，这个还是送给陈先生的妹妹吧。"

"你怎么……"他想说"你怎么知道是香水"，说到一半，又咽了回去，"看来是我不懂得女孩子的心意。"却不肯接那盒子，"既然是送出去的东西，就没有再拿回来的道理。朋友之间，互赠礼物也是寻常。就算顾小姐不肯接受我的追求，那么，和我做个朋友总可以吧？"

顾婉凝微低了头，声音是一贯的沉静，又似乎带了几分笑意："陈先生是想和我做朋友，还是想'先'和我做朋友？"

陈焕飞一愣，随即偏着脸笑了起来："那我也想问一问，顾小姐是现在不想交男朋友呢，还是抱定了独身主义的先锋女性呢？"

顾婉凝听他这样问，也怔了怔，蹙着眉笑道："我正在考虑以后者为终身志愿，所以现在自然是不想的。"

她说完，见陈焕飞认真地点了点头，不由得暗自出了口气，正想着是不是要和他告辞，却听陈焕飞说道："如果是这样的话，我倒想从朋友的角度给顾小姐一个建议。"

　　顾婉凝看他神色肃然，十分正经的样子，便默不作声地听他往下说。

　　"我想，像我这样的麻烦顾小姐一定不是第一次遇到，也不会是最后一次。可是小姐的志愿解释起来，未必旁人都能理解；所以，如果再遇到这样的事情，小姐不妨告诉别人已经心有所属，倒是能省事不少。"陈焕飞说着，面上的神情越发庄谨起来，"作为朋友，我是很愿意帮这个忙的。"

　　顾婉凝讶然地看着他，忽然想笑，又咬唇忍住了，陈焕飞仍是一派坦然："这个周末有俄国的芭蕾舞团在国际剧院演出《天鹅湖》，我约了朋友去看，不知道顾小姐有没有兴趣。"

　　顾婉凝苦笑了一下："我已经和同学买好票了，就不麻烦陈先生了。"

　　"是吗？"陈焕飞莞尔一笑，"希望到时候能碰到顾小姐。"

捌

思凡

不如怜取眼前人

    虽然这些年国内西风东渐得厉害，但芭蕾仍算新鲜，燕平城里的时髦人物都少不了要赶个热闹，顾婉凝和董倩票订得晚，当然没有好位子。等隔天董倩兴高采烈地来跟她说，汤克勤订了两张前排的票给她们的时候，顾婉凝自然知道是怎么回事，本来想说不去，可是转念一想，她又没做错事，干吗要躲着人呢？

    到了周末，她和董倩坐了黄包车去剧院，董倩穿了一条今年新做的丁香色礼服裙子，因为是第一次看舞剧，一路上兴奋地说个不停。顾婉凝不免有些惋惜，她原先回国的时候带了两件礼服的，可早就穿不下了，今天她在衣柜里来回翻了许久，大约只有这条玉白的长裙勉强不算失礼。

    她还记得小时候第一次去看芭蕾的情景，Betty给她梳了漂亮的发髻，银白色的缎带斜斜打着蝴蝶结，压着蕾丝花边的裙摆蓬蓬的像台上舞者的舞裙。回到家里，她不肯睡觉，对着镜子自顾自地转来转去；隔了几天，父亲便送她去学舞，教她跳舞的老师真是美丽，红发碧眼，颈子修长如天鹅，一个阿拉贝斯就惊住了她。

    开始那两年，她总惦记着什么时候能在舞台上的光圈里旋转，但父亲说："跳舞不是为了给别人看的。诗以言志，言之不足，歌之，歌之不足，舞之蹈之。疏影就不在意旁人怎么看她。"她似懂非懂，却隐约觉得父亲是在批评她。

果然，她们到了剧场门口一下车，就看见汤克勤和陈焕飞等在那里，董倩一见汤克勤，便丢开婉凝，挽着他走了进去，陈焕飞一脸的若无其事："顾小姐不介意吧？"

顾婉凝面上亦是一片坦然："谢谢陈先生特意让了票给我们。"

他们的位子在第三排中间偏右一点，顾婉凝翻开节目单看了一遍，对董倩笑道："你放心了，今天演的确实是喜剧那一版。"汤克勤闻言，也不禁莞尔，董倩看电影看小说最怕看悲剧，总是要确定了是皆大欢喜的结局才肯去看的。

陈焕飞却奇道："这剧不止一个版本吗？"

顾婉凝点了点头："嗯，悲剧的演法是男女主角一起投了湖，喜剧这一版又加了一段，投湖之后两个人没有死，天鹅公主也变成了人。"

"这么听起来，我也觉得还是喜剧的结尾好看一些。你觉得呢？"

"喜剧是观众想要的结局，悲剧是作者的本意，所以结尾的音乐很悲伤，就显得喜剧有些突兀了。"她声音沉静，没有一点情绪起伏，陈焕飞听在耳中，想着前两次见她的情形，觉得这女孩子虽然看起来亦如董倩一般明媚天真，内里却像个能谈谈正经事的大人。

只是，真正成熟聪明的女人懂得在男人面前迎合回旋，她却像是不懂，又不是小女孩的莽撞任性，男女之间那些可意会不可言传的细枝末节，到了她这里，忽然生出一种清洁的理性来。"想不到顾小姐看一场舞剧，也做了这么多功课。"

顾婉凝不置可否地笑了笑，董倩却忽然炫耀般地看了他一眼：

"婉凝也会跳的。"

"是吗？"陈焕飞眸光一亮，顾婉凝连忙摇头："我不会！"她说得仓促，语气却斩钉截铁，颇有些生硬。陈焕飞不由一怔，董倩吐了吐舌头，顽皮地笑道："我看过她练舞的，比去年我们学校晚会上跳《胡桃夹子》的姚莎莎还漂亮。她说不会是不肯跳给别人看罢了。"

婉凝还要反驳，清泓的钟声响起，灯光渐暗，场中迅速静了下来，双簧管吹起了柔和的序曲。

中场休息的时候，陈焕飞和汤克勤碰到了熟人，顾婉凝不想有更多误会，便拉了董倩到大厅透气，两个人一面端详海报上女主角的阿拉贝斯，一面议论第二幕那段缠绵悱恻的双人舞，董倩突然扯了一下顾婉凝的手臂："咦？那不是你在警备司令部的那个朋友吗，怎么和佳宜在一起？"

顾婉凝闻言回过头去，隔了三三两两的观众果然看见霍仲祺在和人寒暄，挽在他臂间的女子衣饰华丽，穿着一条水绿的单肩礼服，正是韩佳宜。顾婉凝见状也很是诧异，上个礼拜佳宜还问过她小霍是什么人，怎么两个人这样快就相熟了？而且佳宜也没向她提起过。

她心中茫然，也不知道是不是要过去和他们打招呼，韩佳宜却已看见了她们，对着这边嫣然一笑，又冲霍仲祺耳语了两句。霍仲祺朝这边一望，便怔住了。他上午刚从江宁回来，就被韩佳宜拉了来看芭蕾，方才听她说遇到了学校的女同学，不经意间看了一眼，竟是顾婉凝。

他一见她面上错愕的神色，来不及想别的，第一个跳出来的念头只有懊恼，早知道她要来，他又何必陪着别人？他正想过去跟她解释，却见两个穿着常礼服的空军军官走到顾婉凝身边，仿佛十分熟络的样子，其中一个他也认得，是昌怀基地的陈焕飞。

"我们过去打个招呼吧？"韩佳宜笑吟吟地挽了霍仲祺过来，"倩倩，婉凝！你们也来了。这两位是？"

　　董倩还没来得及替他们介绍，陈焕飞已对霍仲祺笑道："小霍，听说你年后就调到警备司令部来了，这么长时间也不来找我？"

　　霍仲祺还是依了习惯，先替韩佳宜介绍了陈焕飞，接着便对顾婉凝道："原来你和佳宜是同学。"

　　顾婉凝见霍仲祺和陈焕飞是旧识，已然有些烦躁，此时听了他这一句不由得微微蹙了眉，佯作镇定地点头笑道："你们什么时候认识的？"

　　霍仲祺听她这样问，正好撇清："佳宜是韩珸的小妹，是我姨母的女儿。"说着，莞尔一笑，"她今年多大，我就认识她几年了。"

　　他此言一出，顾婉凝心下着实一惊，韩佳宜和他这样熟，怎么会不认得他，还要千方百计地来套自己的话？

　　韩佳宜娇嗔地白了小霍一眼，笑靥如花地对顾婉凝道："婉凝，我记得你也有一件水绿的礼服裙子，跟我这条差不多，是吧？"

　　她闲闲的一句，顾婉凝的脸色已然变了，她之前是有一条相似的礼服裙子，却是在江宁的时候，有一次和虞浩霆去财政总长家里跳舞的时候穿过的。她发凉的手指轻轻握了握董倩的手，强自镇定道："倩倩，我有点不舒服，我先回去了。"也不再和其他人打招呼，转头就要走，董倩还来不及反应，陈焕飞忙道："你要回学校吗？我送你。"

　　顾婉凝匆忙摇了摇头："不用了，我自己回去就可以……"

　　霍仲祺打量了他们二人一眼，便了然了几分，低声对顾婉凝道："我送你吧。"

　　不料，顾婉凝仍是摇头："不必麻烦霍公子了，一会儿下半场黑天鹅的'挥鞭转'是最华彩的段落，还是不要错过的好。"她语速飞快，最后几个字还没说完，人已转身走了。

霍仲祺哪还有心看什么"挥鞭转"，匆匆跟旁人点了点头，便追了过去。顾婉凝突然这样失态，几个人心里都各有猜度，陈焕飞一见她认识霍仲祺，便认定小霍就是那个常去学校约她的军官，小霍的风流偶傥一向是名声在外，今天这个情形莫不是因为她看见霍仲祺身边有别的女伴？他一念至此，也跟了出去。

韩佳宜见状一笑，拉了拉犹自莫名其妙的董倩："看样子，他们是赶不及下半场了，你们到我包厢里来吧。"

陈焕飞出了剧院门口，就看见霍仲祺和顾婉凝站在下头几级台阶上说话，顾婉凝似是要走，霍仲祺正伸手去拦她，陈焕飞心中暗笑，施施然走了过去："小霍，既然顾小姐要走，你又何必勉强人家呢？"

霍仲祺瞥了他一眼："我就是要送她回去。"

陈焕飞笑道："顾小姐是跟我一起来的，自然是我去送，就不劳烦你了。"说着，对顾婉凝道，"顾小姐，我们走？"

他原想着自己出来是替她解围，没想到顾婉凝看他的眼神竟是十分戒备，又看了看霍仲祺，才低低道："多谢陈先生，霍公子是我的朋友，就不麻烦您了。"

这一下更让陈焕飞莫名其妙，他看着顾婉凝上了霍仲祺的车，终究觉得不放心，还是跟了上去。不知道是不是因为看见自己跟在后面的缘故，这一回，霍仲祺的车倒是老老实实停到了学校门口。

待顾婉凝下车进了学校，陈焕飞刚想掉头回去，却见霍仲祺径直朝自己这边走过来，没轻没重地就往车窗上敲。陈焕飞摇下车窗，摆出一副好整以暇的神气来："怎么？打扰霍公子的好事了？"

霍仲祺却是一脸的不耐烦："你下来。"

陈焕飞见他如此，心里越发有几分得意，慢条斯理地从车里出来，斜斜地扫了霍仲祺一眼："霍参谋，你就是这么跟长官说话的？"

霍仲祺今日没穿军服，扯了扯领口端谨的黑领结："你是不是想追她？"

陈焕飞闲闲地拍着车门："不成吗？"

"你知道她是谁？"

"难道也是你表妹？"

一句话将霍仲祺噎在那里，良久才吁了口气："她之前交过一个男朋友。"

陈焕飞失笑道："那又怎么样？"

"她那个男朋友，是我的长官。"霍仲祺顿了一顿，说得很慢，"也是你的长官。"

陈焕飞闻言一怔，霍仲祺去年一直混在北边，今年刚调来燕平的警备司令部，和他八竿子也打不着一点关系："你什么意思？"

"特勤处的江夙生为什么被调到眉安，你知不知道？"

陈焕飞从英国受训回来虽然一直不在江宁，但空军是虞靖远一手创建，可谓嫡系中的嫡系，陈家和虞家亦有私交，顾婉凝的事情他虽然没有刻意打听过，但多少还是知道一些，这会儿霍仲祺突然提到江夙生，他立时便反应过来："是她？"

便见霍仲祺笑容寡淡地点了点头。

这件事未免太过意外，陈焕飞消化了两分钟，皱着眉道："那她怎么一个人在这边念书？"

"就因为江夙生那件事，她跟四少分手了。"

陈焕飞默然了片刻，忽然面露疑色："那你跟我说这个干吗？"

霍仲祺怔了怔，心道这人怎么这么不晓事："她不会跟你在一起的，你算了吧！"陈焕飞却又摆出了方才那副好整以暇的神色："你怎么知道？"说着就要上车，霍仲祺伸手扣在了他的车门上："你就不想想，要是四少知道了会怎么样？"

陈焕飞身形一滞，蹙了蹙眉，旋即漫不经心地一笑："总长也不能这样霸道吧？"

韩佳宜今天晚上一场芭蕾看得格外惬意，董倩和汤克勤看完剧去吃夜宵，她却要回学校。宿舍的门没有锁，韩佳宜"哗"地推开，极热络地笑道："你走得早，真是可惜了，后面两幕才精彩呢！"

顾婉凝身上的衣服没有换，静静地坐在床边看着她："佳宜，既然你和仲祺早就认识，为什么要骗我呢？"

韩佳宜唇边的笑容还在，方才的热络却冷了："我骗你？顾小姐才是好演技吧？"

顾婉凝刚想解释点什么，韩佳宜面上却多了几分讥诮，悠悠说道："仲祺……你几时跟小霍也这么熟了？你以为你还在栖霞呢？"

顾婉凝闻言，眸中也浸出了寒意："佳宜，我困了，你要是没有别的事，我就先睡了。"

韩佳宜却不想就这样算了："你在江宁的事情我一直都守口如瓶，成全你在这里扮清高，你不谢谢我吗？"她见顾婉凝不肯答话，索性走近了笑道，"今晚的事，我也是好心想给你提个醒。小霍是什么人你又不是不知道，怎么还会蠢到打他的主意？就算如今他哄着你，你也不用太当真，小霍胡闹惯了，连玉堂春的女人都……"

她说到这里，面上也有些不好意思，话锋一转："其实，那个陈焕飞也不错。不过，你说要是他知道你跟过虞四少，还会来约你吗？"

"佳宜，我以前是有什么地方得罪过你吗？"顾婉凝冷然问道。

韩佳宜怔了怔，咬着唇娇娇一笑："怎么会？我可当你是好朋友呢！"

说完，转身拉开门走了出去，高跟鞋在木地板上踩出轻快的"嗒嗒"声，顺滑的丝绸裙子流水般拂过小腿和脚踝，在韩佳宜心里激起一阵莫名的快意，她并不觉得顾婉凝有什么过人之处，不过是样貌略出色些，一双眼睛格外作张作致罢了。

若说可取之处，大约就是她英文、法文都地道流畅，德文也能说得上来，可她从小待在国外，这也没什么稀奇。反过来说，许多事情上她都一塌糊涂，看到"合性与知觉，有心之名"就晕了，有一回她们说起"脂砚斋"，她听了几句，忽然问："是书店吗？"真是傻透了。若不是为了虞浩霆，她才懒得在意她，更不要说让她去……她一看到顾婉凝那副波澜不惊、若无其事的样子就觉得气闷，她偏要叫她难受！

韩佳宜回到家，一面吵着要吃夜宵，一面同韩珺说今晚的芭蕾如何精彩，霍仲祺靠在酸枝圈椅里远远看着她，冷着脸一言不发。

韩珺给她递了个眼色，叫她不要去惹小霍，韩佳宜却无所谓地挑眉一笑，径直走到霍仲祺面前："小霍，我不是你那些莺莺燕燕，整日里要铆着劲头讨你欢心，你也不用给我脸色看。我不过是好心提醒顾婉凝一声，叫她不要痴心妄想罢了。"

霍仲祺默然听着，忽然抬眼冷笑，面上尽是嘲色："你以为你学着她，我四哥就能多看你两眼是不是？你也不想一想，虞四少认识你这么多年，但凡有半点儿看得上你，还用得着你花这样的心思？"

韩佳宜听了他这一句，顿时俏脸煞白，气恼地瞪了她哥哥一眼。霍仲祺之前一直不在江宁，并不知道她和虞浩霆是怎样一番来往，只韩珺前些日子问过她是不是认识顾婉凝，私下里劝过她几句，此时霍仲祺这样说出来，必然是韩珺告诉他的了。

韩珝见了这个情形，唯有苦笑，这两个人从小就不对盘。闹得最凶的一次是霍仲祺不知从哪儿捡了一只猫，被佳宜看见，硬要抱回家去，当时小霍不在，霍夫人就做主给了她；没想到霍仲祺回家不见了猫，大闹一场，竟跑到韩家来，非要回去不可。韩佳宜自然不肯，两个小人儿一番厮闹，韩佳宜直在他手上抓出几条血道子，小霍到底知道自己是哥哥，并不还手，却倔着不肯松口。

　　后来韩夫人百般哄了，又许诺给佳宜找一只更好的，韩佳宜才委委曲曲地点了头，只是要自己去把猫抱出来，她去了一会儿，众人便听见那猫一声惨叫。霍仲祺冲过去一看，韩佳宜正抱着猫出来，往他面前一掼，那猫的一条前腿却不知道被什么压断了。小霍一把把韩佳宜推在地上，抱了猫转身就走，从那以后两个人就翻了脸，一直到这几年两个人都长大了，才渐渐好起来。

　　韩佳宜心中气愤，嘴上更不肯吃亏："霍仲祺！你别不识好人心！庭萱姐姐年底就回来了，你要是再勾搭上顾婉凝，那才叫别人说出好话来呢！"

　　霍仲祺嗤笑道："你也知道我姐姐要回来了？怎么？还盼着四哥养你当外宅吗？"

　　"小霍！"韩珝见这两人越说越不像样，连忙出声打断，"佳宜，你不是要吃夜宵吗？"

　　韩佳宜也知道自己言语之间失了分寸，但她从小到大，从来没受过这样的抢白，此时眼中的泪水已经打了转，扬着头从霍仲祺身边经过，狠狠抛下一句："你四哥玩腻了的女人，你也要？"

　　霍仲祺猛然站起身来，吓了韩佳宜一跳，韩珝赶忙拦在两人中间，拉了小霍一把。待韩佳宜咬牙走开，霍仲祺默然了一阵，忽然自失地一笑："今天的事是我不对，佳宜一个女孩子，我这个做哥哥的，不该这么说话。回头你替我赔个礼吧！"

韩珆叹了口气："佳宜是小孩子心性，对虞四少有些异想天开，未必就是冲着顾小姐。你——也太紧张她了。"

霍仲祺慢慢坐回椅中："我知道，我就是……不想让她再想起以前那些事。"

韩珆陪他坐下，淡笑着说："我还从没见过你这么痴心。不过，佳宜虽然口不择言，可也不是全没有道理，你还是趁早收手吧，免得以后真闹出什么事来。你不过是少年风流，一时荒唐，吃亏的还是她。"

霍仲祺却执拗地摇了摇头："我要和她结婚的。"

韩珆一愣，失笑道："那怎么可能？"

"是我亏欠她的。"

韩珆更是诧异："你这话怎么说？"

"要不是因为我，她就不会跟四哥分开。"霍仲祺声音有些抖，"要不是因为我，她就不会遇见四哥。"他约略跟韩珆说了当初如何遇见顾婉凝，又说了后来他们在芙蓉巷的事。

韩珆静静听着，沉吟良久，才故作轻松道："这些事也不能怪你。你就是为了这个？那你喜欢她吗？"

霍仲祺仍是摇头："我不知道，我以前喜欢女孩子从来不是这样的。"他似是在笑，那笑容却无比艰涩，"我也想过算了。四哥说放不下她的时候，我就想算了，可她却走了。

"后来我去绥江，又去了唐努瓦图，一路上我都想着，算了，等回去的时候我就能不想了，可是没用……韩珆，什么事都比不上她对我笑一笑。

"可我连跟她说都不敢。刚才我送她回学校，还让陈焕飞不要打她的主意，回过头来想想，起码他敢说出来，我呢？"

霍仲祺直直地望着他，眼中仿佛有一片莹光："我知道她不会跟我在一起，我怕我说了，她就再也不肯让我陪着她了。"他说着，苦苦一笑，"我跟你说，你也不明白，连我自己也不明白。"

韩珆拍了拍他的肩，低低道："我明白。"

霍仲祺不置可否地笑了笑，韩珆复又劝道，"慢慢来吧！她既然跟你四哥纠葛这么深，不是一天两天就能过去。但时间久了，人都会忘，或许再过两年，旁人不提了，她自己也想开了，你带她出国去就是了。她偶尔说起小时候在法国的事情，倒很开心的。就怕到了那个时候，霍公子又另有新欢了。"

霍仲祺皱着眉剜了他一眼，但韩珆这番话却叫他的心情平复了不少。韩珆说得对，等她忘了那些事，等她知道他的好，他就带她走，他要她从此以后都无忧无虑，再也不伤心了。

韩珆见他面露霁色，也放下心来，小霍今日一场剖白，他自觉旁观者清。霍仲祺此番这般痴心，顾婉凝容色惊人倒还在其次，只是一番阴差阳错让小霍对着她先就生出了一腔怜惜歉疚，更要命的是她后来又在霍仲祺手里出事。小霍太年轻，他从前那些风流故事，都是风花雪月淡不留痕，这样直见生死的事情却是头一遭，委实是这女孩子给他的刺激太深。

还有一层，他不愿说破。霍仲祺从小最亲近的就是虞浩霆，最佩服信赖的也只有他，这么多年，虞浩霆亦把小霍当亲弟弟一样疼爱指教。按理说，这两个人绝不会为着个女人伤了兄弟情分，但有时候，越禁忌的东西，越诱惑；在小霍眼里，虞浩霆说的话做的事都是对的，那他喜欢的人——自然也是好的。他对顾婉凝多一分思恋，就对虞浩霆多一分愧疚，可越是愧疚，他对这女孩子的心思就缠得越深。

他说"我跟你说，你也不明白""我知道她不会跟我在一起，我怕我说了，她就再也不肯让我陪着她了"，他说他不明白，他怎么会不明白呢？

山有木兮木有枝，心悦君兮君不知。

他明白，他比谁都明白。

过了周末，韩佳宜再回到学校，和顾婉凝已是路人一般，更和隔壁的董倩换了宿舍。没过几天，顾婉凝便发觉和韩佳宜相熟的几个女同学打量她的眼神都怪怪的，她心里明白，面上只是若无其事。倒是董倩在图书馆里悄悄地问她："婉凝，我有件事想问你，你要是不想说，就当我没问。"

"怎么了？"

"这几天，她们在说……说你不是从湄东来的，是在江宁，给人做……做情妇，还被学校开除过。"董倩百般犹疑地说完，半晌却不见顾婉凝开口，"反正我和晓蕾是不信的。"

顾婉凝看她踌躇得满脸通红，低低一笑："倩倩，要是我跟你说，我是为了我家里人，你信吗？"

董倩沉吟着点了点头："是……是你家里急着要用钱吗？"

顾婉凝摇摇头："不是因为钱，是因为我有事要求人帮忙。"她说得平静，董倩也就没那么小心翼翼了："那后来呢？"

"后来我就到燕平来了啊。"

董倩想了一会儿，忽然冒出一句："那人真坏！"

两个人又看了会儿书，商量着去附近的小馆子吃豌豆黄，刚一走到宿舍楼下，便看见陈焕飞等在那里，董倩贴在顾婉凝耳边小声说："你放心，你的事情我不会告诉他的。"

"我自己跟他说。"顾婉凝说着，朝陈焕飞客气地点了点头，"陈先生，你好。"

陈焕飞微微一笑，递过来一个十分精致的纸袋："送给你。"

顾婉凝不肯去接，一面朝学校侧门外走，一面低声说："陈先生，我的事情霍公子都告诉你了吧？"

陈焕飞跟在她身后："什么事？"

顾婉凝闻言不由语塞，陈焕飞也不忍见她为难，遂笑道："我是真的想和顾小姐做朋友，其他的事——也没什么相干。"

"可我并不想和陈先生交朋友。"顾婉凝冷然道。

她言语生硬，陈焕飞却仍是微微含笑，像是低着头看她，又像是沉吟自语："一个人一辈子会遇见很多人，经历很多事，个中冷暖，只有自知。别人如何说如何想，不过是流水云烟，半点都不值得在意。"

"我不是在意别人怎么说。"顾婉凝静静听着他的话，语气却没有方才那么冷硬了，"只不过，有些事情既然已经知道了结果，又何必还要徒劳呢？"

"那顾小姐既然已经知道舞剧的结尾，为什么还要去看呢？"

顾婉凝一怔，脱口道："那怎么一样？"

陈焕飞懒懒道："也没有什么不一样。我在英国受训的时候，中队里年纪最小的是个叫William的苏格兰人，他有个青梅竹马的女朋友，三天两头给他写信，有时候一天能收到两封，后来William坠了机，那女孩子和他父母一起来领遗物，单是她写的信就有一百多封。你说，如果她知道会是这样一个结果，这些信她还写不写了？"

他见顾婉凝神情恻然，温言笑道："况且，不到最后，你也未必就知道是怎样一个结果，虽然节目单上写了一个结局，可万一到了最后一幕，演员忽然偏想演另一版呢？"

顾婉凝默然许久，忽然抬头一笑："陈先生好会讲道理。"

陈焕飞自嘲地笑了笑："可能因为我们这一行，习惯了随时准备着出意外，所以想事情会不太一样。"

婉凝想了想，唇边噙着一抹笑意："陈先生的意思，就是晏几道的词里说的，'一向年光有限身'，嗯……'不如怜取眼前人'。"

陈焕飞听了，失笑道："这个意思我可没有！我只是想劝小姐一句，若是因为从前的旧事拘束自己，就太可惜了。"

一阵风过，乳黄的槐花雨片般簌簌而落，两人一时都停了言语，地上瞬间便积了薄薄的一层，犹带着一点甜馥的清气。陈焕飞见她肩头发上都落了花瓣，想要伸手拂了去，却又觉得这样偶然的美丽殊为难得。

"陈先生的道理讲得很好。谢谢你。"

陈焕飞闻言又把手里的纸袋递了过来："不客气。"

顾婉凝轻轻一笑，接在手里："你在英国受训的时候，真有一个叫William的同僚吗？"

陈焕飞点头笑道："有啊，去年他刚刚结婚，还寄了照片给我。"

两个人一路聊着到附近的小馆子买了豌豆黄、芝麻卷糕几样点心带回去，董倩看了她手里的东西，不急着拆吃的，反而先抢过那纸袋，从里头拿出一条雪青色的礼服裙子来："哎，很漂亮呢！你快点试试。"

"以后有机会穿再说吧。"顾婉凝把裙子从她手里抽回来，收进了衣柜。

董倩吃了几口点心，忽然皱了皱鼻子："你说这个陈焕飞上一回送你香水，这一回送你裙子，也太会察言观色了。我猜他一定不是第一次追女孩子，我回头再问问克勤，你可要留神！"

顾婉凝伸手在她鼻头点了一下："你放心，我和他真的只能做做普通朋友。不过，他这个人倒也挺有趣的。"

虽然婉凝和韩佳宜闹了别扭，韩珝却仍是教她学戏。一句"小七在我们家里被宠坏了，总爱争强好胜，一直脱不了小孩子脾气"，轻描淡写仿佛她们是小女孩斗气一般，顾婉凝听他这样说，只以为韩佳宜是误会她和霍仲祺来往的缘故，也不大放在心上。

这一日，韩珝教她扮戏，为了叫她清楚上妆前后的差别，先在自己面上描了一半。顾婉凝在边上看他傅粉涂朱，轻描缓揉，半面素颜半面妆，不禁暗自惊赞：韩珝本来眉目疏淡，十分清素，然此时上了妆的半边侧脸黛眉入鬓，软红柔艳，顾盼之间娇波流慧，端然是芙蓉输面柳输眉的深闺佳人。

韩珝见她面露惊赞之色，倒是意料之中，一面起身让她坐到镜前为她扎扮，一面细细讲了如何上彩梳发，淡妆艳妆怎样贴合角色云云。

一时妆成，韩珝远近仔细端详了，却忍不住有些失望。他原想着顾婉凝这样露灌蔷薇、烟笼芍药一般的容色，上了戏妆必定是加倍的艳压明霞；然而此时看来，她扮相虽然也美，但却失了娇韵，只有程式化的美，反倒不如素颜时的晶莹剔透，情致动人。

他又细细打量琢磨了一番，也找不出自己哪里画得不妥，想了一想，喟然叹道："我今天总算是知道，'却嫌脂粉污颜色'这样的话，未必就是矫情。"

顾婉凝自己亦有所觉，却是满不在乎地回头笑道："你上了妆真是好看，我以前看过季惠秋的戏，她扮起杜丽娘来也没有你漂亮。"

霍仲祺过来的时候，隔着窗子正看见韩珝在替顾婉凝卸妆，心里像被虫子不轻不重地叮了一下，没来由地就有些不舒服。他竟是这么不愿意让别人亲近她，可她从前和四哥在一起的时候，他也没有这样……他略有些烦乱地想着，走进来的时候却是笑容明朗："我还没见过你上妆呢，这么快就卸了？"

顾婉凝回头一笑："我扮起来没有韩珰好看。"

"是吗？"霍仲祺踱过来从镜子里看着她，凝眸笑道，"我可不信。"

"真的。"顾婉凝今天头一次做戏妆，很是新鲜有趣，兴致也比平日高了许多，"韩珰说，过些日子楚老板要在新明戏院登台唱《思凡》，你要不要和我们一起去看？"

霍仲祺听到她说"我们"，心里越发不舒服，不自觉地看了韩珰一眼："哪天？"

韩珰亦觉出霍仲祺似乎有些不快，转念间便想到了缘由，淡淡一笑："下星期六晚上。"

霍仲祺还没来得及答话，婉凝忽然想起一件事来："哎呀，那我去不了了，二十四号晚上我要和同学去西山。"

"你们晚上去西山干什么？"

"董倩的伯父是研究天文的，他在美国天文学会的朋友推测说，那天可能会有牧夫座的流星雨，运气好的话，裸眼就能看到，所以我们想去碰碰运气。"

"就你们两个人？"

"还有别的同学，你放心，董倩的男朋友也和我们一起去的。"

"就是上次跟你们一起去看芭蕾的那个？"

"嗯。"

他去？那陈焕飞十有八九也会去咯？三更半夜在西山？他要让他如意了才怪！

"那我也跟你们一起去吧。"

顾婉凝想了想，说："不过，不一定能看到的，要是没有，就是白在那里熬一晚了。"

"没关系，就当郊游去了，在山上看看日出也是好的。"霍仲祺闲闲地说道。

"好啊。"婉凝点了点头，又转头道，"韩珺你去吗？"

韩珺心里苦笑，不用看也知道小霍扫在自己身上的眼神很有点冷，连忙道："我得去给我师傅捧场，你们去吧。"

到了礼拜六，陈焕飞却没来，汤克勤只说他有公事去了江宁，其他人自然也不再多问，只一个叫王晓蕾的女孩子好奇地说了一句："听说眉安那边局势很紧张，你们是不是也要去前线啊？"她此言一出，董倩立刻看向汤克勤，汤克勤连忙摇头："我可没听说。"

眉安局势紧张不假，不过，调动的大多只是西南驻军，和他们确实没什么关系，陈焕飞这次回江宁为的是最近监察部和审计署要进行财务审查的事。

参谋本部安排下来先在昌怀基地试行，国府自然也选了精干人才过来，不想人到了这边，昌怀基地的人却都不怎么理会，开起会来迟到早退，插科打诨不成样子。监察部的人去跟燕平的警备司令理论，那司令反而诉起苦来：空军原本就不归警备司令部管辖，连人带飞机都是参谋部的宝贝，一个中队长的军衔比旧京驻军的团长还高，有些背景深厚，又从国外受训回来的更是目中无人，连警备司令部的人碰到也要让他们三分。说到最后，却给他们出了个主意：陈焕飞的伯父是监察部的委员，你们何不从他身上想想办法？

监察部的人回头来找陈焕飞，倒是被他开导了一番，纸上得来终觉浅，绝知此事要躬行，你们连飞机都没上过，哪里知道一张订货单上型号改个数字，要差出多少钱来？当然要从日日摆弄飞机的小飞行员那里入手。监察部的人一想也有道理，便着意放低了身段和吕忱这班人交往，套着近乎就被他们哄到了飞机上，刻意几番冲降，吐得死去活来，这些人却是只有嬉闹，半分同情也没有。

事情传到国府，又闹到参谋部去，虞浩霆少不得把陈焕飞叫回江宁申饬他御下不严。

西山是旧京附近的避暑之地，草木清幽，山泉叠响，却并不险峻，且有几座香火颇盛的古刹掩映其间。眼看夕阳渐落，董倩他们一路行来，所遇游人都是下山的，唯有他们一路往上。

几个女孩子和汤克勤都相熟，却不大认得霍仲祺，但是这个年纪的女孩子对春风和煦的英俊少年总有些天然的好感，小霍又是一以贯之的倜傥温柔，行到半山已经俨然比汤克勤还要熟络了。反而顾婉凝和董倩牵着手走在一起，又逗着上下逡巡跑来跑去的Syne，倒跟他说不上几句话。

直到一班人停在半山的凉亭里休息，霍仲祺才走过来，低笑着对顾婉凝道："你得帮我个忙。"

"怎么了？"

霍仲祺笑微微地皱着眉，回头朝另外三个女孩子看了一眼，压低了声音："我跟她们说我正在追求你呢！"

顾婉凝闻言，眼神明亮促狭："那我可是荣幸之至了。"

"你们有个女同学倒是很担心我——"霍仲祺落在她身上的目光越发柔软起来，"她说，这件事难度太大，恐怕我去追求你们那位舍监女士还要容易些。我跟她说，那我也没有办法，谁让我偏偏就这么一往情深呢！"

顾婉凝"扑哧"一笑："你放心，我一定不会'答应'你的。"

霍仲祺一怔，明知她是顺着自己的意思说笑，心里却忍不住腾起一点苦涩，半假半真地苦笑着说："想不到我也有这么一天，唉……"

顾婉凝见他煞有介事地摇头长叹，不由笑道："过些日子，我就在学校里大哭一场，只说霍公子负心薄幸，另有新欢了，替你把面子赚回来好不好？"

霍仲祺蹲下身子由着Syne在他手上轻轻舔着："千万别！那你的女同学少不了要咒我狠心短命，等回头我去了眉安，真叫人说中了就不好了。"

顾婉凝面上的笑容一滞："你是说……"

霍仲祺点头道："我本来也要跟你说的，下个星期我就走了，你要是有什么事就和韩珝说，小七胡闹惯了，你别往心里去。"

顾婉凝张了张口，却是欲言又止，她问什么似乎都不合适，只好低低说了一句："那你自己要小心。"

霍仲祺莞尔一笑："你不用担心，没事的。我之前在沈州的时候，觉得他们炮兵团挺有意思，这一回想去看看实战。"

锦西虽然多年来不涉南北之争，但内部却一直派系林立，争斗频频，但外人一有异动，这些人就立时调转枪口称兄道弟齐齐对外了；因此，无论是虞军西进龙黔，还是戴季晟直取云鄜都没有再动锦西。

这些年，广宁的李敬尧一家独大，或打或拉，几年间锦西已然成了一统的局面。李敬尧的烟土生意也越做越大，沿江往东，一直卖到了眉安，这盘生意原本就隐秘，经手的中间人都是商贩，江宁政府在眉安的官员也有从中抽成的，是以始终相安无事。

不料近一年来，眉安的驻军却突然抽了风似的专门查禁烟土生意，搅得李敬尧不胜其烦，抓捕烟贩也还罢了，上个月虞军竟然越界在武堰扣下了一大批货，连去交割的一个营长也公然"法办"了。这纯然便是挑衅了，一时之间两军都向眉安地界增兵，剑拔弩张之势，一触即发。

就在这个当口，霍仲祺接了虞浩霆的电话："小霍，我打算在锦西试试新编第九军的炮兵，你想不想去？"

他想不想去？

他有点想，又不太想。在北边那一年，他觉得最有意思的就是炮兵，却一直没机会参与实战。虞浩霆这么一说，他的确心里痒痒，可他又不愿意离开燕平。虽然他藏了心事不敢让顾婉凝知道，但他也觉出婉凝如今对自己颇有几分依赖，他原还怕出了韩佳宜的事情，又惹了她伤心，没想到她这些天反倒开朗了许多，是她已经不在意之前的事了吗？

那么……他想到这个，心里就是一热，这个时候他不想离开她，他舍不得。

可要是他们真的在一起了，四哥那里怎么办呢？

他不是有意要叫他难堪，他能为他豁出性命去！

他只是……

他只是喜欢她。

所以，虞浩霆一问，他就答应了，他要让四哥知道，他能为他豁出性命去。

他只是，喜欢她。

他们攀上山顶的时候，正看见夕阳的最后一坠。小霍望着顾婉凝，见她的人笼在柔和的霞光里，轻软的素白衫子被晚风吹出了微微的波纹，唇边一抹浅笑，温柔恬静，如风中铃兰。

他以前总是说走就走，想留就留，从来没有过离情。到这一刻，却忽然有些后悔，锦西战事一起，他说不好什么时候回来。此去经年，应是良辰好景虚设了，那淡淡的一缕离愁，却又仿佛镌得极深。

他想跟她说点什么，偏不知从何说起，忽然冒出一句：

"等我回来，你的《思凡》也该学好了，到时候你演一回让我瞧瞧？"

顾婉凝闻言一笑："好啊，韩珰说下一折教我唱《佳期》，说不定到时候我也学好了呢。"

霍仲祺笑道："你别说大话，《佳期》里的那支《十二红》很不容易的。"

顾婉凝听了，面上不由得有些讪讪。她学戏这段日子，只有韩珰正经听过，虽然韩珰说她嗓子不错，身段也有了，但她也知道即便自己学得不好，韩珰顾着她的面子，也不会说得太直白，因此她对自己学戏的水准并没有什么把握，只是她和霍仲祺如今十分熟络，在他面前不谦辞自矜罢了："我也不知道我学得怎么样，韩珰说还好。"

"韩珰说好，那就一定是好了，要是你学得不好，他一定嫌你唐突了昆腔，早就不肯教你了。"霍仲祺见她赧然含羞，连忙笑道，"那说好了，等我回来，你连《佳期》一起演给我看。"

"要是我学得不成，你取笑我的时候可要给我留点面子。"

"嗯，我只说是韩珰教得不好。"

顾婉凝连忙笑着摆手："那你还是笑我好了，免得他以后真的不肯教我了。"

天色渐暗，之前绮丽的云朵都沉成了灰蓝。几个女孩子把从宿舍里带出来的床单铺在草地上，摆了面包、罐头、水果出来——却是汤克勤和小霍一路背上来的。

有句话说三个女人一台戏，这会儿五个女孩子凑在一起，果然热闹得也和戏园子差不多了。先是议论学校里同学老师的有趣无趣，说着说着就转到了董倩和汤克勤身上，十八九岁的女孩子说起这些事情格外有一种带着娇羞的兴奋，彼此贴在耳边小声说大声笑，传了几圈下来，所有人都说了听了，只剩下汤克勤满脸茫然。霍仲祺在听了他的八卦之后，很仗义地用一支烟把浑身不自在的汤克勤解救了出来。

顾婉凝却在奇怪，她仿佛很久没有这样快活过了，可是心里却又觉得寂寞。那牛奶糖一样单纯的快活像浪花涌起的泡沫，簇拥着孤岛般的寂寞，那欢快那喧闹她都触得到，可是浪花一冲到静默的岩石边缘就退了下去，怎么也不能上岸。

"再过两年，我带你到西澜江看月亮。"

两年，西澜江。她以为他只是随口一说，原来他早就有了打算。

她抬头看月亮，那样柔和清亮的银白，即便她和他再也不会有交集，至少，他们看到的月亮是同一个。她忽然觉得惊惶，却不知道这惊惶从何而来，是因为方才她脑海里闪过的念头吗？

这一生，她再也不会见到他了。

这难道不是一个该让她安稳安全安慰的念头吗？

不是的。

她心里有个柔软却执拗的声音在说。不是的。不是的！不是的！！

她念"光阴易过催人老，辜负青春美少年"，惊鸿一掠，想到的是他；她晨起练字，写得最多的是那首《长干行》，一笔一画，她学的是他；冷雨敲窗，雪落青檐，月上海棠，满地梨花……能触动她的，无论是忧是喜，心底的第一个闪念还是他。

她在想什么？她怎么会这样可笑又可悲？她再也不必见他了，可她怎么忽然就会觉得害怕？

"几点了？"她抚着Syne的脑袋，轻声问。

霍仲祺映着月光看了看表："十点多了。"说着，抬眼望了望寂静的夜空，"你是担心今天没有流星吗？"

顾婉凝摇摇头："本来就是可遇不可求的事。"

霍仲祺见她有些意兴阑珊，便笑道："你要是无聊，就好好想想有什么愿望，免得一会儿真的看见流星，想不起来，就可惜了。"

一直过了午夜，几个女孩子都有了倦意，夜空中仍是一片静谧。繁星闪耀，银河清浅，蒙蒙的一牙细月温柔得像少女的眉弯，山间的风也细细的。婉凝拉了拉加在身上的毛衫，霍仲祺一见，连忙解了自己的外套披在她身上："你要是困了，就睡一会儿，看到流星我叫你。"

顾婉凝望着他静静一笑："谢谢你。"

霍仲祺默然了一阵，忽然道："婉凝，你能不能答应我一件事？"

"什么？"

"这个'谢'字，你以后再也不要跟我说了。"霍仲祺轻笑着说，"我第一次见你，你跟我说了两遍；我第二次见你，你跟我说了四遍……我们认识这么久，你跟我说得最多的就是这个。"

顾婉凝怔了怔，脱口道："……你记性真好。"她有些诧异又有些尴尬，"我没有留意，对不起。"

霍仲祺失笑道："这有什么好'对不起'的？我就是觉得，你总说这个'谢'字，也太生分了。"

"其实——这几年好多事都是你帮我。"顾婉凝轻轻咬了下嘴唇，"欧阳走了，宝笙……我没有什么朋友，也没办法和别人做朋友，你就是我最好的朋友了。"

她声音很轻，一字一句像花片落上水面，在霍仲祺心里点出绵绵的涟漪，唇边的笑意也像压抑不住的涟漪："所以，这个'谢'字你真的不能再说了。"

"好吧！"婉凝盈盈笑道，"嗯，那我以后只能说That's very

kind of you，sir。”

霍仲祺蹙眉一笑，抬手揉了揉她的头发："什么都不许说。"

正在这时，只听不远处的汤克勤说了一句："倩倩，倩倩，流星。"

婉凝和霍仲祺抬眼望时，果然看到两道粲然的光芒划过天际，光亮的痕迹宛然如束，顾婉凝也惊喜着重复了一句："流星！"

一班人立时都兴奋起来，董倩大声道："快许愿，快许愿！"说着，已经双手交握，闭了眼睛。

这时，又有数颗流星接连滑落，霍仲祺见顾婉凝只是笑看，便问："你怎么不许愿呢？"

婉凝歪着头抿了抿唇："我刚才想过了，我没什么愿望。"

霍仲祺笑道："哪有人没愿望的？我替你许一个。"说着，就闭了眼睛默然片刻。

顾婉凝不由好笑："哪有替别人许愿的？你许的什么？"

霍仲祺悠悠道："不告诉你，说出来就不灵了。"

顾婉凝听了也不追问，也学着董倩的样子握了双手低头不语，待她睁开眼睛，霍仲祺才道："你刚才还说没愿望，怎么这会儿又有了？"

顾婉凝莞尔一笑："我替你许了一个。"不等小霍再开口，她便抢道，"说出来就不灵了，我不会告诉你的。"

霍仲祺低头看着她，只觉得她那一双明眸便胜过了这光华万千的午夜星空，他竟从来没有一刻像这样快活过，胸中情潮奔涌，直让人觉得想要啸歌。却见她忽然想起了什么似的，面色端然起来，交握的双手抵在额上，闭目许愿的神情十分虔诚。

"你这回总算想到许什么愿了？"

婉凝缓缓抬起头，眼波沉静："我又替别人许了一个。"

小霍柔情脉脉的目光和着星光月色洒在她身上，低低道："其实想别人好，何尝就不是自己的心愿呢？"

外婆过世不久，顾婉凝就写信请欧阳怡帮旭明申请学校，到了六月顾旭明毕业的时候，果然有两家学校发来了录取通知，他自己拣择了一所去念，婉凝忙着帮他打点行装，旁的事都先搁下了。

到了七月底，旭明从徐沽上船，虽然想撑出一分男子汉的刚强，但在甲板上回头一望，连姐姐的眉目都看不分明，刹那间就落了泪；婉凝看着船缓缓出港，遥遥望了许久，心里虽然不舍，却也终究是了却了一桩心事。

只是坐在回燕平的火车上，看着窗外晒得发蔫的田野，恍然间生出一种无力的空虚，仿佛失了重力浮在半空，无从依着，也辨不清方向。她翻出从董倩那里随手带出来的《红玫瑰》杂志，翻了两页，却是索然无味，小说里的故事看上去传奇悱恻，可小说家的臆测猜想却怎么也比不过人世本身的曲折难解。

如今是暑假，学校里的学生大多都回家去了，顾婉凝却是无家可回，仍住在梁家。因为虞军和锦西的李敬尧已然开战，因怕途中不便，家在眉安的王晓蕾就留在了学校，她在旧京没有亲眷，于是婉凝除了教琴学戏，便常常到学校陪她，等到晓蕾在青琅的姨母接了她去避暑，虞军和李敬尧开战已经月余。

报章上的战事新闻都难免滞后，里头提到的地名顾婉凝也不甚了了，要到图书馆查了地图才能明白。虽然旧京的报纸多半都是报喜不报忧，但她把每一条新闻里头的日期、地点、行程、战事都拣出来对着地图认真看了，猜测虞军攻克益元之后，如今大约是在崇州遇到了阻滞。她又去查锦西的经济地理资料，知道崇州是锦西的门户重镇，如果虞军取下崇州，广宁便失了屏障，是以李敬尧必然要在崇州布置重兵。

　　她正盯着桌上的报纸、书册出神，忽然听到身后有人轻声说话："要不要我拿个沙盘过来给你玩儿？"

　　顾婉凝一惊，回头看时，竟是邵朗逸，只是他未着戎装，一身双宫茧绸的素白长衫，儒雅温润，站在图书馆里，倒丝毫不让人觉得突兀。

　　"你怎么到这儿来了？"

　　顾婉凝一面低声问他，一面看着周围有没有人留意他们，好在是暑假，学校里本来人就极少，此时也没有旁人。

　　邵朗逸施施然在她对面坐下，翻着桌上的报纸书册说："你这么关心锦西的战事，不如自己去看看？"

　　顾婉凝一愣，惑然道："你这是什么意思？"

　　邵朗逸沉默了片刻，垂着眼眸喟然一叹："浩霆受伤了。"

　　顾婉凝"哧"地笑了一声："你不用唬我。我虽然不懂这些事情，但也不是傻子，你们就算拿不下崇州，也轮不到他受伤。"

　　邵朗逸淡淡望了她一眼："李敬尧在崇州安排了重兵，我们在崇州能动用的兵力却有限，一来要防着戴季晟趁火打劫，二来锦西多山地，眉安之外的部队未必适应。李敬尧的人若是在崇州固守不出，我们如果围城，少说也要两个月才见效。可浩霆还想回江宁过新年的，你猜他想的什么主意？"

　　顾婉凝虽不信虞浩霆会受伤，但见邵朗逸神色肃然，说的又是锦西战局的事情，便听住了。

　　邵朗逸也不等她猜，慢慢往下说道："想让李敬尧的人出来，鱼饵就得有分量，浩霆是拿他自己当饵。"邵朗逸说着，在摊开的书册地图上点了点，"他有意让李敬尧知道，他人在龙津寺，却把大部分兵力都摆在了蒲岩、箕溪，仿佛是要围城的意思。李敬尧的人自恃地利，自然不会放过这样的机会。"

邵朗逸说到这里，面色微微一沉："这个局面虽然是浩霆有意为之，但也要做得真，鱼要上钩必然先吞饵。你看新闻的时候没有留意吗？虞军在白沙驿阻敌九日，在龙津寺阻敌十二日。"

顾婉凝看到这些的时候心中也有疑惑，此时不由问了出来："可是李敬尧最稳妥的就是凭险固守，他又何必要冒这个险呢？"

"因为他也着急，李敬尧最大的财路是烟土，我们明里暗里查禁他的生意也有一年了。锦西战事一起，他的烟土更是弄不出去。他叫人在崇州坚守，就算能保崇州平安，但僵持下去，他也受不住；反之，若是一击得手，锦西之困立解。"邵朗逸说着，又轻叹了一声，"你倒真的是一点儿也不担心他。"

"他受伤？除非你们全军覆没，才能叫参谋总长受伤。"顾婉凝低低一笑，一边收拾着桌上的东西，一边站起身来，"他如果真的有事，邵公子也不会坐在这儿跟我闲话了。我的书也看完了，失陪。"

她转身要走，却听邵朗逸在她身后叫了一声："婉凝！"

她困惑地回头，正撞上邵朗逸略带焦灼的目光："我今天来是有事求你。浩霆真的受伤了。"

顾婉凝怔了一下，咬唇道："那你该去找大夫。"

邵朗逸低声道："我实话告诉你，我们今天凌晨已经拿下了崇州，明天一早消息就会见报。浩霆是之前在龙津寺受的伤，眼下战事未定，这件事只能瞒着。我已经问过随行的医官，他伤势不大好，可浩霆这一次对锦西是志在必得，说什么也不肯回来，他的性子你也知道……"

在顾婉凝印象里，邵朗逸一向是闲淡洒脱、事事漫不经心的脾气，此刻他说到这个地步，顾婉凝不知不觉中已蹙了眉头，小心翼翼地问："他……中了枪？"

邵朗逸喉头动了动，摇了摇头，目光一黯："是炮。"

"怎么会？"

顾婉凝脸上霎时间骇得一点血色也没有了，下意识地脱口道："怎么会呢？卫朔呢？"

"你没有见过战场。"邵朗逸惨笑了一下，落在她身上的目光却有些复杂，似担忧又似不忍，"若是军阶高、家世好的就不会出事，我大哥就不会死，浩霆的哥哥也不会死。"

她从前和虞浩霆在一起，两个人好的时候少，闹的时候多，虞浩霆喜欢打听她的事，她却不爱过问虞浩霆的事，所以邵朗逸说的这些事她竟都不知道。自她认得虞浩霆开始，虞家四少就是一身的金粉繁华，时时处处都是众星拱月。虽有惊险，也不过是权柄上的筹谋算计，她从来都不会将直见性命的战场厮杀放在他身上去想。此时听邵朗逸说到虞邵两家的旧事，纵然是夏末秋初炎意仍重的天气，也不禁骤然一寒。

"我来找你，就是想让你去劝一劝他，叫他回来养伤。"

邵朗逸来的时候看见顾婉凝正对着报纸新闻琢磨锦西的战事，心里便有了几分把握，此时又见她这般神色，显是紧张虞浩霆的安危，料想她不会推拒。谁知顾婉凝听到他这一句，像是触到陷阱的小兽一般，本能地向后退了一步，一双乌沉沉的眸子警惕地看着他，语气仓促又坚决："不。"

邵朗逸皱眉道："小霍和石卿都在锦西，可他如今谁的话也听不进去，我也是没有办法才想到你。"他审视了顾婉凝一番，沉吟着说，"你放心，不管他肯不肯听你的，我保证你去见他一面我就送你回来。"

顾婉凝却仍是执拗地摇头："我不会去见他的。他不肯回去，你叫医官打镇静剂给他，直接送他回江宁就是了。"

"你……"邵朗逸低头苦笑，"浩霆如今是参谋总长，虞军上下，已经没人敢逆他的意思了。"

"邵公子也不敢吗？"

"锦西的事情，他有自己的安排，我照你的法子把他弄回来，前线的战事怎么办？"

"那是你们的事。"

顾婉凝刚才的话不过是情急之下随口一说，却没想到邵朗逸答得这样一本正经，她心绪烦乱，攥紧了书包的带子转身便走："我和你们一点关系都没有，我是不会去见他的。"

她急急地走到门口，用力拉了两下门都没有开，邵朗逸忽然从她身后伸过手来轻轻一推，门便开了。顾婉凝也不看他，低着头就往外走，只听邵朗逸在她身后说道："这几天我都在旧京，月底才走，你如果有什么事，就到警备司令部找我。"

邵朗逸目送顾婉凝素衣黑裙的影子绕过了图书馆，才慢慢拾级而下，一直等在外头的孙熙平赶忙迎了上来："司令，顾小姐怎么像是被吓着了。"

邵朗逸道："回去告诉新闻处，从明天开始，一个星期之内，所有关于锦西的消息都不要提到虞总长。"他说着，微微一笑，"他拿下崇州，我再送他一份大礼。"

第二天，报章上的头条新闻果然就是虞军攻取了崇州。然而，顾婉凝把相关的消息一行一行细细看下来，却没有她要找的东西。第三天、第四天、第五天，前线消息不断，有些名字是她之前也听过的，譬如新编第九军军长唐骧，但却都没有关于虞浩霆的只言片语。

他的行踪原本就不该过多暴露在众人眼前，她这样想着，而心底的不安却无论如何也挥之不去。虞浩霆如今在前线，应该不会有心情想起她来，那邵朗逸为什么要骗她呢？

万一，他不是骗她呢？

他真的会受伤吗？

为什么不会呢？

他在她面前就受过伤，可是他全不在意。

他的血擦在她脸上，殷红，温热，她用手去抹，却怎么也抹不尽。她惊惶起来，想去找他的伤口，双手已沾满了血迹。他的声音就响在她耳边："你这是担心我吗？"

她遽然抬头，正对上他笑意温存的双眼，他握着她的手放在胸口，鲜血汨汨地从她指缝间渗出来。

她一声惊呼坐了起来，原来不过是个梦。

浑身上下都是一层细密的薄汗，她突然翻身伏在床上，把脸埋进枕头，眼泪无声而出，扒在床边的Syne迷惑地看着她，喉咙里呜呜咽咽，不知道想说什么。

孙熙平一听门口的卫兵打电话过来说有个姓顾的女孩子找邵朗逸，也不用再去跟邵朗逸打招呼，自己就到门口把人接了进来："司令，顾小姐来了。"

邵朗逸正在接电话，见他们进来，略一示意，孙熙平便带上门退了出去。

"我知道了，我再想办法。"邵朗逸神色肃然地放下电话，这才转过身来招呼顾婉凝，"坐，想不到你还真的有事找我。还好你这会儿来，晚上我就回江宁去了。"

顾婉凝朝前走了几步，隔着办公桌直直地盯住他："你那天是不是骗我的？"

邵朗逸苦笑着摇了摇头："我骗你有什么意思？如果不是没有

办法，我也不想他和你再有什么纠葛。从前的事不说，这两年他为了你……"

他顿了一顿，蹙着眉道："我看都看够了。我干吗还要……"

"你不用说了，我去见他。"顾婉凝蓦地打断了他，"不过，他未必愿意见我。你最好还是想想别的办法。"

邵朗逸沉吟着点了点头："那我叫人送你回去收拾下随身的行李。"

顾婉凝一怔，随即明白他担心虞浩霆的安危，这件事自然是越快越好，便没有反对。

"你跟着熙平过去，就说是政务院的秘书，浩霆受伤的事你不要对别人提起。"邵朗逸一面说着，一面推开门送她出去，顾婉凝忽然仰起脸直直地望着他，咬唇道："你要是骗我……"

一双翦水明眸中是出乎他意料的决绝，还夹杂着点点滴滴的无助。

邵朗逸隐隐觉得有什么是自己没有想到的，是不是他疏忽了什么？然而也只不过是电光石火之间的犹豫："我若是骗你，就叫我……"他话还没说完，顾婉凝转过身去不再看他，声音也平静了许多："算了，我信你。赌咒发誓这种事最没意思的。"

攻克崇州之后，虞浩霆的行辕设在城东的燕坪镇，临时征借了崇州林姓富商在此地的一处宅院，前后七进，厅堂轩阔，园景巧致。只是眼下庭院里来往戍卫的皆是戎装军人，便半点闲情逸趣也没有了。

因为孙熙平沿途有公务在身，顾婉凝跟着他从旧京转机换船才到眉安，逢人问起，孙熙平只说她是政务院的秘书，旁人见这女孩子年轻貌美，虽各有猜度，但人既然是邵朗逸亲自调动的，也不敢多说什么。只是顾婉凝一路上却颇为辛苦，在第一班飞机上就忍不住呕了起来，她不想给孙熙平添麻烦，便不肯吃东西，只是喝水。孙熙平找了晕机的药给她吃，让她在飞机上尽量睡着，却不料她睡梦中亦不安稳，醒来之后更是面带忧色，楚楚可怜。

孙熙平看在眼里，心中却纳闷，也不知道邵朗逸跟她说了什么，她既然这样悒悒不乐，怎么又愿意千里风尘地去见虞浩霆？

一时想着，又忍不住暗自腹诽邵朗逸，三公子这两年费了几番心思暗中照料这女孩子，事事都要她周全；如今既然是送她去见虞浩霆，派专人送过去也是手边的事情，何必非要叫她这样辛苦辗转？又严令自己不许有半点闪失，这么一个娇滴滴的女孩子，万一磕着碰着伤着病着，还不都得算到他头上？到时候，两边都没法交代，倒霉的只有他。

好容易到了眉安，孙熙平长吁了口气，别的事情他都先放了，想着只待顾婉凝休息一阵，就立刻叫人安排车子送他们去燕坪镇。顾婉凝也看出他是想尽快处理掉自己这个麻烦，便索性连眉安行辕也不进，就在门口等他去找车子。

这一来，孙熙平倒有些不好意思，劝她还是休息一下再走，顾婉凝却摇头不肯："这一路上已经很麻烦你了，我耽在这里，你总要分神照顾我，不如我先走，你好再忙别的事。况且只是坐车而已，也没什么辛苦的。"

等车子开出眉安，孙熙平从后视镜里看着顾婉凝，忽然又后悔起来。她这几日奔波辗转，食宿不安，此刻又是一副莫名其妙的忧心忡忡，越发显得雾鬓风鬟，憔悴不堪。他这样把人送过去，虞浩霆不发作才怪。可事已至此，又不能调头回去，想了想，便回头对顾婉凝笑道："我们刚取了崇州，战局平稳，小姐不用担心。锦西山水清奇，风光同江宁大不一样，很值得看看。"他想着叫顾婉凝留意沿途风物，面上能带出几分欣然神采来，却见她只是心不在焉地点了点头。

从眉安过来大约三个小时的车程，他们到燕坪镇的时候已是夕阳西下的光景，眼下两军交战，燕坪镇又是军管，行辕附近岗哨林立，几乎没有行人经过。顾婉凝下车站定，眼前虽是一座寻常大宅，但门前肃立的卫兵却激起了她心底的疑惧，她真的要去见他吗？

　　她花了那样大的力气才和他做了一个了断，她怎么能再去见他？

　　孙熙平虽然不尽知她和虞浩霆的前尘种种，但也多少知道这两人绝不是举案齐眉、花好月圆的一对儿，此时见她迟疑止步，唯恐又出了什么变数，赶紧就从后备厢里取了顾婉凝的衣箱，若无其事地对她笑道："顾小姐，这是临时征借的总长行辕。您稍等，我去问一问，如果虞总长在，我请他出来接您。"说着，便将通行证件拿给了卫兵。

　　顾婉凝听他猛然提到虞浩霆，心中一乱，脱口便道："不要！"

　　孙熙平故意摆出一副憨然的神情来："那……"

　　顾婉凝有些茫然地低语了一句："我们进去吧。"

　　孙熙平带着顾婉凝穿过前两进的门厅、轿厅，正想着怎么去跟虞浩霆通报，忽然瞧见叶铮站在右手的回廊里跟人说话，心里就有了计较，连忙叫道："叶铮！"

　　叶铮回头一看，见孙熙平正满脸堆笑地跟他招呼，身边还跟着一个——他来不及同孙熙平回话，目光已落在了顾婉凝身上。这小子怎么带来一个——他一时不知道怎么形容，一个好看到吓人的女孩子？

　　不不不，不是吓人，是……他说不出。她蹙着眉，脸色似乎太苍白了些，可此时漫天的霞影洒落下来，也都败给了她的眸光潋滟，她是在伤心吗？看着她，叫他都觉得有些伤心了。他正想得没有头绪，孙熙平又叫了他一声："叶参谋！"

　　叶铮这才恍过神来，赶忙换了笑脸走过去："你怎么来了？"

　　孙熙平也不理他，只先给顾婉凝介绍："顾小姐，这是总长的随从参谋叶铮。"

顾婉凝便对他微一点头："叶参谋你好。"

叶铮听孙熙平称呼她"顾小姐"，心里悚然一惊："这是？"

孙熙平知道叶铮来得晚，对顾婉凝是只知其名，未见其人，心中暗笑，更拿定主意要把这件事栽给他，也不给他介绍，只正色道："你快去跟总长通报一声，就说顾小姐来了。"

叶铮一听，就知道眼前这个女孩子，必然就是叫虞浩霆这两年都郁郁寡欢的那一位了，可虞浩霆今天一早去了崇州还没回来⋯⋯这样好看的一个女孩子，怪不得四少念念不忘，可她怎么瞧着这么不开心呢？也不知道这女孩子笑起来是什么样子。他心思纷杂，不假思索地顺口说道："总长现在不在，小姐有什么事，不妨告诉我，等总长回来，我一定转告。"

转告？转告什么？你能转告什么？孙熙平不料他居然这样没眼色，恨不得抽他一耳光，当着顾婉凝却也不好说什么，只好笑道："邵司令吩咐我还要回眉安办点事情，我就不在这里等了，你照看好顾小姐，我先走了。"说罢，剜了叶铮一眼，将手里的箱子往他手里一递，跟顾婉凝打了招呼，转身就走。

叶铮被他剜了一眼，才醒悟自己真是蠢到家了，也恨不得抽自己一耳光，连忙赔着笑对顾婉凝道："总长这会儿确实不在，请小姐先休息一下，我去问一问总长什么时候回来。"

顾婉凝听他这样说，料想是虞浩霆受了伤，他又不认识自己，自然不能轻易让她去探视，便道："卫朔在吗？你告诉他，是邵朗逸让我来的。"

叶铮听了她的话，却有些迷茫，只好据实答道："卫朔一早陪着总长到崇州去了。"说着话，已把顾婉凝让进了花厅，又叫勤务兵过来倒了茶，自己才走开去给崇州那边挂电话。崇州那边却说，虞浩霆已经走了，估计有半个钟点就该到行辕了。

叶铮放了电话，转回来见顾婉凝，却见她双手捧着茶杯，茫然瞧着窗外，神色游离。"顾小姐，崇州那边说，总长已经在回来的路上，再有半个钟头也就到了。"

顾婉凝闻言一怔，又仔细看了看叶铮，犹疑着问道："他真的去了崇州？他——他的伤势不碍事吗？"

叶铮听她问得奇怪，也有些愕然："总长没有受伤吧？"

"没有吗？"

"没有啊。"叶铮忽然想起一件事来，眼波促狭地笑道，"总长身上虽然没受伤，但时常伤心却是有的。"

顾婉凝见他如此神色，已是恍然省悟，她以手扶额，低低摇头一笑，想不到邵朗逸谦谦君子一样的人，说起谎话来，也滴水不漏。

她再抬头时，面上的神色已平缓了许多，对叶铮道："我没什么事找虞总长，能不能麻烦叶参谋找辆车子送我回眉安？"她此言一出，更是让叶铮莫名其妙，怎么巴巴地来了，见都不见就要走："顾小姐，您先别急，总长马上就回来了。"

顾婉凝却起身拎了自己的箱子："那就不麻烦叶参谋了。你们总长并不想见我，你也不用告诉他我来过。"说着就要出门。

叶铮忙道："小姐稍等，我这就去安排车子，路上都有哨卡，您一个人不方便。"

叶铮安抚住了顾婉凝，自己却没了头绪。

他刚到江宁的时候，郭茂兰就叮嘱过他，四少之前这个女朋友是件伤心事，不管听到什么风言风语，都不许在虞浩霆面前提起。这女孩子也是个莫名其妙的，突然来了，又突然说要走，也不知道虞浩霆是见了她会生气，还是不见她会生气。

怪不得孙熙平走得那么急，原来是急着甩个"烫手山芋"给他，郭茂兰和卫朔都不在，也没人打个商量，想到这里，他忽然灵机一动，快步走到前院，进了汪石卿的办公室。

"汪处长，有件事情我得跟您讨个主意。"

汪石卿放下手里的公文，抬头一笑："公事还是私事？"

"我的公事，不过，是总长的私事。"

"四少的私事？"汪石卿笑道，"那你最好问卫朔。"

"四少之前有个女朋友，顾小姐，您还记得吗？"

汪石卿面上的惊异之色一闪而过："怎么了？"

"她现在人就在行辕，原先说……"叶铮还没说完，汪石卿脸色已变了："四少什么时候接她来的，我怎么不知道？"

叶铮忙道："四少不知道她来，是邵司令把人送过来的，不知道是为什么，本来说要见总长，现在又非要走。您看……"

汪石卿手肘支在书桌上，交叠的两手掩着嘴唇。三公子还真是会添乱，虽说这女孩子跟虞浩霆分开了那么久，虞浩霆看起来也是冷了心肠，可到底是他难得百般用心的一回，两个人还有过孩子，保不准见了面，又勾起几分旧情。这些不说，单是顾婉凝那个不清不楚的身世，想想就叫人心惊。他沉吟了片刻，淡淡一笑："既然顾小姐要走，你就依了她的意思吧。"

叶铮犹自迟疑不决："那四少那边？"

"你现在就把人送走，四少回来，就当什么事都没有。"

汪石卿胸有成竹的神态，让叶铮多少有些信服："日后要是有人问起，你就如实说是她自己的意思，反正你来得晚，他们的事你也不清楚。况且，她的性子，四少自己心里有数。"

叶铮点了点头，却还是有些犹豫，汪石卿轻轻叹了口气："我告诉你，四少当初差点开枪打伤龚次长，就是为了她。这女孩子在四少身边，惹了不少风波，眼下是战时，什么最要紧，你想清楚了。"

叶铮从汪石卿的办公室出来，便立刻叫人去找了车子。他平日里最是能说会道，此时陪着顾婉凝从行辕里走出来，不知为什么，搜肠刮肚也找不出什么合适的话说，顾婉凝也只是默然不语。

走到门口，他替顾婉凝拉开车门，她刚要上车，又回过头来看了他一眼，轻声问道："你们……战事顺利吗？"

叶铮没想到她突然问到战事，顺口应道："哦，还好。"

待她低头上车，车子开出去转过路口不见了踪影，叶铮才忽然想到，她问的大约并不是战事。他在行辕门口愣愣地站了一会儿，一路往回走着，脑子里却总是那天晚上在旧京，月明星隐，秋云如墨，虞浩霆一个人静立湖边的情形。

玖

佳期

昨夜才掠过心底的一场好梦

　　虞浩霆回到行辕，天已经擦黑了，虽然他一言一行都和平日没什么分别，叶铮却总觉得心里堵了什么似的，犹豫再三，还是悄悄把卫朔拉了出来，和他耳语道："刚才……顾小姐来了。"

　　卫朔愣了一下，皱眉看着他："你别胡闹，什么顾小姐？"

　　"就是四少之前的那个女朋友，邵司令叫孙熙平送过来的。"

　　"那你怎么不早说？"

　　卫朔转身就要去找虞浩霆，叶铮一把拉住了他："人已经走了。"

　　卫朔一向沉稳，此时眼中却尽是惊怒之色："你怎么能让她走呢？"

　　叶铮见他竟然恼了，便低声解释道："是她自己非要走，我才派了辆车送她去眉安。你们要是早回来半个钟头还能碰上。"

　　卫朔一听，转身就往回走，叶铮连忙又去扯他："汪处长说，四少为她闹了不少风波，现在战事要紧……"

　　卫朔挥手甩开他："我不知道他说什么，我只知道这两年四少过的是什么日子！你不知道吗？"

　　郭茂兰正好出来，听到他们两人声音渐高，竟像是在吵架，便走过来笑问："你们说什么这么热闹？"

卫朔平了平心绪，对郭茂兰道："顾小姐来了，让他送回眉安去了。"

郭茂兰惊诧地看了叶铮一眼，也顾不上和他说什么，只对卫朔道："你去跟四少说吧，我去给眉安那边打电话，叫他们无论如何把人留下。"

卫朔进了书房，到底也有些犹豫，虞浩霆听到他进来，抬头看了一眼，便继续批阅手里的公文。

卫朔一直走到他书案前，才低声问道："总长，顾小姐来了，您要不要见一见？"

虞浩霆轻轻"哦"了一声，仍是低头看着手里的函件，那一页却再也翻不过去。

卫朔默然看着他，眼里掠过一丝痛色，跟在他后面的叶铮更是大气也不敢出，房间里静得能听见三人的呼吸。

大约有五分钟的光景，虞浩霆忽然抬起头看着卫朔，声音极轻，语气中却是罕有的柔和："你刚才说——谁来了？"

"四少，顾小姐来了。"

他怔了怔，目光越过卫朔，试探着向外看了一遍，面上尽是犹疑："人呢？"

卫朔转脸看了叶铮一眼，叶铮赶紧答道："顾小姐来的时候您不在，她就说要走，我安排了车子送她去眉安，您要是早半个钟头回来，就碰上了。"

他话犹未完，虞浩霆已霍然起身，一言不发就往外走。郭茂兰迎面进来，一见这个架势，连忙让开，跟在他身后道："总长，我已经给眉安那边打了电话，顾小姐要是到了，叫他们先把人留下。"

虞浩霆却浑然没有听见一般，一边疾步往外走，一边吩咐道：

"备车。"

叶铮在后面虚着声音提醒道："四少，已经走了一阵子了，追……"虞浩霆眼神冰寒地扫了他一记，生生把他后面的话给噎了回去，只好自己一溜小跑着亲自出去叫车。

虞浩霆出了行辕，径自拉开驾驶位的车门，对开车的侍从道："下来。"那人赶忙下车让在一边。虞浩霆也不理其他人，在行辕门口掉了个头，便朝眉安方向飞驰而去。

卫朔只好上了后面的车了，郭茂兰和叶铮也顾不上再叫别的车过来，两个人一起上了车，叫司机紧紧跟住虞浩霆。叶铮在后座上一脸苦相："四少不会真要追到眉安去吧？"

郭茂兰"哼"了一声，冷然道："这个钟点眉安那边火车是没有了，不过，你最好盼着顾小姐不会一到眉安就上船。"

叶铮一听，拉住郭茂兰的手臂问道："你不是给眉安那边打电话了吗？你打了吧？啊？你打了吧？"

郭茂兰叹道："打是打了，可是不知道顾小姐去不去眉安行辕。你的人要是直接送她去码头，我也没有办法。"

"那你怎么不叫他们去码头看着呢？"叶铮摇着他的手臂急切地说道。

郭茂兰扫开了他的手，却是一脸的无所谓："他们又不认识顾小姐。"

"那样的美人儿还用认识？"叶铮撇着嘴靠在座位上，可怜巴巴地看着郭茂兰，"那要是追不上了怎么办？你说四少会不会……"

郭茂兰一本正经地拍了拍他："你放心，总长不会把你怎么样的。先前有一回，云枫把顾小姐丢了半个钟头，四少也不过是骂了他两句，说再有这样的事情叫他到陇北去戍边罢了，没事的。"

"啊？"叶铮软软地趴到前座靠背上，凑在卫朔边上嘀咕道，"要是四少回来发脾气，你可得替我求求情，哪怕让你揍我一顿也行，千万别让我去陇北。"

卫朔冷冰冰地回头看了他一眼："你只想着你自己。要是真找不到人，四少还不知道要怎么难过。"

一句话说得叶铮哑口无言，半晌才喃喃道："都是你们不好，我先前问你们，你们什么也不说，我哪儿知道她这么要紧？"

车子又开了半个小时，虞浩霆没有停下的意思，他们也只能跟着。叶铮百无聊赖地看着车窗外急速后退的景物，忽然冒出一句："我饿了。"

郭茂兰不理他，卫朔却回了一句："四少也没吃饭呢。"

叶铮被他顶得气闷无比，只是纳闷，平日里最是厚道的一个人，怎么今天这样刻薄？

可他到底是玩闹惯了，耐不得寂寞，老实了一会儿，又开始没话找话："话说回来，这个顾小姐还真是个美人儿，怪不得何思思那样的电影明星，四少也不放在眼里。如今一看，什么韩家的六小姐、七小姐也都是庸脂俗粉了。"

郭茂兰轻轻咳了一声，对叶铮道："要是见到顾小姐，你不要在她面前提这些人，尤其是你那个何思思。"

叶铮听他这么一说，倒来了精神，贼兮兮地一笑："这还用你说？怎么了？她很能吃醋吗？她是因为这个跟四少闹翻的？"

郭茂兰叹了口气："不管她吃不吃醋，四少都不痛快。"

叶铮想了想，道："别说四少，就是我见了她，也觉得不痛快。"他说着，脸上竟带出些惆怅来，"今天她来的时候，我看她就不太高兴的样子。哎，你知不知道她喜欢什么？要是四少把她接回来，我们想想法子哄她高兴？"

郭茂兰一听这话，就想起谢致轩来，要是没有谢致轩，顾婉凝和虞浩霆也许就不会闹得那么僵，虞浩霆兴许就会带着她一起去沈州，她就不会出事没了孩子，两个人就不会分手，虞浩霆就不会这样白白伤心两年，他们就不会这个时候没着没落地开车去眉安……

他心有余悸地看着身边这张欣欣然跃跃欲试的脸，忽然就有些头痛，再也不想跟叶铮说话了。

天色沉成一片浓丽的雀蓝，一颗颗的星子渐次闪烁起来，银汉清浅，纤云无声。

从燕坪镇出来也有一个多钟头了，看样子虞浩霆是真要开到眉安去，但愿那边的人能留住顾婉凝——郭茂兰看着窗外，正有一搭没一搭地想着，忽然听见叶铮兴奋地喊了一声："顾小姐！茂兰，顾小姐！"

他顺着叶铮手指的方向看去，果然看见前头几十米的地方停着一辆军车，一个穿着浅色衬衫格纹长裤的女孩子背对车子站着，正转头向这边张望。说话间便离得近了，虽然那女孩子不再回头，但那娉婷楚楚的背影，正是顾婉凝。

停在边上的车子敞着发动机盖，一看就知道是路上抛了锚，郭茂兰心里一宽，暗自感慨：这车坏得真是懂事，比叶铮强多了。再看叶铮，已经是眉开眼笑，连声念叨："车坏了，车坏了！"

两辆车子都戛然而停，虞浩霆从车上下来，手却扶着车门一动不动。

顾婉凝刚才远远看见两辆车子朝这边过来，心头一悸，不必再看就知道，是他来了。

她听见他们停车，听见车门开合，听见送她的侍从立正行礼："总长！"

她总要看他一眼吧？

她迟疑着转过身来，目光一触到那人，竟再不能移开。

虞浩霆缓缓走到她跟前，唇边似有笑意，眉头却轻轻蹙着，柔如春风的眼波中夹着一抹犹疑的痛楚，仿佛眼前他正走近的是昨夜才掠过心底的一场好梦。

他低头看着她，她微微仰起的面孔晶莹剔透，墨玉般的瞳仁里只有他的影子。他心口突然一疼，可那刺痛牵出的却是他已经许久不曾记起的温柔酸涩。

顾婉凝被他看得两颊发烫，慌乱地别开了脸庞。他觉得他是应该说点什么，可又迟迟不敢开口，他怕他一开口，一旦说错了什么，她立刻就不见了。

过了许久，他忽然艰涩地说了一句后来每每想起都茫然不解的话：

"你——是不是长高了？"

他声音虽不大，但此时夜色沉静，卫朔他们站得也不是太远，于是，每个人都听到了他这一句。叶铮迅速用手捂上了自己的嘴，却仍是笑了出来，郭茂兰在喉咙里轻轻咳嗽了一声，只有卫朔不声不响，脸色却和缓了许多。

话一出口，虞浩霆自己也觉得有些不伦不类，却见顾婉凝先是讶然，随即垂了眼眸低低道："有一点。"

虞浩霆见她竟肯好声好气地答自己的话，眉宇间不知不觉便泛起了笑意，几乎就要伸手将她拥进怀里。

她这样千里万里地来见他，是因为她也念着他吗？

他心意至此，却不敢再想。

不会。

他知道不会。他那样求她，她都不肯跟他回去；他那样求她，她都不肯看他一眼。

不会的。

他勉强镇定下来，沉了沉心意，唯恐惊动到她一般柔声问道：

"你是不是碰到什么为难的事了？你告诉我，我去办。"

"我没事。"

顾婉凝头低得更深，尽力让自己的声音听起来温和平静："我要回去了。"

虞浩霆一怔，却说不出留她的话，喉头动了动，嘴唇竟微微有些颤抖，惑然道："你来——不是要见我吗？"

顾婉凝抬起双眸，正触到他眼中深重的疼惜和失落，方才撑起的气力仿佛一瞬间都化尽了，心中狂跳，慌乱地躲避着他的目光：

"是……是邵朗逸骗我说你受了伤，不肯回江宁，让我来劝你回去。你怎么会受伤呢？真是蠢！我居然也会信……我没有别的事，他是骗我的，我要回去了。"

她多说一句，虞浩霆面上的笑意就深一分，待她语无伦次地说完，他闭目一笑，喃喃道："是要我受了伤，你才肯来见我吗？那也容易。"

说着，转头朝边上扬声道："卫朔，朝我开一枪！"

那边三个人一听，都面面相觑，这两个人要花枪就不用玩得这么大了吧？

虞浩霆见顾婉凝低着头默不作声，又回头催道："卫朔，你听见没？随便哪里，开我一枪，快！"

卫朔面无表情地看了看虞浩霆，拔出佩枪，"咔嗒"一声开了保险。郭茂兰和叶铮都吓了一跳，叶铮忽然大声喊道：

"顾小姐，麻烦你站开一点！"

"你装什么？"

顾婉凝面上一红，蹙着眉嗔恼地瞥了虞浩霆一眼，转身就走。

然而，刚走出一步，虞浩霆就攥住了她的手："我这儿的事情还没完呢，说不定哪天我就受伤了，你等一等好不好？"

"你会受伤？你问问他们，谁敢让参谋总长……"

后面的话随着她被虞浩霆轻轻一牵拥进怀里戛然而止，他梦呓般在她耳边念着她的名字："婉凝。"

顾婉凝刚要挣扎，却发觉他的声音，他的手，他的人都在不停地抖颤："你不来，我不敢去找你；你要走，我也不敢拦你，可是……"

他似乎在极力压抑着什么，又像是在竭力汲取着什么，他的脸颊紧紧贴在她额边，却不敢用力去抱她："可是你不能这样，你不能让我看你一眼就走，你不能这样。说不定哪天我真的就受伤了，你等一等好不好？"

她倚在他怀里，看着两年来环绕在她身边的高墙深壑在她眼前一层层地坍塌平复，她没有力气去抵御，或者，她也根本不想再抵御。

"好。"

她不能相信自己真的开口说了这样的话，她听见自己的声音分明也在颤抖，心里却凭空生出了一股勇气。

虞浩霆转过她的身子，凝眸望着她："你说真的？"

顾婉凝用力咬着嘴唇，却并不闪躲他凝视的目光："可是我没有什么兴趣看人受伤。"

她说完，只觉自己两颊都如火烧一般，再不敢看他。

虞浩霆痴痴望了她片刻，忽然低下头在她发间轻轻一吻，牵了她的手就往自己车边走。

叶铮惊恐地看着虞浩霆，用力扯了扯郭茂兰的袖子："哎哎，你看——"郭茂兰轻笑着叹了口气，惊吓到叶铮的事情，他早已看到了。

虞浩霆转身的那一刹那，满眼都是久违的笑意，这一笑，如月华流转，如星花明亮，那样好看的笑容，他们都很久没有见过了。

虞浩霆把顾婉凝送到车上，转脸招呼了一声："叶铮！过来开车。"

叶铮极响亮地答了声"是"，飞快地拉开车门坐进了驾驶位，一边发动车子，一边从后视镜里偷瞄虞浩霆和顾婉凝。

"从江宁过来，很累吧？"虞浩霆握着顾婉凝的手，静静地看了她许久，初见的惊撼之后，被车里温黄的灯光一照，才发觉她神色憔悴。虞浩霆满心都是疼惜，一边问一边轻轻将她揽在自己怀里。

顾婉凝靠在他肩上，眼前是他戎装的纽扣和领徽，再向上一点，是他的喉结和线条明晰的下颌——这样的情景她经历过许多次，恍然间，她错觉他们之间并不曾隔着这许多时光，不过是他从陆军部回来，接了她去皭山看梨花。

她一直以为离他越远，她的人生就越稳妥，然而，此时此刻，她才发觉，她离开他的两年里，从来没有一刻像现在这样安宁笃定。

她的心思软软的，人软软的，连声音也是软软的："我从旧京来的。也没有什么，只是开始坐飞机的时候，有些晕。后来到了竺宁，孙熙平找了晕机药给我吃，一大半时间都睡着，就没事了。"

她声音里有一点懒懒的娇慵，虞浩霆含笑听着，却不由皱了眉："你从旧京来怎么会经停竺宁，那不是绕远了吗？"

顾婉凝一路跟着孙熙平，又晕晕沉沉，哪儿还知道什么路近什么路远："我不知道，大概是他到竺宁有公务。"

胡闹。虞浩霆心里暗骂了一句，又柔声问道："你怎么从燕平来呢？"

顾婉凝这些天一直勉力提着精神，此刻放下心来，倦意一盛，已有些困了，听见他问，便顺口答道："我一直在燕平啊。"

虞浩霆看出来她是困了，心里虽然有许多话想问，却不再开口，只轻轻在她肩上拍着。

叶铮瞧着这个情形，心里偷笑，脸上却拼命忍住，见顾婉凝像是睡着了，便对虞浩霆道："顾小姐现在在旧京念大学……"他还要往下说，却见虞浩霆在唇边比了个"嚓声"的手势。

她要念书，干吗非要跑那么远呢？就是为了躲着他吗？这么狠心？真是个没良心的小东西！他有些愤愤地想，却忍不住紧了紧揽着她的手臂。

叶铮也知道她在旧京，那卫朔他们都知道吧，连朗逸都知道。只有他不知道。就只瞒着他。就因为他说以后不许提起她？他们倒是听话。

他也真是可笑，为什么不许提？他那么想她，心心念念的都是她，还是她，只有她。

为什么不许提？难道别人不提，他就不想了吗？

他看着她羽翼般的睫毛，忽然就想起他们分手的那一晚，她的话一句一句都叫他寒意彻骨，他等了一夜，她也不肯出来看他一眼，怎么会有这样的女人？

他现在想起来还觉得委屈，可是对着她，他竟半分也恨不起来，满心都是小心翼翼地欢喜。

真是没出息！

可这没出息也让他觉得欢喜，他实在是应该更没出息一点！人家都说烈女怕缠郎，他怎么就能这样忍心负气由着她走了呢？他真是蠢，他那么想她，为什么不能去找她？女人从来都是口是心非、言不由衷的，他怎么就会信了她的话呢？她若真的不在意他，又怎么会千里风尘地来见他？

邵朗逸也是昏了头了，居然让她跟着孙熙平这样一路奔波辗转着过来。

　　他一时心疼一时欢喜地想着，车子已经开回了燕坪镇。

　　顾婉凝睡得很浅，车子停稳，虞浩霆刚一伸手想要抱她起来，她便醒了，不知是热了还是羞怯，两颊一片晕红，低了头由着虞浩霆牵着她进了燕坪镇的行辕。

　　周围行礼之声不断，穿过两进院落，她才发觉他这样牵着她的手，像是小孩子一样，忍不住就想要抽开。

　　不料，她的手刚一动，便被虞浩霆握住了，她抬眼看他，竟在他眼中看见一丝惶然。他这样的敏感小心，倒叫她也难过了，顾婉凝恬然一笑，轻轻抽开了自己的手，挽在了他的臂上。

　　虞浩霆低头看着她挽在自己臂间的纤纤素手，忍不住抚了上去，难以自持的喜悦片刻间便蔓延开来。

　　之前汪石卿听说虞浩霆匆匆开车出去，就猜到他是去追顾婉凝，唯盼顾婉凝不肯跟他回来。此时隔着办公室的窗子看见二人牵手而归，心中一叹，想着要不要寻个机会将顾婉凝身世的疑窦告诉虞浩霆。可是顾婉凝当初一走两年，杳无音信，若说是有人着意安排的一枚棋子，倒是不像。

　　他此时说出来，势必牵扯到之前龚揆则的事情，三年前的事，他瞒了这么久，也有些说不过去。况且，若虞浩霆叫人彻查，万一顾婉凝和沣南那边没有关系，恐怕她更要堂而皇之地留在虞浩霆身边了。一个漂亮女人没什么大不了，可是一个隔了这么久，还能让他如此在意的女人就不一样了。

　　算了，这件事情也不急在一时半刻，眼下最要紧的还是李敬尧，顾婉凝这里，他盯紧一些就是了，若她真露出什么端倪，那料理她倒也不必再提前事了。

他想妥了主意，便拿起手边的公文函件，去见虞浩霆。

月光在游廊里铺了一地银辉，他的步子不知不觉慢了下来。今夜的月亮还差了一牙未满，却已十分清亮。

他想起八年前初见她的那一天，她回眸一盼，便有光华流转。思君如明月，夜夜感清辉。那一年，她才十五岁，可是就像这明月在天，哪怕只是一弯如眉，也有无限清光，照见山河万朵。

"总长，薛贞生部的战报。"汪石卿进来的时候，虞浩霆正端了茶递给顾婉凝，笑微微地看着她："我知道你困了，先吃点东西再睡，听话。"

虞浩霆见汪石卿过来，接了他手里的电文，对顾婉凝道，"我去处理点事情，待会儿再来看你，有什么事情你就吩咐叶铮。"他转过身要走，又停了停，回头叮嘱道，"要吃东西。"顾婉凝笑着点了点头，叶铮已经有点傻掉了。

汪石卿对顾婉凝点头打了招呼，心中感叹，两年未见，又奔波劳顿，可这女孩子依旧是秋水朝露一般，动人心弦。

虽然虞浩霆再三叮嘱她要吃些东西，可顾婉凝着实没什么胃口，又看叶铮在这儿盯着她，只好勉强喝点粥，好让他交差。她吃了两口，忽然搁了勺子对叶铮道："你吃了晚饭没有？"

叶铮受了这一番"惊吓"，早就不觉得饿了，经她这一问，才又想起饿来。顾婉凝见他犹豫着没有答话，已经猜到他是没吃，便浅浅地一笑："你要不要吃一点？"

那桌上摆了两套餐具，原本是给虞浩霆准备的，叶铮即便是饿了，也万万不敢此时此刻坐到她对面吃东西，连忙摇头道："不用不用，我吃过了。"

顾婉凝又舀了几勺粥喝了，便站起身来："我吃好了，想休息一会儿，你不用在这儿了。"

叶铮连忙答了声"是"，掩门退了出去，这半日的情形太过诡异，他不知道自己是许多话憋在心里难受，还是饿得有点心慌，也不知道郭茂兰他们有没有留点吃的给他。

虞浩霆和汪石卿在书房里边谈事情边吃了饭出来，对郭茂兰道："眉安那边有个姓骆的女秘书，叫她过来。"

郭茂兰应声去了，汪石卿一听就明白他是叫人来照料顾婉凝，只能暗自苦笑。虞浩霆却没有直接回去看顾婉凝，而是叫勤务兵去开了林家库房的箱笼，亲自翻了翻，拣了牙白淡蓝的一床湖丝枕被出来，一边往外走一边吩咐："这个你记着，回头赔给人家。"虽然他平素的吃穿用度都是最好的，但在军中一切从简也是惯了，可如今她在这里，他要她一点委屈都没有，一点也不能有，再也不能有。

手里的丝绸被单滑凉软糯，他忽然觉得自己有些傻气，现在才想起这件事来，也不知道她是不是已经睡了，他这样拿着东西过去，难道再把她叫醒吗？他叫人伺候惯了，是不大会照顾人。虞浩霆自失地一笑，推门进去，见卧室的门掩着，看来真是睡了。

他放轻脚步走进去，房里却没有人，只浴室里有水声传来，他心下释然，便动手去整理床铺。刚换过枕被，正铺陈之间，浴室门锁响动，顾婉凝忽然挽着头发走了出来，一眼看见他，就愣在那里，机械地用毛巾擦着头发，一声不响地望着他，眼里都是诧异。

虞浩霆见她换了件梅子青的短袖旗袍，最是淡净寻常的颜色，反而愈衬出她的人润泽潋滟，仿若刚经过一场细雨便照在春阳下的花苞，只等她一言一笑，一个春天的花就都要开了。

他刚要开口，却见顾婉凝一脸古怪诧异地看着自己，心中猛醒，从见面到现在，他们一共也没来得及说过几句话，却叫她一出来就看见他在铺床，还不知道她要怎么想，他分明并没有想别的什么，可一念至此，又真的有些心猿意马起来。

顾婉凝却没他想得那么多，她只不过是看见虞浩霆亲自动手做这样的事，又好笑又惊讶，一时怔在那里罢了。

虞浩霆见她只是瞅着自己，面上更有些讪讪的意思，看见她裹在毛巾里的发梢犹自滴着水，匆匆说了一句"我去拿风筒给你"，转身就走。待他出了门，才想起来这就是他的住处，风筒就搁在浴室，他到哪儿去给她拿？

他真是昏了头了。她明明就是他的女人，不过是隔了些日子没有见罢了，他居然慌乱得像个少年，笑话！他年少时也没有这样慌乱过。可是那慌乱之中，到底渗出一缕涓涓的清甜，软软的就像今日她和他说话的声音，水波般漾在他心里。

他薄如剑身的唇不知不觉就弯出了一个温柔的弧度，就算是他想……那又怎样？他难道不该想她吗？

"我忘了，风筒就搁在浴室里。"他若无其事地说着，重又进去把风筒拿出来。

顾婉凝亦觉得虞浩霆有些反常，却又说不出究竟哪里古怪，只是这反常和古怪并不让她讨厌，反而叫她觉得安心。

从旧京到眉安，一路上她都在想，她是不是不应该来？每近一程，她都几乎想要反悔，然而，直到她见了他才终于明白，为什么她还是来了——原来，只有他身边，才是她最应该在的地方。不，不是应该，是她只能在这里。她遗失了许多东西在他这里，她最渴求的东西也在他这里。

他好，或许她还可以远远地试着忘记；他不好，她再不会有一刻是快活的。

她的头发又长又密，吹吹停停，整理了十多分钟也只是半干，虞浩霆看她有些倦了，便从她手里拿过风筒："我来吧。"他学着她的样子，手指纠缠在湿滑的青丝间轻轻梳理，她身上清甜的幽香在两人动作之间缕缕不绝，直沁他的心脾，又弄了一阵子，待顾婉凝说"好了"，他才停下："你每次洗头发都这么麻烦吗？"

顾婉凝梳着头发答道："嗯。去年我想要剪成欧阳那样，可是到了店里，一看到理发师的剪子，又舍不得了。"

虞浩霆想了想，问："我以前怎么没见你吹头发吹这么久？"

顾婉凝回眸一笑："虞四少公务繁忙，眼里哪会有这些事情？你说得对，是麻烦，我回头还是去剪了。"

"别——"虞浩霆轻轻握着她的发梢，"你要是嫌麻烦，以后我帮你弄。"

以后？

她慢慢搁下发梳，镜中的俪影成双，似乎完满得太过突然，突然到不像是真的。

以后？

她和他，会有怎样的以后？能有怎样的以后？

一失神间，已经被他拥在怀里。他不怕她闹，只怕她一个人默默想心事，她现在这样乖，谁知道万一又想起什么，会不会转眼就要跟他翻脸？他不想冒这个险。虽然从前她对着自己也有柔顺温驯的时候，可多半是因为懒得和他纠缠罢了。他每每想起那些寥寥无几的温存亲昵，都不敢去分辨究竟是真是假。

"我真想你，婉凝——"虞浩霆一手捧着她的脸，深深看着，"我真想你。我以前总怕你骗我，可我现在觉得，就算你骗我也没关系，只要你愿意和我在一起。真的。只要你高兴，什么都没关系。"她倚在他胸口，听着他的心跳，忽然想起欧阳怡写给她的信——"我想起他，是一心的安定"。

那么，她现在这一刻算不算是"一心的安定"呢？

她从前担心的那些事似乎也没有那么重要了，就算他知道了她的身世，又怎么样呢？她走就是了，他总不见得……总不见得要她死吧？

就算她和他没有以后，又怎么样呢？

凌波不过横塘路，锦瑟华年谁与度？

没有他，她连这一刻的安心也不会有。婉凝心思一软，脸上虽然还是端然的神色，声音却已经娇了："明明是你们骗我的，好不好？"她这样软语娇嗔，虞浩霆听得心都颤了："我什么都不知道，要是我知道，我宁愿你在江宁等我，也不会让你到这儿来。"

"那我回江宁等你？"她这句话说得清淡，却一点撒娇的意味也没有了。她瞟了一眼边上搁着的枕被军毯，是他之前收起来的，她在这里，大约很给他添麻烦。

"你……"虞浩霆扳过她的脸，胸腔里生生拧出一阵委屈，她还真会戳他的软肋，"婉凝，你不知道我有多想你。这两年，全不相干的事，绕来绕去，我总得想到你。我见到别人，先想的就是哪里哪里不如你，但凡有半点像你的，就觉得好。"他娓娓说着，嘴唇匍匐在她的额头发间，沁出密密麻麻的苦涩。

"我都觉得自己是疯了。去年定新开学，我去旧京，没来由地就觉得你在，我找了一遍还不死心，以为……"

"我是去了。"顾婉凝低低道。

"你说什么？"虞浩霆身子一震，握住她的肩膀，"你去哪儿了？"

"我替报馆的一个记者去签到。"

顾婉凝说起这个倒生出几分精神来，眉眼一弯，笑吟吟地瞧着他："吾辈身膺军职，若人心陷溺，志节不振，不以救国为目的，不以牺牲为归宿，则不足以渡同胞于苦海，置国家于坦途……哪个秘书给你写的稿子？真是冠冕堂皇。"

虞浩霆眼中尽是不可思议："我怎么没有看到你？"

"你一进到礼堂，我就躲出去了。"顾婉凝吐了吐舌头，"我在外面听的。"

她脸上犹自挂着一弯轻笑，虞浩霆却已是咬牙切齿了："你怎么能——"他不是疯了，他竟然就这样生生错过了她！这么狠心的小东西，她就舍得这样折磨他！

他扳着她的脸，把她的笑容吻了回去，不再给她丝毫闪躲的机会。

这样的甜美他有多久没品味过了？

她嫩软的唇瓣，清甜的味道，是他连梦里都不敢回想的，那许久不敢碰触的伤痛让他愈发缠绵深入，他还要更多。

顾婉凝猝不及防，反应过来的时候，已经无从推拒，唇齿之间全是他温柔而又执拗的劫掠，她试着去回应，每一点温存都激起他更炽烈的攫取。

这个吻太过绵长激烈，她终于承受不住，嘤咛着想要多一点空气，他才恋恋不舍地一点点放开。

她失了焦的眸子泛起一层迷离水雾，刚刚被他吸吮过的嘴唇艳如浆果，乌黑的发丝散在胸前，勾勒出玲珑起伏的曲线。虞浩霆心中一荡，在她耳边轻轻哈着气："宝贝，你倒不光是长高了。"

顾婉凝困倦之中蹙着眉有些懵然，虞浩霆促狭一笑，待会儿她就知道他在说什么了。

他在她唇上轻轻一啄，将她抱起来，走了几步放到床上。这个狠心的小东西，他要叫她知道他有多想她，她敢丢下他走了这么久，他一定得收点利息回来。

他轻轻密密地逡巡着她的唇颊眉眼，灼热的气息环绕着她，同样灼热的还有在她身上激起一波波热浪的手。他忽然咬了下她玉白小巧的耳垂，体会着她的战栗，他展开她攥在身侧的小手，唇角勾起一抹浅笑，轻轻亲了亲，便拉过她的手攀在自己腰间，低声蛊惑道："这个忘了吗？好好想想，是怎么样？"

　　她想不起来吗？那他帮她想。

　　虞浩霆吮着她的唇，一粒一粒解开了她旗袍的纽扣。淡青色的衣裳半褪下来，露出大片莹白的肌肤和樱粉色的薄绸内衣，他的手一覆上去，身下柔软轻盈的身子突然一僵，原本攀在他腰际的手，蓦地缩了回来，软软地撑住了他的肩，水雾迷离的眸子里掠过一点惊惶。

　　那一点惊惶在他眼里瞬间漫成一片阴影，她不喜欢？

　　她没推开他是因为她也想要他，还是她习惯了不去拒绝他？

　　他以前只以为她是女孩子本能的羞怯，总是变本加厉地撩拨她，要她化在他怀里，他才满意。他从来没想过，或许，她是怕他？

　　他慢慢停了动作，蓦然想起他上一次和她在一起，却是那样不堪的场面，她满脸泪痕地叫他的名字，只惹来他更粗暴的掠夺……她是怕他吗？

　　心底尖锐的刺痛压过了灼热的欲念，他拉过被单掩在婉凝身上，深吸了口气，柔声道："我吓着你了，是不是？"理了理她颊边的乱发，"你放心，我不过来扰你了，你好好睡。"

　　说着，在她额上轻轻一吻，起身放下帐子，默然站在床边。他颀长的身影落在浅金色的帐子上，顾婉凝勉力睁开眼睛刚要说话，虞浩霆忽然熄掉灯慢慢走了出去。

　　脸颊贴在凉滑的丝缎上，让她愈发察觉自己的火烫，他的气息似乎还在，她脑海里一片晕沉灼热，挣扎着要想些什么，却挑不出任何一个线头，他在说什么？他吓着她了？她真的困了，他说不打扰她，是吗？

嗯，她可要睡着了。

虞浩霆在回廊里来回踱着步子，月色里浮动着桂花的甜香，他的心事却是涩的。那些事，她能忘了吗？或者，还有多少事是他想让她忘记的？

甚至是初见她的那一天。

虽然她的性情行事不似旧时女子那样小心拘束，但是第一次的亲密，大概女孩子多少都会有些在意的吧？他想起后来她哭成泪人儿一般的推打咒骂，他真想让她忘了。

全都忘了。

那些他逼她骗她伤了她的事情，他想叫她全都忘了，还有——他们失掉的那个孩子。他心底一酸，若是她真的都忘记了，他们之间，还剩下什么呢？

叶铮忖度虞浩霆今天必然不会起得太早，索性先来找卫朔，人还没进门，就看见卫朔正单手撑在地上俯卧撑，额头上已渗了汗珠，显是已撑了一会儿了，便嬉笑着道："四少这小别胜新婚的，也不知道什么时候才有工夫搭理咱们。"

卫朔瞥了他一眼，却不搭腔。

"我来陪你撑几个？"叶铮一边说一边迈了进来，转脸一看，立刻就倒抽了一口冷气，卫朔对面还有一个人撑在地上，正是虞浩霆。

"总长——"叶铮的脚步钉在地上，一动也不敢动，"早。"

虞浩霆也不理他，又换过手撑了片刻才站起身来，一边把手表扣回腕上一边若无其事地道："你不是要撑几个吗？在这儿撑五分钟吧，一会儿过来跟我报个数。"

叶铮苦着脸在他身后答了声"是"，真真是祸从口出。

顾婉凝睡到快中午才醒，勉强补足了这几天的困意，她这才发觉自己昨天连衣服也没换就睡着了，旗袍的盘扣解开了大半，却是虞浩霆的手笔，脸上一热，又躺在床上愣了一阵，起身撩开帐幔，没有看见他的人，方才松了口气。

顾婉凝洗漱好，刚走到外头的客厅，便有一个身材高挑的军装女子迎了过来："顾小姐你好！我叫骆颖珊，是作战处的秘书。总长军务忙，让我来陪着小姐。小姐有什么事，尽管告诉我。"

顾婉凝明白这女孩子是虞浩霆找来照料她的，只是她既然是作战处的秘书，看军衔已是上尉，来陪着她这个闲人倒是委屈了，当下歉然微笑道："麻烦骆小姐了。"

"不客气。"骆颖珊一边说一边尽力收敛着好奇的神色，昨晚她连夜从眉安赶到燕坪镇，一路上东猜西想，想了许久也想不出总长这里能有什么要紧的事情这样急着找她。等到了这边，听郭茂兰交代了事情的首尾，骆颖珊又是好笑又是唏嘘。

这位代总长年轻英俊，从前她在旧京的时候，也听说过那么两三件捕风捉影的风流韵事，在豪门公子里倒也算不上出格。唯有今年调到眉安，这边的几个秘书私下闲话，说原来的特勤处长江夙生被发配到这里，竟是因为得罪了总长极心爱的一个女朋友。

这种话她是不信的，虞浩霆统摄江宁一系或可说倚仗父荫，但他转眼之间便平定了北地四省，顺带着轻轻重重地把虞军内部重新打理过一遍，已足见其城府深沉。所谓"女朋友"种种不过是托词罢了，他若只是为了个女人就能做出这样的事情，她倒要奇怪这人怎么能顺利接下他父亲的班。

谁知郭茂兰交代她的时候十分肃然，为了让她意识到兹事体大，竟然也拿了江夙生当例子，原来传言中那个总长"极心爱的女朋友"

就是这位顾小姐。秘书处的女孩子们闲着无聊的时候，拿虞四少发花痴做白日梦的情形她见得多了，虽不以为然，却也好奇究竟是什么人能叫虞浩霆这样煞费苦心。

她今天一早就等在这里，半天工夫，顾婉凝一直睡着，虞浩霆却来了三次，知道她没醒，轻手轻脚地进去看一看就走，眼角眉梢全是脉脉温柔。虞浩霆带着这样一副神情跟她说话，连她也忍不住有微微的眩惑，直到此时见了顾婉凝，才终于释然。

顾婉凝换过一件浅螺红底子、白色枝叶花纹的百褶连衣裙，领口的飘带系出一个软软的蝴蝶结，最甜美不过的样式，而她的人却不是这样乖巧的美丽。望见她的那一刹那，骆颖珊没来得及评判这女孩子美不美，反而想起她旧京家里，种过一树西府海棠，花事了时，斜风细雨之间，细碎的粉白花瓣无声飘落，印在湿漉漉的黛青色砖地上，愈显柔艳，愈见孤清。纵然她从小就是刚硬要强的男孩子脾气，见了那个情景，也觉得自己的心事柔和起来，当下便道："小姐要吃东西吗？我去厨房看看。"

顾婉凝赧然一笑："不用了，已经快要吃午饭了吧？"

骆颖珊刚刚点头一笑，虞浩霆已撩着门前的珠帘走了进来："你想吃什么？"说着话，便径直到顾婉凝跟前，自然而然地牵过她的手。

顾婉凝颊边飞起薄薄的一层红晕，两个娇娇的酒窝却笑得有几分顽皮："虞总长前线的行辕里也可以点菜的吗？"

虞浩霆笑着抚了抚她的头发："你说吧，我看有没有。"顾婉凝想了一想，浅笑着说："扬州炒饭。"

扬州炒饭在江宁的大小馆子里十有八九都是必备的一样主食，最是寻常，她这样说和"随便""有什么就吃什么"倒也没什么两样。跟着虞浩霆过来的叶铮却皱了皱眉，这里的司务长是浔昌人，酷爱做菜，炊事班的一群人跟着他学了一手赣阳菜，咸辣重油，下饭最好，但扬州炒饭恐怕还真未必做得好。

却见虞浩霆略一沉吟，莞尔笑道："好，跟我来。"

叶铮以为虞浩霆要带顾婉凝出去吃饭，没想到他却拉着顾婉凝转进了后院。几个正提着饭盒的勤务兵突然看见他，连忙立正行礼，虞浩霆摆摆手就进了厨房。厨房里的人看见他进来，惊诧之余都愣在那里，不知道这位参谋总长到这儿来有什么指示。却见虞浩霆一边在厨房里四处打量，一边随手解了外套扔给叶铮。

顾婉凝向来不喜欢厨房这种烟熏火燎、油腻腻的地方，之前在罐山一时心血来潮，跟着文嫂煲过两次汤也就算了，此时便站在门口看着他笑道：

"你找什么？"

"你不是要吃扬州炒饭吗？"

虞浩霆说着，动手把火腿、鸡脯、冬笋一样一样拣了出来，一群人都看得目瞪口呆，直到他拎了刀动手在案上切火腿丁，炊事班的人才反应过来，一迭声地叫着"总长"，却不知道该不该说"放着我来"之类的话。

虞浩霆不耐烦地扫了他们一眼："都出去。"一班人慌了神，只好胆战心惊地退出去，死都不能相信参谋总长在下厨。

顾婉凝立在门边讶然看着他竟然颇为熟练的样子："你真的要炒饭？"

虞浩霆又拣出几朵之前他们做菜剩下的冬菇搁在案上，打趣地看着顾婉凝："你看呢？"

骆颖珊和这些人都不熟，只是好奇，瞪大了眼睛朝厨房里头看，叶铮这两天受的惊吓太多，这会儿倒比昨天略好些；只卫朔最是镇定，吩咐人把院子里的石桌石凳收拾干净，看情形是打算一会儿在这儿开饭。

顾婉凝怔怔地看了一会儿，直到油锅里"嗞嗞"作响，她才反应过来虞浩霆是真在炒饭。她看着院子里头一班人面面相觑，有的打量她，有的朝厨房里张望，都是一脸的不可思议，忽然不好意思起来，低声对虞浩霆道："你别玩儿了。"

虞浩霆却已经抄起锅，把一锅炒饭倒了三分之一在青花盘子里，搁上两个勺子，一手端着饭，一手拉着顾婉凝走出来，随口对叶铮和卫朔道："要吃的自己去盛。"

顾婉凝看着面前的炒饭，倒真是和她以前在江宁吃的差不多样子，可是再看看虞浩霆，又觉得这饭未免太不真实。

虞浩霆见她在自己和炒饭之间看来看去却不动手，皱眉道："你这么不信我？"

顾婉凝看他一副你再不动手我就帮你动手的架势，且一院子的人似乎都在屏息凝神地等着看她吃这一餐，只好舀了一勺送进嘴里——这一勺饭当真是她此生吃得压力最大的一口了。

虞浩霆笑微微地看着她小心翼翼地把饭送进嘴里，忽然回头对卫朔道："你去尝尝。"卫朔闻言便一声不响进了厨房。

认真吃掉嘴里的那口饭之后，顾婉凝觉得竟是出乎她意料的好，虽然比不上栖霞官邸或者"明月夜"的手艺，但是已经比她在江宁吃的许多馆子要好了，于是由衷地点头道："很好啊。"

虞浩霆自己舀起一勺尝了却摇了摇头："很久没碰过都生疏了，东西也不全，不怎么好。"

顾婉凝惑然看着他，认真地说："已经很好了。"

这时，卫朔也端了一碗走过来，却一句话也不说，吃得极快。看了这个情形，叶铮才反应过来，连忙冲进厨房，盛了一碗才看见站在外头的骆颖珊，不免有些讪讪，先给她递了过去。炊事班的人也总算能回到自己的地盘各司其职，一会儿工夫又端了汤和几样菜出来。

"怎么样？"

卫朔听见虞浩霆问他，搁了勺子，肃然答道："没有以前好。"

他此言一出，叶铮一口饭差点呛在喉咙里，顾婉凝终于忍不住开口问道："你怎么会炒饭呢？"

虞浩霆夹了一箸菜放在她碟子里，淡淡一笑："以前我和卫朔在德国的时候，西菜吃腻了，又不见中餐馆子，假期的时候就打电话回来问家里的厨子怎么做。不过，也没学几样。"

叶铮忽然撇着嘴打量了卫朔一眼："怎么不是你做，要四少做？"后面还有半句话没说出口：啊哈，你居然还有胆子挑剔总长的厨艺？

顾婉凝和骆颖珊听他这样一问，也觉得很有道理，都一齐看着卫朔。卫朔罕见的面上一红，尴尬地看了看虞浩霆，低声喃喃了一句："我做得不好。"几个人闻言都是莞尔，不知道卫朔烧出来的东西恐怖成什么样子，才让虞家四少忍无可忍自己动手学做菜。

这边一餐诡异热闹的午饭刚散场，邵朗逸的电话就接了过来，虞浩霆把办公室里的人都遣了出去，开口就骂："你怎么回事？让她跟着孙熙平到处乱跑？"

邵朗逸在电话那头低低一笑："我送你这么一份大礼，你连声谢都没有，还发我的脾气？"

虞浩霆却毫无歉意："你知不知道他把婉凝带到竺宁去了？转了次机才过来的！"

邵朗逸漫不经心地回应道："你心疼成这样，看来是和好了。我若叫人专门送她过去，那就真穿帮了。她还肯去吗？"一句话说得虞浩霆那边没了声音，邵朗逸又懒懒地补了一句，"你要是心疼，就好好哄着。没有这份辛苦，你怎么知道人家在意你？少在这儿跟我矫情。"

虞浩霆虽然被他几句话堵了回来，但心里却着实欢喜。是啊，不过是受伤罢了，她一听说，就这样千里风尘地来见他，不是在意他，是什么？他却不知道，邵朗逸吓唬顾婉凝的那个架势，简直让顾婉凝以为他再不回来就能死在锦西了。

攻克崇州之后，虞军开始向广宁推进，虞浩霆虽然忙，但还是挤着空陪顾婉凝去看了崇州附近的两处名胜。

自她来了之后，虞浩霆连待人接物的态度都好了许多，眼风儿里都似有似无地带着暖意，卫朔和郭茂兰见怪不怪，唯独叶铮觉得，自从他这次到江宁跟了虞浩霆之后，从来没像现在这样顺心过。

然而，他作死的八卦之心却点着永远也扑不灭的小火苗，眼前整天晃着这么一个顾盼倾城的美人儿，虞浩霆却整天睡在隔壁，真不知道两个人耍的什么花枪。

他想起十五岁那年和虞浩霆的一面之缘，就为着这个，他回家去念书补课，考到定新去投军。没想到，虞四少这样的人如今也让一个丫头片子拿捏得服服帖帖。别的不说，单这一条他可比总长大人强多了。

再想想顾婉凝，他又觉得有些体谅虞浩霆，这女孩子就像是晨雾中的晶莹朝露，仿佛一个不小心，碰到近旁的蔓草花枝，就会瞬间滑落得无影无踪。伺候这么一个女人，大概也只有总长大人能应付得来。比如现在这个情形，要是他，他一定忍不了，非睡了她不可。

"哎，四少和顾小姐以前就这样吗？"叶铮亲热地凑到郭茂兰身边，语气中极尽暧昧。郭茂兰避了避他，皱眉道："你想说什么？"

叶铮又嬉皮笑脸地凑上去："你知道我说什么。"

郭茂兰无可奈何地看着他："你一个陆军上校，又不是……就不能操心点儿正经事吗？"

叶铮脸上立刻挂出一副受伤的神气："这事还不是正经事？要不

是你们当初没好好替四少操心，怎么会平白让四少伤心了这么久？我早说要把顾小姐找回来，你们偏不肯，明明就是郎情妾意……"

郎情妾意？

郭茂兰的嘴角微微抽动了两下，比眼下再郎情妾意的情形他也见过，可叶铮却没见过这两个人翻脸快过翻书的时候。

况且，再郎情妾意又怎样？眼下江宁那边虞夫人也好，霍家也好，都还不知道这两个人又在一起了。若是将来顾婉凝肯伏低做小，虞浩霆委屈得了她也就罢了，要不然，锦西这边战事一了，还有的折腾。

叶铮念叨了一会儿，见郭茂兰若有所思并不跟他搭话，意兴阑珊了一下，旋即坏笑道："要不，咱们想个法子成全了四少？"

郭茂兰一听"咱们"这两个字背上就是一凉，纵是一向稳重，也忍不住"跳"开了两步："你想干什么？"

叶铮还是笑眯眯地斜斜看了郭茂兰一眼："你是装的还是真正经啊？你懂的啊！"

看着叶铮眯缝着的桃花眼，郭茂兰恨不得给他一枪算了，这小子还能再下作点儿吗？又怕他背着自己真弄出什么么蛾子，强压下想踹死他的冲动，定了定神，决定必须要吓唬叶铮一下："我正经跟你说，四少和顾小姐的事你不要搅和。顾小姐多半就是今后的总长夫人，你懂不懂？"

叶铮见郭茂兰一脸肃然，愣了愣，诧异道："四少不是要娶霍小姐吗？"

郭茂兰面不改色："四少说过要娶霍小姐吗？"

叶铮想了想，撇撇嘴："也不知道四少这个柳下惠要做给谁看。"

转眼顾婉凝已经在燕平镇待了快两个星期，在郭茂兰和卫朔看来，却是前所未有的听话懂事。

虞浩霆事情忙，她就整日和骆颖珊在一起，从来不打扰他们的公事，连虞浩霆办公室都一步不进，见了他也不再闹别扭，活泼温柔，俏生生一笑，叫人呼吸都是一窒。这样的日子不仅虞浩霆很满意，卫朔很满意，郭茂兰和叶铮很满意，连汪石卿也勉强算是满意，总比从前在江宁闹得虞浩霆会都开不成的好。

她和骆颖珊闲来无事，莫名其妙地跟勤务兵学着熨衣服，烫了虞浩霆的军装衬衫不算，连郭茂兰和叶铮的军装也被拿去练手；偶尔出门，也只在附近逛逛，有一回碰上卖芡实的小贩，高高兴兴买了回来，又摘了院子里的桂花，要做桂花鸡头米羹，可是两个人都是十指不沾阳春水的主儿，这么简单的东西弄来弄去都不像样。

后来还是虞浩霆的机要秘书林芝维偶然撞见，实在看不下去她们祸害东西，上前指点了一下，才发现这两位小姐居然不知道鸡头米用开水烫一会儿就好，甜味要用糖桂花来调，竟是直接把东西洗净了一齐丢在锅里熬粥一样煮；只好亲自动手煮了一锅出来，叫勤务兵分到几个办公室去。

两个女孩子边吃边赞，骆颖珊感叹原来这么多男人都会做菜；顾婉凝想了想，点头附和："不管是中菜还是西菜，好像都没见过什么女大厨呢！"

林芝维听在耳中，想起之前行辕里盛传总长炒饭的拍案惊奇，不由得腹诽世风日下，但转眼看见两个女孩子吃得心满意足，一脸敬服地看着他，忍不住又就着剩下的鸡头米发挥了一碟荷塘小炒，才自我感觉良好地办公去了。

留下炊事班的人惊诧莫名，怎么现在人人都喜欢到厨房来搅和，再这么下去，他们还干什么？

年轻女孩子凑在一块儿只要不是特别讨厌，很容易就能变成"知己"。于是，顾婉凝很快就知道了骆颖珊暗恋某个长官的青涩心事，而顾婉凝的事情骆颖珊虽然好奇得要命，却不敢多问，参谋总长的私事知道多了可不是什么好事。

这天傍晚，骆颖珊正在院子里摆了棋盘教顾婉凝下棋，忽然就听身后有人叫了声："婉凝！"

听声音却不是虞浩霆，骆颖珊心中诧异，行辕里上上下下都是叫顾小姐的，她疑惑中抬头一看，一个很漂亮的年轻人正立在桂花树下。这人她也认得，政务院院长霍万林的公子霍仲祺，这回跟着虞浩霆来锦西，眼下在一个炮兵团当作战参谋。

顾婉凝回头一见是他，盈盈一笑，倒是很有几分惊喜："你怎么来了？我听他们说你真的是在前线呢。"

骆颖珊一看就明白两人相熟，当下便给霍仲祺行礼，霍仲祺记起来在眉安行辕里见过这个女秘书，遂点头一笑："我刚从隆康过来。"答过顾婉凝的话，又笑问骆颖珊，"骆秘书这里有杯水喝吗？"

骆颖珊点了点头进去拿茶水，不知怎么忽然觉得哪里有些怪，仿佛霍仲祺是有意支开她一样。

霍仲祺此时此地见了顾婉凝，脸上带着笑，心里却是莫名的委屈。

他自觉之前在旧京的时候，两人已经十分亲近，不厚道地说，甚至婉凝外婆病故，他陪她回去料理丧仪，虽然也心疼她伤心难过，但是顾婉凝那样依赖他，却叫他心底颇有几分甜意。几番情愫缠绵之外，唯独对虞浩霆存了一点愧疚。因此，虞军和李敬尧开战，虞浩霆一问他，他就自告奋勇地到前线来，打起了十二分的精神。

万万没想到，就在这个时候，顾婉凝竟然千里迢迢来了崇州。

他和她在一起那些日子，她提都没提过虞浩霆一句，他无论如何也没看出来她哪里还念着四哥，以至于叶铮在电话里和他八卦的时候，他还不能相信，以为叶铮是不认识顾婉凝，弄错了。

她明明说过，她和四哥没有关系了！她两年都没和四哥见过面，四哥对她也早就不闻不问了！

怎么会？！

他不相信，他亲眼见了都不能信。她应了他等他回去，给他唱《佳期》的。

佳期？

他几乎忘了，那支清婉柔丽的《十二红》虽是红娘唱的，可那《佳期》却是别人的。

算起来他们也有快三个月没有见面了，顾婉凝打量了霍仲祺一遍，却是晒黑了，想着他一个公子哥这样在前线吃苦头，不由笑道："你真要到战场上当英雄吗？"

霍仲祺原还盼着她是被虞浩霆逼来的，眼见她这样明媚娇俏，笑意盈盈，心中已尽是酸涩，声音却愈发的温柔："婉凝，你怎么来了？"

顾婉凝还没来得及开口，骆颖珊已端了茶从房里走出来，招呼霍仲祺："霍参谋，喝茶。"

霍仲祺端着搪瓷杯子，笑着抿了一口，复又问顾婉凝："你怎么跑来的？"

顾婉凝咬着唇低低一笑："邵朗逸骗我说他在这边受了伤，叫我来劝他回去。"

他？

她的他还能是谁？只有虞浩霆。兜兜转转了这么久，她还是四哥的。邵朗逸一句谎话，他的用心良苦就全白费了。霍仲祺觉得口中的茶回味起来只有一股苦涩，心口闷闷地泛疼，可脸上的神情却格外快活："你到底还是惦记四哥。"

霍仲祺没吃晚饭就要赶回隆康去，临走之前还笑谓虞浩霆："四哥，你这回可千万留神把婉凝看好了。她在旧京的时候，连陈焕飞都到学校去约她。"原来小霍也知道她在旧京，真的是只有他不知道。陈焕飞到学校去约她？看来昌怀基地这班人是太闲了。

虞浩霆忙完手边的事情过来，顾婉凝正一个人托着腮在棋盘上摆子，一听见他的声音，转过脸微微一笑，便引得他心里一酥，看了看那棋盘，又有几分歉然："无聊了？"他在外辗转督军，有时候晚上也不回来，她好容易来见他，他却没什么时间陪她。

顾婉凝摇了摇头："我想回去了，你能不能叫人送我回去？"

虞浩霆一怔："怎么了？"

顾婉凝见他刹那间脸色已有些变了，连忙解释道："学校要开学了，我得回去上课。"

虞浩霆凝眸望着她，声音仍有些发虚："就为了这个？"

顾婉凝点点头，看他一脸不放心的样子，咬了咬唇，轻声道："我新年假期的时候，会回江宁的，我可以去看你……"她越说声音越轻，虞浩霆听到这里一把将她揽过来，低着头用力亲了亲，她这么说就是还想和他在一起了？

可想了想，还是皱了眉，新年假期？她一年的假期能有多久？寒假暑假全算上也不过三个月，她还要念三年半。这世上的事从来都是由俭入奢易，由奢入俭难，他熬了快两年，她才到他身边来，他刚过了两个星期只要他想就能看见她的日子，现在听到她要离他远远的，四个月之后才能见到她，想想他就觉得难耐：

"要不——你回江宁来念书吧？"

顾婉凝一听，立刻就从他怀里挣开，退了一步，戒备地看着他："不！我好不容易才考进去的。我还有奖学金呢。"

虞浩霆就怕看见她这个样子，他们之前每次闹别扭，她都会这么看着他，恨不得变成个缩成团的刺猬，接下来不管他碰哪儿，她都不会合作了。

他不能逼她，兔子急了还咬人呢！

咬人？他又想到别处去了……

"我就是说说，你不喜欢，我以后再不提了。"虞浩霆说着，话里忽然透出一点委屈，"我就是……你忽然说要走，你还要念好几年呢。"

顾婉凝戒备的无非是他要掌控她的生活，这种事对他来说，太过轻而易举。可现在他这样服软，她反倒没了主意，尤其是虞浩霆摆出这样一副聪明小狗好心做错事的神情来，简直……简直像是在撒娇！一时间两个人都不说话了，虞浩霆牵过她的手，慢慢拉进怀里："那你想什么时候走？"

顾婉凝倚在他怀里低低道："明天，或者后天？我下个星期就开学了。"

虞浩霆心里叹了口气："那后天吧。"顾婉凝忍不住莞尔一笑，点了点头。

笑？她还笑？没心肝的小东西。可她如今都会说新年假期的时候回江宁来了，和以前比起来，哪是没心肝？简直就是解语花、忘忧草。

她乖乖地偎在他怀里，睫毛一扇一扇，颊边的酒窝也闪来闪去，他刚才想什么来着？咬人？她以前顶喜欢咬他，尤其是……他刹那间就想起她娇软妩媚小猫一样缩在他怀里的情形了，虽然他也知道那不过是一时沉溺情欲的迷乱，可是她予取予求的模样让他当真觉得她是喜欢他的。从前，也只有那时候他才觉得她真真切切是属于他的。

他知道他不能再想下去，再想下去他就要忍不住了，要是她刚说要走，他就这样，她会怎么想他？

他不愿意让她这样想他，唉，干脆让她咬他一口算了！

顾婉凝的行程推了一天，虞浩霆的事情却是推不得的。

薛贞生的部队突在最前，离广宁不过七十公里，李敬尧的主力已经在崇州拼得七零八落，拿下来不过是时间问题，只是广宁物华天宝，重炮轰过去毁了故都旧物也是可惜；但他实在懒得跟李敬尧这种房里收着小二十个姨太太、拿大烟当军饷发的土匪头子扯皮。

要说虞浩霆有什么毛病，汪石卿觉得就只有这一条——太傲气，多少还有点儿公子哥脾气。连他喜欢用的人也是一样，眼下在锦西前线如鱼得水的薛贞生，从东洋的士官学校毕业，机变百出，却是个恃才傲物的，又升得极快，刚三十岁就是师长了。

其实李敬尧这个人，真要笼络起来也未必不成，但是虞浩霆不喜欢他，当对手都不配，必须弄掉，甚至他肯亲自来锦西督军，也不是为了李敬尧，而是为了练兵。从康瀚民到李敬尧，从北地到锦西，不过都是前奏，江宁真正的对手只有沣南。

而汪石卿有些费解的是，他们吞了康氏，又来收拾李敬尧，戴季晟却似乎无动于衷，竟然一点儿麻烦都没给他们添，不知道打的是什么主意。这疑虑他跟虞浩霆谈过，虞浩霆却无所谓地抛出一句："他《汉书》看多了。"

虞浩霆过来的时候已是深夜，一进来就看见地上放着个小皮箱，还是当初顾婉凝来栖霞的时候拎的那一只。

他看着心里就是一阵异样。他不想让她走，他不能让她再离开他，快步走进卧室，看见她已经换了睡衣，像是刚吹完头发，静静地坐在妆台前，从镜子里看见他进来，颊边的酒窝羞涩地绽了出来。

他忽然想起她刚到燕坪镇的那一晚，吹头发的时候倦得手都快抬不起来了，他说以后他帮她弄，可是那晚之后，他一次也没赶上过，有时候等他回来，她都已经睡着了。

他答应她的事，真的是常常不作数，他不能这样。

"明天我让茂兰送你回去，等这边事情一了，我去旧京找你。"虞浩霆抚着她的头发轻声道，"说好了，你不许躲着我。"

顾婉凝抿着唇横了他一眼："总长大人要找的人会找不到吗？"虞浩霆蹲下身子，牵过她的手贴在自己脸上："你要是躲着我，我就不敢去找。"

他温和的笑意里带着一丝寥落，让顾婉凝忽然想起邵朗逸来，她认得的虞浩霆从来都是傲岸磊落、睥睨世间的神气，这样的笑容不该是他的。她对着这样的他简直一点办法也没有，他这样看着她，她就慌乱起来："我不会躲着你的，你……我要睡了……"她话音才落，虞浩霆抬手便将她从凳子上抱了起来，稳稳地放到床上："你睡吧，你睡着了我就走。"

顾婉凝只好闭起眼睛睡觉，虞浩霆也当真是一点响动没有只坐在床边看她。

可是明知道他在看着她，她怎么睡得着？

忍不住眯着眼睛偷偷瞧他，她睫毛一动他就发觉了，偏她红着脸还装出一副若无其事在"睡觉"的表情，虞浩霆温存一笑："你要是睡不着，就和我聊聊天？"

顾婉凝装不下去，只好讪讪地睁开眼睛，却加倍不好意思起来，翻过身子背对着他不作声，手指搅着自己的头发。

除了刚到的那一天之外，虞浩霆便再没有纠缠过她，即便是难得有闲在行辕里陪着她，也是夜一深，哄她一阵，道了晚安就走。

她从前和他在一起的时候，虽然不知道别人怎么样，但也觉得虞浩霆在这件事情上奇奇怪怪的。

她刚被他弄到栖霞的时候，他整天没完没了地诱哄她欺负她，害得她好几次都险些迟到。后来出了冯广澜的事，或许是因为她受了伤的缘故，他忽然长出一点人性来，睡到别处去了。之后她到陆军部去跟他吵了架，他干脆不回官邸来见她，她以为两个人总算完了。没想到他一回来，又故态复萌，知道了她不再去上课，更是变本加厉。

她没有遇见他的时候，也隐约知道男女之间是怎么一回事，但虞浩霆把这件事弄得很复杂，超出她认知的复杂。

最后他吓唬她让她生个孩子给他，撂下一番狠话之后又没了人影，现在想起这件事，顾婉凝才发觉其实这个人一点逻辑都没有。至于真正让她惊恐的那一次，他疯了一样地折磨她，她才知道这件事还可以恐怖到这个地步，可他第二天就变成了好人。

这么回想起来，她觉得虞浩霆有点像原先董倩宿舍坏掉的那个淋浴喷头，一打开就是最大限度的水花四溅，拧上就是滴水不漏，没有中间的挡位可调，想想她就觉得担心。他这根弦什么时候发作是有周期的吗？怎么一点征兆也没有。

她忽然想起一个极大胆的女作家在杂志专栏里写过这么一句：人是唯一没有发情期的哺乳动物。

是这样吗？那虞浩霆就是个怪物。她想着，忍不住转脸看了他一眼。

虞浩霆见她突然蹙着眉头打量自己，眼神又古怪又娇媚，心里就有些打鼓，伸手就去揽她："怎么了？"

他一问，她才醒悟她在想的是一件多么窘迫的事情，虞浩霆这个怪物如今宛如一个正人君子一般，那她在想什么？顾婉凝的脸顿时红了："没什么，你——你早点去睡吧。"

原来她在担心这个，虞浩霆自失地一笑，可她明天就要走了，他真的是舍不得："我在这儿陪你一会儿好不好？"怕她误会，又紧跟着补了一句，"我就待一会儿，什么都不做。"说完又觉得有些欲盖弥彰的味道，却也想不出还能解释些什么。

然而顾婉凝什么都没说，呆呆看了他片刻，忽然身子朝里面退了退，让出外头的半边床来："你要是累了，就躺一躺。"他那个开关现在应该是关起来了吧。

虞浩霆一怔，连衣裳也不敢脱，拉过一个枕头便倚在了她身边。

两个人静静听着彼此的呼吸，都不说话，虞浩霆看了她许久，试探着把她揽了过来，婉凝也就柔顺地靠在他胸前。

虞浩霆拥着她，心里情潮起伏，竟是说不出的心满意足，他嗅着她身上清甜的味道，只觉得从今以后，再没有什么人什么事能分开他们了——他心中一动，握了握顾婉凝的手："婉凝，等回到江宁，我想去见见你外婆，我觉得老人家不大喜欢我，你知不知道为什么？就是因为之前……"

"不用了。"

顾婉凝颤着声音打断了他的话，虞浩霆听出她声音里的异样，低头去看，却见顾婉凝脸上赫然两行清泪，他心下一惊，抱着她就坐了起来："出什么事了？"

顾婉凝垂着眼眸幽幽道："外婆……不在了。"

虞浩霆心头一抽："什么时候的事？"

她家里出了这样的事，他居然不知道？！

"三月的时候。"顾婉凝眼泪又落了一颗，微微颤抖的声音却异常平静，"她没有不喜欢你，她只是担心我。"是，外婆没有不喜欢他，外婆只是怕，可是这缘由她不能告诉他。

"是我不好，都是我不好。"虞浩霆一边擦她的眼泪，一边一迭声地自责。顾婉凝贴在他胸口，轻轻摇头："不关你的事，外婆的病治不好的。"

不关他的事？怎么会不关他的事？她的事都跟他有关系！出了这样的事情他居然不知道，她到他身边两个礼拜了，居然也不告诉他。他捧着她的脸，抚掉她腮边挂着的眼泪："婉凝，你的事都关我的事，你有什么事都要告诉我，知不知道？宝贝，不管是什么事，你都要告诉我。"

顾婉凝是在虞浩霆怀里醒过来的，早上一抬起头，右边脸颊上几痕印记分明就是虞浩霆衣袋的一角轮廓，他怜惜地抚了抚："疼不疼？"

顾婉凝半梦半醒还不大明白他问什么，只是睡眼惺忪地摇头，见他领口的扣子都没解开，柔柔地说："我要走了，你好好去睡一会儿吧。"

虞浩霆抱她起来，认认真真地看了看，她要走了，他怎么睡得着？他平时一向起得很早，只是今天郭茂兰这班人都知道顾婉凝要走，他不叫人，也没人去叫他。一直等到他让勤务兵送了早饭，他们这才过去，一走到门口，正看见虞浩霆盛了粥递到顾婉凝面前。

叶铮忽然轻轻叹了口气，小声对郭茂兰嘀咕了一句："这就算是举案齐眉了吧？"却见郭茂兰神色凝肃，仿佛根本没听到他的话，倒是骆颖珊听见了，瞥了他一眼道："要是顾小姐盛给总长还差不多。"

顾婉凝看见他们在等，匆匆吃了一点，就放了筷子。虞浩霆瞥了他们一眼，对顾婉凝道："不着急，再吃一点。"顾婉凝摇头道："待会儿要坐船，还要换飞机。"言外之意就是她会吐，想到来的时候七荤八素的一路，她脸色就有点发白。虞浩霆摸了摸她的头发，眼里尽是爱怜："茂兰送你坐火车回去，到了旧京你再休息一天，刚好开学。"

她一听说不用坐飞机，整个人都是一松，神情也活泼起来，虞浩霆见她这个样子，想到她来的时候那样辛苦，心疼之余不禁泛起一丝甜意。可随即又想起昨晚的事，她还是什么都不跟他说，既然她坐飞机不舒服，那为什么不告诉他呢？让她好好地回去，对他来说根本算不上一件事情。

眼下是没法子了，等回到江宁，他要好好教教她怎么做虞四少的女朋友。

除了卫朔，如今在行辕里的这些人，就是郭茂兰跟在虞浩霆身边最久，于他和顾婉凝的事从头到尾都看得一清二楚，性子也比叶铮沉稳，让他去送顾婉凝最妥当不过。虞浩霆交代得很清楚，送到旧京之后，让人照看好顾小姐，顺便还要他去一趟昌怀基地，带一句话给陈焕飞，问问他是不是闲得太厉害了？

顾婉凝，昌怀基地，陈焕飞，闲得太厉害？

郭茂兰略一想就猜出了缘故，暗暗一叹，果然是爱美之心人皆有之，陈焕飞也当真是有眼光。转念一想，看上顾婉凝还要什么眼光？连月白一个看不见的小丫头都觉得她风华翩跹。这样想着，眉头却蹙得深了。月白，月白……

虞浩霆牵着顾婉凝送到行辕门口，当着一班人什么也不好说，反而是顾婉凝同骆颖珊说了许多，然后便大大方方地同他告辞："我走了。"他也只能点点头："路上照顾好自己，有什么事情就告诉茂兰。"

郭茂兰连忙跟上一句："总长放心。"说着，就替顾婉凝拉开了车门。

她转身刚要上车，忽然又回过头粲然一笑，明媚中漾着恬美。虞浩霆一见，谁都顾不得了，揽过她按在怀里，压低了声音贴在她耳边："两个月，我一定去看你。"郭茂兰和卫朔都自觉地转过脸去，只有叶铮斜着眼睛偷瞄。

顾婉凝红了脸不敢抬头，轻轻说了一句："我等你。"

拾

冷枪

我只是不想做别人的"不得已"

　　车子开出燕坪镇，郭茂兰忽然从前座递过来一包东西，顾婉凝接过来一看，里面却是一小包一小包的话梅、橄榄、陈皮："到眉安的路况不好，车子颠簸，四少怕小姐坐车不舒服。"说着，又递了水壶过来。

　　顾婉凝默默拆了一袋鸳鸯话梅，捡出一颗含在嘴里，酸甜的滋味从舌尖渗到喉咙，她抱着这一堆杂七杂八的零食，嘴角不自觉地露出一抹笑意。又吃了两颗盐渍橄榄，拧开水壶喝了水，却渐渐有些困了。

　　车子又开了一阵，后座突然"咚"地响了一声，郭茂兰回头一看，却是顾婉凝靠在车窗上睡着了，手里的水壶跌了下来，他连忙叫司机停车。

　　开车的侍从叫齐振，这两年一直就在郭茂兰手下，郭茂兰一叫停车，他也反应过来事情不对，按说一路颠簸，顾婉凝就是困了也不会睡得太沉，怎么这样大的声响她竟然没有醒？

　　郭茂兰拉开后车门去看顾婉凝，连叫了两声"顾小姐"，顾婉凝都没有反应，齐振看着就有些慌了。这些日子，行辕里人人都看得出来这女孩子是虞浩霆含在嘴里怕化掉的心肝宝贝，怎么刚才还好好的，不声不响就晕过去了？就算是病了，也没道理这么急：

"郭参谋，这……回行辕还是去崇州？"他说去崇州意思就是去医院，燕坪镇的行辕里虽然有医官，但军医拿手的都是外科，不比崇州的医院科室齐全。

不想郭茂兰却一边转身一边缓缓冒出一句："去广宁。"

"广宁？"

齐振还没反应过来，突然察觉郭茂兰手里的枪竟已顶在了他肋下。齐振这一惊非同小可，旋即明白过来："郭参谋！总长……"不等他再往下说，郭茂兰已"咔嗒"一声按开了保险："转过去，开车。"

齐振被他逼到车边，咬牙平了平心绪，低声道："茂兰，你听我说，这种事情错不得，你不能对不起……"最后一句话没说完，突然身子一错，就去扭郭茂兰的手臂。然而郭茂兰已料到他不会老实，不等齐振挨到他，一手扣住他的肩膀就把他按在了车上，枪口在他腰上重重捅了一下。

齐振知道自己身手不如郭茂兰，本想着趁他不备还有一线可能，没想到郭茂兰根本不给他这个机会，当下放声道："郭茂兰，有种你就打死我！我没你这样的长官，也没你这样的兄弟！当初我到栖霞的时候，你跟我说过什么，你都忘得一干二净了吧？"

"现在要是有人过来，我就一枪打死顾小姐，你信不信？"郭茂兰知道他是想拖时间，巴望着能有虞军的人经过，一句话就封了他的口。郭茂兰看着齐振牙都快咬碎了的神情，一阵心酸，可是现在他却耽误不起这个工夫："回去告诉四少，顾小姐我带到广宁去了。"停了停，又冷然补了一句，"好好练练你的身手，一点儿长进都没有，别事事都指着卫朔的人。"说罢，握枪的右手在他颈后一切，齐振就什么都不知道了。

齐振一有了知觉，立刻挣扎着爬起来，跑到最近的哨卡给燕坪镇行辕挂电话，然而虞浩霆却不在，接电话的是林芝维。

林芝维一听那边上气不接下气的竟然是他，心里就是一凉，齐振的话只有三句："郭茂兰是李敬尧的人。通知往广宁方向的所有关卡，拦下郭茂兰的车。顾小姐在车上。"听完这三句，林芝维整个人都凉透了。

虽然这样跟林芝维传了话，齐振却知道十有八九是来不及了，郭茂兰敢留他一条命，就是算好了即便他醒过来通知了虞浩霆，他也已经过了薛贞生部的驻地。况且，郭茂兰的通行证件已经是虞军中级别最高的，他们这次送顾婉凝走用的是虞浩霆的座车，即便是林芝维这边打招呼，都未必有人拦得下他。

果然，林芝维的电话刚打下去，立时就有两个哨卡回话：郭参谋的车上午已经过去了，因为车窗拉着帘，车上有没有其他人却说不清楚。

林芝维放下电话犹自不能相信，郭茂兰居然是李敬尧的人，还这样轻而易举地拐走了顾婉凝？眼看虞军已经兵临城下，他们这是想拿顾婉凝换什么？难道能叫虞浩霆为了这女孩子退出锦西？这怎么可能？

听齐振把事情说完，汪石卿和叶铮都面带忧色地看着虞浩霆。

汪石卿担心的是如果李敬尧真拿她逼虞浩霆退兵，虞浩霆要怎么办？这女孩子跟虞浩霆牵扯极深，又是刚刚失而复得，最是放在心尖儿上的时候。他们一时不要锦西也不是不可以，但却不能是为了这个缘故，这种事情要是传出去，虞浩霆怎么向江宁政府交代，他今后还怎么带兵？

叶铮心里却是难过郭茂兰居然是李敬尧插在这里的钉子，还插得这么深！

郭茂兰高他两届从定新毕业，两个人在旧京也有来往，这一年多他们一同随侍虞浩霆左右，郭茂兰每每都比他能体贴虞浩霆的心意，虞浩霆对顾婉凝的痴心，他看着都觉得心疼，更何况郭茂兰？可如今他居然能把四少眼珠子一样的心肝宝贝绑到李敬尧那里去！真他妈是个狼心狗肺的东西！

而虞浩霆脸上却一丝怒意焦灼也没有，静静地跟齐振说了一句："你下去吧。"转脸便对汪石卿道，"照我们先前商议的，后天晚上动手。"

他这样不动声色，汪石卿和叶铮都是一愣，虞浩霆看了看他们："你们还有什么要说的？"

叶铮忍不住开口道："四少，那顾小姐……"

虞浩霆一边起身往外走，一边轻飘飘地抛下一句："我们逼得越狠，她就越安全。"

顾婉凝一醒过来便发觉自己躺在一张陌生的床上，刚要起身，微微一想背脊忽然就有些发凉。她之前是在去眉安的车上，就算是睡着了，到眉安上船的时候郭茂兰一定会叫醒她，无论如何她都不可能睡得这样死。

她打量身边的床帐，质地上好，纹饰更是华丽鲜明，只是周遭光线暗淡，不知道是已经到了傍晚还是外面的窗帘遮光。她悄无声息地撩出一条缝隙向外张望，这房间大约也是个套间，陈设都是中式，地上铺着锦绣团花的酱色地毯，她只能望见近处的梨花木桌椅和一个花鸟刺绣的四扇围屏。这里不是燕坪镇的行辕，郭茂兰他们不应该随便把她带到别处的，是出了什么事吗？

顾婉凝静静听了一阵，窗子外头似乎有人走动，房间里却静无声息。她大着胆子揭开帐幔，看见自己的小皮箱立在床尾，她想了想，下床将帐子拉好，光着脚走到门边，在门后贴墙站着，顺着合叶缝隙往外看。

　　外面的客厅里已亮了灯，坐在硬木椅上喝茶的人正是郭茂兰。顾婉凝看见他总算松了口气，刚要伸手开门，忽然从外面晃进来一个带着随从的年轻人，门缝太窄，她看不大清楚这人的样貌，但这人身上卡其色的军装却绝不是虞军的服制，只听那人笑嘻嘻地对郭茂兰道："人还没醒呢？"

　　顾婉凝一惊，手便缩了回来。她没听见郭茂兰答话，也看不清他的神色，唯有进来那人又接着说道："你用的什么药？不会出什么事吧？我进去瞧瞧。"郭茂兰起身在那人面前一拦："这里的事情就不用曹连长操心了。"

　　顾婉凝听着外面的声音，心中狂跳，转眼打量四周，一眼看见靠窗的平头案上搁了笔墨砚台，想也不想就走过去，顾不得墨汁沾污，便把那砚台紧紧握在手里，靠在门边一动不动地听着外头的声响，那"曹连长"还在。"这小妞儿能让虞浩霆退兵？你不会是蒙我姐夫的吧？"

　　郭茂兰仍是十分冷淡的声气："这件事自有督军定夺，曹连长有什么想知道的只管去问督军。"

　　"你少拿我姐夫压我，你护着这小妞干什么？难道还盘算着回头去跟虞浩霆？"

　　顾婉凝听到这里，已经明白过来，是郭茂兰把她给卖了，这里多半就是广宁，他说的督军便是李敬尧。他们要拿她去跟虞浩霆谈条件？真是可笑。她从前总是担心她的身世会让她早晚有一天陷入这样的境地，没想到这境况竟来得这样快。

外面仿佛是有些推搡的声音，只听那姓曹的忽然提高了声音："怎么？虞浩霆的女人旁人看不得吗？我告诉你，惹急了我还就收拾了她。你们这些龟儿子愣着干什么？没看见有人跟老子动手吗？"

顾婉凝听到外面声音纷杂，突然就有人推门走了进来，嘴里还念叨着："我还就非要瞧……"她抓着手里的砚台就朝那人脑后奋力砸了过去，那人话没说完，"扑通"一声直直摔倒在地上。外面的人也忽然没了动静，顾婉凝站在门口一看，郭茂兰正单膝跪压在一个人背上，旁边还倒着一个。

郭茂兰抬头打量了她一眼，唇边笑意艰涩："小姐受惊了。"

顾婉凝犹自攥着手里的砚台，喘息不定："你现在带我回去，我保证你没事。要是你回不了江宁，月白怎么办？"

郭茂兰放开那人，缓缓站起身来："难为小姐还为我打算。"

他之前压住的士兵松脱出来，便抢过去看被顾婉凝砸翻的"曹连长"。只见那人脑后竟渗出不少血来，还蹭着墨汁，红黑混杂，十分骇人，当即就叫"来人"。外头旋即冲进来一班侍卫，领头的一见这个场面也吓了一跳，皱眉看了看顾婉凝，却不说什么，只吩咐人赶紧把那曹连长抬出去找大夫。

顾婉凝知道是走不脱了，冷冷看了郭茂兰一眼，转身回去穿上鞋子，脸上手上溅的墨汁也不擦，径直走出来在客厅里坐下："我饿了，我要吃饭。"

虽然明白虞浩霆说的没错，但叶铮和林芝维都觉得，即便事实如此，他未免也太淡定了些。广宁城如今被虞军围得铁桶一般，却不知顾婉凝如今怎么样，谁也想不出更好的法子，叶铮心里头除了咒骂郭茂兰，竟只能盼着李敬尧赶紧送个信儿来。很多时候，漫无目的地等，才是最折磨人的一件事。

卫朔却是担心虞浩霆。

顾婉凝先前住的房间里到了深夜还亮着灯，他犹豫了一阵走进去，虞浩霆果然一声不响地坐在床边，身边搁着棋盘棋谱，竟是一个人在闷头打谱，见他进来，忽然问了一句："婉凝的外婆过世了，你知不知道？"

卫朔一愣："不知道。"

"欧阳怡没告诉你吗？"

他骤然提到欧阳怡，卫朔心头震了一下，木然道："欧阳小姐年初的时候出国了。"

原来如此。

虞浩霆又搁了一枚棋子，沉着声音仿佛是跟卫朔说话，又仿佛是自言自语："李敬尧是想让我活剐了他。"

卫朔听了他这样说，总算有些放心。他最担心的不是虞浩霆因为顾婉凝的事失了方寸，而是担心他自己跟自己过不去。先前顾婉凝失了孩子，旁人也都眼见着虞浩霆伤心，可是只有他明白虞浩霆自责极深，从来就没有真正释怀过。如今顾婉凝出事，说穿了也还是因为他。

卫朔只怕他想到这个，又触了旧伤，此刻知道他眼下把事情都记在了李敬尧头上，反而放下心来。他才刚要退出去，外头却有人敲门通报："总长，霍参谋来了，要见您。"

虞浩霆站起来就往外走，卫朔刚放下的那颗心又悬了起来。什么紧急军务也用不着霍仲祺大半夜地从前线赶到这里，难道也是为了顾婉凝？他从哪儿得的消息？想起之前在江宁的旧事，卫朔跟在虞浩霆身后就暗暗皱了眉。

霍仲祺原是跟着薛贞生麾下的炮兵团驻扎在西山，今天晚上碰巧有事到指挥部，薛贞生却突然向他问起郭茂兰，说是事情十分蹊跷，先是他中午开车去了广宁方向，接着却是燕坪镇行辕那边打来电话，要连人带车务必拦下，待听说人已经走了，也没再有其他的吩咐。

霍仲祺一听，没来由地惴惴起来，思前想后还是打电话过去问了叶铮，叶铮拗不过他，支吾着说了。霍仲祺来不及跟薛贞生交代，只说虞浩霆那里有事，匆匆忙忙就往燕坪镇赶。

他知道虞浩霆珍重顾婉凝，但李敬尧想用她胁迫虞浩霆罢兵却是异想天开。

四哥不是他，若是他，天塌下来都能不顾的，可四哥不行。方才薛贞生说之前布置的事情并没有变故他就慌了，四哥是不要婉凝了吗？曾几何时他最求之不得的事情，如今却最叫他惊骇。

霍仲祺心乱如麻地开车出来，夜风一吹，人便清醒了不少。

见了四哥，他说什么？说他为了婉凝什么都能不顾？笑话！他得救婉凝，可他救不了，他得让四哥救婉凝！

霍仲祺一路翻来覆去想了许久，慢慢有了主意。

为了她，他什么都能不顾的，况且，他本来也没什么值得在意。

"你是不是有什么短处在李敬尧手里？"

顾婉凝不吵不闹，吃过早饭就坐在窗边看书，翻了几页忽然抬起头来，盯着郭茂兰问道。她原先猜测郭茂兰能有此举，必然是李敬尧一早安插在虞浩霆身边的亲信，如今既然揭穿了身份回到广宁，就该换回锦西的服制，然而他今天过来身上却仍是虞军的军服。

郭茂兰远远坐在一边看着她。

昨天被顾婉凝砸翻的人是李敬尧的小舅子曹汐川，还是他的警卫连连长，虽说有些纨绔，但从军几年，也是杀过人沾过血的，居然叫她一砚台砸进了医院。

李敬尧小二十个姨太太，只这个曹汐川是原配夫人的幺弟，正牌黄马褂，要是在平时，吃了这样的亏，非找回来不可，可昨天砸他的是顾婉凝，他也只能认了，连他姐姐都无计可施地连连叹气："这样的时候，你去招惹那女人做什么？"

这女孩子娇娇小小，发起狠来倒颇有几分机敏绝烈，当初死在自己手里的冯家二公子就吃过亏，如今又长了两岁，更是一点儿都不知道怕了。他正想着，听见顾婉凝这一问，却无言以对，只好所答非所问地回道："小姐放心，我在这里，一定保护小姐周全。"

顾婉凝见他不愿多说，也不再追问，低头想了想，咬唇道："要是我平安回去，我尽量照顾月白。"

郭茂兰一怔，喉头动了动，良久才道："多谢小姐。"

锦西富庶，李敬尧多年来兢兢业业地刮钱，家大业大，人口又多，督军府修得宏大堂皇，临时"招待"顾婉凝的院子也十分精致，后面还有个小花园，只是四处都是卫兵。顾婉凝在院子里转一转，身边也亦步亦趋地跟着两个丫头。

明白了眼前的状况，她倒没什么可想的了，暂时来说，这里的人不会把她怎么样，而她也不过是牌桌上的筹码。不管是桥牌还是麻将，也不管是谁叫牌谁梭哈谁点炮谁开和，都不是筹码能决定的。

至于虞浩霆会怎样，她也不愿意去想。

她在燕坪镇这十几日，异乡风物阻隔了世事扰攘，叫她把从前的事情都远远地抛了去，可这一下变故却将她从情愫缠绵中拽了出来。郭茂兰也许是有什么难言之隐，才拐了她来给李敬尧交差，可是她不会做什么英雄救美的痴梦。他到这里不是来和她重修旧好的，是来拿他的千里江山的，她能指望他吗？

若是她死在这里，那句"我等你"就是她此生跟他说的最后一句话，或许多年之后午夜梦回，他想起她来还要有几分唏嘘，倒是凄美得很。

可她要是不想死，她能等得来他吗？

她不愿意去想，她怕疼。

她需要别的事情来转移自己的注意力，于是她就极认真地吃饭。

督军府的厨子倒没有因为兵临城下失了水准，尤其是一道金黄红亮、鲜香微辣的鲤鱼让她吃得很有几分满足。

可是很快，倒胃口的事情就来了。

"敝人的招待，顾小姐还满意吗？"一路畅通无阻，不打招呼就走进来的，除了主人李敬尧之外，再不会有别人。

顾婉凝头也不抬一边剔着鱼刺一边问："这道菜是什么？"

李敬尧略怔了一下，看着她碟子里的鱼肉答道："干烧岩鲤。"

顾婉凝接着又问："那烧这菜的师傅叫什么？"

李敬尧皱眉道："顾小姐有事吗？"

顾婉凝总算剔好了鱼刺，抬头直视着他："若我不死在这里，等这师傅过些日子自己开了馆子，我是一定要去捧场的。"

李敬尧听着她的话，脸色一变，唇角抽动了两下："顾小姐说笑了，我不过是请小姐到舍下做几天客，哪说得上生死这么严重？况且，虞四少也必然不会让小姐有什么万一。"

却见顾婉凝慢慢嚼了嘴里的鱼肉，似乎是微微叹了口气："我们就不用说这些没意思的话了吧？您要是有空，还是去帮我问一问，这是哪位师傅的手艺。"

李敬尧昨天见郭茂兰抱着她下车，半掩在怀里的雪白面孔惊鸿一瞥，便感叹果然是个美人儿，怪不得郭茂兰说这女孩子是虞浩霆的珍爱之人。但他也清楚要用她要挟虞浩霆退出锦西怕是不能，不过，有这么一个筹码在手里，自己的身家性命却是多了一重保障。此时见她这番做派，兼之昨天又砸翻了曹汐川，越发让他觉得这女孩子在虞浩霆身边是娇纵惯了，不晓得天高地厚。

一边想着，一边又去打量顾婉凝，只见她穿着一件玉色的立领衫子，无花无绣，衬着一条阔摆黑裙，黑漆漆的两条发辫自肩头齐整地弯在脑后，肌肤胜雪，眉目如画，眼角眉梢的冷艳里犹带着几分稚气。分明还是个女学生的样子，过几年再添些风情，那就是尤物了。虞浩霆倒当真是艳福不浅，若是换个时候，他见了这女孩子也非要弄到手不可。

"既然顾小姐什么都明白，那就麻烦您待会儿写封信，告诉虞四少一切安好，叫他放心。"

几个人杵在这里，顾婉凝也没了胃口，站起身来用餐巾擦了擦手："我劝你还是算了，他要是想跟你谈，不用我写什么信；他要是不想跟你谈，我写信也没用。虞浩霆是什么人，你真的不知道吗？"

李敬尧听她对虞浩霆直呼其名不觉有些诧异，上下打量着她"嘿嘿"一笑："顾小姐也不用太妄自菲薄，这件事——我信小郭。"说罢，瞥了郭茂兰一眼，"至于虞四少是什么人，自然还是顾小姐最清楚。"

顾婉凝虽然镇定，但终归是个年轻的女孩子，他这么一说，脸便微微有些红了。

李敬尧见她雪肤微晕，秋水空濛，清艳不可方物，虽然不能造次，却也忍不住要逗弄她一下："再说，那姓虞的要真是个无情无义的，顾小姐大可留在广宁。我家里十八房姨太太，倒不介意凑个整数，反正我也不吃亏。"

他话一出口，郭茂兰霍然便站了起来，顾婉凝面上却没有了羞惧之色，反而低低一叹："虞四少虽然多的是女朋友，但人却傲气得很，尤其爱面子，你碰一碰我——我保证他拆了你全家的骨头。"说着，也朝郭茂兰看了一眼：

"要不，你问问小郭？"

她声音温和清脆，如屋檐下的风铃，荡漾开来却让四周都静了。

李敬尧一时说不出什么，打了个哈哈，道："顾小姐不愿意写信，我也就不勉强了。不过，还请小姐借件随身的东西出来。若小姐还是不肯，那就只好让我的人自己找了。"

顾婉凝这次来锦西，身边带着的不过是几件衣裳和两本书，她想了想，转身回到房里从颈间摘下一直戴在身上的那块翠，走了出来。李敬尧见她手里攥了东西，便伸手去接，顾婉凝却不看他，径自递到了郭茂兰手里。

没等李敬尧谋算好究竟怎么跟虞浩霆谈条件，虞军的炮弹已划开夜色落在了广宁的外围防线上。

第二天一早太阳出来，薛贞生的第十五师离广宁的城墙已经不到五公里了。李敬尧没想到虞浩霆竟然这样不管不顾，眼看城东的阵地就快守不住了，好在虞军也没有继续动作。

李敬尧匆忙派去见虞浩霆的是他的幕僚长吕仕泽。

吕仕泽之前曾劝他投靠沣南，然而李敬尧逍遥日子过久了，实在不愿意受人辖制；且暗自盘算着自己偏安一隅，并不碍着旁人，若是将来虞戴开战，还未知境况如何，他犯不着现在押宝，说不定日后他们胶着不下，倒要来笼络他。

没想到虞浩霆刚收了北地四省，转脸就跟他发难，他起初还以为虞浩霆不过是做做样子，想要他学康瀚民易帜谈和，直到虞军占了蒲岩、箕溪，他才醒悟这个刚接班的代总长怕是要拿他立威。一边重新布置防线，一面派人联络戴季晟，想着戴季晟必然不能坐视虞军侵入西南。谁知戴季晟几番敷衍却始终按兵不动，无可奈何之下，他在崇州犯险一搏，却成了现在这个局面。

吕仕泽并不相信李敬尧莫名其妙绑了个小姑娘回来能有什么用处，这种手段一个不好惹翻了虞浩霆，更要坏事。不过，最坏的境地也不过如此了。

他在隆康行营等了半晌，来见他的人不是虞浩霆，却是个未语先笑的年轻人，看军衔不过是个少校，风度却极好，若不是一身戎装，倒像个世家公子。"我是十五师的作战参谋霍仲祺，总长外出公干还没有回来，吕先生有什么事就先和我谈吧！"

吕仕泽心里憋气，但面子上却仍是一团和气："吕某受李督军所托求见虞总长，有要事相商，不知道霍参谋做不做得了主？"

霍仲祺晒然一笑："军中的事情我自然是做不了主。不过，总长的事情我倒还拿得了主意。"

吕仕泽见他如此轻佻，一惑之下电光石火之间倒想起一个缘由来："早年吕某在英国求学时曾和访欧的霍敬林霍次长有过一面之缘，不知道霍参谋……"

"原来吕先生和我叔父是旧识。"霍仲祺笑容不改，深深看了他一眼，"那您更应该安心了。"

吕仕泽听他说姓霍，又见了他方才的言谈态度，便猜测这年轻人多半是霍家子侄，此时一听他是霍万林的儿子，释然之余更是惊讶，心道江宁政府的政务院院长霍万林膝下只有一个独子，竟也肯放到前线来："既然如此，吕某就闲言不叙了。督军托我转告虞总长，锦西愿意即日易帜，归附江宁政府，若总长来日南下，锦西上下必然倾尽全力，甘效犬马，不知总长意下如何？"

霍仲祺听完他的话，忽然面孔一冷，轻轻蹙了蹙眉："大约吕先生没明白我的意思。"说着，点了点自己的肩章，"我方才说过，军中的事情我做不了主。吕先生要是没有别的事，就请回吧。"

吕仕泽沉吟片刻，从随身的公文包里取出一方锦盒推到霍仲祺面前："那就烦请霍参谋把这个——转交给虞总长。现下，督军府上正在接待一位贵客，若是广宁一陷战火，这位贵客的人身安全势必难以保障。所以，还请虞总长三思。"

霍仲祺略抬起盒盖看了一眼，便迅速合了起来："好，我知道了。吕先生还有其他的事吗？"

事情到了这个地步，吕仕泽也没什么可多说的，刚要起身告辞，门外突然渐次传来士兵整装行礼之声。

转眼间，已有几个军官簇拥着一个冷冽英挺的年轻人走了进来，不用去看领章上的金星熠熠，单是他身上带出的威压冷肃便让吕仕泽知道，来人就是虞浩霆。他连忙起身致意，却见虞浩霆只是冷然点了点头："吕先生是要走了吗？"

吕仕泽原以为这次来是见不到这位正主儿了，没想到还会有此一遇，忙道："吕某此来是受督军托付，和虞总长商议——"

"吕先生要说的，都跟小霍谈过了吧？"虞浩霆却一点请他落座的意思也没有，直直打断了他的话。

"呃，是，不过……"虞浩霆来得突然，又是极冷淡的态度，吕仕泽一时拿不准应该先跟他说什么，而虞浩霆似乎也并没有兴趣让他开口："我也有件事要请吕先生告诉李敬尧。"

吕仕泽忙道："虞总长请说。"

虞浩霆面无表情地在他脸上扫了一眼："吕先生的家眷，如今都还在广宁吧？"

吕仕泽心中惊骇，不知道他忽然把话头扯到自己身上所为何意，竟不知该不该点头，却见虞浩霆漫不经心地摩挲着手里的马鞭："我有个很心爱的女朋友如今也在广宁，麻烦你们好好招待，回头要是她有什么不高兴——"话锋一转，唇角扬起一个让吕仕泽如浸寒冰的"微笑"来，一字一顿地轻声说道：

"我就屠了广宁城。送客。"

吕仕泽惶惶然被叶铮送了出去，霍仲祺脸上的笑容也倏然而退，将桌上的锦盒递给虞浩霆："四哥——"

虞浩霆打开来一看，正是顾婉凝早前当掉筹钱又被杨云枫买回来的那个翡翠坠子，质料颇佳，上头雕的是一枝梅花，她说是她母亲的遗物。

大约是带在身边多年，原先的璎络颜色都有些褪了。有一回他想起来，便叫人用极细的玛瑙珠子重新串了条链子配上。此时握在手里，沁凉温润的触感贴在掌心，刹那间就让他想起了那些甜涩缠绵的过往。

那些早已成灰的伤口又悄无声息地渗出血来，他居然让她在自己身边落进了这样的陷阱！

他吃过一次亏，竟然还有第二次！

她走的那天，偎在他怀里柔柔地对他说"我等你"——他却不敢想她此时此刻该是用怎样的心情在等着他。

霍仲祺见他紧抿着双唇一言不发，已是心急如焚，低声道："四哥，我去换婉凝，李敬尧一定同意，江宁那边我们也好交代。"

李敬尧山穷水尽，把婉凝当成了救命稻草来胁迫虞浩霆，可是虞浩霆的处境和康瀚民、戴季晟却不同，江宁毕竟有个国民政府的架子，虞浩霆虽然手握重兵，隐有大权独揽之意，但政界人事纷杂，府院要员里头不是没有掣肘之人。康瀚民这些人行事无须再向别人交代，他却不行，就是军中也不乏老资格的长辈敢出来呛声，只不过虞浩霆接班之后从未行差踏错罢了。

如今锦西已是唾手可得，即便是虞浩霆想要罢兵，也得有个冠冕堂皇的说辞，否则无论是参谋本部还是江宁府院他都没办法交代。

因此，霍仲祺便想用他自己去换顾婉凝。

不管是对李敬尧还是对江宁政府，政务院长的公子都远比参谋总长的一个女朋友要紧得多。虞浩霆大可拍电报回去告诉父亲，他阵前被俘落在李敬尧手里，不用虞浩霆费神，徐益那些人自会想法子来料理残局，若罢兵言和是政府的意思，那四哥就没什么可再顾虑的。

哪怕万一父亲真舍得他这个不肖子，至少，他也能换了婉凝平安。

然而，虞浩霆却不置可否，霍仲祺还要再说，他已摇了摇头："锦西我们一定得要，婉凝——我也不会让她有事。"

吕仕泽带回来的话让李敬尧喜忧参半。

喜的是虞军没有继续进攻广宁，且虞浩霆既然说顾婉凝是个"很心爱的女朋友"，那多少还是有些顾忌；忧的是虞浩霆不过二十几岁，再练达沉稳也免不了年轻冲动，"屠城"这样的话撂出来，还真让人心惊胆战。

万一他真舍了这女孩子，那自己此番掳她前来，不啻又在虞浩霆心头加了一把火。他如今赌的不过是虞浩霆的一念之间，这未免也太窝囊了些。

有些事情是不能多想的，人想得越久，就越容易衡量出利弊得失。他不能等着虞浩霆想明白了坐以待毙，他得让他急起来。

李敬尧咬牙一笑，吩咐人去叫特务营营长瞿星南。

一身精悍之气的瞿星南就没有吕仕泽那样斯文谨慎了，李敬尧让他转告虞浩霆：

三天之内，虞军若不退到隆康以南，他就把顾婉凝绑到东郊的工事里去。

虞浩霆上次没怎么招呼吕仕泽，听了这话，却把瞿星南请进办公室谈了十多分钟。

瞿星南出来的时候，汪石卿和他擦肩而过，正看见他侧脸上一道虬曲的伤疤从左眼眼尾一直蜿蜒进衣领，等知道了李敬尧的话不由心中默想，他们要真把顾婉凝扔在东郊的工事里，他倒是很愿意这样一了百了。

瞿星南带回来的消息很让李敬尧惊喜，也越发让他觉得自己的决断高妙，一味服软没用，果然还是要发起狠来吓一吓那姓虞的才好——虞浩霆虽然没有直接应承退兵的事，却承诺三天之内着人到广宁详谈。李敬尧也知道虞浩霆的军令得顾及江宁政府的面子，所以只要他愿意做出个姿态，再给些好处，能让虞浩霆跟江宁政府那边交差，保全广宁甚至锦西未必就没有希望。

呸！什么将门虎子，参谋总长？一个女人就将了他的军。

不过，那小丫头确实是个可人儿。他那些姨太太里头，就是相貌最出色的小九当年也没有这小姐标致，冷冷俏俏就勾得人心痒，还不知道笑起来是个什么样子，越是看起来不像妖精的女人越是妖精。可惜偏偏动不得，想来想去，倒是那个画洋画儿的沈菁又冷又傲的神气有那么两分意思。

李敬尧深吸了一口烟袋，吐出这么多天来最舒散的一个烟圈："仕则，你觉着我们怎么谈？"

吕仕泽锁着眉头沉吟了一阵："督帅，要紧的不是怎么谈，是跟谁谈。"

"你有没有去过黔安？"顾婉凝翻着手里的杂志问郭茂兰。

这几日在李敬尧府里，除了郭茂兰之外，她几乎不和旁人说话，沉静冷淡的样子倒是很像她当初刚到栖霞的情形。

　　"没有，我从定新毕业之后就在旧京，后来又跟着四少到了江宁。"郭茂兰走过来扫了一眼她手里的杂志，摊开的那一页上是一大幅瀑布的黑白照片，旁边注明是"玉龙河瀑布"，页脚还绘着车船线路——顾婉凝看完了自己带来的小说，就叫人找了报纸杂志来看，最近两天，她整日翻来翻去的都是旅行杂志。

　　郭茂兰沉吟道："玉龙河瀑布是龙黔第一胜景，徐霞客说'高峻数倍者有之，而从无此阔而大者'，不过我也一直没机会亲见。"

　　顾婉凝听着，轻轻点了点头："以后有机会，我一定要去看一看。"说着，忽然又问，"那你去过九塘吗？"

　　"我毕业那年和同学一起到九塘去看过潮。"郭茂兰听她问到九塘，便猜度她多半是在杂志上看到了观潮的文章，"我们是在盐官看的一线潮，人能听见潮声如雷，江面上还是平静无波，等到潮头过处，确是雷霆万钧，震人心魄。"他一面说一面想起六年前和方皓、孟祥嵩在九塘观潮的情景，当真是同学少年意气峥嵘，那天晚上，三个人意犹未尽对酒当歌，相约十年之后再聚观潮。

　　如今孟祥嵩调到了华亭警备司令部的装备处，方皓则待在郓南的一个混成旅，一班同学里头只有他跟着虞浩霆，在别人眼里最是前途无量。虞四少身边的人，放出去到哪里都压过别人一头，云枫三年前才到绥江，北边的仗打下来就升了团长。

　　那他呢？

　　"杂志里也是这么写的，就是浪头大一点吗？我想不出。"

　　顾婉凝的话打断了他的思绪，郭茂兰微微一笑："九塘离江宁很近，明年请四少陪小姐去看就是了。"

　　顾婉凝脸上却没有笑意，只是低头翻着手里的杂志："我还想去西陵湖，是和泠湖差不多吗？我觉得那里风景未必有多美，不过，有那么多人为它写诗填词，还是应该去看一看。"

郭茂兰听到这里，惊觉她的言外之意竟是恐怕没有这些机会了，脱口便道："总长不会让小姐出事的。"

顾婉凝搁下手里的书，抬头看着他："你把我带到这里，却没有提醒李敬尧固守崇州，为什么？"

郭茂兰怔了怔，却是无从答起。

顾婉凝幽幽一笑："因为你也觉得锦西的战事才是最要紧的。"

郭茂兰深深吸了口气："这件事茂兰是有不得已之处，等事情了结，我自会向总长请罪。"

"你有你的不得已，他也有他的不得已，这世上人人都有自己的不得已，我只是——"顾婉凝唇边噙着一丝寥落的笑意，"不想做别人的'不得已'。"

郭茂兰望着窗外，神情寂寂："这两年，四少没有一天不记挂小姐，我们都看在眼里，等您回到江宁就知道了。小姐怎么想我都无所谓，可是您应该信四少。"

顾婉凝听着他的话，眼中却是少有的迷惘，她不是不想信他，可是她信不信他又有什么关系呢？顾婉凝忽然展颜笑道："你和月白是怎么认识的？"

汪石卿见虞浩霆沉默不语，霍仲祺又是一脸急切，不免心中惴然："总长，还是我去吧。"

虞浩霆应承李敬尧派人谈判是他意料之中，然而广宁传来消息点名要小霍去谈，这番用心却是昭然若揭，于公于私，霍仲祺的身份都比顾婉凝贵重许多。其实现在的局面，李敬尧根本没什么讨价还价的余地，他们就算是叫薛贞生派个团长去广宁，李敬尧也只能谈。可是，他不怕谈不拢，霍仲祺却怕。汪石卿越是看着小霍眼底压抑不住的焦灼，就越觉得顾婉凝还是回不来的好，与其让别人小心翼翼地去谈，倒不如他去。

还没等虞浩霆答话，霍仲祺已抢道："不行。我过去，李敬尧才能放心我们是真的肯谈。"

他知道，虞军上下，除了虞浩霆就只有他才关切顾婉凝的安危，若是四哥这里松了口，那别的人就更无所谓婉凝的生死了，譬如石卿。可是这话他却不能说明，他凭什么比旁人更在意她呢？

傍晚，虞浩霆独自一人坐在办公室里，手心里摩挲着顾婉凝的那块玉。

如今他们按兵不动，对外的说法是顾念广宁百姓城郭围城待机，这件事不能让江宁那边知道。

对婉凝而言，让小霍去无疑是最好的选择，就算谈不拢，按李敬尧的想法，有霍仲祺在手里，实在是没必要再扣着婉凝惹他不痛快。但小霍肯犯险，无非是顾着他和婉凝的情分，不愿意让他为难。

可他对婉凝的事情却是另有打算，究竟什么人合适去走这一遭，一时之间他也有些犹疑，他们要说的，他都想得到，可是他的打算还不能跟他们说。

兵事无完全，求万全者无一全，所以在崇州他毫不犹豫地去冒险。战场上的事，有六成把握他就敢试，剩下的四成他信自己能在战局之中找出来。

可是，他不能让她去冒险，什么样的意外差错他都不敢去想。在她身上，他的疏失大意已经太多，他甚至觉得，与其这样，他宁愿让她离自己远远的——只要她平安。

他正想得心口发疼，卫朔忽然在门口叫了一声："四少。"

虞浩霆点头示意他进来："什么事？"

卫朔走到他面前站得笔直，沉声道："广宁，还是霍公子去吧。"

虞浩霆看了看他，双手撑住下颌："为什么？"

卫朔皱着眉，语气似乎有些犹豫："霍公子会把顾小姐平安带回来。"

虞浩霆唇角弯了弯，眼里却没有笑意："我明白。小霍和石卿想的不一样，不过，我不想让他为了我去犯险。"

卫朔眉头皱得更紧，他是虞浩霆的侍卫长，职责只是护卫虞浩霆的安全，军中的事情他不该说什么，汪石卿和霍仲祺的闲话他更不能说。

他早就看出汪石卿不喜欢顾婉凝，之前叶铮糊里糊涂地把顾婉凝送走就是他的主意，这件事交给汪石卿，顾婉凝十有八九是回不来。要是她有什么闪失，四少这一辈子恐怕都不会再有一天舒心日子。

至于霍仲祺，虞浩霆总以为小霍着紧顾小姐是因了自己的缘故，卫朔却知道不尽然。当初在悦庐，小霍对顾婉凝的呵护照料就非同一般，此番顾婉凝出事，他这样急切更是不言自明。

然而汪石卿也好，霍仲祺也好，都是虞浩霆兄弟一样的人，尤其是小霍，从小就被虞浩霆当成亲弟弟看待。这些只可意会不可言传的事情他万万说不出来，可他又从来不会在虞浩霆面前说谎。

卫朔绷着脸想了许久，总算想到一个说法："让霍公子去，也是为他好。"他这句话说得没头没脑，虞浩霆也不明所以，只探寻地看着他。

卫朔舔了舔嘴唇，却避开了虞浩霆的目光："之前车祸的事，霍公子一直觉得对不起您，也对不起顾小姐。要是这次能把顾小姐平安带回来，霍公子也能……也能……"

虞浩霆听到这里已然明白了他的意思："小霍跟你说的？"

卫朔也不知道自己是该摇头还是该点头，一时僵在那里。虞浩霆看他这个样子，苦笑了一下："好，我知道了。"

仲祺这样想吗？呵，他有什么对不起他的？连他自己都不知道婉凝有了孩子，连他自己都没想到有人敢这样算计她，他哪里还能去怨别人？

虞浩霆居然真遣了霍仲祺来广宁，李敬尧着实放心了许多，看来虞军确是有心罢兵，否则万不敢把这么一个金尊玉贵的公子哥送到他手里。这位霍公子倒也有意思，摆明了的一滩浑水他也敢蹚，真不知道是胆子太大还是人太蠢。

他又问了郭茂兰，郭茂兰一听说霍仲祺要来，也有些吃惊，只说这位霍公子年少风流，在江宁最出名的本事就是情场得意。

李敬尧听罢，骂骂咧咧地"啐"了一口："也是个仗着他老子在外头耀武扬威的败家玩意儿！"

骂归骂，广宁接待霍仲祺的排场却是十足，李敬尧倒不单是为了伺候好他，更要紧的是安定广宁的人心。

霍仲祺也真没让他们"失望"，一身少校军服衣线笔挺，白手套纤尘不染，一路过来，让作战多时疲惫不堪的锦西驻军看来十分刺目。

更让人不爽的是，整间会议室里，连陪他来的高级参谋伍宗明和李敬尧的特务营营长瞿星南都算上，军衔最低的就是他，霍仲祺却浑不在意，由着伍宗明和吕仕泽漫天要价就地还钱，仿佛跟他一点关系都没有。

过了一阵子，竟从衣袋里摸出颗包着金蓝彩纸的巧克力，闲闲地剥开送进嘴里。

初初一谈，自然是谈不拢，伍宗明虽然是十分尽心的态度，但事事说到最后，都只一句"这个要请示总长"，让李敬尧很是憋气。

还不到一个钟头，拿糖纸叠了半天鸟的霍仲祺忽然懒洋洋地站了起来："我都有点儿乏了，咱们就到这儿吧？"

吕仕泽和李敬尧对视了一眼，都看出这个公子哥是个不理事的，正经事只能跟伍宗明谈，便笑道："霍公子要是累了不妨先去休息，这里的事情我们先和伍参谋谈，有了眉目再请霍公子过来。"

霍仲祺漫不经心地点了点头："那你们谈着，我去见见我四哥的女朋友。"

李敬尧先是一愣，旋即反应过来他说的是顾婉凝。按说，他们要见顾婉凝也在情理之中，不过，他突然来了这么一出，总让人觉得有些怪异。

"怎么？不行？"霍仲祺不耐烦地朝他们这边扫了一眼。

李敬尧略一沉吟，他们人在广宁，似乎也没什么可担心的，便打点出一副笑脸来："哪里哪里，应该的。"在会议室里匆忙扫视了一遍，吩咐道，"星南，你陪霍公子去见顾小姐，好好招待。"

"是！"瞿星南闻言立刻起身，霍仲祺上下打量了他一眼，唇角一斜："你让这么个人看着虞四少的心肝宝贝，也不怕吓着她。我四哥可是说了，婉凝有什么不高兴，他就屠了广宁城。"

李敬尧"嘿嘿"一笑："霍公子放心，这是我的特务营营长瞿星南。顾小姐在广宁的安全还是郭参谋负责。"

霍仲祺一听，冷笑道："你不说我还差点儿忘了，郭茂兰这个人我得带走。"转头就对伍宗明道，"这一条加上。"

说着就往门口走，临出门时忽然又转回头来笑嘻嘻地瞟了他们一眼："我说要不这样吧——你们这就把四少的女朋友送回去，我留在这儿，咱们慢慢谈？"

他此言一出，连伍宗明的脸色也微微一变，李敬尧和吕仕泽不防他这样直白，还未及反应，他已经施施然晃了出去，也不知道他方才的话是真是假。

"听说你们李督军娶了十八个姨太太，都在督军府里吗？"

顾婉凝正百无聊赖地趴在临窗的桌子上拆一副九连环，忽然听见外头问话的声音极为耳熟，遽然转头望向郭茂兰——

之前郭茂兰同她说霍仲祺要来广宁，她并不相信他们会这样失策，然而此时，窗外说话的人却分明就是小霍。

一旁的郭茂兰也听见了外头的声音，刚起身，霍仲祺已经走了进来，身边除了两个虞军的侍卫，还有颊边疤痕狰狞的瞿星南。

霍仲祺眼看见顾婉凝，整个人俱是一松，又看了看她手里的九连环，面上就有了笑意："这几天吓着你没有？"

顾婉凝看见他却没有一丝宽慰的神色，反而是满眼的不可思议："你来干什么？"

霍仲祺凝眸望着她："我来接你回去。"

顾婉凝一怔："你们——你们答应李敬尧什么？"

"还在谈。你放心，不管怎么样，四哥都不会让你有事的。"霍仲祺说着，转了转桌上的茶盏，盯了郭茂兰一眼，"顾小姐喜欢喝红茶的，你连这个都不记得了？"随手一挥，就将那半盏残茶打翻在了桌上。

郭茂兰依旧是默然站在门边，脸上一丝表情也没有，霍仲祺却不肯放过他，径直走到他面前含笑打量着："李敬尧到底许了你什么？"

郭茂兰的目光漠然地落在门外的庭院里："茂兰有负总长信任。"

霍仲祺轻轻一笑，两根手指在他胸口不轻不重地戳了两下，转脸对瞿星南道："我有几句话要跟顾小姐说，麻烦两位出去等等？"

瞿星南审视地看了看他，沉着脸色道："不行。"

"要不，您把我的人也带出去？"霍仲祺也不着恼，仍是带着几分嬉笑觑着瞿星南，"这儿到处都是你们的人，我都不怕您扣下我，您还怕我带着人跑？您不信我，也得信您自己吧？"又偏过脸对郭茂兰道，"麻烦郭参谋帮忙劝劝，成吗？我得替我四哥传几句私房话，这种事你们听着也没意思，是吧？"

瞿星南冷厌地瞥了霍仲祺一眼，刚一转身，却见郭茂兰已经走了出去；霍仲祺淡然一笑，摆了摆手，跟他过来的两个侍卫也退了出去。

跟着霍仲祺来的那两个侍卫都是卫朔手下的人，也和郭茂兰认识，此时却都眼里没这个人一样，其中一个从他身边经过时，突然偏着头狠啐了一口。

郭茂兰只是木然站在檐下，不防边上有人让了支烟过来，他讶然转头，走近他身边的却是面色阴沉的瞿星南。

郭茂兰接过烟来摸出火机点了，顺手将火机递给他，自己闷闷吸了一口。

瞿星南亦点了手里的烟，把火机还回来的时候，忽然压低声音问了一句："你见过你妹妹吗？"

郭茂兰一愣，诧异地望着他，下意识地点了点头。

瞿星南却不看他，轻不可闻地说道："你真的见过？"

郭茂兰心下一惊，刚想追问什么，瞿星南却已走开了。

他们一支烟没抽完，霍仲祺已推门走了出来："走吧？"

瞿星南看了看站在他身后的顾婉凝，也不答话，默然陪着他便走。顾婉凝立在门边，一双明眸静如深湖，郭茂兰望着她，轻声道："霍公子都到了，小姐总该信四少了吧？"

吕仕泽和伍宗明谈到下午，却纠缠起军费来。李敬尧本心所谓易帜归附不过是个名义，因此先高姿态地表明日后无须江宁政府负担军费开支。没想到伍宗明却当面就给否了，称锦西若然归附，军费装备自然要由江宁政府划拨，至于锦西上缴中央的税赋数额，日后自有政务院和参谋本部再来协商。吕仕泽一愣，既然是这么一个空对空的说法，他们又何必在这儿谈这个？

　　而伍宗明话锋一转，又自顾自地开始计算此番虞军南下的耗费，吕仕泽旋即省悟所谓"军费"云云不过是个幌子，虞浩霆是要跟他们榨一笔钱，这一点倒也不出他们所料。只是伍宗明算来算去，开出的价码着实太高，吕仕泽做不了主，伍宗明这里也没什么回旋的余地，只好各自回去请示。

　　钱，李敬尧是有预备，然而却没想到伍宗明张口就是百万银洋，这个数目就让李敬尧颇有几分肉疼了，且这两年虞军专门围着锦西查禁他的大烟生意，几个和他相熟的烟贩都被江夙生抓住就地枪毙了，从锦西到龙黔一片风声鹤唳。虽然这门生意是禁不绝的，但也着实少了许多进项，李敬尧想到此处更是心头火起："先人板板！他打了老子还让老子给他贴钱？"

　　吕仕泽温言劝道："督军，虞浩霆开口要钱倒不是坏事……"

　　其实不用他说，李敬尧也明白，既然虞浩霆开口要钱，那就是有心罢兵，加上他又遣了霍仲祺过来，保住锦西大约是靠谱了，可这笔钱未免数目太大。

　　吕仕泽见李敬尧阴着脸不说话，便道："如果实在谈不下来，依我看不如咱们先给一半。把钱和那丫头给虞浩霆送过去，留下这位霍公子，等虞军退出锦西之后，再说剩下的一半。"

　　李敬尧咬牙点了点头："你再想法子压一压。妈的！虞浩霆这小子又不穷。"

吕仕泽听着心中苦笑，穷不穷的谁还会嫌钱少？

这年头打仗打的就是钱，李敬尧虽然刮钱刮得厉害，花起钱来却小气得很，锦西的兵蛮硬不怕死，他手下也很有几个打起仗来不要命的狠角色，但他们装备火力打打土匪还行，跟虞军一比，看着就让人觉得气馁，拼过去也是炮灰；但凡李敬尧肯在这上头下点本钱，他们倚着地利死守也不至于败得这样狼狈。他眼看着这几仗下来，虞军拼得并不凶，有些地方根本用不着那样的火力，但第九军自军长唐骧以下都打得一板一眼，教科书式的步炮配合十分从容，这样的打法锦西的兵别说拼，见都没见过。明眼人一看就知道，虞军是在拿他们练兵。

吕仕泽不由心中一叹，逆水行舟，不进则退，虞浩霆是"志存高远"，戴季晟亦是野心勃勃，无论最后鹿死谁手，他们占着锦西的好山好水，恐怕都是怀璧其罪，欲求偏安而不可得。

就在这个当口，郭茂兰忽然到军政长官公署来见李敬尧："既然督军和虞四少已经谈得差不多了，那也该让我带阿柔走了。"

李敬尧眯着眼睛打量他："茂兰，你以为你离了广宁，虞浩霆能放过你？你还不如就留在广宁跟着我吧！我不会亏待你的。"

郭茂兰淡然一笑："我的事情，督军就不必费心了。除非，您是想把我交给虞四少。"

李敬尧摸着头"哈哈"一笑："小郭，你多心了。我是真看重你是个人才。这样吧，等我这边谈妥了，虞军一退过隆康，我马上就送你和阿柔走，这也是为了你们安全。"

"好。"郭茂兰直视着李敬尧，冷然答道，"不过，我要见阿柔。"

李敬尧挤出一丝苦笑："好歹当年我也救过你一命，你就这么不信我？"

郭茂兰仍是不置可否地盯着他："我有话要跟她说——你让我见一见她，我就告诉你虞四少为什么敢让霍仲祺到广宁来。"

李敬尧被他盯得心中一颤，略一沉吟，点头道："好，你到隔壁等一等，我这就叫人带阿柔过来。"

郭茂兰在隔壁的办公室等了快一个钟头，头上还贴着纱布的曹汐川才带着一个女孩子出现在了门口，神色讥诮地招呼了一句"郭参谋，你们兄妹俩慢慢聊"，便带上门走了。

那女孩子看起来十七八岁年纪，穿着一身浅蓝色的立领圆摆上衣和落到脚踝的长裙，身材纤弱，面色苍白，一双圆润的眸子里带着些慌乱，显是受了惊吓。

郭茂兰站起身朝她走过来，轻声道："阿柔，你放心，很快就没事了。"

那女孩子怯怯地低着头："哥，我害怕，天天都有兵看着我，还背着枪。"

郭茂兰心头刺痛，抚着她的头发道："是哥哥不好，连累你了。你别怕，过几天我就带你走，咱们回家去。"

"嗯。"阿柔头垂得更低，答话的声音也十分细弱。

"阿柔，回头我们离了广宁，你就再也不用担惊受怕了。"郭茂兰温言说着，目光中有无限怜惜，"等我们回了家，我再找只小猫给你，跟你小时候养的那只一样，好不好？"

阿柔终于抬起头，咬着唇点了点头，颊边也绽出了一抹怯弱的笑意。

不过五分钟的光景，曹汐川已径自推门而入："郭参谋，督军还在等着你呢！"

郭茂兰慢慢踱到隔壁来见李敬尧，李敬尧打量着他笑道："你这下总该放心了吧？"

郭茂兰蹙了蹙眉："阿柔年纪小，胆子也小，督军还是少派点人看着她吧。"

"你放心，我可是把阿柔当女儿一样照顾的……"李敬尧说着，正色道，"你之前说那个姓霍的是怎么回事？"

"麻烦督军给我一张您亲笔签名的通行证件，等广宁的事情一了结，我立刻就带阿柔走。"

李敬尧上下审视了他一番，爽然道："好。我信得过你。"

当下就拉开办公桌抽屉抽出一张证件填了，签字用印，故作闲适地轻轻一吹，拍在了桌上："那你说说这个姓霍的是怎么回事。"

郭茂兰拿起来看了一遍，慢慢叠好放进衣袋："没怎么回事。虞四少让他来，自然是因为他到了，督军就能放心了。"

李敬尧面色一沉："小郭，你诈我？"

郭茂兰仍是不动声色："您继续跟伍宗明谈吧！要是明天还谈不妥，我就帮您出个主意。"说着，竟自顾自地转身去了。

李敬尧看着他的背影狰狞一笑，跟我狂？回头老子把你送给虞浩霆，看他怎么收拾你！

吕仕泽但凡讨价还价，伍宗明就是一句"要请示总长"，李敬尧也只好等着他请示。

霍仲祺照旧是不奉陪的，每日只带着人在广宁城里闲逛，才不过两天，城里有名的馆子便被他吃了一半，还抽空去见识了广宁的头牌倌人白玉蝶。因为李敬尧严令瞿星南"陪"着这位霍公子，他索性连喝花酒都记了李敬尧的账。

直到霍仲祺到广宁的第三天，吕仕泽和伍宗明才谈出了一点眉目，虞浩霆同意退到隆康，却不同意霍仲祺留在广宁"商榷锦西归附的后续事宜"。

这个结果李敬尧自然不能放心，隆康离广宁不到七十公里，虞军卷土重来太过容易，于是吕仕泽只好和伍宗明继续扯皮。这边李敬尧则遍请还留在广宁的士绅名流，在熙泰饭店设酒会款待霍仲祺。

霍仲祺倒是已经在熙泰饭店喝过下午茶了，听说李敬尧将酒会定在那里，手指在桌上轻轻一叩，笑谓瞿星南："那饭店的舞池不错。顾小姐喜欢跳舞，晚上叫她一起过去，你们督军不会为难吧？"

霍仲祺既然到了广宁，顾婉凝就没那么要紧了，况且这两个人身边如今都被自己的人盯死了，李敬尧料想霍仲祺一个纨绔子弟也玩不出什么花样。

跳舞？也就是这些公子哥喜欢故弄玄虚的洋玩意儿，男男女女抱在一起能跳出什么好来？他李敬尧的老婆要是敢抱着别的男人转来转去，看他不打死这些奸夫淫妇！

自虞军攻取崇州之后，广宁城就一片风声鹤唳，城中的名流士绅走了一半，而世居此地的大家望族有些稍一犹豫，便被困在了城里，日夜提心吊胆听着远远近近的枪炮之声。忽然这几日城里城外都安静下来，李敬尧一派请柬，又写明了是为虞军特使接风，这些人才稍觉安心，原来虽然兵临城下，到底还是有罢兵言和的可能。因此，这一晚的熙泰饭店是许久未见的热闹，连乐队也都卖足了力气。

这边李敬尧祝过酒，又郑重介绍了霍仲祺，众人一听说他是政务院院长霍万林的公子，顿时青眼有加，几拨人上来寒暄敬酒，他也都来者不拒。

正在热闹的时候，瞿星南引着顾婉凝和郭茂兰走了进来，霍仲祺遥遥一望，便对李敬尧道："督军，顾小姐到了，我去叫乐队换支曲子，失陪。"

李敬尧明白他是要跳舞，隔着衣香鬓影望见顾婉凝身姿窈窕，笑容里也不由生出些许暧昧："霍公子急什么？您和顾小姐要跳舞，回到江宁有的是机会，倒是锦西这些人想见你一面就难了。"

却见霍仲祺轻轻一笑，凑近了他低声道："不瞒您说，其实我四哥这个女朋友还是我先认识的。不过，现在江宁总长大人看得紧，我倒是一直没什么机会……"

他说着，脸上的笑容越发轻佻："要不然，督军以为我干吗要到广宁来？您要是能帮我这个忙，我就捎个信儿回去给我父亲，叫政务院那边劝虞四少退兵，怎么样？"

李敬尧听在耳中，一口酒差点呛出眼泪来，还没等他想好怎么回话，霍仲祺已经端着酒往乐队那边去了。李敬尧想着他的话和连日来的做派，犹自匪夷所思，难道这小子当真是色胆包天？

顾婉凝行李简单，身边自然没有备着礼服首饰，此时跟着瞿星南过来，身上只穿了件梅子青的长旗袍，浑身上下不见半点珠光宝气；然而水晶吊灯的粲然光束照在她身上，雪肤明眸，乌发蝉鬓，顾盼之间带着一股妙龄少女不该有的清冷，微翘的唇角却又透出些稚气娇慵，让人一见便忍不住去琢磨。

李敬尧同她打招呼，她冷冷一转脸只望着别处，而李敬尧落在她身上的目光却倍加复杂。霍仲祺方才的话也不知道究竟有几分真几分假，不过，有一点倒是明摆着，这个霍公子就是再蠢，也蠢不到把自己白白送上门来给别人当筹码。或许，他还真就是为了这个小妞？

此时乐声一变，霍仲祺已满面春风地走了过来，冲着顾婉凝一抬手："婉凝，我们跳舞。"

李敬尧这会儿也顾不上别的，只暗暗窥看他和顾婉凝，却见顾婉凝嫣然一笑，将手交到霍仲祺手里，当真是百媚横生。李敬尧心旌神摇之际，恣恣暗骂：还真他妈的是个水性杨花的小娼妇！不由对霍仲祺的话又信了两分，禁不住浮想联翩，虞浩霆不是傲吗？要是叫这小妞给他送一顶绿帽子回去，想想倒是十分解气。

吕仕泽在一边看着李敬尧面上的神情阴晴不定，又有些心不在焉的样子，忍不住提醒道："督军，韩寿荣那些人还等着您应酬呢！"

李敬尧这才回过神来，今晚他还有一件大事要办——如今广宁城中的富绅悉数到场，应承给虞浩霆的那笔钱大半都得着落在他们身上，想到这个，立刻振作起精神和吕仕泽迎着人多的地方去了。

"婉凝，我们今晚就走，事情都安排好了，你别怕。"霍仲祺附在顾婉凝耳边悄声细语，笑意缱绻，旁人不知道她的身份，见了这个情景都还以为这女孩子是李敬尧找来"招待"这位霍公子的。

"李敬尧这边跟着我的人不止郭茂兰一个。"顾婉凝面上笑容温婉，心中却是犹疑。那天霍仲祺到李敬尧府中见她，她一见跟在他身后的两个人都是虞浩霆的侍卫就猜到了几分。霍仲祺支走了郭茂兰和瞿星南，一面和她闲话，一面蘸着茶水在桌上写的也是这个意思。可是霍仲祺此来身边不过寥寥几人，如今李敬尧盯他恐怕比盯自己还紧，怎么会轻易让他们走脱？

霍仲祺静静一笑："我自然有法子让他们不跟着你。"

顾婉凝望着他笑意温润的眸子，眼中闪过一丝探寻："你不要为了我冒险，万一有什么变故，你自己走。我——"她停了一停，声音更低，"我不会让他为难的。"

霍仲祺心中一凛，轻轻握了握她的手，柔声道："你放心，不会有事的，我保证。"

他说着，忽然凝眸一笑："我们在江宁的时候，第一次跳舞，就是这支曲子，你还记不记得？"

顾婉凝心事重重哪里还能留意舞曲，此时听他一说，才发觉乐队奏的是那首《绿袖子》，笑着点了点头："Greensleeves was my heart of gold，and who but my lady greensleeves。"

想起当时当日的情景，已然恍如隔世，可于她而言，却是一回更甚一回的如履薄冰。而霍仲祺却觉得，此时此刻，纵然是在这样危机未定的艰险之中，也有春风如沐的柔情撩人心弦。

To grant whatever you would crave，I have both waged life and land。

我自相许，舍身何妨？

他要把她平平安安地带回去，他愿意为了她豁出性命去。只是他不能让她知道，什么都不能让她知道。

一曲终了，李敬尧看着霍仲祺挽着顾婉凝谈笑风生地跟人寒暄，自己却在这里软硬兼施地跟一干老滑头讨价还价，心里愈发火起：等这事过了，老子把你这些见不得人的花花肠子捅出去，有你们狗咬狗的时候。一眼瞥见跟着韩寿荣来的白玉蝶凤眼樱唇，娇艳欲滴，又想着等这事过了，他可得好好享受一番，督军府里也该添个新人冲冲晦气了。

这个白玉蝶在广宁艳帜高张了两年，偏还端着架子弄什么卖艺不卖身的玄虚，他原先也想梳拢了这小娘们儿，不想她却认下了广宁首屈一指的豪绅韩寿荣做干爹；韩家有钱，韩寿荣还有个堂弟在沣南给戴季晟当师长，他先前倒是一直不好得罪，这回既然走投无路不得不靠上虞浩霆，那就……

正想得没有边际，忽然就见霍仲祺撇了众人笑吟吟地朝他走过来，他赶紧去场中扫顾婉凝的影子，见她端着个小碟子在甜品台边上选吃的，身边有郭茂兰和瞿星南的人跟着，才放下心来，迎着笑脸对霍仲祺道："霍公子怎么不陪着顾小姐了？"

霍仲祺笑着看了一眼他身边的曹汐川，李敬尧会意地摆了摆手，待曹汐川走开，霍仲祺才啜了口酒，低声对李敬尧道："我在楼上订了个房间，麻烦督军待会儿帮忙看着我四哥的人。"一边说一边朝伍宗明那边扫了个眼风。

李敬尧不防他真的荒唐到这个地步，神色间竟有些尴尬："霍公子，这……这要是出了什么事，你我都不好跟虞四少交代吧？"吃喝嫖赌的纨绔子弟李敬尧见过不少，却没见过他这样既不要脸也不要命的，就是再俏的小妞，也犯不着拿自己的性命赌着玩儿。

霍仲祺见他沉吟不语，漫不经心地晃了晃杯子，轻笑着说："您要是觉得放了我四哥的女朋友，留我在这儿更安心，那恐怕就想错了。"

李敬尧闻言打了个哈哈："霍公子说笑，说笑了。"

霍仲祺斜斜看了他一眼："您拿这女人要挟我四哥的事，江宁那边到现在也不知道。虞四少心疼他自己的女人，可不心疼我。您就不怕婉凝回去之后，虞四少报我一个阵亡，那您这里可就麻烦了。"

李敬尧听着他的话，悚然一惊，只觉霍仲祺的话也很有几分道理，他们先前只想着虞浩霆肯让霍仲祺来，必是有心罢兵，却没想着这公子哥在霍家十分要紧，在虞浩霆心里却未必。

他正琢磨着，霍仲祺已在一边闲闲道："您要是帮了我这个忙，仲祺也绝不会辜负督军的美意，咱们皆大欢喜，如何？"

顾婉凝用勺子慢慢挖着一碟慕斯蛋糕，目光却时时在场中逡巡。

算上伍宗明和一个文职秘书，霍仲祺带来的人不到十个，她一路上过来，熙泰饭店内外守卫森严，单是军装士兵就三步一岗，五步一哨，不知道还有没有便衣。即便是出了熙泰饭店，他们又怎么出得了广宁城？

她正慢慢四下察看着，忽然觉得不远处一个穿着雪白轻乔旗袍的女子有些怪。

那女子样貌十分娇媚，纤白的手指在银色手包上轻轻叩着，像是在和着舞曲的拍子。然而细看之下，顾婉凝便明白为什么方才目光从她身上掠过的时候会觉得奇怪，这女子手指的节奏和舞曲的拍子差了太多，那不是什么拍子，根本就是莫尔斯电码。

顾婉凝心里一惊，知道这女子是在跟人传递消息，她留意看了看，附近的角落里果然有个侍者模样的人盯着她手上的动作。此时那女子手上的动作已经停了，极快地跟那侍者对视了一眼，便巧笑嫣然地跟别人打起了招呼，而过来同她攀谈的正是之前被顾婉凝用砚台砸伤的曹汐川。

顾婉凝见状，悄声对郭茂兰问道："那个穿白衣服的小姐你知不知道是谁？也是李敬尧的家眷吗？"

郭茂兰顺着她的目光看过去，也不认得，李敬尧家眷太多，真要是一齐丢在人群里，大约他自己也未必认得全，便问整日跟着他们的特务营军官："跟你们曹连长说话的女人是谁？"

那人看了一眼，笑道："是白玉蝶白小姐，广宁城的头牌倡人。听说那位霍公子刚来广宁几天，也去捧过她的场了。"那人说者无心，顾婉凝却是听者有意，这个白小姐必然不是个寻常的欢场女子。既然霍仲祺去见过她，难道她是……

那么，她这一问千万不要引了别人的疑心才好，她转眼去看郭茂兰的脸色，却见他面上仍是这两日一贯的漠然深静。

顾婉凝低了头继续去挖自己的蛋糕，不知道是不是自己刻意的缘故，她总觉得这位白小姐的目光时时都落在李敬尧那边。

到了晚上九点一刻，霍仲祺一手端着酒一手挽着顾婉凝，不动声色地跟李敬尧聊天。李敬尧虽然吩咐了吕仕泽等人去缠住伍宗明，但心里仍在犹豫，待会儿霍仲祺若真的要带顾婉凝上楼去，他究竟拦还是不拦？

正在这时，一阵花香伴着一声甜润的"霍公子"飘了过来。一班人各怀心思转眼看时，却是一身雪白、蔻丹红唇的白玉蝶款款而来。

顾婉凝心头一跳，却着意维持着面上的清冷神色，那白玉蝶也仿佛没有看见她一般，眼波在霍仲祺脸上打了个转，又笑意盈盈地去跟李敬尧打招呼，举手投足间不温不火的温柔妩媚瞬间就把自己变成了几个人谈天的中心。

顾婉凝跟在霍仲祺身边，本来就和其他人错开了一点，此时见众人的目光都被她引了过去，倒放松下来。

霍仲祺忽然用手指轻轻拍了拍她的手，她明白，他是想让她安心。

之前外婆病重，他送她回江宁，车一到江宁地界，她便不由自主地紧张起来，窗外夜雨横斜，她的手指死死揪住身边的桌旗流苏，他也是这样一言不发，走过来轻轻拍了拍她的手，递过来一杯温热的红茶。

她还记得刚认识小霍的时候，安琪悄悄跟她们嘀咕——"这个霍公子年纪不大，人却风流得很。"每每说起他，安琪和欧阳都要争辩两句，她听着只是好笑，Casanova吗？可后来才慢慢觉得，小霍不仅是人"不坏"，还是顶热心的一个，单是她的事情，几次都是他帮了她。

顾婉凝一面想着，一面默默打量周围的衣香鬓影，外头就是兵临城下，眼前的人更是各怀心思，偏偏都能装腔作势得仿佛新知故友一般把酒言欢。可是，说到装腔作势，还有谁比她装得更厉害呢？

心里幽幽一叹，忽然发觉方才一直盯着白玉蝶的那个侍者正小心翼翼地避着人群往这边过来。

顾婉凝转眼去看霍仲祺，他却是言笑如常，全然不曾留意的样子。婉凝心下忐忑，佯装着看别人跳舞，只暗自窥看那侍者。

那人臂上搭着条餐巾，神情恭谨，行动有度，目光却直直地落了过来，一对上她的视线，立刻就避开了。

婉凝突然觉得他臂上的餐巾有些古怪，竟是将整只手都遮去了，她心中一颤，隐约想到了什么，挽在霍仲祺臂上的手不由一紧。

霍仲祺脸上犹带着一抹轻笑低头问她："怎么了？"

顾婉凝却不知从何说起，她眼看着那侍者朝这边过来，又不知道这究竟是谁的安排。

霍仲祺见她沉吟不语，微微一笑，转头看着李敬尧，一脸闲适："时候不早，我这就去休息了，明天再陪督军赌一局吧。"他不等李敬尧答话，略一点头，擦在顾婉凝耳边低声道，"婉凝，你笑一笑。"

顾婉凝听着，掩唇一笑，眼波流转，娇俏醉人。其他人看在眼里，都觉得这情形极是暧昧，几个知道顾婉凝身份的更是惊疑不定。

李敬尧一犹豫，霍仲祺已携着顾婉凝转身欲走，只听李敬尧在身后叫了一声：

"霍公子！"

霍仲祺停下脚步，蹙眉笑道："督军放心，我的赌品比人品好，回头若是输了，一定不会记您的账。"他笑吟吟地盯了李敬尧一眼，挽了顾婉凝就走，李敬尧连忙递了个眼色给瞿星南，示意他跟上。

两人刚刚转过身来走了两步，顾婉凝一眼瞥见那侍者正站在十几步远的廊柱边上，搭着餐巾的手臂微微一动，依稀有银黑的金属光泽闪过，她猛然惊觉那人的目光竟是盯在霍仲祺身上！

刹那之间她来不及反应，只本能地向身边用力一推："仲祺！"——话音未落，一声迅疾的低响，霍仲祺连同近旁的郭茂兰和瞿星南都反应过来，居然是枪声！

霍仲祺心头骤然一空，拉过顾婉凝护在怀里，却见她淡青色的旗袍上正洇开一朵殷红。

那侍者还要开枪，已被瞿星南一枪打在臂上。

这一下变故突然，跟在伍宗明身边的虞军侍卫和曹汐川的人都拔了枪，走廊里的卫兵也冲了进来，宾客四散惊呼，大厅里顿时一片混乱。

李敬尧眼看着顾婉凝中枪已是万分诧异，又听别处似乎也有枪响，曹汐川大喊了一声"保护督军"，几个人立时围在李敬尧身边，护着他往另一侧的出口退。

慌乱中，李敬尧看见霍仲祺抱着顾婉凝夺门而出，刚要叫人看住他，大厅里的灯却突然灭了。

霍仲祺刚一出门，便有两个卫兵上来拦他，霍仲祺红着眼睛喝了声："滚！"

紧跟在他身后的郭茂兰就劈手按倒一个，只听身边一声枪响，另一个人应声而倒，他抬头时，开枪的竟是瞿星南。

瞿星南全然不顾他眼中的诧异，径自赶上来拉住霍仲祺："霍公子，现在还出不了城。"

霍仲祺的身形猛然一顿，咬牙道："我们不出城，医院在哪儿？先去医院！"

他们原先计划的是十点三刻从北边走，守城的岗哨十点半换班，瞿星南安排了自己的人接手，本想着实在不行也有霍仲祺在这里拖着，他们先送顾婉凝走，却没想到事情突生变故。

"别去医院……"

压着呻吟的细弱言语从霍仲祺怀里透出来，顾婉凝抓着他的衣襟，散乱的刘海被涔涔冷汗粘在额上："你要是有办法，就带我走。我没事，去医院就走不了了，别去……"

瞿星南的为难之处也在此，他知道霍仲祺要去医院是情理之中，但是等这边的事情稍一平定，即刻便是全城戒严，他们若是去医院，那今晚就绝对走不掉了，以后就更难有机会；可即便顾婉凝没事，他们现在也出不了城，况且她身上还有伤。

正踌躇间，郭茂兰突然递过来叠着的一页文件："拿这个出城。"

瞿星南接过来一看，是一张李敬尧亲笔签名用印的通行证件，写明了一男一女有特别要务，各级关卡一律放行，他了然地看了郭茂兰一眼，对霍仲祺道："霍公子，出城吧。"

车子是瞿星南事先安排好的，等在熙泰饭店供工人出入的小门外头，霍仲祺抱着顾婉凝跟在他身后出来，瞿星南稍一犹豫，拉开了副驾的车门。霍仲祺小心翼翼地把顾婉凝放在座位上，他刚一抽开手，顾婉凝的身子就向边上软软地一侧。

"婉凝！"霍仲祺连忙揽住她低呼了一声，却见顾婉凝轻轻摇了摇头，长长的睫毛微微震颤，唇边竟似划出一丝笑容。

手枪的杀伤力远不如步枪，通常不会有破片，顾婉凝中枪的伤处挨着左侧锁骨，血没有喷溅出来，那就是没伤到动脉，失血到大约一千毫升人会轻度休克，如果顺利的话，那个时候他们应该已经赶到东郊薛贞生那里了。

这些霍仲祺心里都清楚，但是枪伤不怕贯穿，却怕子弹咬肉，这一枪虽然没有打正要害，此时子弹却不知窜到了哪里。他不是大夫，他不知道她现在的反应是真的不要紧，还是肾上腺素的作用。

他死死盯着前方瞿星南的车，街旁的景物在夜色中急速后退，攥着方向盘的双手抑制不住地颤抖。

之前的情景如散乱的电影胶片在他脑海里被肆意牵扯：

她贴在他怀里的苍白面孔，蝶翅般微微震颤的睫毛，从他指缝间渗出的温热鲜血……

他要把她平安带回去的，他跟她保证不会有事的，他愿意为了她豁出性命去！

可他竟然眼睁睁地看着她出事，他的五脏六腑都绞在了一起，撕裂的旧伤口鲜血淋漓，她竟然就在他身边出事？！

这样的情形他竟然还要再经历一次！

她那样娇弱，那天他把她裹在大衣里躲雨，不由自主地就想起儿时偷偷挟在衣裳里带回房里的那只小白猫，她那样娇弱，他居然就被她推开了？

她那样娇弱，他怎么能让她挨到那一枪？

他见过动脉被击穿后飙出的血箭，也见过子弹打出去掀飞人一半头骨，可是此时此刻，他却不敢想这一枪打在她身上会是怎样……

她怎么会这么大胆这么傻？！

她怎么会想到要去替别人挡枪？去替他挡枪？

"婉凝，很快了。"

他时时慰抚般地唤她，不让她睡过去，想要顺利出城，她需要保持清醒。他脱了外套盖在她身上，遮住她的伤处，也掩起他衣服上沾染的血迹。

"嗯。"顾婉凝虚弱地应着，颤巍巍地抬起手来，霍仲祺急忙问她："怎么了？"

"我没事。"顾婉凝答着话，用手指在唇上轻轻按了几下，原本失了血色的双唇便染出两瓣嫣红。

路灯冷白的光芒一闪而过，她手上艳如胭脂的血渍越发叫他惊痛。

瞿星南的车子停得很稳，上来盘查的军官一见是他，赶上来作势行了个军礼："瞿营长怎么这会儿过来，今晚熙泰饭店不是有督军的酒会吗？"

瞿星南从衣袋里摸出盒香烟，自己抖出一支叼在嘴里，往车窗外一偏，那人立刻掏出自己的火机，替他点火的工夫，往车里瞟了一眼，副驾上一身西服的郭茂兰他却不认得："这是？"

瞿星南把手里的烟往他怀里一扔："我的人，你也问？"

那人连忙讪讪一笑："我就是看着这位兄弟面生，想结识结识。"

瞿星南唇角抽动了一下，不知道算不算是一个"微笑"："督军叫我来送两位要紧的客人。"

那人听了，却是一脸惊讶，强笑道："这……是什么人还要劳动到您？"

瞿星南淡然瞥了他一眼，朝后面示意："你自己去看。"

那人狐疑着去敲霍仲祺的车窗，只见窗户缓缓摇下，开车的是个英俊的年轻人，脸上的表情十分不耐，副驾上却是一个极美貌的女子，看年纪不过十七八岁。

他还没来得及细看，那年轻人从胸前的衣袋里夹出一张叠好的文件递给他，他接过来看了一遍，更是惊诧，偷眼往车里打量，忽然发觉那女子身上盖着的衣裳竟是虞军的军服！

他再看那开车的年轻人，身上只穿了件浅色的军装衬衫，亦是虞军的服制，那女孩子身上的衣服应该就是他的了。

那人又细细看了一遍手里的通行文件，虽然上面的签字印鉴都明白无误，但仍觉得此事太过奇怪，一边迟疑着将文件叠好递回去，一边小心翼翼地询问："请问尊驾是？"

霍仲祺接过那张通行证件，却不答话，倨傲地在他脸上扫了一眼，便摇上了车窗。

那人愣了愣，快步回去虚着声音问瞿星南："您好歹给我交个底，这事可有点儿玄乎，通行证件是督军亲自批的，可是上头只有一男一女，您二位……"

瞿星南耷着眼睛把烟磕在车窗上弹了弹烟灰："我是来送客人的，送到这儿就回去给督军复命了。"

那人似乎是稳了一点，却仍是不放心地追问道："您这送的到底是什么人啊？"

瞿星南冷厉地盯了他一眼："我敢说，你敢听吗？"

那人一怔，旋即赔笑道："我就是随口一问，随口一问。"

说着，便跟前头的士兵打了个手势，那边的人立刻动手去撤路障。

瞿星南见状，将车子掉头停在路边，看着霍仲祺的车子缓缓开了出去，忽然对郭茂兰道："你得跟我回去见总长。"